成一文集

中短篇系列小说·陌生的夏天

成一◎著

山西出版传媒集团
北岳文艺出版社·太原

图书在版编目（CIP）数据

陌生的夏天 / 成一著 . — 太原 : 北岳文艺出版社，2019.1
（成一文集）
ISBN 978-7-5378-5656-0

Ⅰ . ①陌… Ⅱ . ①成… Ⅲ . ①中篇小说 – 小说集 – 中国 – 当代②短篇小说 – 小说集 – 中国 – 当代 Ⅳ . ① I247.7

中国版本图书馆 CIP 数据核字 (2018) 第 189704 号

书名：陌生的夏天
著者：成一
出 版 人：续小强
责任编辑：陈学清
书籍设计：张永文
印装监制：巩　璠

出版发行：山西出版传媒集团・北岳文艺出版社
地址：山西省太原市并州南路 57 号　邮编：030012
电话：0351-5628696（发行部）　0351-5628688（总编室）
传真：0351-5628680
网址：http://www.bywy.com
E-mail：bywycbs@163.com
经销商：新华书店
印刷装订：山西人民印刷有限责任公司

开本：787mm × 1092mm　1/16
总字数：3886 千字　总印张：271
版次：2019 年 1 月　第 1 版
印次：2019 年 1 月山西　第 1 次印刷
书号：ISBN 978-7-5378-5656-0
总定价：698.00 元（全 12 卷）

1986年冬作者与作家王汶石（左三）、李天芳（右二）、权文学（右一）等在海南三亚

1987年作者与北大中文系主任严家炎教授在千岛湖

1987年作者与《文艺报》主编谢永旺在富春江

1987年作者与作家蒋子龙大五台山

中篇小说集《千山》（北岳文艺出版社2001年版）书影

儿童长篇小说《回家的路》（河北少儿出版社1998年版）书影

目　录

引子 晨雾

一

他一生只认了七个字：石城、河庙、史三升。

石城县是他的故乡，离这京都洛阳有千里之遥。当初，他们被吏、士解押着，走了半个月，才终于到了黄河边。因为他们是很多的人，过河就等了两天。直到那两天，他才知道他的家乡石城离黄河是那么遥远。他早听说过黄河了，直到那天才亲眼见到。看去，它也并不怎么可怕。只是河水很稠，流动起来显得格外沉重，就像他们这些被吏、士解押着的劳役队伍一步一步赶路似的吃力。他没有见过这样的河。家乡的那条云中河，平常时候是清澈见底的，有事过河，赤脚就蹚过去了。过黄河的时候，可把他吓坏了。过黄河要坐船。他也是第一次坐船。那么稠的河水，竟然浮不动那么小的木船。小小的木船上坐的人也太多了。吏、士呵斥着，叫他们往上挤，挤了又挤，木船眼看就要沉下去了。就在这将沉未沉的可怕情形中，木船离开了北岸，他的心悬晃着，忍不住直想往河水里跌落。两岸忽然变高、变虚了，只有旋转的稠稠的河水围住了木船。好大的河呀，大得叫他害怕，真想象不到天下会有这么大的河。河在旋转，船在旋转，天也在旋转，他会被甩下船，淹死在这大河里吗？果然，有一只木船翻在河心里了。那么多像他这样的人，发出一片惊恐的喊叫，也没有喊叫多久，大河就把他们旋走了。他呆呆地望着这可怕的情景，悬着的心仿佛已经跌落到河面的旋涡里了，他也会这样死去吧。直到船靠了南岸，他仍然觉得会这样死去。他开始明白了，在他离村的时候，伯父为甚么请识字先生在他的衣襟里面，用墨笔写上了那七个字：石城、河庙、史三升。

河庙里是他家祖居的村庄，在石城西南。枣树很多。在他家的院后，还有两棵梨树。他记得，离家的时候，梨花刚刚谢罢。从那时起，他再也没有见过梨树，再没有见过一片雪白、蜜蜂嗡嗡的梨花，也再没有吃过掺了干枣的谷糠馍了。京都洛阳的水土，他有些不服，常常闹肚子。吃食也太差了，半生不熟，还常常吃出虫和草来。虽说是到了京城，吃食远不如家乡。这么多劳工，谁管他们的口味呢？猪食似的，还得去抢，慢了，只好活该饿肚。刚到洛阳的时候，他是那么想念家乡的甜味，红枣的甜味，梨的甜味，干枣糠馍的甜味，还有水的甜味。这里的水分明也不好喝。听说在景乐寺北面的义井里北门外，有一口甜水井，全京城有名。井旁还有一片桑树。炎夏，喝一肚甜水，躺在那树荫下歇凉，多美。在家的时候，这很容易，可到了洛阳，只能去想想罢了。不用说甜味，连盐味也难得尝到。在这里过头一个夏天，他就看到有十几个劳工拉肚子拉死了。他也会这样死去吧。当初，官家说是来京都服役四十天。四十天之后，也许还能赶上回去收麦。可一到这里，他就被挑出来，派到这瓦窑上。不久，这里的旧人就告他，这是给皇家烧瓦的窑，他是永无返乡之日了。回不去，只好死在这里了。他更加明白，为甚么要在他的衣襟里写上那七个字：石城、河庙、史三升。

史三升是他的姓名。他们史家，祖一辈已经没有男人了，只剩了两位奶奶。他走的时候，她们没有哭，只呆呆地坐在泥屋里，不肯动，也不肯吃。他给她们磕了头，她们也没有说话：是在为他念佛吗？父辈中，也只剩下伯父一个男人了。父亲好像是病故的,又听说是出去逃役,经年无归。三叔被抓去当兵,听说到了北方平城,许多年了不知是否还活着。伯父是跛腿,留下来支撑史家门户。子一辈中,伯父无子,三叔未娶,他本有兄弟三人,大哥听说五岁夭亡,二哥是个憨子。这次,本想叫二哥来服劳役,他很有力气的。可官家竟也嫌憨,还是把他押来了。伯父和母亲都很后悔没有早早打发他逃出来。他离家的时候,已经十七岁了,家中正在急着托媒给他说媳妇。史氏三门全靠他来传宗接代哩。听说媒人已在月桥说好一门亲了,周氏,长女,十六岁,生辰八字相合。原是要在麦收之后下聘礼的,他却被抓到这里来了。完了,这门亲事算是完了。憨二哥不知能说成亲不能,史家难道会断后吗?他是完了。自从来到这瓦窑上,他再没有见过女人。天天从日出干到日落,连腰都不得伸展,脱出数不完的瓦坯。听说,皇太后要立一座佛寺,砖瓦要得很急。看来,皇太后也是信佛的,跟他家的那两位奶奶一样。他要是能回乡成亲,也一定信佛。可他回不去了,不用说成亲,从此怕是连女人也再见不到了,只会在这里累死,或是病死。在这样的绝境里,他唯一的兴趣,就是偷看衣襟里写的那七个字。他不识字。可他记得,临别时伯父指着那七个字叮嘱他:“你是石城河庙史三升,记住。”他记了。

史三升是他的姓名,河庙是他家祖居的故里,石城是他的故籍,他怎么会记不住呢。他终于感到,幸亏在衣襟里给他写了这七个字,否则,他真会忘了故乡、忘了家,忘了自己是谁。这里没有忙闲之分,没有春种秋收,没有红白喜事,没有过年过节,没有亲朋,没有男女,没有田和禾,没有山和水,没有任何一点可以盼望的。只有日出日落,只有泥团,只有瓦坯,只有劳困的腰和满身的汗。这样,直到死去。回想,已是白想;记住,又有甚么用处?而从日出到日落,已劳乏到快要死去的程度,实在也无力去想,去记甚么了。这里的人们,都很少说话,只是抢着吃食,默默做活,像死去一般睡倒。他已经同他们一样了,忘了离家几年,不记得他已长了几岁,只记得他是石城河庙史三升。因为他还不断偷看衣襟里的那七个字。不过他似乎已经不是为了记住甚么，仅仅是为了看它而已：只有在看它时，他才觉得自己还活着。

刚到洛阳的时候，他很想看一看京城的模样。可惜他没有路经那里，直接就把他发到这瓦窑上来。听说，这里在京城东北方向。他朝西南望去，只能看见一座佛寺，佛寺之后，一片朦胧，城楼和浮图塔似现非现。问这里的旧人，他们很冷漠。有说，京城有十二个城门，影绰能望见的，那是广莫门。有说，京都内外有佛寺上千，西南能看见的，那是凝玄寺。有说，京师有十万九千户，分住二百多个里中，离他们这里最近的，叫闻义里。这真叫他吃惊，可他们却说得那么冷漠。他终于未能去看看这京师的奇景，但他对那一切也完全冷漠了，同他们一样。是呀，那奇景同他有甚么关系？还不如来看他衣襟里的这七个字。这七个字，很像是七颗星星。只是，它们不像天上的七星，没有排成勺形，而是挤在了一堆。当然，它们更不是挂在天上，是挂在他穿的衣襟里。这衣裳是母亲纺线、织布、染色、缝做成的。他被抓走的时候，母亲哭号得真刺心。他真要能变成几颗星星，母亲在家乡一定会把他认出来的。小时候，夏夜在院里乘凉，奶奶说，地上有多少人，天上有多少星，一颗星落了，就是一个人死了。京城有这多户口，京城的夜空却仍然是这么多星星，并不比故乡的星空稠密。天空一定也不会要他这样一颗星星，就像洛阳并不把他当一个人来要他一样。在这里，像他这样的人死了，并不发丧，只由还活着的人们，冷漠地抬到远远的那土沟里，扔掉就完啦，不奏响器，不装棺木，没人戴孝，也没人哭泣。七个墨黑的字，写在母亲纺织的粗布上，它们不会发亮的。然而，在这个世界上，竟然还有这么七个字，肯派给了他，叫它们来代表他。它们也太心善了，只是太委屈了它们，作蹋了它们。他不识字，字也不是叫他这样的人识的。老人们都说，字是哪位神和甚么圣贤造出来的，字是神圣之物。他得恭敬它们，铭记它们。不是记住他自己是哪县哪里姓甚名谁，是记住这七个字的棋样。它们一定也不是怎样尊贵的字，否则怎么会派给他？可它们已经是他的神和佛了。在这里，像他这样的人，是连敬神信佛也不配的。他只有把这七个字当自己的神和佛来恭敬。

所以,他认住了这七个字。

二

时间对他已经没有意义,甚至生和死在他也没有甚么两样。只有身穿的那件母亲纺织缝制的夹衣裳,在一天天破损,叫他感到不安。这件衣裳破损成一把条缕碎片的时候,他无以抵御风寒倒不怕的,就怕写在衣襟里的那七个字也不复存在了。这比他自己死去还要叫他觉得恐惧不安。连他的神和佛也会死去,他感到无比悲哀。可这分明又是无可挽救的,正像他逃不回家乡、不能不死在这里一样。一年之中,他多半时候是赤裸着上身脱瓦坯的,可这件衣裳还是在日渐破损。

能有甚么办法挽救吗?分明是无可挽救的,可他还是想挽救。他不可能再找一个识字先生来,也再没有新衣可以写到衣襟里。还能往哪里写呢?再没有甚么属于他了,除了他自己的肉身。写到自己的肉身上?出一身汗就会洗落的。又有谁来给他写?再没有谁会给他写字了,除非他自己。他怎么会写字?那是更加不可能的,正像他不可能回家成亲、传宗接代一样。

分明是不可能的,他还是想写一写字,写那派给他的七个字。没有笔墨,有自己的手指头。没有纸、绢、布,有脚下的沙土地。他终于发现自己还是有办法的。办法都是人想出来的,他毕竟还是一个人。写字这个营生,只有在日出到日落那做活的时间里干,此外,就是一片黑暗了。这似乎也是不可能的。听说太后娘娘对修建佛寺有一种特殊的嗜好。砖瓦要得不但很急,还没有止境。他们拼了命做活,还是要受呵斥、鞭打。不过,他终于也学会了偷懒。吏、士不在时,偷一会闲。还有去解手时,尽量多蹲一会。夜里躺倒,也默想一会。只是,他发现写字是很难的。那七个字,虽说自己早已熟透了,可写画起来还是太难、太吃力,疙疙瘩瘩的,总写不像。人不中用，派给他的这几个字，也不中用，疙疙瘩瘩，难写得很。想不到，他居然还是能写画出来，而且越写越像，越写越顺手了。费去了多少时日，他不知道，时间对他已经没有意义。反正他是能够用自己右手的食指，在沙土地上写画出那七个字了：石城、河庙、史三升。

这使他感到无比快乐。自从离开家乡、陷入这样的绝境，他再没有感到过任何快乐。所以，这一份快乐非同寻常，除了贪婪地受用它，他还不断体会它的意义。他居然也会写那七个字了，这简直是辉煌的胜利。他们史家可从来没有识字的人，更不用说写字了。他在这样的绝境中，却学会了写字，虽然只是七个字。这是胜利，这是奇迹。世上无难事，只怕有心人。虽然陷入这样的绝境，但他毕竟还是一个人，他的肉身里面还有一颗心在跳。若不是陷入这样的绝境，他在世上也会争来一些胜利，当然也一定能够传宗接代。他能逃出去吗？这是绝对不可能的。这里逃跑的人，没有一个不被杀死。他被杀死，刚刚学会写字的这份快乐，也就无法受用了。现在好啦，身上这件夹袄破烂掉也不怕了，他自己已经会写那几个字。这是磨不破，损不坏的。从此，在沙土地写画代表他自己的那七个字，成了他那悲苦生活中的一份快乐。这快乐，就是他感到自己还活着。

有一天，他忽然做出了一个叫他自己也大为吃惊的举动。

他不知道那是上午还是下午，只知道是在照例脱瓦坯，一片接一片，没有尽头。他感觉不到腰酸臂累，感觉不到口渴肚饥，感觉不到流汗喘气：他在不停地做活，却像死去一般，甚么也感觉不到。忽然，有一个奇想从他那近乎发木的思想里跳了出来。也许，这个奇想跳出来得太突兀，太意外了，他立刻被激动起来，整个身心也同样突兀地从那麻木沉死的情状中跳进亢奋状态。怎么就没有早想到？他怎么会想出这样的好主意？

他异常兴奋而又格外用心地脱出了一片新瓦坯，很小心地把它凹面朝上端放在那里。朝四下里看了看，没有吏、士在，也没有谁注意他。好。可是手指头太粗、太秃了，得找个尖细的东西。在周围瞅了半天，瞅不见适合的东西。他只得装着去解手，向工场外面走去，折了一截细树枝回来。又朝四下里望了望，没有吏、士走来，也没有谁注意他。于是，他急忙伏下身去，屏住气，捏了那根细树枝，开始在那片瓦坯的凹面上，急匆匆刻画那七个字。这一小截细树枝好像变得很沉重了，而他已经练习得很顺手的写法，现在也分明生疏起来。憋红了脸，出了一头汗，手腕似乎也酸困了，可总算把那七个字刻画在瓦坯上了。字形有些走样，歪歪扭扭，不好看，可格外鲜明显眼：是刻画在湿泥瓦坯上，笔画凹进去了，真比写在衣襟里的墨字效果还要强烈。这简直是一件艺术品！这又是一个辉煌的胜利。也许是想贪婪地欣赏一番，他又朝四下里望了望。坏啦，那边做活的一个劳工好像正在瞅他！他立刻直起身来，急慌慌地把这片瓦坯摆到了其他瓦坯那边，又迅速脱出一片新坯来，摆过去，将那件艺术品夹在中间潜藏起来。

爷，他这是干了甚么事？这瓦是太后娘娘盖佛寺用的，怎么敢画上那七个字？石城、河庙、史三升，这几个字怎么配刻在太后娘娘的瓦片上？瓦坯晾干，就要入窑去烧，烧成了青瓦，那七个字可就想抹也抹不掉了。烧瓦、搬瓦、往屋顶上安瓦，要经过多少人的手，万一被发现，那不是找死吗？哪县哪里姓甚名谁，刻画得清清楚楚。杀了他，说不定还会寻到故里去抄斩他们史家。他不由出了一身冷汗。还不赶紧把那片瓦坯拿回重新摔成泥团！

可他没有去拿，只在机械地继续脱瓦坯，一片接一片，没有尽头。直到日落收工，他终于也没有把它拿回来，它已经潜藏到了更多的瓦坯之中。他也不知道是有一种甚么力量使自己敢有这样大的胆量。当然，他从此提心吊胆了许多天。该晾干入窑了，该出窑运走了，该安到佛寺的甚么屋顶上去了，过去了许多天，终于没有灾祸临头。他有些放心起来，开始回味这一个新的胜利。这是一个多么高妙的主意。刻画在瓦坯上，经过烧炼，代表他的那七个字就永远留在世上了，就像凿刻在石碑上的字一样，而且是永远刻在了佛寺的瓦上了。这比写在衣襟上，写在沙土里，不知强了多少倍，既不会破损，也不会被抹掉。他不仅感到快乐，更感到莫大的慰藉。能将代表他的那七个字刻在佛寺的屋顶上,在这绝境里所承受的一切苦难也就有所报偿了吧。

灾祸没有降临,他便忍不住又接连在几片瓦坯的凹面上,刻画了那七个字。而且,刻画得一片比一片顺手,一片比一片好看。他真想在自己脱出的每一片瓦坯上,都刻画上那七个字。不行,这样不行。刻得太多了,一定会暴露的。若是暴露了,不仅他自己有杀身之祸,那些刻写着代表他的文字的瓦片,也一定会被检查出来,被摔个粉碎。行啦,能有这几片瓦被安到佛寺的屋顶上,也够满足了。

他真的不再往瓦坯上画写字了。他的心境也似乎安静下来了。他觉得再也不可能会有新的胜利,新的发现,新的创造,新的快乐了。每天照旧机械地脱瓦坯,感觉不到苦难,也感觉不到快乐,虽生犹死,对死也就不怎么觉得畏怕了。

他真的就要死了。冷起来缩成一团,热起来只想撕开自己的皮肉。他已经不能做活。他们也已经把他抬到棚外,没有谁来管他,不给他吃食,不给他喝水。又好像大伯用牛把他驮回去了,回到了石城河庙史家老院。父亲和三叔也回来了。憨二哥成了亲,生了娃。月桥的周氏姑娘居然还在等他,她很俊。可他们谁也不认他,连母亲也不认他。两位奶奶也仍是光念佛,不说话。他翻开衣襟叫他们看那七个字,他们仍不认他,都很冷漠地说:他们不识字。下雪了,他们不给他穿衣裳。他被冻得厉害,腿脚都发僵了。而且,当着周氏姑娘的面,竟然不给他穿衣裳。也不给他吃食,喝水。他真想吃一个梨,可院后的梨树才开花,一树雪白。

那天早晨,他醒过来了。他觉得自己忽然好起来了,不再发冷,也不再发热。他知道自己仍然躺在京城东北的草棚外面,知道自己做了许多梦。他甚至知道眼下已经到夏末时节了,家乡的新枣还很小很绿,可新梨是已经发甜了。他真想吃一个梨,这不是在梦里。不可能了,真正不可能了。他知道他就要死去了。他想站起来。他居然真的站起来了,倚住棚壁,面朝北方。北面是邙山,邙山北面是黄河。黄河北面就是他的家乡了。听说邙山是皇族的风水宝地，清明的时候，京师的人们都要上邙山撒花。黄河他只是见了一次，吓了吓他，并没有淹死他。家乡，他是回不去了，只想最后望它一眼。可他的命多苦！在他就要离别这个人世的时候，却偏偏起了这么大的雾。望不见家乡，望不见黄河，望不见邙山，甚么也望不见，眼前只是一片迷蒙。回头南望，京都洛阳也藏在了一片迷雾中。

即使到了这个时候，他还是只能来看自己衣襟里写的那七个字吗？是哩，母亲纺织缝制的这件夹衣，虽然已破损不堪，可它还贴在他的肉身上。衣襟里的那七个字，也还依稀可辨。这件衣裳还没有被他遗弃，他却就要被人世抛弃了。他离开家乡，也不过两年零三个月。这不会差的，此刻他无比清醒。他还差几个月才够二十岁。刻上了代表他的那七个字的青瓦，真能安到太后娘娘所立的佛寺的屋顶上吗？

他猝然倒下去了。不久，晨雾就把他的破损了的衣裳和失去了温度的脸面润湿了。这天的晨雾许久没有散去。

三

生前，听奶奶和大伯说，人死后是有后世来生的。现在，他是已经超越了前生，怎样去寻找来生呢？他仍然是裹在一片迷雾中，难道生前最后一刻的晨雾，还没有散去吗？好像已经很久了。他失去了生命，难道连时间也失去了吗？他要永远被裹在那晨雾里吗？他一点也不知道该怎样去寻找来生。来生会怎样，他也不敢抱希望。现在，他最想去寻找的一件东西，就是被他刻了那七个字的青瓦，不知它们是否被安上了佛寺的屋顶。他必须去找一找。找到了，他就可以安心回故里去了。

他记得皇城在西南方向。可他现在已经失去了躯体，不能走去了。他并不会飘飞。死后，没有吏、士监禁他了，可失去了躯体，也失去了行动，仍然不得自由。只能等待风来吹动他。人在活着的时候，即使身陷绝境，也还是可以想出一些办法，争得一些胜利，寻到一些快乐，失去了生命，也就失去了这一切能力吧？只有等待。

终于等来了东北风，他投入风中。风太大了，飘飞得这样快，转眼就掠过了凝玄寺，完全来不及看一看它，而且，它也被雾气所笼罩，看不清的。已经掠过了大夏门。它在广莫门西面，是这样高大，离地有数十丈吧。过了大夏门，就进了皇城了，果然是一片宫殿。他终于看见皇宫了，可同样被一片迷雾所罩，影影绰绰，看不分明。很快，他也要飘飞过这一片宫殿了。这样飘飞而去，他是甚么也寻找不到的。他必须停下来，可身不由已呀。猛地，他被撞到了一个甚么硬壁上。虽然他是已经失去了疼痛的能力，可还是吃了一惊。不过，在这惊魂未定之际，他便紧紧依附住这硬壁，可庆幸的是，这硬壁还有许多棱角，他附着住，停下来了。那阵东北风终于呼呼地刮过去了。

神情稍定之后，他发现自已是附在一座很高的浮图塔上。这塔在甚么地方？它有多高？他无法看清，四周仍是一片迷蒙。估计它仍在皇城中，也一定是立在一个佛寺里。它一定也很高，比大夏门，比皇宫显然都要高。他一路被吹来，甚么都没有撞住，只撞着了这座浮图塔，可见它比皇宫还要高。这佛塔高于皇宫，他怎么敢待在这里？没有办法的事，是风把他摔到这里了。这里是如此寂静，并没有神或佛来撵他走。他甚么也看不见，甚么也听不见，甚么也闻不见，只觉被裹在一片迷雾中。刮了这么一场大风，那天早晨的雾气难道还没有散去？

他终于明白了，既然已经失去了躯体，当然也就失去了五官七窍，他是再也看不见甚么，听不见甚么，闻不见甚么了。被风吹来的时候，那凝玄寺，大夏门，一片皇宫，实在也并没有看到，不过是一种感知罢了。也许是不久，也许是经过了许久，他也感知到了周围的一切。

他附着的是一座九层浮图塔，的确很高。它也的确是耸立在一座佛寺中。这寺院在皇城内，离城西的阊阖门不远。寺北，是御史台，再往北，就是那一片皇宫了。寺南，是昭玄曹。寺西，是永康里，再往西，就是那阊阖门了。城西除了阊阖门，还有承明门、西阳门、西明门，难怪生前人们说京城有十二道城门。寺东只有一条南北御道。御道西，依次坐落着右卫府、太尉府、将作曹、九级府、太社；御道东，依次有左卫府、司徒府、国子学堂、宗正寺、太庙。如果他还有眼睛，高踞于这九层浮图塔之上，环望这一片奇景，生前的夙愿也得以实现了。而且，不仅可以亲眼看看这一片奇景，还可以见识见识皇帝王公大臣这些贵人们在这里是怎样过日子的。可惜他已不能看、不能听了。只在一片寂静的迷雾中，感知到这一片宫室庙社寺观府曹是无一例外地被一片一片瓦所覆盖。他唯一想实现的夙愿，也只是在这瓦的海洋里，寻找到刻有代表他的那七个字的几片。它们在不在这瓦海里？又在哪里？这真是大海里捞针。他寻找遍了城里城外的所有佛寺，终于也没有找到。当然不是跑去寻找，而是感知。他已经习惯了这种神奇的感知力了，可仍然没有感知到。难道它们因为刻了代表他的那七个不尊贵的字，不配安置于这佛寺之上，早不知在甚么时候，统被摔破了吗？他无限悲哀。

猛然间，他恍然有悟：他寻遍了京城内外上千座佛寺，居然忘记了在自己安身的这座佛寺里寻找。真是骑驴数驴，多么呆笨，多么可笑。怎么会忘记这一座呢？因为这座佛寺离皇宫太近吗？因为这座九层浮图塔太高吗？一旦有悟，他立刻就找到了，虽然只寻找到一片，可它就在这座佛寺里，而且就在这座九层浮图塔之上，就在第九层的塔檐上。这座佛寺，也正是太后娘娘所赶趁着修起的永宁寺。

终于寻到了，而且是在这样高耸的九层浮图塔之上，比那些庙社寺观府曹都高，比皇城那十二道城门都高，甚至比皇宫都高。佛和神是比皇帝高的。可他知道，他并不是佛和神，只是一片青瓦，只是那七个字：石城、河庙、史三升。他终于寻找到了，却居然没有高兴，像生前那样。超越了前生，一切都不同了。他只是更强烈地盼望能有谁来看到这七个字。既然刻下了这七个字，难道不是叫后人看的吗？这希望被后人发现的欲望，原来比他自己苦苦寻找还要强烈千百倍。但它这样寂静地被置于这高耸的塔顶，谁能发现呢？

仿佛过了很久,也仿佛就是瞬间,这九层浮图塔忽然失火了。接着它便轰然倒下。他被埋在一堆瓦砾之中。而且,他也破损了一角,那一角瓦片上,恰正刻着代表他的七个字中的最后一个字:升。终于还是破损了。现在他的一多半是六个字:石城河庙史三,一小半是一个孤字:升,各埋两处, 相距甚远。这是甚么预兆呀? 他再也不会从这瓦砾中飞升出来了吗?

不久,京城也迁往了邺。后,又有新京都迁来。又废,又兴,又废。废兴之中,城郭西移。他对这废兴早无兴趣,只感知到自己仍被埋在瓦砾中,也感到越埋越深了。可他那希望被发现的欲望,分明也越来越强烈。

等待了很久,连已经超越了时间的他,这次也感知到是过了很久很久,那该是人间的万年千年吧,他终于被发掘出来了,还是代表他的那一多半瓦片。很多人拿着这片瓦看他,虽然是奇怪的目光,但看得很仔细。而且,好像是发现了甚么珍宝,将他带到了一个堂皇的地方,用细软的刷子,轻轻拂去泥土,"石城河庙史三",这六个字是那样明显地现出来了。

"这六个字,当这样断:石、城河庙史,三。暗记了三块有所刻记的石头了?"

"不,应当这样来断:石城河庙史,三。暗记了一部三卷的甚么史吧?"

"不,也许是暗记一个人吧:石城、河庙、史三?"

他们在做一种陌生的争吵,很客气地。他已经满足,经过了千年的等待,终于等来这一天。不过,究竟还是有一点儿遗憾。他的那一个"升"字,不知还能不能掘出? 升,可以盛米量谷;升,还是上升飞起。它孤单单地仍被埋在深处,怪不忍的。该满足了,却还是有所欲望,他也有点不好意思。

又过了许久,也可能是瞬间,刻有这个"升"字的那一角瓦片,居然也被发掘出来了。他们显然比他兴奋得多。噢,原来是石城、河庙、史三升!果然是一个人。他们一致说。他们还说,要把这一角跟先前那一多半瓦片粘接起来。瓦片怎么粘接呀? 像钉瓷碗那么钉起来?

这时，他忽然觉得真正宁静下来了。笼罩在他周围那晨雾似的迷蒙，也渐渐退去了。他依稀飞升起来，幻化为云，朝北方飘去：大概是仍念着北方的故里。所以，当他受冷成雨，洒落到地，汇入溪流后，又朝南流去，他觉得怪好玩的。噢，这是入了黄河了吧。它奔腾之时，虽仍有几分沉重，可他是已经化入其中了。

第一章 洼 地

一

他简直越来越害怕自己的眼睛了。它咋会变得这样尖利，这样厉害，这样叫他自家吃惊？他是早已不想骨碌着眼珠子，搜寻甚么，发现甚么咧。他发现的已经够多啦，已经该心满意足啦。可是，他又发现了这一片洼地。

简直应该说，不是他发现了这一片洼地，倒是这洼地在吆喊他、拉扯他。每每出村进村，走在村东那条大道上，他的眼睛就会被这洼地吸引过去。

春天，他刚刚瞅见河边的九十来亩荒滩地。盖着绵绵一层草皮。当然，他对它也挺淡漠，就是河滩愣刺激他来种树。伙计，小一百亩林子呀，简直是白送你马占奎，还不敢要？他不是不敢要，是不想要。他已经跟旁人合开了一座砖瓦窑，还有七头奶牛、还有责任田。

村里不是有人愁楚发不了财吗？还不快把这九十来亩林子捡回去等甚？他在村里吆喊过。可没人敢要，一亩也没人要！看看这些人们，窝囊成个甚。不允许他们发财吧，怪凄惶；号召他们发财哩，又不敢发。放着一河滩财宝,愣是没人拾。

好哩,没人敢拾,我马占奎拾!他好像被激怒了,又仿佛是钻进了赌场里,浑身的血脉烧着火啦。是哩,那些年,他是断不了钻赌场的。钻在埋人的高粱地里,钻在冬天的破井房里,烧红了眼,烧烫了血,只想赢钱。哪怕赢了之后,再把钱抛撒了呢,就是想赢。在这烧人的玩耍中,他好像能把憋耐在身内的甚么得到发泄。他闹不清是不是又想发泄身内憋耐着的甚么,反正是又烧热起来了。他承认自己不是一个正经庄稼汉,但不承认自己是一个窝囊废。他既然已经发现了那一河滩财宝,而且已经吆喊出来了,甚至已经嘲笑了旁人的窝囊,他就不能也像他们一样没出息地缩回去。好哩,他真的又去找村支书写合同去啦。

村支书老靳又叫他吓了一跳。虽然支书那老练的眉眼几乎没有动弹一下,但他还是看出来了。他挺得意。

合同这么写行不行:本村九十亩荒河滩,交由马某人承包,十年后,交还村上九十亩树林……冷笑甚?十年成不了林吗?成不了林,他赔偿嘛,自然得写上这一条。唔,是冷笑他马某人不会这样傻?好吧,那再写上:十年期间,林子只能由他放牧奶牛,柴草、树叶儿不准别人动一根;谁违犯,由他马占奎骂祖宗。嘻,这像他这个灰货说的话吧?当然,还得有油水可沾:林子育成,公平作价,叫他提取百分之几几。到底提多少,由支书先出价,他然后再来个讨价还价,就像一个奸猾人、贪财货,还不行吗?

还有一条,合同上不便写:河滩这小百亩树林,是姓马名占奎者留给村上,留给后人的。这一条,挺烧人。可惜不能往合同上写,连提也不便提。提了,支书老靳也不会信。狗日的,一个又奸又灰的货,还能有这么高级的思想?

春天,河滩上还真热闹了几天。他拉回几汽车树苗来,都是优种。谁想挣钱呢,就来:栽一棵,给一毛。当然,咋栽,得按他的指示办。栽完,也只给四成钱,那六成,等秋天树苗儿活了再来领。说他奸,就真来点奸的怕甚。可本村没人来挣他这钱,嫌他名声赖哩。好哩,出了本村有外村,天下大哩。外村的学生反正年年要植树，来给他栽树，既顶任务又挣钱，还不肯干？外村学生娃真叫他给宣传来啦。外村一来，本村也坐不住咧。哈哈，还是他马占奎！他马占奎够威风啦。荒了多少年的河滩，竟依照他的主意，变了模样了。

种完树，刚踏实了心，睡了个解乏的觉，爬起来又去河滩检阅新林子，他就忽然生出了一种陌生、孤寂，甚而带点梦幻似的感觉来。成千上万的树苗儿虽然仍旧列阵站立着，可它们显得那么幼弱，冷清，甚至有几分可笑。狗日的，他这是做了一件甚事呀？树苗儿栽下了，这么一大片，它们活了之后，便会自家长钱、结钱、往下掉钱。这么便宜的营生，旁人就真的瞎了眼，瞅不见？也许他才傻呢。造了这一片林子，日后还不知会招来甚么祸害。

没收了林子，再把他批斗个臭？那倒不怕。他挨批挨整挨多啦，他本来也够臭啦。真要倒退回到那几年，他不在乎。他熟悉那种日子，也过惯了那种日月。使他感到不踏实，甚而有些畏惧的，倒是现在由他闯进来的这个分明完全陌生的日子，完全陌生的世界。这世界，忽然给了他，一个挺不正经的庄稼汉，那么多机会，而且竟然都成功了。这不能不叫他害怕。如果，村里其他庄户人，那大多数正经庄户人，也同他一搭闯进来了，他或许还会踏实些的。可是，在村里，几乎只有他，闯得这样猛，走得这样远。他是个甚人？他还想往哪里闯荡？快不敢冒冒失失往前走啦。

可是，他那一双可怕的眼睛，却还是又看见村东那一片洼地了！他不想看它。他极力克制着自己。他不断咒骂着自己，但那片洼地却是愣飞进他眼窝里，简直撵也撵不走。

在一个日头很毒的热红晌午，他却蹲到这个洼地跟前来啦。鬼，他是跟上鬼咧。他真不知道是怎样被它吸摄过来的。

爷，一片绿颜色，咋还晃眼？尽是芦苇、蒲草、臭蒿、野艾，还有干枯的树棵儿。一股蒿草和淤泥的臭味儿。它一直就这么荒着，臭着？家伙，有三十亩大小吧？三十亩大小，沤了这许多年，离村又这样近！只要吼来个推土机一推，四周围筑起挡水墙，打上一眼井，搭起塑料棚……伙计，那就是一座蔬菜工厂，红的绿的甜的脆的，就紧着往矿上拉吧。

那惊骇之色，又从他眯着的眼缝里泻流出来了。只是，他不全然是为这满洼地财宝而激动，更是为他又如此轻易地发现了这个财宝洼而惊异。他发现了本村土质优良，联合旁人开起砖瓦窑，那是因为他当过包工头儿，懂得砖瓦的成色。他发现了奶牛值钱，是因为他当过牲口牙行，学过点兽医知识，敢养娇气的奶牛嘛。他发现了河滩，也是因为他钻过管芩林区，知道树木的金贵。可发现这个荒臭的洼地，需要甚么知识、技术、本事？土脉这么肥，离村这么近。出村进村，谁瞅不见？但就是谁也瞅不见，仍旧叫他先发现咧！他奇怪极了。因为太奇怪，他不能不感到惊骇。

他一定是财迷心窍咧，一定是眼花咧。狗日的，哪会这么容易，哪会这么简单！回吧，回家喝二两辣酒，吃几碗捞面，该做甚还去做甚。

二

跑跳，赶趁，谋划，指拨，探听，偷看。吵嘴，赔笑，当然顾得上也要劳动，如此一天下来，乏累得真想逮个人来骂骂。骂人也没空哩！好不容易该上炕歇喘了，却还得趴在电灯底下算账、记账。看看这是受得甚么罪？嘻，这话只是说给老婆听的。趴在电灯底下算账、记账，他可并不觉得怎么受罪，倒还像是有一种快乐受用。反正那乏累、愁楚、眼涩、头胀、骨头疼，是全都无影无踪啰，只有那洋码串儿挺好看。

这几天算账，他感到闷热了，感到被蚊虫咬得直冒火。真是在受罪。太奇怪了，众人眼皮底下的一洼地财宝，几乎不需要任何特殊的眼力就能瞅见的，可谁也没有瞅见。在如此显眼的地方，竟然发现了如此可观的财宝；在如此寻常的场合，竟然能有如此不寻常的发现，这太叫他兴奋了。兴奋得都快算不成账啦。伙计，这才叫眼力，比那特殊的眼力还要特殊！这样一种眼力，这样一个惊人的发现，真把它沤烂在自家的脑筋里，实在是太可惜啦。这一回,他绝不再去捡那一洼地财宝咧,就是县长亲自来动员他,他也不会写合同。他只想把那个惊人的发现公布于众。自然,也把他那惊人的眼力显露于众。

在一个大清早,他到底闯进史家的宅院来。院里虽然局促、杂乱,但此时倒很清静,只有史家老四蹲在房檐下刷牙。

"四四,你娘哩?"

"下地走咧。"

"那你爹哩?"

"早走咧。"

"嗬,你家比学大寨还受得凶险!早起出工五点半,三出勤加上两送饭,脱皮掉肉拼命干……"

史老四在用一种敌意的目光瞅他,还狠狠喷出一口漱口水。

"四四,你知道咱这嘴臭。不过,今儿我可是给你家送好话来啰。你先甭拿眼剜咱。我问你,村东你家种玉茭的责任田,挨着甚?责任田南首,挨着甚?你思谋思谋嘛。看看,连自家责任田挨着甚,还不知道?见天下地做营生,就不看呀?你是个怪精怪灵的后生,衬衫挺干净,头发梳得挺光溜,牙也刷得雪白嘛,仔细想想……"

史老四的目光中仍带着几分敌意,不过似乎也被他这古怪的询问弄得有些莫名其妙。这正给了他一个尽情表演的机会。

"还思谋不见?你们下地,就只会撅起屁股受,也不朝四外瞅瞅了吗?你家责任田南首,挨着甚?我告你说吧,挨着个臭水洼!"

"还有旁的事没有?我可要进城走哩!"

史老四喷出最后一口漱口水,那神情冷漠起来,甚至露出几分嘲笑。这反应,愈叫他兴奋。

"四四,你是嫌臭水洼臭吧?哈哈,真是白生了一副机灵眉眼!那是一个金银洼,聚宝盆呀,后生。推土机一推,挡水墙一修,打上一眼井,搭上塑料棚,那是甚么光景?蔬菜工厂!"

“我真要进城走呀!”

“四四,我不是跟你耍笑。你家有的是劳力。投资,咱给你们想办法嘛。嫌咱姓马的钱臭,给你们联系贷款。这不比你娘领导你们艰苦劳动强吗?”

史老四竟然扭身钻进屋里去了。小憨货,不识好歹。他相当扫兴。不只是扫兴,简直有些恼怒啦。他决定首先将这个惊人的发现坦诚告诉史家,是看得起他们哩。史家挺凄惶。虽然也算当上了专业户,可那叫甚么专业户？四个儿子,史家有四个叫人眼红的儿子。他若有这么四个儿子,爷,那会是甚么光景！史家老汉只会像牛似的死做死受。男人汉,连个家也挑不起来,多年就是婆姨当家。婆姨也不过像个妇女队长,领导四个儿子死做苦受。

解不开他送上门来的好话,那就拉倒吧。爱撵时新的一个后生家,竟然也识不得个好歹！小憨货。

他悻悻然走出史家宅院,心里挺不满足。他真想在村街上召集个会,将那惊人的发现公开出来。他碰见几伙人。在此时此地谁要是向他请教发财的门路,他就把那个金银洼、聚宝盆,白送给谁啦！真不走运,谁也没向他请教,都是客客气气问候吃饭做活。客气中藏有戒备、冷漠、嘲笑、不顺眼这一类意味哩。拉倒吧。他相当失望地到他那砖瓦窑去咧。

可那个惊人的发现,却是难以招架地烧烤着他,不肯沤烂在脑筋里。不久,他还是又闯进史家宅院来。这一回,他见到史家老汉,也见到当家的婆姨了。女当家的对他还挺礼貌,请他抽了一根乙级纸烟。然而对他敬献的一洼地财宝,却同样反应木然。他只好回敬了史家老汉一根带嘴儿的甲级香烟,走了。挺失望,也挺窝火。领导四个儿子受凄惶,真活该！

从史家出来,他几乎又要去寻支书写合同啦。史家不要,他要。他实在见不得这样一种窝囊！还好,他总算控制住自己咧。本来嘛！这一洼地财宝,发现权归他,开发权归了史家,是最好不过的。偏偏史家不识好歹。

又过了几日,他在前街的十字路口,碰见了史家老二。正是黄昏时候,十字路口人还不少。好哩,再当众动员一回。动员不成,也能当众略略显露一下他那惊人的眼力。要是气氛好,他也可以发表个讲话。当然,不能太张狂。他立刻吼叫住史老二了。

“老二,今儿做甚来?”

“锄地呗。”

“老二,你说,你家村东的责任田,挨着甚?”

“能挨甚,挨着旁人的地亩呗。”

“南首,你家地亩的南首,挨着甚?”

“挨着一洼荒草呗。”

可惜,好戏叫史老二唱露啦。不过,没甚!看他的吧。

“哈哈,一洼荒草!兄弟你也够精明哩,娶的媳妇挺俊,生的娃也挺灵,咋也说是一洼荒草?那是一洼金银,一洼财宝呀!”

他以为在场的众人会失笑他,木然地失笑他。可是没有人笑。众人似乎就没有注意听。好哩,非叫他们吃惊不可!

“真是一洼地财宝,不是跟你耍笑。你看,用推土机一推,筑一圈挡水墙,打一眼井,搭起塑料棚,现成的蔬菜工厂!四季不断,紧着往矿上拉吧……”

“嘀嗨,看把你们吓的。咱是给老史家出主意哩。”

史老二却很严肃,皱了眉,亮了眼,瞅住十字路口的电线杆,说:“占奎大哥,你这主意,我细思谋来。不赖!可我家没有这力量呀!这一二年,得先紧着给老四娶媳妇。这一回娶媳妇成家,还想有个水平。过了这一二年,我还真有心思闹,就怕我家的力量……”

没力量,正当年的四个兄弟,还没力量?他要有这么四个兄弟,那是甚么力量!四个兄弟,兄弟四个……他忽然觉得又有一个更惊人的东西烧烤着他。他的那对贼亮的眼睛里,一定又有惊骇之色泻流出来了。

他不知道自己是怎样匆促地离开那十字路口,离开那伙人,离开史老二的。他只觉得自己被又一个惊人的发现烧烤得难受。狗日的,太可怕啦！他怎么会又发现了人家四个兄弟？四个兄弟是活人，不是胶泥土，不是河滩地，不是荒草洼，也不是吃草挤奶的牛！然而，他若能叫这四兄弟变得有力量，有惊人的力量，那可是太诱人咧……

他不敢去深想了。这太叫他害怕，也太叫他兴奋。因而，他也不能不去想。他盯住史家不放，难道是早已发现了这四个兄弟？老大老实，跟他爹一般，成天家牛似的做活。老二精明，有心计。老三粗鲁，力气大。老四活动，爱撵时新。都行。他都不愁叫他们变得有力量，变得吃香。他若能叫这四兄弟变了模样，那可是太诱人了。但他这是发现了甚么？

三

显然，村支书老靳又叫他吓了一跳。老汉坐在葡萄架下的石桌旁，烟锅里还冒着烟儿哩，却又划着了一根火柴。

老汉训过他，批过他，骂过他，收拾得他还挺凶险。不过，批归批，骂归骂，老汉还是给他说下媳妇咧。他名声不好，不是支书老靳出面，没有闺女敢跟他。应该感恩报德才对。但实在没办法，承包那片洼地的合同，他不能不写。不来写这份合同，他就败不了浑身的火，叫烧烤着，煎熬着，折腾着，难受煞咧。

“老靳叔，不过是一个臭水洼，荒草坑呗。合同呢，这回也只订三年。两年也行。三两年中，咱把它建设出来。期限一到，情愿转交旁人承包。行不行？当然，咱得收建设费……”

他不敢说建设菜园，不敢说转让史家兄弟，爷，真不好措辞哩。

“甭多说咧，写吧，由你写吧。”

啊呀，这么痛快？写合同，支书从来没这么痛快过。

“老靳叔，真的？”

“叫你写嘛，还问甚？”

管它哩，写！

不对头。他走出老靳的街门以后，越想越不大妙。老汉是不是看露他的心思咧？白纸黑字红图章，给支书手里也留了一份哩。他写了多少合同咧？他写那么多合同做甚呀？是甚么催撵、引诱着他呀？难道真是资本主义？他的确是越来越明显地感觉到了，有一种陌生的力量，陌生的渴望，陌生的希求，陌生的激情，已活跃在他的身体里，融入血脉，散入筋骨，钻进心里，简直缠住他的魂灵儿了。它是个甚么东西？他说不清、摸不透，只觉得挺陌生。他也曾经怀疑过：莫非它就是资本主义？过去，人家就老批他有资本主义。可他搜寻来搜寻去，不过是贪图吃点喝点花点。不是说社会主义也不叫饿死人嘛。现在，他身体里面倒是的确有个陌生的东西在折腾哩。它不只是贪图吃点喝点花点，不知道它还想做甚。狗日的，莫非它就是资本主义？

可不是，似乎也挺像。他花了一百来块钱，从内蒙古买回两匹瘦马，喂养壮了，转手就卖下一千多块钱。挣下这钱，不吃不花不赌，不存信用社，却跑到城里开了饭铺。那阵还没几家私人饭铺，他不但敢开，竟挂出“马占奎饭店”的油漆牌子。还叫自家闺女烫了发，穿上雪白的工作服，做跑堂。惹得老婆骂，村人说坏话。饭铺买卖做得正好，他却丢开手，赶起胶皮车来了。众人奇怪，他却偷笑哩：他太奸猾。他瞅见私人饭铺一天比一天多啦，可那阵私人买拖拉机、买汽车还没敢梦哩。他赶胶皮车跑运输，当然又挣了好钱咧。挣了钱又转移，转移到砖瓦窑上去了。砖瓦窑开得正吃劲，他又买回奶牛来。奶牛还没挤奶哩，他又发现了荒河滩。河滩还没坐热呢，又来拱这臭水洼。这洼地还没包回来，他连人家史家四兄弟也发现咧……狗日的，难道他真想把全村都吃到肚里呀？发现了史家四兄弟，难道真想收揽长工呀？不，他可没有这么想。他只想把这洼地建设出来，转让给史家兄弟经营。但谁又知道那是一种甚么力量在催撵他，引诱他？他又会闯到一个甚么天地呀？

伙计，不敢再闯咧，该往后退啦，也该往出吐啦。对，不能只吃不吐。转天他便又闯进支书宅院来。

“支书！”他的口气已分明不同了，“咱决定给大队捐献一架电影放映机，允许不允许？”

支书这回抬头瞅了瞅他。他看见，老汉的眼神里好像有几分吃惊似的。但没有说话。

“真是捐献。咱买回来，就交给大队，再不过问。”

支书老汉没有搭话，始终没有搭话。

“好哩，那我就去请示县长。请示完，就往上海汇款！”

这事当然得叫县长知道。要是也能登登报，广播一下，上上电视，就更好哩。

他又兴奋起来了，仿佛捐献了电影机，便可以取得心理上的平衡似的。到晌午，他就急急慌慌吃了两碗捞面，跳上自行车，顶着热红晌午的毒日头，向城里奔去了。

好，身后来了一辆汽车。他跳下车子，瞅了瞅，便抬起手来，像警察的那种样子。汽车停到他跟前了。他把自行车扔进车斗，就一闪钻进司机楼里。

“嗨，咋又碰上你！”

“你福大呗。又去抓闹甚？”

“伙计，今儿咱不是往回抓闹，是去捐献！捐献一架电影机！听清了吧，电影机，不是电视机！”

“鬼孙你是吃肥咧，还想出名。”

“算叫你说对咧，不过，咱心思也不大：有一天，咱马占奎能上北京开开会，就行咧……”

为了压过这柴油汽车的机器声，他说话用了力气来响响地吼叫。他觉得这十分过瘾，十分带劲。身内那一种陌生的力量，又在折腾他了。

“伙计，来，我来替你开会车！”

“不行，叫监理员查住，吃家伙哩！”

“热红晌午，谁查！咱的技术你信不过是咋？”

“狗日的,小心点!”

他兴奋地跳到司机座位上,威风地把住方向盘,挂上挡,一踩油门,这部破旧的柴油卡车,就重新飞驰起来了。

他在飞。公路两厢高大而又饱满的绿树也在飞。树后开阔而又同样绿得鼓胀起来的地亩也在飞。连田地尽头的远山、远山之上的云彩,也分明在动。他高兴这样,渴望这样,这是一种享受。哈哈。

“伙计,停车吧,快上柏油路咧!”

“柏油路更美……”

“停,停车! 叫查住,不是要的……”

到柏油路上飞一飞,那的确是更诱人的。他还是停车了。

他辞别了卡车,跳上自家那辆虽不算旧,却已破损的自行车,钻入街市而去。草帽下,他闪着那对贼亮的眼睛,兴奋极了。

他就是在这样一种兴奋中,大模大样地迈进了县政府的大门口。

办公室里,又有不少各种打扮的人,围住坐着办公的老鲁。他知道,这些人都是想见领导。好哩,看他吧。

“老鲁,忙哩?”

他的声音挺舒展。老鲁果然从那些人的包围中,抬起头来看他。

“你出来一下,我有句话跟你说。”

他的口气,是在相当熟悉的人之间才会有的那种口气。老鲁虽然皱了一下眉毛,可还是离开包围圈儿出来了。咋样? 那些人一齐扭头惊异地打量他哩。

在楼道里,他利洒地递过一根有嘴儿香烟。老鲁还皱着眉毛,他早啪的一声,将忽然蹿起的蓝火苗儿送上前去了。

他咬住老鲁的耳朵,咕噜了几声。

“真的?”老鲁还皱着眉。

“这还有假?”

“可谷县长说,后晌谁也不见……”

“没错，你看我赶趁得这一脊背臭汗。”

“县长叫你，都是我们打电话……”

“托人捎的话。不信，你去问问！”

“那——”

他已经朝楼道深处走去了。他有几分得意。不过，楼道深处是太安静了，比外面也凉爽得多。到此时此地，他才终于猛然意识到自己是来做甚了。这样张狂地去见县长，就是捐献一座金山吧，人家会信他？

他站在县长的门外，狠骂了自家一阵，才轻轻去敲门。

四

他家的宅院，还是原来的宅院。他家的房屋，也还是旧有的房屋。屋檐下，也仍旧挂了一个黑纸片压成的有线广播喇叭。

“晌午广播来没有？”

“谁知道，反正我没听见。”

已经几天了，怎么还不广播他？登报纸、上电台、进电视，他不够格吧，连县上的有线小喇叭，也不肯广播一下他吗？专业户捐献电影机，他就是从电台的广播里听说的。他学先进也不够格？

那天，谷县长明明说：“好嘛，可以叫广播站广播一下。”县长的秘书也在场，还点了点头。县长忘啦，秘书是做甚的？或许，那天他去的不是时候，闯进去时，县长跟秘书似乎在怄气，又似乎在说甚么机密事，还像发生了甚么事故。一见扑进个他来，几乎叫人家二位受了惊。可县长明明说了可以广播嘛。买电影机的款都汇走了，又不给广播咧？

河滩上，春天栽下的九十来亩树苗儿，几乎全活咧。一棵一棵，还挺得意。区里，县里，也都有人来参观过，研究过。因此，也有几辆小汽车，绕着它转过。但并没有轧出一条路来。当初，他的街门口，砖窑前，曾经来过多少参观的小汽车？真能轧出一条路来啦。他常憋耐不住，爱号叫：

“哈哈，就是要叫小汽车给咱轧出一条路来！”太张狂了。来了那么多小汽车，只参观，只研究，到底连个正经名誉也舍不得给他。也是，人家不能给他名誉。他太奸猾。他不正经。他灰，他赖，他不地道。他要过钱，他骂过人，他当过牲口牙行，他当过包工头儿，他不会安分守己。

他不是在赌气。他是在反省、认识自己。多年来，他就不但有否定自己的意识，而且有了否定自己的习惯了。他一向就承认自己不是一个正经庄户人。他总是可惜自己的那一份力气，总觉得受苦受得太可怜。他转着眼珠，劳累脑筋，就想少受一份苦，多得一份利。庄户人最见不得这种观点咧。受苦人的力气值甚么钱，惜力怕苦还能算庄户人？多少年，多少辈子，从来就是这样嘛。但他不知道自己怎么一来，就叛变了这传统，走上了邪道。他可惜自家的力气，却不可惜自家的脑筋，总是费尽心思去瞅旁人瞅不见的巧处。队长叫社员倒土方，人们使用扁担箩筐挣分，他赁了辆平车来挣分。队长火他，社员也骂他。村里见不得他，他就去外出嘛。可一跑出去，就更坏啦。同样一份力气，在外挣得更多。他越发难以安分守己了。叫干部逮回来，训了批了，还得往外偷跑。一来二去，再三再四，习惯成自然啦。挨批挨斗算甚咧？他反正不是正经货。哪怕叫人踩在脚板底下哩！

但现在，他却忽然想要名誉了。为甚？是想弃恶从善，也许是因为困惑。他的确是越来越感觉到，在自家的身体里面已钻进了一个相当陌生因而也是相当可怕的东西。它像是资本主义，但分明又比过去他所认识的资本主义，还要可怕。过去，他是奸猾，但何曾敢张狂过？现在，他不管怎么克制、忍耐、咒骂、批判、吓唬自家，还是会张狂起来。它比吃好穿好，比挣一包袱票票，比修盖一座小楼，比骑嘉陵进城抖富，都还要迷人，诱人，激动人！但他不知道它是个甚么东西。

他终于没有从自家屋檐下挂着的那只有线广播喇叭里，听到他急切想听到的那则广播。或许应该说，他已等不及听到了。他一边反省自己，一边却被汗衫兜儿里装的那张新合同，烧烤得又撑不住啦。

刮了一阵风，响了几声雷。他慌忙跳到院里，仰天望去：不赖，都是黑云。他捏了顶草帽，就往村东那片洼地跑去。他蹲到史家责任田的地沿上之后，却没有等到雨。只有霹雷闪电在草帽上绕了个圈儿，黑云便向河那岸倾去了。嗐，这还像他做的事吗？连有雨没雨也看不出来。就是有雨，憨货似的蹲在这厢，看雨水咋地流进洼地，也不像马占奎做的事。修一道挡水墙不就妥啦。他是已经捎走话，叫推土机来。

黑云在河那岸倾下去了，已能看见雨柱。这边，只能闻到潮湿的雨腥气，只能看见这洼地的荒莽一片。可惜太小。屁股大一片洼地，竟把他吓得思前想后。这也不像他做的事。得再捎话去，催推土机快来。他趟进洼地的荒草中去了。使劲踩了几脚，没有陷进去。拔了几株臭蒿，闻了闻，随手扔到一边。他眯起眼，南北东西，瞭了瞭。射向四处的，已不是害怕啦。

推土机开到了。他从窗棂的抖动，院地的颤动，知道等待已久的那家伙开到了。

“伙计，咋这才来？”

“不算迟吧？主家，有现钱吗？刚检修了一回，又进了十来桶高价油。干完，得给现钱。赶上这咧，不是不讲交情……”

爷，他真还没细想：拿甚给推土机开支？春天，河滩投资了一家伙，砖窑上又添了电动机，还刚刚捐献了电影机……真还成了问题哩。不过，他身内那个陌生的东西早活跃起来，那陌生的力量，陌生的渴望，陌生的希求，陌生的激情，正急切地欲冲向荒莽的洼地。现钱就现钱！这几年，哪年不是这样，挣得多，支得也多。钱还没挣回手，早已支应出去啦。这才好。这才不怕说他这呀那呀。反正他挣的钱，早都支应出去了，支应到砖窑上，奶牛上，河滩上，洼地里。要没收，都现成。从谁手里没收的？马占奎！有这一条，就甚也有啰，哪怕再批他斗他法办他哩。将来批他，是因为他建设下几摊产业嘛。他活了一世，竟然也建设了几摊产业留下，不屈咧！行，现钱就现钱。这难不住他。快往那洼地给他开吧！

他跃上那笨拙而又强悍的推土机，向村外驶去。他没有顾得上注意，村里有多少人看他，说他。他只觉得这推土机，比那烧柴油的卡车强大了许多倍，他跟开车的专业户说话，也声高气足了许多倍。

呵，推土机这家伙终于轧进他发现的这片洼地了。他兴奋得有几分狂热哩。不过，他还是瞅见了站在地亩土沿上的史老二和史老三。不用惊讶，不用忧虑，不用泄气。先看看吧，这就叫力量。他有这样的力量。兄弟，你们也会有这样的力量的！

“伙计，我先来推几下！你大热天赶趁来，先喘口气，落落汗，抽根烟。”

他几乎没有去听推土机手说甚，便脱光了脊梁，跳上驾驶室，有力而自信地握紧了操纵杆。推土机猛一声吼，沉着地冲向前去。荒草、野蒿、臭泥，被推动啦。他终于又感受到了渴望已极的一种惬意、酣畅和快乐。这是发现的快乐，开拓的快乐，创造的快乐吧？这是发挥的快乐，施展的快乐，征服的快乐吧？显然，他对这快乐还没有、也许暂时还没有一种清晰的、确切的自我意识，还说不清它是个甚么东西。不过，他的确是发现了这样一种快乐，获得了这样一种快乐。

爷，人还有这样一种快乐呀？

第二章　戏　台

一

谷县长的小汽车，一出村，就拐了弯，看不见了。只在这条熟悉的村街上，留下一溜扬起的尘土。这尘土，也很快散开，落下，消失了。从河那边吹来的南风，夹带着闷闷的热气和微微的泥腥气，漫不经心地摇晃着村里的绿树枝梢。会不会下雨呢？早晨，在东南天头，曾经有过几条烧得挺红的云彩。现在，天上很干净，蓝得发白，红日头也像烧化了似的，一团炽白。看来不会有雨。

可他又操这份心做甚？管它有雨没雨，有各家各人操心哩。一种寂寞感，忽然更深重起来。他更感到谷县长走得太匆忙，甚至是太无情了。为甚就不能在他家吃顿饭再走呢？已经快晌午咧。他挽留了几次。他那么恳切，那么伤感，甚至是那么可怜……他动了感情。但仍未能感动了谷县长。县长还是钻进了小汽车，走了。谷县长说："老靳，再来吧，等再来吧。"嘿嘿，等再来时，他也许已经变成一个专业户，而不再是支书咧。他老啦。他也应该让位啦。让了位，没有退休、离休的待遇可享受，总还可以当专业户吧。谷县长再来时，大概也不是县长咧……老谷对他说来：快咧,快咧,快忙到头啰。老谷说得很轻快。可他感到了,老谷也动了感情。

入夏之后,还没有下过雨。下过几场忽雷雨,街上的浮土也没有压下去。浮土荡起来,连树叶儿都发灰发蔫了。一街两行的树,都是他栽的。护着酸枣圪针,刷着白灰,一年一年长大了,齐齐楚楚。谁来参观,都禁不住要夸赞几句的。不止有惹人爱见的树,还有那前街后街都安上的公用自来水龙头。自来水!邻村上下,谁有?还有前街后街的路灯。路灯,在邻村上下也难见。街面两厢的院墙,也都用雪白的石灰水粉刷了。白底,红边,写了美术字。美术字过时啦,不得不刮掉,涂去。描了红边的白墙,也早雨淋日晒,红的不红,白的不白了。街面两厢的院墙,也有许多处拆了老墙,垒了新墙。新墙立起,当然不会再给它粉刷白灰,描画红边。斑驳的刷过白灰的老墙,间杂着青砖垒成、石灰勾缝的新墙,看去多么杂乱。在这杂乱的墙根下面,更堆满了石料、沙土、圈粪,使村街显得这么窄巴、拥挤。夏天了,仍然堆着粪堆。路灯,灯罩有的歪了,灯泡当然也有的瞎了。自来水龙头下面,流了一条河。渗井淤满咧,有谁去修?绿树是成荫了,但这条跑僵了他的腿脚的村街,现在还有甚么看头呢?

谷县长这回来,不知是专门来看他呢,还是来看专业户。县长的小汽车是先开到大队的,是先跟他见面的。亲近地,动了感情地跟他握手,说话,开玩笑,牙没有落吧,血压不高吧,也是放羊毕业吧?不像那些不知从甚么地方开来的小汽车,径直就开到专业户门口去咧。但谷县长也叫他引路,去参观了几家专业户。还提出要见见马占奎。幸好,马占奎不在。老谷问到了马占奎捐献电影机的事。难道老谷是为这事来的?只问了几句。但竟然没有问一问:他的大队,今年打下多少麦子。当然,打了多少麦子,如今也不是他打下的咧,是各家各户打的。可这个多年来头一等要紧的问题,竟然问也没有问。只问到他身体咋样。能咋样,老啦。

渠堤上的柳树,仍然很发旺。祖的,树身都难以搂住啦。树冠,绿得正浓密,黑森森的,大渠就像钻进了黑绿的地道。渠里流着水,清凉的河水,款款流着。这树,这渠,还有渠首的高灌站,都是他栽的修的。可这水,却是流向各家各户的地亩了。他们的地亩里,长了好庄稼。千斤万斤,千元万元,气粗了,声高了,说着响话叫他听,仿佛跟他争了口气似的。那地亩,全村的地亩,也都是他建设出来的。起高垫低,平整深翻,修渠改畛,施肥治碱,费了多少心血?他们磨洋工、晒太阳、纳鞋底,扯拉偷汉打伙计,只有他喉咙磨了茧,吼骂,催撵。那日子,过得多么艰难。可春天,今年的春天,却又这么轻易地就过去了。麦子早已收打完了。麦粒儿都早已晒干,入了库,入了囤,入了缸,入了布袋麻袋洋灰袋塑料袋。麦秸成了垛。那地垄里的麦茬,也早被套种的玉茭叶儿遮严了,同大秋庄稼绿成了一片。他怎么走出村来,走上大渠,做甚去呀?检查庄稼,安排各队的营生?早用不着他咧。

县上正在改革,老书记、老县长都快让位咧。县上改完,就跟着改公社。公社改完,就轮到大队,轮到改革他啦。快咧快咧,他也快咧。他老咧,他让位。可他今儿竟忘了一件事。忘了向谷县长说一件事。这也许是他当支书做的最后一件事咧,却竟然忘了向老谷说说。只顾了动感情吗?

说实话,今年的苗架不赖。平展展的地亩,绿得都是正经颜色,既显青翠,又绿得发深。庄稼分明长得溢出来了。但田地里却显得过分寂静,只有毒日头晒着,绿地里升腾起隐隐可见的热气。透过这热气,看见庄稼在晃荡,像映在水里。人们都哪里去了?有几个闺女媳妇,零零星星,散在晃荡的绿庄稼中。戴着时新的布草帽,穿着鲜亮的奇里古怪的汗衫儿。下地做活,不知穿戴这么时新叫谁看。她们没有叽叽咯咯,没有吵,笑,哭,没有纳鞋底,没有扎成堆比赛舌头。她们离得太远了。她们也更敢疯了,甚么奇里古怪的衣裳,都敢穿。还像庄户人做活的样子吗?

这是那片洼地。早先,他做过苗圃。可惜不知怎么就荒咧。顾不过来,还是太湿太碱?他是还想建设这片洼地的,没有来得及。马占奎好像在跟他比赛,争抢似的把它包走了。推土机已经把野草枯树推掉,要做苗圃?马占奎春天刚包了小百亩河滩,栽了树。又好像听说要建设菜园。这洼地能种菜?马占奎捐献了电影机,听说钱已汇到上海。分明是在同他比赛！这个灰货，开起砖瓦窑，买下奶牛，包了河滩，又包下这片洼地，想做村里的第一强人吧。又捐献了电影机。这分明是朝着他盖戏台来的。你盖戏台，哈哈，我来放电影。灰货，真逼得他厉害。他不跟这个马占奎比赛。不值得。他盖他的戏台。这是他最后做的一件事了。一切都下放之后，他手里还留着这么一笔钱。几年了，没有舍得花。他要最后给他们留一座戏台。只可惜，这事忘了对谷县长说。

这是走到哪里去咧？出村朝西，又转到了村东。这是他许多年来，几乎天天要转一遭的路线。察看、巡视、检查、谋划，脚印儿垒起来，也成了一道城墙了。这几年，这条路线已经没有用咧。他一点也没有留意，就又这么走了一遭。走了一遭，更加寂寞。他回村回家去了。

二

戏台不怕风吹雨打，也不会承包到户，它将长久立落在村里。这二年，他们挺高兴，疯了似的高兴。他给他们修盖一座戏台，不是正合适吗？

应该召集个社员大会宣布。应该举行个开工典礼。算咧。那场面，那热闹，那排场，他经见得多了。马占奎捐献了架电影机，在村里就绕世界宣传，唯恐没人知道，唯恐显露不出自家来。还那么好意思专门跑到县政府，去告诉县长。他不能这样。他不会这样。他只到大队的扩音器上，平平常常，清清淡淡，对社员说那么几句，就算啦。这二年，大队的扩音器里，尽是些甚么声音呀？寻猪寻驴，给鸡打针，谁买香油，谁使了粪勺不还……可是，他管不了。

广播了半个钟头。不知不觉竟广播了半个钟头。说了些甚么话？出了一头汗。脊梁上好像也出了汗，凉津津的。嗓子有些发干，冒火，似乎还有些发哑了。有两年不这么吼喊了，嗓子上的功夫丢了，喊这么几声，就会发哑？不过，他还是稍稍感到一种满足，精神也有些振作起来。终于又在扩音器里，吆喊了一件正经的，重要的，值得吆喊的事体。只是，不知道众人注意听来没有。听了,不知会怎样议论。

他走到街上。街上很空荡。正是晌午,日头挺毒,还都在地里做活?地里的营生早做完咧。他们像玩耍似的,变戏法似的,看不见就把营生做了。也好像有些在气他,都说营生不够做。营生不够做,也没有看见一街两行展览着那些坐街老婆。那时,越见有上头参观检查的人马来,这些坐街老婆就越是一街两行地摆拉在各家街门口,展览给人家看!预先开会训了她们,甚至规定谁坐街,扣谁工分,罚谁钱。可参观的人马一到,照样给他摆拉出来展览,还要比比画画,嘁嘁喳喳,嘻嘻哈哈。也不顾各人那副头脸有多难看,偏要坐街展览,降低他的出勤率。现在,她们都哪里去了?应该再出来坐街,议论议论。

走过个担水的后生来。三队的。他给这后生家里叫过救护车。否则,这娃早跟上后娘受凄惶了,哪能出息成今天这么个愣后生?这愣货却没有瞅见他似的,只顾颤着扁担走路。

"支书,村里早该盖戏台咧!"

哦,这愣货还听他的广播讲话来。可用的是甚么口气?早该!难道还嫌迟咧?迟叫半天救护车,龟孙怕早趴在亲娘的坟头上哭凄惶了。他不能跟这愣货计较这,毕竟还是听他的广播讲话来。

走过个半大脚的老婆婆。他给她的三小子调解过矛盾。要不,她那老三媳妇早离婚走了。她的大儿就离过婚,又娶了个带油瓶的女人,多不美满。老婆婆看见他了,而且立刻笑了说:"支书,村里也该有座戏台。"

她也听他广播来。还笑了,挺恭敬的样子。不过,那口气怎么也同样叫人听了不入法:也该!

早该,也该,应该,是该……该,该,该!都是这口气。他稀稀拉拉碰见的人,都是这种口气,就像商量好了似的。他听来很刺耳。他甚么都应该。甚么都应该给他们。他甚么没有给他们?甚么都给了,除了这座戏台。他给了他们建设了又建设的地亩,挖了又挖的排水渠道,绿树护着的高灌大渠,拉直扩宽了的小路大道,挤满村前路旁的绿森森的树株。他给了他们车马、拖拉机、机井、自来水，电灯、电磨、电动机。他给了他们学校，代销店，家家挂在炕头房檐的哇啦唱戏的有线广播喇叭……真是数也数不清咧。可他都清楚地记得它们的来历。一砖一瓦，一草一木，那都是他千辛万苦给他们打闹下的啊！几十年光景，他都老咧，那是怎么挣扎过来的？完全是靠他一个人挣扎。一个村子哩，甚么不是靠他？几十年，一个村子，全背在他脊背上，他快叫压得趴下咧，可他们做甚来？磨洋工，熬日头，拄锄把，赛舌头，坐街展览。还说应该！难道他就不应该受到夸奖、赞扬、感激、尊敬吗？马占奎捐献了一架电影机，他们议论得那么热烈。可他给了全村一切。一架电影机，怎么能同这一切相比！全村的每一家，每一个人，都受过他的恩泽。要叫他们报答，他们怎么能报答过来？可他们却说应该。他让位，他被改革下台来，他们大概也会说应该，该，该，该！他那稍有振作的精神，又跌落下来。天气真热。

那是谁呢？背着那么一大背青草，腰躬得那么厉害，像头老牛，迈着艰难的脚步。是史家老汉：死金寿。这老汉就是不背东西，也是迈着这种老牛步子。迈了多少年咧？似乎从来就是这样，不紧不慢，不死不活。不论他怎么催撵，吼叫，宣传动员，批评吓唬，上纲上线，都难改变。在困难时期，他甚至掏出自家瓦缸里的玉茭，去喂史家那快饿软了的一拉溜光屁股娃。是的，那的确是他自家的口粮。他不敢掏队里的粮食：口子一开，全村都会涌来，他顶挡不住。可就是这样，也未能叫死金寿欢实起来，快跑几步，舍力去出勤做活。看看现在，这老汉多么肯卖力气！热红晌午，像牛似的驮着像山似的一背青草。那一定是猪草。也一定是从远远的河滩驮回来的。近处的庄稼地里，不会给他长猪草了。这是给自家驮草。但那时，那许多年，难道是给支书一人做活吗？他又是为了谁呢？算咧，不说这些咧。现在，金寿婆姨喂猪发了财，他也推举她去领奖状嘛。

“老金寿，热红晌午，干劲还这么凶，也想当劳模吧？”

老金寿吃力地抬起头来，淡漠地看了他一眼。这不是他想看到的那种眼色。

“歇歇吧，来这棵树荫凉底下歇歇。”

老汉又淡漠地瞅了他一眼，继续迈着牛步，艰辛地走。

“来，歇歇，喘口气嘛……”

他竟过去扶住了老金寿的那背草。他不知道为甚么要这样做。

老汉终于给了他面子似的，站住了，吃力地挺了挺腰，猛地就与那沉重的草捆一起跌下，仰面躺倒，长长喘了口气。

“金寿兄弟，勤劳致富，也不敢劳累的太凄惶了。”

老汉不说话，只在喘气。

“听说你家想开粉坊。有甚么困难没有？有，你就说话！队上尽量扶持专业户……”

“支书，戏台往哪盖呀？”

唔，老金寿远在村外打草，竟然也听到他的广播咧。他的声音还是强大的。马占奎却只知道靠那一张烂嘴，在村里宣传。

“前街那个大场院呗！”

“我还当是在后街的老地方重盖哩。”

老金寿撂下这句话，便又吃力地背起那背草，像牛似的，驮着走了。

他终于明白了这个死老汉是撂下了一句甚么话。后街的老地方！他忽然像中了暑似的，有一种晕眩之感。

在后街，原先是有一座戏台的，坐南朝北。不知道它是甚么年代修盖起来的。他也记不得在那戏台上唱过甚么戏了。只记得，土改时在那里开过群众会。村里头一回放电影，似乎也在那里。有了农业社，它就成了堆放扇车、双轮双铧犁、湿玉茭穗穗、化肥水泥之类的二等仓库了。那年跃进，村里修建卫星养猪场，缺下材料。他似乎连想都没有怎么想，就抬手指了指这座戏台。好啦，一个白天加上夜战，就把它拆了。他记得，它的瓦楞里长满了荒草，前台几根圆柱，也早看不出曾经油漆过的痕迹了。它的间摊也很狭小，放不下新式戏班来唱戏的。可它的砖瓦、木料、青石沙石，拆下来的时候，似乎还是挺好的。而那个卫星养猪场哪里去了？他的心里，不禁涌起一种苍凉之感。啊，他又要盖戏台了。他已经计划过的，是修盖一座如今许多村子都盖的那种新式戏台，钢筋水泥，高大宽敞。但这毕竟是他最后给他们兴办的一件事啦。他拆了戏台，现在又来盖戏台，就像他带头把各家的地亩伙到一搭里养种，现在又一块块一条条重新分散到各家各户一样，仿佛是转了一个圆圈儿。新戏台盖成后，他们准会兴高采烈，欢天喜地，热热闹闹写回现代戏班唱大戏。马占奎也一定会用他捐献的电影机，放那男搂女抱的现代电影。他却要像那个卫星养猪场一样消失了。他们不会记得他，更不会感激他，虽然他曾经给了他们一切。看看老金寿那种冷淡的眼光吧！金寿婆姨靠养猪发了财，领了奖状。还要开粉坊，大发展。他的卫星养猪场，谁也记不得了。卫星养猪场开张典礼，来了那么多参观的人马。他不得不从各家各户借了猪来，母猪，肉猪，克朗猪，猪娃儿，红红火火放了卫星，叫人家参观。他有甚么办法？那时那就叫革命，就叫跃进。他们，村人们，可能都不会原谅他！

如果他能记起，那年就那么连想也没怎么想，抬手一指，便拆了那座戏台，刚才，他是怎么也不会有精神在扩音器里，发表半个多钟头的讲话，讲得出了汗，哑了嗓子。他挺不好受。他不愿在村街上走了。

三

他的宅院里，也有些空荡。新盖的五间正房，静静地兀立着。不算大，也不算小的院地上，没有种菜，没有养花，栽了几棵旱烟秧儿，也不见长。看不见鸡跑，听不见猪叫，也闻不见牲灵的屎尿气味。那几棵榆树，还是优种呢，总不发旺。还有这葡萄架，也是正经品种，却未见挂多少嘟噜。他要有心思发财，光这个宅院就够咧。可以种药材。可以养星杂优种鸡。可以养蘑菇。是的，养蘑菇。远近各村，还没有听说有谁发这个财。

他瞅了瞅离石桌不远、堆在南院墙根底的一大堆新麦秸。夏日下，那麦秸，发着银亮、白洁的光。麦秸就能养种蘑菇。可他们的麦秸只会堆成垛。活动点的，也不过是拉去卖给造纸厂。他就来养蘑菇，当蘑菇专业户。他的眼睛从那银亮的新麦秸堆上，漠然地移开了。老婆也不在咧。带着外孙进城去住了闺女家。听说，城里正唱宋转转的戏。闺女、女婿，也叫他去。他真应该去，去享享清福。他没有去。可老婆丢下他一个孤老汉，看戏去了。两个闺女都嫁到了城里。一个儿子又去当了兵。现在都不怎么愿意当兵，他叫自家的儿去。谁叫他是支书呢。支书也快不用他当咧。再也不会有那么多人来踩他的门槛，再也不会跟村干部们，见天围在这石桌四周，吵这愁那咧。但是，不知道今天还会有谁闯来。

他广播了盖戏台的事之后，头一个闯来的竟然又是马占奎。这家伙仍是那么风风火火，那么张狂地闯进来了。

"老靳叔，听说要盖新戏台，好嘛，早该盖咧！"

灰货，也是说早该，而且称他"老靳"。

"老靳叔，盖戏台，咱得出力！资助钱吧，正赶上手头太紧，刚捐献了电影机嘛……不过，咱有砖瓦窑，支援砖瓦，现成！"

果然是想来挣他的钱，这鬼。

"再说吧。"

"这就说下咧，我马占奎支援砖瓦！不会嫌咱的砖瓦臭吧？那平价支援咋样？当然，咱不是想挣队上的这笔钱，真是想支援。要不低价，减几折，行不行？"

"再说吧。我不敢犯平调、摊派的错误。"

"老靳叔，咱是情愿嘛。不怕，等戏台盖成，不能立碑吧，你不管往墙上梁上，刻上一笔：本村马占奎某年某月自愿支援砖瓦多少，就行啦……"

明白了，他明白了。这个马占奎又是来跟他争，跟他赛，来顶他的台！好厉害，好张狂，好狠。这个灰货竟然也想插进一股来，跟他一搭盖戏台。马占奎是甚么人？灰货。包工头儿，牲口牙行，外流，要钱，甚么灰事没有做过？马占奎现在当了专业户咧。可这人的钱财来得太容易。怎么能同他的钱伙到一搭盖戏台！他手里留下的这笔钱，积攒了多少年，来得多么不容易,甚至都舍不得给社员分红,才攒到今天。他要盖成戏台,最后留给他们。是他一人留始他们的!马占奎一定是不想叫他如意,这鬼。最后了最后了,还这样逼他。也许,正因为是最后了,马占奎才敢这样张狂地逼他。那些年,他批过,训过,整过马占奎。可他也曾经给这货说成媳妇。名声那么臭,不是他出面说媒,谁敢跟你马占奎。这人却不肯宽容他。还想立碑,还想刻上马某人的功德!没那么容易。这戏台,只能由他干干净净来修盖。

他没有料想到,拖拉机专业户吴有根,也闯进来了。吴有根也气粗地说,要捐献二百块钱。数目不算大,可分明也是想插进来,他有甚么对不起吴有根的呢?

村里的第一台拖拉机,是他挣回来的。在全县的三干会上,谷县长宣布,拨给他那台拖拉机。回来,他就挑了有根后生学开车。那阵,这后生还满脸粉刺疙瘩,见了生人就发怯。他请来师傅教这娃,引着这娃去考执照证,甚至借了身制服引这姓去照相,费了劲逗这憨娃照个笑脸儿。出了事故,也是他把他保回来。可这后生没开几年拖拉机,把明亮得扎眼的皮鞋也给他穿回来咧。抽纸烟不说吧,还吐甚么圈儿!而且,竟学会咬京。连跟他说话,也咬起京来咧!他不把他撵下拖拉机还等甚?当然,那也是一时发火。撵走这娃,他也挺难过。如今,有根也发财了,当了专业户了。靠甚?还不是靠他给了的那开拖拉机的技术!

不只是吴有根,还接连闯来几家专业户。他们像商量过了似的,都一律气粗地想插进一股来。这是为了甚?他们发财,他们有钱,他们气粗,到哪不能去表现,为甚要一齐来跟他比,跟他争,要来顶他的台呀?叫他们都插进来,这戏台算是谁修盖的,算是谁留给村上的?明白了,他明白了。他们都看出他到了最后了,都大了胆来气他,逼他。他们插进来,是想把他比下去。他是给惯了,给了村里一切,给了许多年,而且是应该给的。但他们,给过甚么?甚么也没有。现在插进来一给,或多或少,就都会把全村人的眼睛引过去,注意他们,议论他们,甚至会感激他们。他呢,谁还会注意！不能。谁也不能插进来。他这一笔钱，跟他们那钱财，来路不一般。他一定要单独给村上，给他们留一座戏台，完全像过去给了村里的那一切一样。他还没有下台，有权做主。但他似乎又有点莫名的惧怕。

谁来啦，又是谁闯来啦？是个女人。是史家的二儿媳妇。他松了一口气。他不由得又生出戒备来。这个年轻、精干但又从不进他家门的女人，闯来做甚？除非想插手盖戏台，再不会来寻他。

“老靳叔，孤孤单单守在家，不闷吗？”

他没有说话。她说，见天咋个做饭吃饭呀？她说，进城看两天戏怕甚。她说，他瘦咧。她在扯淡，虚情假意。他只顾抽他的旱烟。

“听说要盖戏台。不知盖甚么式样的。我说，要盖，就盖得排场些，时新些。得赛倒邻村上下……”

她还是说到盖戏台了。他早估计到了。他想，他当然会盖一座排场的戏台留下。他笑了，不过他没有觉到。

“老靳叔，我是正经来跟你说哩，不是闲话。我是反映妇女们的意见。最好能叫我们妇女们讨论讨论。盖得不称心，外村女人们来看戏，笑我们，羞我们，我们可不饶你……”

他仍笑着。他想，女人见识。女人们懂得甚么叫修建？等着看戏就对咧，打扮得骚里骚气看戏就对咧。他忽然不笑了。谁叫她来反映妇女们的意见？她是妇联主任，是妇女队长？甚么也不是。

“得叫我们讨论讨论。城里广场上那戏台，太笨，太旧式了。邻村上下，也都不咋样，我们相不中。电视上，我倒见过一种。得叫我们讨论讨论。不称心，不依你……”

她也带出几分张狂了。她甚么也不是，张狂个甚？她可能是话中有话。她走了，没有说别的话。但越说越张狂。代表女人们。得叫女人们讨论。不称心，便绝不饶他。她说话挺和蔼，又挺张狂。她仿佛是来给他下指示，指示他这个一村之长。她很可能是来吓唬他，扰乱他。她分明是话里有话。对了，她是记着旧仇。他得罪过她。史家娶她的时候，他那位堂兄曾经逼着她男人史老二,写了一张约:跟史金寿老汉断绝父子关系。可这事能怨他吗?是他那堂兄太昏。堂兄盖房,好像侵占了邻家的几尺地基。史金寿老汉好像因此说了几句不中听的话。他那堂兄就说:“死老汉你忘了你有四个儿咧?难道就不申请宅基地咧?”批宅基,是他支书的权嘛,他的堂兄能卡住?可史老二娶媳妇,竟真的先去央告他那堂兄去了。堂兄逼史老二写那约,竟也真写了。堂兄昏,史家也昏嘛?为甚不来寻他?他甚么也不知道。等他知道了,骂了他那发昏的堂兄一顿,又一再对史家说:那不过是一张假约。并没有通过他嘛,他是一村之长嘛。可史家终于不肯原谅他。村人还说,他厉害得成精啦,既收拾了史家,又落下好名声。天爷,支书有多难当!他会支持自家的堂兄这样发昏吗?他不知道堂兄为甚么敢这样昏。真的。可他们不会理解他,更不肯原谅他。史家老二媳妇不是记着这旧仇,跑来做甚?讨论戏台。他给村里置下那么多产业,谁讨论来?没有。不是照样都给了他们了!甚么讨论,不过想给他点颜色看。不称心,便不饶他。他们分明是不想叫他称心。

新麦秸闪着银光。蘑菇可以卖给外贸公司。他跟外贸公司的头儿还挺熟惯。他也能种出两畦好旱烟来。他也会进城去住十天半月,看看戏。

他真后悔,为甚么要在扩音器里向全村广播呀?他很想躲开。他不知道还会有谁闯进来,再怎样难为他。

四

夏日的夜色,已经从树荫里、小巷内、门洞中、高墙下,甚至是大街的远处,悄悄漫开。他出了门,从村东走到村西,记得是要去寻谁。寻谁呢,又想不起来了。

好像在忽然之间,又仿佛于隐约之中,传来了一片嘈杂之声。它显得有些遥远,又分明有些异样。谁家吵架了?像是吵群架。不管吵甚么架,又得他出面。不对,是出了甚么事。啊,那边天色有些发亮发红。东边,不是晚烧云。是着了火，谁家着了火了。没错，他能看出来。这类场面，他经见得多咧。

听出有人在惊叫、奔跑。他没有跑，很冷静。他应该冷静：临此关头，全得看他了。他站立着，朝那厢望了望。天黑下来了，所以那厢的声势显得很凶险，红乎乎一片，烟云被照亮后拔地腾天而去。唔，正刮着风。形势严重哩！全看他了。只有他能镇住他们那毫不济事的惊慌。

这火似乎把他的那一种寂寞感，一烧而光了。他兴奋起来。这是叫他怀恋的兴奋，伴了他许多年了，却忽然要失去似的。他朝村西的大队宅院赶去。一个很大的宅院，甚么都齐全。赶到，就先开扩音器，集合民兵。再向众人吆喊几句：不要惊慌，不要乱往现场挤，以免碍事，防止伤人。大队库房里有胶皮水管。各条街上又有自来水。都是现成的，他给他们置办现成的。大队保管能逮住吗？民兵也不像那时那样可以随时集合咧……

他站住了，回头又朝那厢望了望。不知是天更黑了，还是火烧得更凶了，那声势分明是险恶起来。谁家的火？不好。那起火的方位，似乎就正在他家附近。这火不是在他家吧？这闪念来得如此突然，恰似一把火星，顿时烧着了他心里的甚么。刚刚涌起的那一份兴奋，全被烧去了。这火，十之八九是在他家了。终于发生了这样的事。他曾预料到会发生这样的事吗？他不知道。但在此刻，他却是那么强烈地想道：终于发生了这样的事！

去年，他盖他那五间新正房时，还不至于没人来串工。还来了不少人，干部社员，远的近的，穷的富的，都有。村里数得上的好泥匠，好木匠，好纸匠，似乎都来了。来了，也都不计较吃喝招待，只忙着给他赶趁营生。这可倒好，都装着挺仁义似的给他赶趁起五间新正房，再扔一把火给烧了。这比没有人来串工还厉害！看那火势，他的整个宅院是都烧着咧。

“谁家的火？”

“不知道呀！”

他不由惊慌地问了一声。不知道是谁回答他来。没有多理他，只顾往那厢跑。天黑，看不清是他，还听不出是他？他们是急着去看火，他家的火。他们是想叫他狠狠地疼一家伙：五间新房，几千块钱，一把火就冒了烟咧，哈哈！

他们够心狠的，可他们的心也太小咧。十几万的财产，差不多全下放咧，这几千块钱能叫他心疼成甚？那十几万财产也是连着他的心，是他肉身上的血呀！入社当初，才有多少财产？可下放的时候，成了多少？十几万？怎样来的，只有他知道。他由一个小后生熬成了一个小老汉，他给自家打闹下甚么财产？甚么也没有。去年若不是赌气，他连那五间房也不想盖。不是没那能耐，是没那兴趣。

他给了他们一切，最后还要给他们一座戏台。可他们给了他甚么？给了他一把火！

"谁家的火？"

"啊呀，这不是老靳叔吗？快，快回吧，你家，不好咧……也甭太慌，有我们……你快回吧，甭急慌……"

果真是他家的火。看看，果真发生了这样的事。他不由跑了几步，觉得腿有些发软。终于发生了这样的事。

天色更黑暗了。他家的火似乎烧得更上了劲，那么欢实、那么明亮、那么凶险。麦收以来，天气好得出奇。没下一场透雨，天天都是热得红透的响晴天。没雨怕甚。他是早把机井、高灌站、电线电机、防渗的干渠毛渠，都给他们预备妥帖了。这热得红透的响晴天，却正好放火。今儿又多了一股风。看那势，五间新房早该烧倒了。烧吧。把他那五间新房，那从地主手里分来的宅院，那不值钱的家业，都烧了吧。叫大家看看，他给了他们甚么，他们又给了他甚么！

火，咋就熄灭咧？刚才还烧得那么欢实、那么明亮、那么凶险，这么快就熄灭了，只冒着烟。围观的人果然不少。全村人都挤来了吧，都来看高兴。可惜火已熄灭了。

"老靳叔——唉……"

谁的眼竟这么尖利，立刻发现了他。发现了他，他们立刻悄没声了。悄没声了，心里也在笑。

“老靳叔，好玄乎，没事咧——回吧，众人都回吧，没事咧。该看电视看电视，该睡觉睡觉去，想熬眼赶趁营生就赶趁去，回吧回吧！”

原来是马占奎这货。马占奎亮着嗓门，在指挥众人。这种场合，本该是、一向也是他站出来指挥压阵的。他一声出口，谁都得听。此刻，却竟是马占奎。又是马占奎！众人没有动。不听马占奎指挥吗？他们又嚷吵开了，忍耐着，小心着，没听见谁笑。他们不想解散，难道看高兴还没看够？

“回吧回吧，没事咧，都小心些吧，看多玄乎！刚请来财神爷，甭惹下火神爷，回吧，都回吧……”

众人不肯散去。马占奎却抓紧机会表现，仿佛当了一阵干部似的。他们这些人。

街门楼烧黑了，没有塌。街门右首的小南房烧塌了顶。小南房东山墙根底有一堆湿淋淋的灰。唔，这是那堆新麦秸。蘑菇还没有顾上生，倒叫他们放了火了。火一定是从院墙外扔进来的。早侦察好啦，这里堆着新麦秸。但那么凶险的火势，竟只烧了堆放柴炭的小南房，离院北的新正房还远哩。放火也不寻个好手！是不敢火烧连营，还是只给他点颜色看？

“老靳叔，真怕人，看这风！幸亏上水不挡手，众人也来得快。要不，真怕人哩……”

他想躲开他们，他们还是跟进来了。几个村干部，还有不少专业户。他们当中，又只听见马占奎在哇啦。真怕人，真怕人？这点小茬口，能吓唬住他？去吓唬社员吧。街上的社员呢？听不见动静了。散了，听从马占奎的指挥，散了？马占奎真积极。这火，说不定就是马占奎这灰货放的！很可能。可放火，马占奎也不是好手。

“老靳叔，这火起得日怪！我们急笃慌忙跑来，高低呐喊不应：没人在，咋会起火？可我们得救火呀，众人忙乱着救火，也没法保护现场咧。不过也不怕，不愁给你查清……”

吴有根也想表现。不愁给他查清，口气倒不小。怎么忘了咬京了？还晓得保护现场。不，吴有根是高兴无法保护现场。难道这火是吴有根放的吗？有可能，娃娃，甭高兴，他才不愁查清呢，这种案子，他查得多啦。

“支书，心里也不要太受制了。烧塌的小南房，改天叫我那四个儿，给你修盖……”

“修盖小南房算甚？有我们。眼下是说这火起得日怪！”

“就是，是日怪。不过，我那几个儿，和泥耍瓦刀，还行。那小狗日的们，也有力气，唉。”

他没有发现史金寿老汉竟也混在他们当中。他不由抬头瞅了这老汉一眼。一半脸面叫烟熏黑了，一道眉毛叫火燎焦了，火还烧了半截裤腿，水还湿了整个脊背。难受的样子，恭敬的样子，服帖的样子，就如过去的样子。过去总是这种样子，却总不肯舍力给他做活。今夜救火，分明是舍身卖力来。为甚呀？难道这火会是史老汉那几个儿子放的吗？

他又抬头看了看，史家老二媳妇跟几个女人也没有散去。她们在烧塌的小南房那边，躬着身做甚么。马占奎、吴有根，还有其他专业户，也都燎了头发，烧了衣裳，湿了身子，黑了脸面，一副打过仗的样子。他们为甚么要在这个时候放火烧他呢？扰乱他盖戏台？反对他盖戏台？逼他快快下台？

他们终于走了，都走了。街门对过那盏还没有损坏的路灯，将亮光投射进来，静静的。只有树影儿在石桌上摇晃。还有风。他划了几根火柴，才吸着了旱烟锅。吸了几口，吸得很猛。越吸，仿佛越来了气似的。他用了一股狠劲，把烟锅里的烟灰磕到石桌上，声音很响。烟灰还没有烧尽，正炼做一团，冒着烟儿，风一吹，还闪着红红的火亮。他正在旱烟荷包里重新装一锅烟，还没有来得及去石桌上续那火，忽然又来了一股风。是一股分明强大了的风。它刹那间将石桌上那团烟灰吹得红亮，红亮地骨碌碌滚动起来。滚下了石桌，滚向西去，滚到了小南房的东山墙根底，更亮了一下，便在那刚刚浇灭了的湿麦秸灰堆里，暗下来，熄灭了。

他是盯住在看这一团火亮骨碌碌滚动，滚去，停下，更亮了一下，最后熄灭的。但许久，他才忽然吃了一惊。傍晚，他出门之前，坐在这里吸旱烟来吗？似乎没有，又似乎吸来。

五

难道这场火真是他自己不小心惹起的？不可能吧。公社要派特派员来调查。但不是他报告的，是他们，马占奎、吴有根他们。

自从发生了这场火，他们，村人们，分明对他不一样了。谁碰见他，都会站住，难受地、恭敬地、注意地，甚至是带着几分器重地，看他。又仿佛是商量好了似的，一律都要先唉一声，才说话。说话呢，那语调也好像是动了感情。素常能说的，却说不了几句。平日不善言语的，倒努着多说几句。努不出，也要多唉几声。他又受到了注意，他又受到了恭敬。比被注意、被恭敬似乎还多了些甚么。这场火，分明比他的盖戏台之举，还要反应热烈。但那是多了甚么呢？是对他的敬爱，感戴，还是可怜？

马占奎说，总共有二十八人烧了衣裳，轻重不等。不过都不在乎：的确良那材料，太见不得火。这家伙真像个干部似的宽慰他。还说，等调查完毕，就叫人来给他修盖小南房。

吴有根也说，已经安排好啦，等特派员来验过现场，就动手修盖小南房。想修盖得宽大点。这龟孙、说话挺拘谨，没有咬京，没有用那种口气，还送给他一袋麦乳精和二斤小月饼。狗日的，大概是收的别人的礼，借花献佛。

史金寿老汉也来了几次，愣要抢先修盖小南房。死老汉不懂得保护现场。但样子十分难过，像亏了理。史家的那四个后生，却没有露面。只有老二媳妇来说过："自个儿做饭嫌麻烦，就来我们家吃几天。粗茶淡饭的，现成。"她又提到盖甚样戏台，得叫妇女们先讨论讨论。

特派员还不见来。如若这火真是他自己不小心惹起的,那就太没有意思了。这没情由的火,平白给他们创造了一个露一脸,插一手的机会。威风地指挥救火。像干部似的宽慰他。还光荣地烧了衣裳,燎了眉毛头发。而且,都争抢着来给修盖小南房。他不会叫他们来修盖的。这个小小的柴炭房,他能顶挡住。但修盖戏台,他能顶挡住吗?砖瓦从哪儿买呀?不用马占奎的,舍近求远,到外村去买吗?外村也是专业户承包砖瓦窑了。劳力呢,工匠呢?那时,他一声出口,就把他们吼来,记点工分,得啦。如今,不那么容易咧,工匠成了专业户,劳力成了各人的。

他忽然意识到他最后要留给他们的戏台,最后要办的一件事业,已经很难像过去那么去办了。他没有想到竟然会是这么艰难,这么沉重。分明有种力量出现了。他难以像过去那样左右的一种力量,在他们中间出现了。他曾经给过他们一切,可怎样也不曾料想到他们还会产生这样一种力量。他们有了砖瓦窑,有了拖拉机,有了千元万元、千斤万斤,有了的确良衣裳,有了时新的布草帽,有了电视机、电影机,有了新瓦房、新院墙,还有了那欢实的力气,逼人的神气……这一切,都已经不是他给予他们的了。他十分伤感。他不知道历史在转弯的时候,也会产生离心力。而这种压力,正比别人更分明地作用于他的身上。因为他背着全村,负重最甚,重心似乎便在他一人之身。他觉得沉重无比,简直快要承受不住啦。但他似乎也预感到了,转弯之后,那一向背负在他脊背上的重荷,显然要分散到许多人身上去了。他不免又有一种失落感。他是负重惯了,虽然沉重,却又感到那似乎正是他生命的意义。他不能设想,更不能习惯,那沉重的一切,会不是完全背负于他一人之身。他不能理解,或许暂时还不能理解,正是历史将那曾压于他一身的沉重负荷,合理地调整到众人身上去了,倒以为是他们个人从他手里争夺去了甚么。

他又用了一股狠劲,把烟锅磕在石桌上。一团烟灰磕出来了。他正要走,去寻其他村干部商量盖戏台的事,猛然又惊觉到甚么,忙回头看了看那团烟灰。它没有烧尽,正炼做一团,冒着一缕烟儿。但看不出火亮。此时已没有风了，显得有些寂静。只有墙外的路灯光，将树影儿投映在石桌上，斑斑驳驳，有点古怪。他还是把那团烟灰弹到地上，踩灭了。他走出街门，夏天的夜色正在悄悄漫开、加重。仿佛在隐约之中，又好像在忽然之间，传来了一种声响。但它分明是激越的、热烈的、优美的，是邻村在唱戏吧。

第三章　云中河

一

夏天的黄昏真长。他从她那里返回河边来，天色仍然明亮着。河水依然静静地流淌着，就是在这寂静的傍晚，也没有多大声响。他本可以在她那间小小的教员室里多坐一阵子，可就是坐不住了。

她的小屋，有一股挺好闻的香气儿，不知是香水味儿，还是香胰子味儿。可她却坐在桌前不动！一边跟他说话，一边还得忙她的营生，写画着什么，或是看书用功。顾不上跟他恋爱呀？顾不上就拉倒嘛。而她朝他笑的时候，却又笑得挺甜。他每次来，她也准在。学生娃们早放学啦，教员们也都回了家，她一个人猫在教员室做甚？像是在等他。把他等来了，又总这么坐着，尽说些不管用的话。

他每次来，都带着一个希望，那就是从她口里掏出一句管用的话来，可每次都什么也掏不出来。她总是说天上的云彩，书上的诗歌，城里的这呀那呀，电影电视好呀赖呀，还有就是她兄弟。今儿，就又扯起她那在武汉上大学的兄弟！他不爱听。她笑得再甜，他也不爱听，他真想实话问她一句：这么谈，管用不管用？当然他没问出来，只是在扯淡的口气里添加了几分威风。威风地跟她扯了几句淡，坐不住了，只好起身返回。

可他起身要走时，她又说："哎，这几天，进城来没？"

她扭过身来，又给了他一个甜笑。是不想叫他走吗？他更装出那股威风，说："没。进城有甚事？"

"甚事也没。该下场雨啦。"

"早烧连阴晚烧晴，你看，哪有雨？"

"云彩倒烧得挺好看。"

"嗯，好看。"

又说云彩，又扯淡了。他还得跟她再扯几句。不过，扯不了几句了，他下决心走了。她站起身来，却仍然没有送他出来。

在河边，他望着那还没有退尽的晚烧云，努力去瞅出它的好看之处来。半年来，他不断做这种努力，似乎已有些出息了。五彩的晚烧云，果然比黑云彩、灰云彩好看。可这一回见面，依旧没有掏出管用的话来。挨过了，等盼了十天，就这么见了一面！她总爱说电影电视。可他们这一种恋爱，跟人家电影电视里那情形简直相差太远了。这能叫恋爱吗？他能够恋爱吗？

他挽起裤腿，蹚进暖热的云中河水，回头望着她那临河而立的小学校，不由又怀疑起自家，怀疑起刚刚发生的一切来。

恋爱这营生，对于他简直是太突然了。他自己干得也太莽撞了。

他早已到了恋爱的年龄。他早已烦躁不安地意识到，在这个世界上还有一个比村里的队长更重要、比队上的工分更重要的东西，那就是媳妇。可这个东西谁能给他呢？他从社办中学念完书回来，不用考试，不用走后门，更用不着梦想，只用跟队长说一声，便可以扛一把镢头去挣工分。有了工分。就有吃喝。没多有少，没好有赖，农业社不会饿死人。饿不死，就能长大成人嘛。只是，成了人，需要媳妇这东西，队里社里可不管啦。队里不管，只好由爹妈来管。当然，自由恋爱也是有的。书上电影上，还有戏文故事里，编得就更撩人、馋人。嗐，那只能临时乐一下，不管用的。

最实际的,还是靠爹妈。村里的后生,十个几乎仍有十个都是等爹妈给说回一个媳妇来。他也只能这样。当然啦,他也会梦想,照着书上戏里的故事去想。除了自家想,还敢跟他一般需要媳妇这东西的后生们,蹲在庄稼地垄里,钻在黑夜的磨房里,趴在带彩的画报上,肆意地说。怎么美,就敢怎么想。怎么坏,也敢怎么说。因为心里都清楚,那是瞎想胡说。想完说罢,还得照样等着。

他前头,还排着三个哥哥哩。

大哥这个头,就开得不好。脱生在他们这个凄惶人家,偏又长得不出奇。头大脚大,个儿却矮。又跟父亲一样,只会死做死受,不会说话。谁能相中他呀?他不说甚,照样死做死受。可爹妈煎熬煞咧:他后头还有他们三个兄弟哩。快三十啦,才好歹从西乡山旮旯里说成个媳妇。价钱也不算低,可人呢,却像个还没有发育成熟的小姐子,又瘦又丑。她怯生而又新奇地走进了他们史家,做了他们的大嫂。虽也尽力喜庆了一回,可大家却分明觉得没有多少光彩。

二哥比大哥生得出息,有几分女娃们那种俊秀气,心也灵,口齿也利洒。母亲一心想从平川娶个媳妇回来,就是愁着掏不起平川聘闺女的价钱。再去山旮旯里说一个回来吧?二哥说:“咱当光棍,还不行呀!”当然不行。子孙当光棍,便是父母的罪孽。免了罪孽,又掏不起那价钱。出不起价钱,却还想光彩,还想要强。难哩。幸亏,他姨家那个表妹,愿意跟了二哥,算是解了这难了。亲套亲,价钱好商量。姨家又是平川人家,该真正办一回喜事啦。可谁就料到,因为父亲曾经得罪过人家支书的堂兄,这回还是没有欢喜起来。为了从大队批几分宅基地,给二哥粗糙地盖两间新房,支书的那堂兄竟要了更可怕的价钱:二哥得写一张约,申明跟老子断绝关系!虽然无奈写了张假约,可还是几乎把父亲气死。

轮到三哥,家里的力量更空虚了,父母的心劲也伤败到底了。罪孽也罢,光彩也罢,全顾不得啦。只有大家的一颗心,被煎着熬着。可像他们这样凄惶的庄户人家,就是一颗心吧,又值甚么钱?不过,生得粗壮又愣丑的三哥，似乎还有点福气。那愁人的总也不变的日月，忽然像要变啦。先是给各家分了点猪饲料地，不久又增加了自留地，接着就分下口粮田，到后来，干脆把地亩叫了责任田，全分到各户咧。父亲还愣怔着，闹不清是咋回事，母亲却吼喊起全家，急急慌慌赶趁起来。赶趁的结果，就是给三哥娶回了媳妇。价钱出得是够了水平。三嫂也是正经平川女子。新房新院也盖上了。大家也没有受太大的气。因此，喜事终于算是办成喜事啦。

眼看着轮到他这个老四了，那么艰难地排着队，总算是轮到他了。他没有甚么要求，没有甚么挑拣，只想快。快些给他一个媳妇！看眼下的光景，要快，仿佛也不很难。自家有地亩，有副业，更有兄弟四人，都是好劳动力，也没谁想偷懒儿。不用熬多久，便能再出一个好价钱。他没有料到，怎么也不会料到，母亲居然对他说："四四，你得自由恋爱一个媳妇回来，妈并不封建。妈更不是想省钱。俺娃是最末尾一个咧，要新式一回。甭怕，人家提甚条件，你都答应！咱就不能新式一回呀？俺娃不丑，不憨，争口气……"

母亲居然是这样来安顿他的婚事，这简直是派给他一个可怕的营生。自由恋爱，他咋做得了这营生！母亲又怎么能思谋出个这么可笑的主意来？在他的印象中，母亲完全是一个旧式的庄户女人，忙碌，实际，粗俗，当然也有些好强。好强，也不能这么个好强法呀。他听说，母亲在娘家做闺女时，曾经是村上的积极分子。现在，派给他这么个营生，是想再积极一下吗？他做不了这营生！母亲却十分坚决。全家人呢，几乎也都说，是哩，就新式一回。

嗐，这叫甚事呀。人家书上电影上，都是后生闺女想恋爱，做爹做妈的愣是反对，闹得死呀活呀。他唱的这出戏，倒是颠倒过来啦，他做不了那营生，爹妈愣逼着他去做！ 可做不了，也得去做：爹妈不给他买媳妇了。他们想新式，想光彩，想来个新式的光彩，但这却难为了他了。这种难法，也是新式的，叫他去受新式的洋罪哩。他不走运，他没福气。不过，他也想去试试。过去的瞎想胡说，忽然竟变成正经任务啦。他也有点儿兴奋，心里怪痒痒的。

正月里，他进城去看红火，在满街新式打扮的人流中，他也并不丢人。他穿戴得挺时新，身上纽扣、兜儿挺多。梳洗得也够光俊，皮鞋也能踩出响声来。这不是抖富，是母亲支持他这么打扮，打扮起来吸引对象。不过，他没有吸引过谁来，却被她吸引住了。在拥挤的人群中，不知怎么就瞅见了她！可她分明没有发现他，很快，夹在不能停顿的人流中，就错过去了。几乎只看了她一眼。可这一眼，就够厉害哩。当然，要是在过去，再厉害的一眼，也不会咋的，顶多是回来瞎想一阵，就拉倒啦。可现在，他是正经做这营生呢。天旱，盼着雨了，不能拉倒。

这就是她吗？可不是她。她也发育成人了，成了一个大姑娘，而且居然出脱得想象不到的俊秀程度。既是自由找嘛，就得拣这种俊的俏的。她又俊又俏，俊俏得没有了一点乡下妮子的庄户气。没有庄户气的女子，也似乎才适合自由恋爱。就是她了。得去找她！

不知是因为意识到肩负了一种正经使命，还是那需要媳妇的迫切心理催逼着他，或是她那俊俏太厉害了，反正他是忽然产生了一种意识不到的勇气。

她是他在社办中学念书时的同学。不过这同学关系挺扯淡的。那时，都还憨哩，根本想不到将来要恋爱。但能认得，也算是基础啦。他很快打听清楚了，她在村里当民办教员，没结婚，似乎也没对象。爷，这不是正好吗？她村就在河对岸，只隔了这条云中河，又不是天河，为甚不去找她！去试试，去碰碰，说不定，他真会有这份福气。

等到红火过去，学校开学，他真去了。她很意外，很惊奇，不过并没有撵他走。但也不怎么稀罕他。他努力装得有威风，挺气派，大模大样，可她也仍然是对他说些不相干的话。那恋爱，是该怎样开头呢？他到底不是做这营生的把式，过去所有的瞎想胡说，究竟算不了经验。想开头，愣是开不了，只好走。走时，她说了一句话："有空，来吧，又不远。"

这句话是甚么意思呀？客气，还是有意？她说这句话时，似乎还笑来，似乎还笑得挺甜。不过，人家既是客气，也不能哭丧了眉眼吧。她不笑，那眉眼也是甜的。近处看她，更俊俏啦。俊俏得连她本人是怎样穿戴打扮，都没有注意。只觉得，她是太适合恋爱了。就是猜摸不出她有意没意，更不知道正经恋爱该怎么开头。为这，他回来足足思谋了一个月。一个月后，才第二回又过河去寻她，这次去找她，并不是思谋出甚么结果来了，只是忽然想起，好像在甚么地方说过，恋爱那营生，就得去追，愣去追。他就追去了。

又追了一回，分明也没有甚么长进，几乎就跟头一回一样。只觉得在她那小屋里多了一股香气似的。到底多了没有，他也不敢肯定。头一回去找她，只是注意了她的眉眼，连穿戴打扮都没有注意到哩，哪能顾上闻见香气儿没有？二回去追，闻上香气了，却仍是主要注意她的眉眼，越注意，越想追，又越不敢狠追。这么高级的眉眼，会对他有意吗？

不过，她也终于注意他的眉眼了。记不得是哪一回啦，她瞅住他，冷不防地说：他长得像普希金。可普希金是甚？她拿起一本封皮破烂、纸也挺黑挺糙的书，翻出一个印得挺不清的人头像来，叫他看。爷，那咋会像他？她说，眼像，下巴颏像，脸黑得也像。嗐，原来是作践他！他的脸可不黑。他们史家四兄弟，数他脸白哩。村里谁都这么说，她咋说他的脸黑，是看不上他吧？哼，她咋不说，他饭量大，也像普希金！

她告诉他，那是一本诗，是她弟弟的书。她总爱说她的兄弟，在武汉上大学，水利电力学院！这不是借她兄弟贬低他，嘲笑他，寒碜他吗？

但她又从来没有撵他走。每回去追，她也总在那间小小的教员室里。是在等他吗？又掏不出一句管用的话来。所以，追了这么长时间了，仍不知道追到那恋爱的路上了没有。虽然敢追，却不知道追得像不像，对不对，管不管用。多少次，他真不想受这新式洋罪了：算哩，快给他一个媳妇拉倒吧。可说实话，丢了真不忍，简直是丢不开了。已经从春天追到了夏天，不断地去她那里，怎么就迷不住她呀？

他蹚过了河水，走上了这岸。他这岸，没有厮守着河道的柳树，一眼就能望见那熟悉的地亩、庄稼，还有他那村子。

他不配吗？他缺少甚么呢？

二

河滩的蛙声响个不停。那像是音乐吗？她听不出甚么韵味来。可在诗里常见人家写蛙声。也许是她太笨了，天天夜晚听这蛙声，竟也听不出诗意来，只听见它响得很热闹，不管不顾，毫不拘束，像是在庆祝甚么，又像是呼唤甚么。难道天天都有要庆祝的吗？那天天又在呼唤甚么？窗外，出现了一两颗星星。诗里也常写星星。星星很美，很神秘。她从小就看惯了星星，可直到现在才真正看出了星星的美和神秘来。而且，这一份美，这一份神秘，是难以说清的。这似乎像是诗意了。她也能逮住诗意了？她也并不那么笨吗？

多少清静的傍晚。不是村里人那种匆忙做饭吃饭，早早吹灯上炕的傍晚，而是诗里常写的富有诗意的夏天的傍晚。在这样的傍晚，她应该写诗。可惜她还是有些笨，逮不住多少诗意。她只会看诗。看诗，河滩的蛙声又骚扰她。她给弟弟写了封信。弟弟来信说，暑假不准备回家来啦，他想跟同学们一搭去旅游。他们坐最低等的舱位，有几块钱就可以到九江。然后步行上庐山。也不住旅社，露天过夜。游了庐山，再去游黄山。他估计了一下，花销跟从武汉坐火车回家过暑假差不了多少。而旅游一下，对他的学业会大有益处。有甚么益处呀？他不过是想去游玩游玩。可爹妈听她念了信，立刻就说："快给你兄弟写封信去，俺娃想去游玩，就去吧。钱上头甭那么节省！该住店就住店，该吃点心就吃点心，不敢作践了身体。不敢从山上跌下来。坐火车，甭坐船，船不稳当。往宽裕里估算，得捎多少钱去？快来信告诉家中……"还说，想游玩，去游西湖多好。尽钻山旮旯图甚呀？

这句话，她没有写上。爹妈不懂，庐山黄山可不是那种山旮旯，那是全中国有名的山水风景。那山水风景一定更有诗意。弟弟上了水利电力学院，仍然爱好诗。弟弟是想去写诗吗？弟弟上了大学，把几本诗留给她了。可她太笨，她只能羡慕弟弟，想念弟弟。她想得最多，也是最愿想的，还是弟弟，就像那几年，她总是想她的大伯一样。她大伯本来像她爹一样平凡，老实，毫无奇特的地方，可忽然当上了支书，没几天竟然调到县上当了书记。她真兴奋，忽然觉得自己似乎也不平常了。她想象了许多的事。可惜甚么也没实现，只是摊上了一个本村的民办教员。大伯很快也背兴咧，被贬到县农科所当了支书。麦收时回来，说那小支书也快当不成啦，想回村来当专业户。她不愿再想她的大伯了，幸好她又有了一个考上大学的弟弟。弟弟是可靠的，正经大学生，不会背兴。她也不去梦想别的好事咧，只爱想诗。现在有吃有穿有钱咧，还有甚么比诗更好的东西哩。更主要的是，她的弟弟是爱诗的。弟弟是大学生！弟弟要去旅游。

她甚么时候也能去旅游一趟呢？跟他一搭去旅游吗？他似乎并不爱诗，可他长得像普希金，脸黑黑的，头发天生有些卷曲，可惜不长。他也有那么一种傲气。她喜欢这一种傲气。一般村里的后生，本来也挺精，挺体面，可出了门，见了生人，尤其见了对象，就理亏似的，发怯，发呆，低三下四。他跟他们不一样。跟他一搭出去旅游，也不丢人。她和他长得都不丑。照着城市人的式样打扮起来，也会丢掉庄户人的土气。难道她和他就不会像城市里的对儿，小说电影电视里的对儿那样，大方地、亲热地在外头旅游吗？

他又来过了，隔了十天，又隔了十天。不过，已经变成十天了。一个月，二十天，半个月，已经缩短成十天了。真有意思，他还真有骄傲有毅力。可她分明也有吸引力。她到底把他吸引得越来越近了。他也许是故意这样规定了时限来见她。不过，这样规定了时限来见她，挺有趣味，像小说里写的一样。她喜欢这样。虽然，她和他只隔着一条云中河，可在这规定的时限里，谁也不能见谁，只能想念。想念，等盼，这就是相思吧？

没有相思,怎么能叫恋爱!是哩,他们这才叫恋爱。他不懂诗,还真懂恋爱。他头一回突然闯进她的小屋来,那就很有一点浪漫色彩。他说,他是正月里在城里忽然瞅见她,就想来找她,于是便大胆闯来了。这挺奇特,像浪漫的恋爱。她正是在渴望一种真正的恋爱。村里的几个后生,一点也不懂恋爱,只会低三下四地缠她。媒人说媒,就不叫恋爱咧,只能叫她烦气。城里的几个呢,却仗着非农户的身份,高了一等看她,那也恋爱不成。正好,他闯来了。这多像小说里写的,是爱神降临啦……她有一个在遥远的武汉上大学的弟弟,她应该这样来恋爱。

他已经把见面的时限缩短了几次,这恋爱是在一步一步走向高潮吧。高潮应该是甚么样儿呢?山盟海誓地订婚,难舍难分地见面,公开在村里、城里厮跟着逛跶,当着众人说亲密的话儿?似乎还应该更浪漫一些。已经半年了,可他来见面时跟先前也差不多。来了就坐下,坐下就东拉西扯,拉扯中间带着一分骄傲,丢下这一分骄傲便起身告辞。当然也胆大地、火热地看她,也无缘无故地笑,也泄露出被她吸引的各种情状。不能坐得离她近一点儿吗,不能说些更贴近恋爱的话儿吗,不能增加些新的内容吗?人家那真正的恋爱,到了这种程度,不知应该是怎样一种情形。总不会还是他这种表现吧。当然,真像小说电影电视里那么种浪漫的亲热,她会害怕的。可既然是不同于庄户式的真正恋爱,那些浪漫做法似乎也不能避免。害怕也得往那一步走。他懂得往这一步走吗?他说,他也看小说,看电影电视。可他不懂诗。见了面,总呆坐着,拉扯那不相干的话,跟一般庄户后生妮子的相亲又有甚么区别!是的,这关系到他们恋爱的性质,是否真正新式、真正浪漫、真正超脱了庄户气。弟弟能做省钱的旅游,他能想出不叫她害怕的亲热法儿来吗?

夏日的傍晚更加恬静了,只有河滩的蛙声还在呼唤甚么,只有窗外的几颗星星还在不肯安静地闪烁。她觉得这傍晚更迷人,更神秘了,简直不想回家去啦。她不觉得饿,不觉得累,只愿这样想下去。是想他,还是在想她那个新式的浪漫世界?她分不清,也没有去分。她终于还是离开学校，回家去了。家里、村里的人，都一向以为她是在用功。她这是用甚么功呀？她望望河对岸。那岸似乎也很神秘。而她的村子，在夏日的傍晚正渐渐隐去那可见的模样，依稀是另一个世界了：她设想的那一个世界。

三

他回到自家那个庄户院的时候，天色仍然没有完全黑下来。像每回从她那里回来一样，他总会觉得自家的宅院有几分陌生似的。

这院落虽是村里那种老宅子，却并不宽大。现在看去，更显得拥挤、凌乱。宅院的主体该是那坐南朝北的三间瓦房了，可它在这窄巴的院落里似乎也显得不够分量。房身低矮，间摊也很狭小，椽檐、门窗、屋顶的瓦楞，也都十分陈旧了。它同现时忽然立起的那种宽大阔绰的新房舍，不能相比。在这正房的东西两厢，还有两个更加窄巴、粗劣的小耳房。冷眼看去，小院中央那个猪圈反倒比这主体建筑更显眼。它垒盖得虽也不够出色、讲究，不过是庄户人家那种传统的猪圈罢了，但它占的地盘不小，而且是占据了小院的正中央！院中央赫然兀立了一个大猪圈，这倒很有点奇特色彩。但小院叫它挤塞得更局促了。西院墙那厢，是一个牲口棚。院墙东面，还有一间小棚，里面堆满了糠、草、柴炭、锄镢镰耙、筐儿篓儿化肥袋儿。在院内那剩下不多的空间里，堆放着数不尽的农家杂物，还有那清出的圈粪和垫圈的黄土堆。

他默默地环视着自家的小院，不由产生出一种强烈的憋屈感。他觉得肚饥咧。可那秫秸的浓烟刚刚从东耳房低低的门窗里涌出，风箱的呼嗒声也正响得猛烈。他知道，大嫂刚刚生起灶火。大哥家的那两个大丫头，在小耳房门外挑米、摘菜，那个小丫头坐在地上，正在啃半根黄瓜。母亲是照例在院中央喂猪。而她立刻就发现他回来了。

“四四，你去来？”

母亲关切地，兴奋地，甚至有点儿讨好似的问他。他知道母亲是问他甚么。他每次去见她,母亲都能看出来。他没有说甚么。

“人家提甚来没有?”

他仍然没有说甚。母亲提的问题,不对头。

“人家提甚么,俺娃都应承,不怕!”

他不由得有点儿发烦啦。可他仍然甚么都不能说,宽慰的和顶撞的话都不能说。在这弥漫着柴烟的局促的老宅里,在那渐渐昏暗的暮色中,他看到母亲已分明显老了。

母亲,他的母亲,在这个庄户老宅院里劳累了一生,她已经粗糙得像个男人了。她的脸,满是皱折,虽不算瘦,却没有多少光泽。而那脸色,就如同她身上的衣裳,一年四季都分不出是灰,是黑,是黄,是白,很像是收割了的庄稼地的那种色调。她的头发似乎永远也顾不得梳理。肩头,脊背,膝上,裤腿总沾附着尘土、糠屑、柴秸。她那双比他兄弟们还要粗涩干硬的大手,总在忙什么呢——多少年来,就是她在挑着这庄户老宅的沉重的生计之担。在母亲那同样没有多少光泽的眼睛深处,有一种只有他才能看到的东西。即使此时有兴奋,有关切,有讨好他的神色,也不能把它掩住。他不能顶撞她,但也觉得难以宽慰她:他仍然没有带回管用的话来。

他甩掉那身时髦的夏装,冲进牲口棚,忍着饥饿,发力地、拼命地垫起圈土来。这正是母亲企望于全家人的:像学大寨时那样拼死拼活地做营生。母亲也很像过去的生产队长,威严地领导着他们这一大家人:他,父亲,仍在这老院里跟他们一起过活的大哥一家,已经另有新院的二哥一家和三哥一家。大小十四口人,起早贪黑,拼死拼活,大干苦干。

“四四,你快歇歇吧,那营生不用你做!”

他知道,母亲会这样吼喊他的。他不肯停住。母亲简直焦急起来。

“四四,你去歇你的!这营生谁也能做!咋咧,人家待你不如意来?现时闺女都那样,要耐心。她提甚,你都应承……”

他真想顶撞几句,但不能。在全家人中,他是唯一受到母亲特殊优待的,这优待甚至超过了孙辈娃们。为了甚呢?为了他能自由恋爱成功。叫他穿最时髦的衣裳，却不叫他做任何苦累的营生，怕他晒黑脸，怕他磨粗手，怕他身上有汗腥气味。而家里其他的人，却在母亲的领导下，加倍地苦干，节俭，拼命。这使他心里觉得沉重，也很有些惧怕。他只得扔下家什，走出牲口棚来。

他走进东耳房，想舀水洗脸。在烟雾和水汽中，大嫂的脸被一闪一闪的灶火光亮照着。满脸的汗珠。可在这脸上，还是朝他露出了一种笑意来。

“四四，你去来?”

大嫂也这样问他。他觉得更加难以作答，他点了点头，迅速舀了水，走出那烟雾与火光交织的小耳房。大嫂到他们史家已经有许多年了。不知因为她是从西乡山里娶回来的，还是因为她接连生养了三个丫头的缘故，说话办事总是怯生生的。她毫不讲究穿戴，不做任何打扮，虽然她的肤色比平川女子还要细白些。她很瘦，很矮。她什么营生也做，粗活、细活、地里、家里、公婆的、小叔的。她对谁也不违抗，不埋怨。可当家的母亲也似乎把她忘记了，只是同样嫌她苦干不够，拼命不够。为了什么呢？为了他，为了他的自由恋爱!

他没有用心洗脸。他听到母亲在亲昵地喝骂猪娃。母亲催撵大家做活的时候，却是听不出亲昵来的。为了他，母亲对大家几乎变得苛刻、无情了。

大哥回来了。那步履是匆促的，却又几乎没有一点响声。没有响声，他也能听出:大哥已疲累不堪啦。大哥是进城拉粪来。小车上的汽油桶，装满大粪之后，大哥就得跟着小粪车往回赶路。他怕累着毛驴，绝不会坐在车辕上。三十里路，匆匆地、悄悄地走回来。而每去城里那家工厂淘粪，除了打扫厕所，还要打扫厂后的大院，还得赶了驴车去倒厂里的垃圾。这是没写契约的合同，是母亲创下的先例。

是的，正是母亲带领着他们兄弟几个，用给人家扫院、清除垃圾做代价，换得了淘粪权。那堆积了多年的垃圾，还有基建之后留下的砖头瓦砾,他们整整苦干了十来天。真是苦干,苦得叫人家可怜。天不明,便急笃慌忙赶趁了去,干到天黑,才又挣扎着返回。晌午,就到人家那茶炉房要碗白开水,吃自带的干粮。不能到工厂食堂买份素菜吗?人家卖给,主动想卖给。但母亲舍不得。人家那工厂的工人、干部都可怜他们了……不知是不是因了这可怜,便将厂里厕所的淘粪权让给他家了?他只觉得难受。几个强壮的后生,叫人家可怜!他不能去淘粪。当然,后来他跟她恋爱上了,母亲也不会叫他去淘粪的。可他进城路过那工厂,也不由要低了头,匆匆走过,不敢朝厂门瞅一瞅。大哥却无言地揽下了淘粪的营生,定期去厂,毫不推脱。大哥就不怕人家可怜吗?大哥默默无言,脸上也无甚表情。大哥是他们兄弟四人中最不出奇的。没有脾气,没有嗜好,没有贴近的朋友,只是成天默默无言地做活。可今儿,大哥也忽然开口问他:"四四,你去来?"

大哥那一向无甚表情的脸上,此时也现出了一种长兄的关怀来。他只好又点了点头,比刚才有力些。

大哥挺满意,扭身钻进东耳房去啦。准是喝凉水去了。他没有听见大哥跟大嫂说什么话,也没有看见大哥跟自家的丫头们有什么亲热的表示。从耳房出来,便又匆匆走出街门,牵回那头毛驴,拴它到牲口棚。跟着,又匆匆朝街门走去。

他知道大哥是卸粪桶去了。卸下粪桶,还要去拉垫圈的黄土。他跟出去了。

"大哥,我去!"

"不用你。"

"你歇歇,我去吧。"

"不用!"

大哥好像生了气似的,但立刻又笑了笑,瞅住他,说:"你去那村,咋样?"

大哥的眼神里分明也带上了一种神秘,这神秘几乎要把那疲累掩盖住了。

“大哥,还是我去拉土。”

大哥又一笑,便拖了小车,匆匆走了。听不见他的脚步声,只有小车轮转动的声响,响在将黑的村巷里。

他返回院里,便去给完成了一天劳役的毛驴喂草料。不过他很想去亲昵一下大哥家的那几个丫头。他听到东耳房里的风箱声也正响得上劲。红亮的火光,一闪一闪,从昏暗的门窗里射映出来。大嫂也很劳累了。他应该去替换她拉风箱。可他不能够:母亲不会允许,大嫂也不肯答应。他是在忍受着怎样一种优待!

拖沓的脚步声:父亲回来了。而这又是一种怎样沉重的响声,仿佛已经没有多少劲气了,却又尽力挤压出些劲气来;已经拖沓不动了,却又不能停歇下来。父亲照例背负着一背猪草,搁到院中央,便蹲在房檐下,开始抽旱烟。抽了几口,就咳嗽起来。咳得很凶,很吃力,胀粗了脖颈,憋红了脸。终于咳出了一口痰。

若是在往常,父亲还会接着抽烟,接着咳嗽,孤僻地蹲在那里,很久。不理他们小辈人,也不理母亲。或者说,父亲是觉得不配被他们搭理,不配被小辈人敬重。他在这个家里没有地位,也不去占一个地位,只愿蹲在这房檐下,默默地抽自己侍弄出来的旱烟,吃力地咳出那一口口痰。可今儿竟也不同了。第一次咳嗽之后,也同样朝他送来那一句话:

“四四,你去来?”

“去来,爹!”

看看,大家都在关心那一件事。可他们的关心能顶甚用?他这个家,这个老宅院里的光景,这个家的亲人,这亲人们对那事的关切,都在使他泄气。算尿咧,他真做不了这营生!他又想去找母亲吵。不知是因为肚饥了,还是懒得去吵啦,没有去。当然,吵也没用。母亲会劝他,哄他,讨好他,还会羞他,骂他。她会说,憨娃,人家没意,能老叫你去?这种事,甭着急。好像她有经验似的,一个庄户女人,还能有那新式经验!快吃饭吧,他早肚饥了。

四

她不知道自己怎样就变成了一个家里关不住的疯闺女。除了在家吃饭睡觉,就总是在村上、乡上跑腾,仿佛有什么吸引着她。有什么吸引着她呢? 写黑板报,排剧,动员婆姨们出来开会识字,动员各家捐献飞机大炮,在这当中,享受那一种红火。那些来下乡的工作员也吸引着她。

他们都挺会说,说得新鲜,有趣儿,有滋味,也有派头,口气大。他们挺年轻,就那么了不得。她愿意给他们烧炕烧水,做针线。他们只要在村里号房派饭住下来,她,还有跟她一样在家关不住的闺女们,就尽围着人家转,给人家服务。那时,可真不是想巴结公家干部,想走后门,想脱离农村,大概那时还憨哩。只想听他们说话,只想叫他们分配点红火的工作做。他们不愧是工作员,分配给她们的工作都挺有意思。他们也会逗她们,不是村里后生那种逗法,逗得也新鲜,带着公家气。逗,她们就笑,没有顾虑地,热辣辣地笑。她们不怕村里的人们说难听的话。她们是积极分子。在她们当中,她要算最积极。

谷乡长说,她很适合当妇联干部。她真以为又是逗她。她笨哩。念书时她这个年纪大的女生,还不如年岁小的男生成绩好。没念几年就不念了。她这么笨,哪能当公家干部? 她也傻哩。刚宣传给朝鲜捐献飞机大炮,她竟问工作员:“村里谁会做飞机大炮?”多傻,没把人家笑死。可谷乡长说,她积极,活泼,能干。

谷乡长,那时也年轻哩……她说自家那时没有私心,可不知道咋的,还是有了私心。谷乡长留着分头,穿着制服,牙刷得雪白。讲话有气派,又总能把老头老婆闺女婆姨都逗笑了。走路迈正规步子,上炕吃饭又挺会盘腿。知道国际形势,又会看牲灵的牙口。他挺了不得。他也爱给她分配工作,当然也爱逗她。她爱给他做工作,爱叫他逗,甩着长辫儿在他面前笑。后来就不敢这么笑了,一见了他就脸红,可见不上他,又想见得不行。

他是乡长,哪能老逗她,老叫她见?他还真的老来她村下乡,好像比以往来得次数多,也住得天数长哩。她更脸红心慌,知道自己的私心更重了。怕见他,又总是摆脱开她的积极分子女伴儿们,独自家去见他。

"老谷,你有娃了吧?"有一回,她终于大胆问了一句这话。

"你看有没有了"

"有了,早有了。"

"你眼力不行。"

她猜不出他这话是什么意思。更明白的话,她又不敢问。不过,这一句不甚明白的话,又加重了她的私心。见了他,不敢说。离开他,就总想,想得美,想得胆大,想得脸发烧。想着自己当上了妇联干部,留起剪发头,热扑扑地工作。也不觉得笨了,傻了,因为不能给他丢人。他说过,她适合当妇联干部。他还说过他的许多区、乡同事,妻子就是妇联干部。她注意过,在他身边的那些女工作员中,还没有一个比她俊的。当他离她很近地站着时,她甚至觉得他不是乡长了。 她忽然想到这就是自由恋爱吧?也许他真没有娃。也没听说有媳妇来看他。

她心里总是慌慌的,可瞅见什么都顺眼,什么事都愿去做,不知饥不知累。新奇的光景,收不住的私心。她在等盼着,慌慌地等盼着。

等盼来什么了?她没有想到。也想到过的,只不愿是那样。老谷真是早有媳妇了。他爹怕他南下跑了,早给娶了媳妇。不识字,不出门,他不爱见。不知道俊不俊。也不知道是不是真的为了她,他要跟那媳妇闹离婚。更不知道是怎么来,她父母吼去训开她:死丫头倒做得赖哩,不怕坏了自家名声,也不怕坏了人家乡长的名声了。还说,乡长他爹要去告他,他敢做下那事,不认他这个灰子孙。

她羞煞了。她是有私心。可她咋敢去坏乡长的名声。她心里难受得厉害。她真憨,她真傻,她的私心太重……

她嫁走了。父母托的媒,远远地嫁到了河庙村,离了本乡本村。她也再没有见过谷乡长。当然,想还是常想他。只是,越想越难活,还不如不想。慢慢地也顾不上去想啦,她也生了娃,一个接一个。愁人的光景,操不尽的心,什么也不能去想了,什么也忘记了。

她又想起了这一切。

只听说是县长来检查专业户,也要到她家来检查。她也算养猪专业户了。县长由村支书领着,进了院,她没有认出县长是谁。一个干部老汉,胖胖的,个儿不高,脸面白胖,头有点歇顶。县长就是这样吧,她只当县长来招待,顾不上管县长是谁。

县长先跟她男人握手。那窝囊的老汉,竟朝后退了几步。

村支书说:“老史家是婆姨当家。”

县长就过来跟她握手。握了手,她也没有看出县长是谁。

县长看了她那垒在院中央的猪圈,说:不错。又问,去年收入多少,今年收入多少,有甚困难。就这么一问一答,说了一阵话,脸对脸的,还是没有认出县长是谁来。她只是看出,县长有些精神不好。是嫌她这专业户不起眼呢,还是这大干部在热天里受了罪,不精神了?

她便又细瞅县长,这才猛然像瞅出点甚来了。她记得刚才村支书好像叫“谷县长”来。

“谷县长,你就是谷乡长吧?”

她简直还没有想明白哩,就张嘴冒出了这么一句话。冒出来,才觉得说得太急,太泼,太不该了。

“我是当过乡长,那早啦,五几年时候。你是谁?”

谷县长也开始细瞅她,可仍然很生疏,分明甚也没有瞅出来。

“就是五几年!我是南水村的刘玉莲……”她还是不由得就接上说。

他摸了摸那歇顶的头,看住她,摇了摇头。他忘了吗?忘了也不奇怪。可总不该忘了的。

“刘玉莲?你是刘玉莲?想起来啦。我在水村乡当乡长,你是南水村的积极分子嘛。后来嫁到外乡去了,听说还嫁了个劳动模范。就是他吧……”

他指了指她男人。他没有忘记，还能记得，可他仍然用生疏的眼光瞅她。还没有认出她来呀？是难认了。她老了，而且粗糙得像个男人似的，她的脸面，她的手脚，她的嗓音，全都粗糙得像男人。乡长比年轻时胖了也白了，刚才握手时，那手也是细绵的。但是他的个儿好像矮了不少，谢了顶，胀眉肿眼的，他也老了。

他临走好像也没有认出她来，只是还记得她。也没有多检查一阵，就走了。她不难过，他是县长啦。她听说过，谷乡长调到县上了。可那已经是很早听说的了。以后，就顾不上去打听，更顾不上管是谁在当县长。谁当县长，也不会给她那四个儿子发媳妇。但他走的时候还是留下一句话："有什么困难来找我嘛！"这就不赖了。临出宅院，还又跟她男人，跟她，握了一回手。的确是细绵的手，像吃奶娃身上的肉。

县长走了，没有在村里吃饭，坐小汽车走了。她又想起了年轻未嫁时候，她已经多少年没有想起那一切啦。不是他来，她真要忘记了，像埋在了土里，早该沤烂了。或许她从来就没有忘记年轻时候，只是没空去细想罢了。这翻出来的旧事，使她一下子又想到了老四的恋爱上。那时，她没能做上新式媳妇，现在还不能做一回新式的婆婆吗？老四是最末一个娃了，一定得给她恋爱回一个对象来。

年轻的时候，她那年轻的时候，红火过，时新过，疯过，也憨过。可那么急急慌慌就过去了，没顾上细看，没顾上细尝，也没有细想。一辆胶皮车，就把她拉到这河庙村来了。媒人给她挑好的男人，那时也年轻。是怎样个年轻法呢？她记不得了，真是记不得了。年轻时候……她的猪娃又在叫食哩。

五

通往县城的大道上，铺着斜射过来的阳光。道旁的绿树长得越发饱满了，拥挤着，把路顶的蓝天挤得那么狭窄。道上正是热闹的时候，有那么多的人和车在向城里涌去。倒是路旁那广阔的田地里显得很安静。零零星星的做活人，散落在绿森森的庄稼中，看去好像挺悠闲自在。特别是做活的闺女们，仿佛比赛似的，都穿了雪白的、艳红的、大花的衫儿，顶着蘑菇似的浅色遮阳帽，把个绿野点缀得更加好看了几分。

可他知道，穿裹上再鲜亮、再时髦的衣裳，下地做活，也并不轻松。而他家，除了他和他那高价要回来的三嫂有时髦衣裳以外，大家都还穿戴着不入时的衣裳。就是穿戴入时的三嫂也下地做活去了。只有他却洗了脸，刷了牙，穿戴体面地进城去。这是母亲的安排。

当然也不是叫他进城去游逛，是叫他去见县长。真是体面的差事。谷县长前两天曾来过他们村，检查专业户。他不知道谁把他家也算成了养猪专业户。可他家最占手的营生还是种庄稼呀，养猪究竟是副业。谷县长却还是检查到他家了。县长是个不起眼的老汉。可他真没有想到，母亲在五几年就认得这位县长老汉了。五几年，他还没有生出来呢。他长了这么大了，就从来没有听母亲说过她还认得县长。他也没有听说过，在家里没有一点地位的父亲，居然还当过劳动模范。怎么模范呢？母亲说，一亩地能打两担粮食。哈，那时的模范也太便宜啦。然而，这两个新发现，并没有叫他怎么兴奋。因为对他的恋爱，似乎也不会增加什么本钱。可母亲就总催撵他去见县长。那意思，他能看出来，除了联系买压粉机，还想叫他去接近县长，沾点县长的什么光回来。他兴致不高。县长的光，能那么容易叫他沾？沾一份回来吧，又能顶甚么事！她稀罕的，想要的，是诗歌，是旅游，是大学，是云彩。那么一个不出奇的县长老汉，分明给不了他这些。

但他经不住母亲的催撵、恳求和央告。他只好去一趟。他懒懒地骑着车，没有怎么去想县长，却总是在想她。

“四四，进城呀？”

一辆拖拉机，突然在他身边停下。原来是本村拖拉机专业户吴有根的那台铁牛55，高大威风地停在他身旁。吴有根戴着墨镜，高高地坐在驾驶座上，在朝他笑。这笑里面分明也有一种威风洒落下来。车斗里装满了新砖。砖垛上坐着本村的另一个专业户马占奎。是马占奎在朝他吆喊：“上来吧，省你跑几十里路。来，把车子扔上来！”

马占奎的声调中，似乎也带着一种逼人的威风。这许多威风，叫他大为反感。

“你们走吧，我骑车自在！”

“嗨，上来吧！”

“快走你们的吧！”

“看你这娃，咋咧？嫌不是小汽车呀？”

马占奎又开腔了，而吴有根坐在高处，将墨镜对着他，就像瞅一个可怜的嫩娃。他忽然被激怒了。上去就上去。他可不是大哥、父亲那种可以任人小瞧的人！他奋力一举，就将自己的自行车撂到了车斗上。接着，飞身一跃，上去了。

吴有根开了车，故意做出那么一个叫人看的利落的动作。他装作没看见。马占奎大样地递过一根烟来。他推开了。

“咋的，不会抽？你这娃还没学会抽烟？”

“抽烟得癌！”

“哈哈，还挺有知识哩。四四，进城做甚？”

“不做甚，去见县长。”

他不知道怎么一来，就抬出了县长。是借县长来给自己助威吗？

“嗐，咱们是一路，我也是去见县长！”

他没有料到马占奎这家伙会这样回答，会这样来压住他的攻势。不过他相信马占奎真可能也是去见县长。这家伙常往县政府跑。他不说话了，尽量无所谓地去瞅前方绿树夹着的大道。但他不能不感到，自己已经不知如何向这家伙的威风挑战了。在村里，马占奎不是正经庄稼人。这家伙太灵，太精，太奸。哪里都敢去闯荡，甚么机会都能逮住，谁也能交结上，多大的便宜也会捞到。那一对贼亮的眼睛，骨碌碌转着，简直叫人害怕。这几年，马占奎却是如鱼得水咧，开了砖窑，养了奶牛，包了河滩，前不久又包下紧靠着他家责任田的那一片洼地。发财发得那么快，那么凶，还嫌不够吗？这家伙是另一路庄户人，或者说就根本没有多少庄户人气味。他虽然也不喜欢庄户气，却又很难喜欢马占奎这路人。而今天，怎么会一时冲动，竟撞到这家伙的威风之下呢？他觉得不该同这路人争强斗胜，可又委实难以忍受他那威风的逼迫。他还能拿出什么来抵挡这家伙呢？

“四四，你找县长做甚？”

“不做甚，闲坐。”

“呵，口气倒大。你猜我见县长做甚？”

他不说话，极力显得很冷淡。

“我其实也没甚事。听说了吧，我要给咱村上捐献一架电影放映机。机器快到货咧。我是去请县长来参加咱的捐献仪式。看老谷人家甚时有空来……”

马占奎拿那双贼亮的眼睛瞅住他，故意把话说得很平常。但还是分明相当得意地朝空中喷了一口烟。他不能不承认，马占奎这家伙是完全把他置于那威风之下了。这家伙是去请县长，请县长来看他抖威风。而自己却是去求县长，求县长给他买那可怜的压粉机。马占奎捐献电影机的事，他听说了。全村人都听说了。大家吵嚷得很热闹。他也有点儿吃惊，不过并没有产生多大兴趣：马占奎是抖富哩。然而此刻，他却不能不承认，这家伙是强大的。不管他喜欢不喜欢这个人，此刻坐在这人面前，他是那么强烈地觉得自己太可怜，太弱小，太难以抗衡了。他不由得认真打量了一下马占奎。除了那一对贼亮的眼睛，分明也没有什么特别。胡子拉碴，蓬头垢面，一身尘土，小腿上露出黑森森的汗毛。也没有穿什么时新的衣裳，只是手腕上多了一块手表，在阳光下闪亮。是的，没有什么特别。但这人身上分明有一种逼人的威风；他真后悔，不该跳上这拖拉机。

开着拖拉机的吴有根，忽然扭头丢过一句话来：“狗日的，你请县长来做甚？还嫌不够出名吧？”

“你真说对咧！咱还真想出出名哩。不过，心思也不大，北京那人民报上能登一登咱马占奎的名字，就知足啦。哈哈——”

马占奎在说这话的时候，简直是在吼叫，发力吼叫。不知是为了压倒拖拉机的机器声，叫吴有根听见，还是故意在这样狂叫。他觉得马占奎是在口吐狂言。但似乎又觉得马占奎口吐这狂言时，竟也带着几分认真。

他再也不想说话了，不想看马占奎，如果可能，只想立刻跳下这拖拉机。他，还有村里的许多人，总以为马占奎张张狂狂，仿佛要做村里的第一强人。却不料，这家伙还想在全中国出名。可笑，实在可笑。这家伙凭什么能够这样自信呢？是装出来的吗？不像。只有自己在去见她的时候，那点儿威风才是装出来的。

“四四！我说你们弟兄四个，还都守在家里做甚？不能出去闯闯呀？我看你这娃挺精干，挺俊气，也念过几天书，怎么也不出去跑跑，闯闯？要有这心思，咱给你介绍经验，咱给你寻门路，咋样？”

他不由冒了一句：“我可学不会你那奸猾法！”

马占奎竟然挺高兴地笑啦：“哈哈，你这娃。出去闯闯嘛。丢不了你，杀不了你，怕甚？你又没有小媳妇厮守，离不开甚呀？出去闯闯，说不定还能恋爱个对象回来！”

他觉得，马占奎是在嘲笑他可怜。他非但未能压倒这人，反而被这人来嘲笑。他很恼火，很想回敬几句什么。可拿什么来回敬呢？他觉得自己挺空虚。把她拿出来吗？说他早恋爱下对象咧，而且是她，俏丽的爱诗的她？他终于没有把她拿出来。他只是极力装着对马占奎所说的一切，毫无兴致，毫不在乎。拖拉机颠得真叫他难受。

“四四，听说你家要开粉坊？压粉机还没买下吧？这事交给我吧。外县就有货。我托付个人，过几天给你家捎回来。”

“不用，不敢麻烦你！”

“买下咧？”

“有人给买……我们自己不想买！”

他几乎说出:县长给买呀！幸亏终于没有说出。他不知道马占奎为甚总是这样擒住他不放！替他买压粉机,这不是专朝他的弱处、疼处戳吗?这不是分明看出他可怜,无能吗?他的自尊心,受到了刺痛。

“四四,叫我说,你家开粉坊做甚?也不看现在各村各户,已经有多少开粉坊的！发展养猪,就开粉坊,这是落后套套、小农路数。猪肉粉条,现在还吃香吗?”

这龟孙,连他家的发展计划也来嘲笑咧。可他不能不承认,马占奎的这看法,他原来也是有的。他也不很热心开什么粉坊。连养猪,母亲那么醉心的养猪,他也不很感兴趣。是的,猪肉粉条早不吃香啦。可他的这种看法,怎么会同马占奎这家伙不谋而合呢?他觉得心里更加烦乱了。他只想摆脱开马占奎！但怎么摆脱得开?拖拉机已经驶上柏油马路,在以更快的速度飞驰。他不可能跳车而去。而在这个有限的车斗上,只有马占奎和他相对而坐。他无法逃避这家伙的逼迫、嘲弄和刺痛。

拖拉机终于开到县城了。他逃跑似的跳下车斗。而马占奎下车似乎比他还要利落。吴有根呢,用墨镜对着他,笑了笑,便开车而去了。

“四四,相跟上走吧！”

“去哪?”

“去见县长呀,跟上我,好见。你没多找过县长吧?麻烦哩,闹不好,就叫那些干事、秘书把你给拦住,撵出来咧。老爷好见,舅舅难惹嘛……”

“你先去,我还要办旁的事。”

“看你这娃,甚事能比见县长当紧?走吧！”

“你去你的,甭管我！”

“你这娃,哈哈。”

马占奎仿佛又挺高兴地笑了。笑完,便骑车走了,他感到,马占奎是在笑他,笑他吹牛。他觉得羞辱。但他怎么也不能跟马占奎一搭去见谷县长:人家是体面地威风地去请县长,他却是可怜地无能地去求县长！他不能。没有马占奎相跟,也不能去。他终于意识到,母亲给他的这个差事,其实也并不怎么体面。

“钉钢精锅喽——”

一个比他小得多的娃,吆喝着,从他身边走过。这吆喝声挺侉,分明是外乡人。这娃也似乎只有十七八岁。可吆喝得挺大胆。难道他应该像这个外乡小侉子似的,也出去闯闯吗?

他忽然觉得这么丧气地待在县城大街上,若叫她撞见,那可就把他看露啦:哈哈,原来是一个这么可怜、无能的窝囊货呀!

六

天津出产的洗发膏,香气儿浓浓的,都留在头发上了。不过,梳过湿亮的挺香的头发,她还是在手心里洒了不少花露水,搽到脸面上,脖颈上,胳膊上去。于是,她那间小屋比往日更香了。

她照了照镜儿。镜儿显得太小,照不全那披散下去的长发。那镜子里的她,分明更俏丽,更妩媚,更洋气,更像一个城市姑娘,更像一个懂诗爱诗的女子,更像一个大学生的姐姐,更像一个浪漫的恋爱者了。真的,她很适合留这样的披肩发。在这以前,她一直还梳着辫子,这在村里的年轻闺女媳妇中,已经相当落伍了。那一次,她几乎要铰了辫子,进城去烫头。只是心情不好,犹豫了一下。不料,村里的闺女媳妇们,倒像比赛似的,呼啦啦一阵风,就都烫了头了。可她们烫了头,不仍然露着一身庄户气吗?露着庄户气的烫发头,看了更叫人觉得不熨帖!而她呢,虽然今天才剪掉辫子,却能够脱掉庄户气,显出新式来。她简直有些得意了。这一回,她要叫她们吃惊。披肩发,那可不是人人都可以时兴的。弄不熨帖,就会像个披头散发的女疯子。

他会欣赏吗?他应该来了。十天已经过去。学校已经放学。太阳已经落山。西面山峦之上的晚烧云,烧得真绚丽,像是滚动着火的波浪,火的河流。山脊烧红了。河滩的柳树却静静地绿着,绿得深重,绿得沉着。

看不见河水。河水一定映红啦。去看看映红的河水吧？他快来了。去河边迎迎他吧？披着湿亮的浓香的长发，到晚烧云映红的河边去迎他，这够浪漫的了。不过，这样有些热烈得太明显，太突然。还是等他来吧。他快来了，他还不来！再不来，洗罢的头发就会干啦。干了就不能这样披在肩后啦。夏日黄昏，晚烧云映着绿树，她披着一肩香发，多有诗意。他会不会感动呢？感动了，又会怎样呢？他怎么还不来！他来了会请她到河边散步吗？

河边多安静、凉快、优美。村里人不会欣赏这优美，看不出那是多好的风景，只会在河边饮牲口、洗衣裳。他晓得那里的优美吗？今天就考验一下他，看他会不会浪漫，会不会请她去河边散步。不怕的。不怕村里人议论，反正迟早要公开的。今天就公开，不要总闷在这小屋里了。一公开，就算是向高潮推进了一大步。以后，就在河边约会。对咧，应该有约会，应该叫约会。跟他商量好，哪一天，在哪里，几点几分，准时见面。省得这样等他！

可他怎么还不来呀！难道今天不来咧？洗过的头发，已经有些干了。西天尽头的晚烧云，已经烧得不绚丽了，像河一样的火红的波浪也已抹平了。月牙儿，倒是淡淡地显出轮廓来了。再过十天，就有将圆的月亮啦。夏天的月亮，是很可人的。那么，约会便可以延长到月亮升起。从晚烧云出现，到月亮升起，正是约会的好时辰。就是头发快要干啦！她梳起辫子来，干脆回家去，叫他扑一个空。对，就叫他扑一个空！她的恋爱还没有一点曲折。这似乎也不像真正的恋爱。热起来，冷下去，再热起来，应该有这么一个曲折。是哩，人家小说里，电影电视里都是这样的。相好得什么似的，忽然又不相好了，谁也不理谁。正替他们着急哩，后来又好了，好得更厉害了。她的恋爱也应该这样。经过一个曲折，大概就会走向高潮了。她照了照镜子，头发的确快干了，变得蓬松松的。可这样似乎更好看，更像那披肩发了。她梳了几下，就更蓬松得好看。他怎么还不来呀？

他来了！是他的脚步声。

这一回来，他又很犹豫，简直就不想来了。不想来，却还是出了村，过了河，来了。当然，直到进她的屋门，还犹豫着。可一进那小屋，一股浓烈的香气，就冲进了鼻孔。再一看，她竟是披散着头！他顿时慌乱啦，只觉得有一股野的，坏的，可耻的冲动，涌上来，憋到浑身的血脉里了。但她并没有扭头看他，而是静静地背向着他专心梳头。

她披散着头发，实在是更俏了，俏得抓人。但她对他却是这样不阴不阳。他只觉得憋胀在血脉里的那野的、坏的、可耻的冲动，已经在变成一种凶暴、愤怒。不对他说一句管用的话，却当着他面梳头，是故意馋他、气他吗？那天，马占奎对他的嘲笑，羞辱，忽然也涌上来，渗进了那野的、坏的、可耻的冲动中。他盯住那披散在肩，松蓬而又刺人的头发，真想扑过去一把揪住它，摔倒她，再踩她一脚。

这时，她却忽然扭过脸来，还做了一个幅度很大的动作，将那披散着的长发，甩到了背后。接着，又给了他一个很动人的笑。

"哎，你咋才来？我还当你不来啦，就洗了头。后晌，学校打扫卫生来。"

在他慌忙掩藏那可耻的冲动和凶暴的欲念的时候，不知是不是叫她看见了。他只觉得有一种罪孽感。她正在盯住他瞅呀，仿佛在努力瞅出什么来。他习惯地装出那一分威风来，在这威风中，又极力增添出几分正经。但他十分心虚，就像偷吃了什么。

"问你哩，咋才来？"

"我本不想来了……"

"不想来，还来做甚！"

"是有事，本来来不成咧……"

"有甚事，不保密吧？"

"也没甚事。"

她又甩了一下头发，又朝他笑了一下。笑得挺甜，甜得撩人。她真俊，真俏！她简直就是个城市女子，新式女子，电影电视上的女子。但那俊俏、新式、甜美又叫他害怕。她是笑给他看呢，还是在故意馋他？他是谁呀？他是史家老四！而她简直是贴在墙上的一张画。他般配吗？他想起了他的家，他家的人，他家的光景，他三个哥哥的婚配。他害怕了。他是庄户人，凄惶的庄户人家的小子。庄户人家，这是一条沉重的界限，它把许多东西划在了两边，新式和旧式，洋气和土气，自由恋爱和包办婚姻，甚至大胆和胆怯。他觉得，这界限也正把她和他划在了两边。他心里正蠢动着的那野的、坏的、可耻的欲念，也准是属于庄户人的。

他真傲气。他的黑眼仁里今儿分明藏着什么东西。藏着什么呢？他穿了一件雪白的衬衫，是新穿上的。她觉得他今儿的样子，仿佛比往常更好看了。

他不说话，只是一个劲儿地瞅她。

她忽然想问他：你喜好散步吗？但没问出口。

散步，到河边去散步。她忽然生出了这样一个念头，这样一个欲望，而且是那么强烈。是哩，谈恋爱，不能不散步。现在，晚烧云正烧得好看。河边，村里饮牲口、洗衣裳的，大概也没有啦。河边清静、凉快。要有点儿小风，她这披肩发，一定会被吹得飘动起来。可他会请她去散步吗？他眼仁里藏着什么。是不是也想把恋爱推向高潮？请她散步可以，但会不会来那叫她害怕的动作呢，就像电影电视里那样？

“哎，你看，今儿的晚烧云多好看！”

他没有去瞅窗外，只是瞅她。窗外，河边的绿树之上，一片柿红颜色，火热热的。

“愣瞅人做甚，你不嫌屋里热呀？”

“是热！”

是呀，她这么披散着头发，他怎么请她出去散步？太浪漫了。不能冷不防就这样浪漫。她慌忙梳起辫子来。但不知道他喜欢不喜欢披肩发。

“现在的学生娃们可真捣蛋。你知道有的女娃问我甚？吴老师，你咋不烫头！你说，我烫了头，好看吗？”

"烫头有甚稀罕,我们村有人捐献电影机哩!"

他怎么这样说话?他说这话难道有什么用意?是哩,准有用意。他是叫她大胆!她这样猜想,这样推理,因为她只盼望是这样,能这样。她盼望了半年了,或者说仿佛已经盼望了几年,十几年,几十年,百年,千年啦。渴望能自由、大胆、尽情地恋爱一场,像诗歌里,故事里,小说里,电影电视里那样,像她偷偷地在心里想象的那样。可总是有那么多的界限,是的,她也感到有界限,而且是那么多的界限:城里与乡下,公办与民办,大学与中学,有钱与没钱,能与不能,不羞与羞。多少回,多少个男的,都被这些界限划开了,她不能自由、大胆、尽情。他来了。可他跟她一样,都是被那些界限划到了这边,不能自由、大胆、尽情的这一边。但那种渴望,那种仿佛憋耐了百年千年的渴望,是再也难以憋耐了。忽然,也仿佛是终于,她生出了一种想法:在这一边,在她和他同在的这一边,为什么就不能像那一边那样,自由、大胆、尽情、新式地恋爱呀?能的,也只能这样啦。她跟他是一样的,她甚至还比他强哩。在他面前,她不低矮多少,不必害怕,不须卑怯,可以放开胆,在这一边唱那一边的戏。于是,她发现他也挺精干,挺有看头,挺有想头,挺可以由她来恋爱的。但半年了,她还是想得多,做得少。就是在他这样一个后生面前,也仍然不敢大胆!是哩,村里的庄户人,如今都敢自由、大胆、尽情去发财,发了财,甚至去捐献电影机啦,她又有什么可怕的?他就是这意思。他还挺会说含蓄的暗语哩。

一种突发的冲动,一股为冲决艰难的阻隔而久久地积聚起来的力量,猛然涌上了她的全身。

她勇敢地走近他,很近很近了,然后就将那条刚刚梳完的辫子,用力朝他一甩。那辫梢儿正好扫在他的脸上。

她没有害羞,倒有几分得意。

他没有想到,更没有防备,只觉得脸上麻酥酥了一下!

这感觉只在瞬间,又分明没有退去,直传遍了全身。它把一切都甩退了,关于他自己是谁,关于他出身的那个凄惶的史家,关于庄户人家的那条界限……都被甩跑了。他觉得浑身就只剩下了那一个东西，就是那野的、坏的、可耻的欲望！

因而，他只觉得恐惧。他恐惧地盯住她，不能移开。

她本来还想给他一个笑，更勇敢地给他一个更动人的笑，可是她见他那样异常地瞅她，她恐惧了。她没有见过这样的眼神，这眼神里分明就要有什么冲出来。

他会怎么她呢？会像电影电视里那样吗？也许比那还可怕。看他是在怎样瞅她，简直能把她吃掉！不敢，千万不敢。

她慌乱了。

他觉得已经艰难地忍耐了许久许久了，他再也无力忍耐啦。再多过一分钟，他就会忍耐不住，将那野的、坏的、可耻的东西，泼洒出来。那他就完蛋了：暴露出他是一个又野又坏的庄户后生！

他必须赶紧走。他本来就做不了那文明的恋爱营生。可走，他也觉得是那样艰难，无力，他简直是被什么钉在这里了。

"我回呀。"他终于说出了这句话。

她松了一口气。

他要走了。他没有叫她害怕。但她却忽然又走近他，用胳膊撞了他一下。

"等等，我去送你！"

他没有防备到，他的后膀上居然又被她碰了一下，不疼，仍是麻的，传到了全身。他真忍耐不住了。可他忽然想到这就是他等盼了半年的管用的暗号吧？不敢破坏了它！

他费了一把力，站起身来，扭头朝屋外走去。

她不知怎样又来了那一分大胆，真的送他出去了，几乎是挨着他走，像城里人一样。

恐惧与慌乱已退去，她处在一种从未有过的兴奋中，充分准备着，就是碰见村里的什么人，也坚决这么挨着他走。她要从今天开始，公开她的浪漫恋爱了！可惜，她的学校就在村边，出了校门就下河滩了，竟没有碰见谁，没有引起她所期望的那种轰动。她这么壮了胆，要告别一个世界，迈向别一个境界，竟然没有引起一种壮烈的反响，她很有些遗憾。

而他却仍有些慌张。慌什么呢？他到底不懂诗。他还得让她来教导。

她更近地挨着他走，并且叫他走得慢些。晚霞就要消失了。她很后悔刚才没有由她请他出去散步，在晚霞正好看的时候，在她的披肩发将干未干的时候。不过现在也好，月牙儿更清晰了，晚风更凉爽了。走到柳树林里，她忽然站住。

“哎，不送你了。来，再见吧！”

她大胆地伸出手来，像城里人再见时那样。她觉得自己做的这动作，很像，很大方，不知浪漫的恋人会不会有这种礼节。

他迟疑了一下，终于也伸出手来。不知道是谁先握住谁的，她的手是叫他握住了。她慌了，不能自持地慌了，很快就抽脱出那只手，跑出了柳树林。她慌张。她兴奋。

他站在柳树林里，望着她跑走了，半晌不知身在何处。只有握过她的那只手，还很湿热，异常的湿热。她的手留给他的感觉很强烈，越来越强烈。她的手很小，很细，热乎乎的。还有，那被她带着香气儿的辫梢扫过的脸面和被她撞过的后膀上，也分明留着感觉……这些感觉，就是她送给他的暗号吧？是暗号，是他等盼了半年的那管用、明白、肯定的暗号！他真是在恋爱啦，她真的愿意跟他恋爱啦，他终于可以给母亲、给全家人一个喜讯啦。

他呆站了很久，细细地回想着刚才的一切。越想，越觉得她迷人，新式，高级，越像书里画里电影电视里的人物。他多憨，总想掏出一句话：愿意不愿意。可她不说这话，只给他暗号。这才真叫恋爱哩，不是村里那种相对象。一声马的嘶叫，才惊醒了他。这时候了，还有饮牲口的？他匆匆蹚过河水，河水挺暖热的。可当他踏上岸，望见了暮色中自己那个熟悉的村子，一个可怕的念头，又习惯地袭上心来：他般配吗？

那管用的暗号终于盼到了。可这暗号，只在他身上唤起了那野的、坏的、可耻的欲念。除了这难以展示的欲望，他再也搜寻不出什么可以向她炫耀、展示的东西来啦。他不懂诗，不会旅游，没有上大学的兄弟，更没台高大威风的铁牛55，也捐献不出一架电影机。他的威风是装出来的！在他的生活里，在他的经历里，在他那个庄户老院里，围着他、派给他、传给他的，实在没有一点新式的、惊人的色彩。而没有这新式、惊人的色彩，他拿什么去配她？呀，自由恋爱，原来也不简单！它不讲究钱财，不讲究聘金彩礼，但它或许要他付出比聘金彩礼更难付出的东西哩。她，一个像书里画里似的人物，能那么便宜地给他吗？一个诱人的、新式的、高级的东西，眼看要盼到了，又忽然发现自己竟没有东西去配她。他不敢高兴了。

七

捣土坯最好的季节是春天。春天干爽，捣下的土坯能干个响透。他家却在这炎热的夏天捣起土坯来了。真是与众不同。

他泄气得很。然而，不管他怎么泄气，母亲那捣土坯、盖粉房的计划，还是如期实行了。他破着叫母亲伤心，公开嘲笑了她的这个计划。而母亲竟毫不在意，说："四四，你甭操心，妈会叫你称心的。"称心什么呢？她知道他最需要的是什么吗？

在夏天的烈日下，在村边的土坑边，他们兄弟三个，三条壮汉，汗水淋淋地在捣土坯。大哥三哥都脱得只剩了一条短裤，一身黑肉淌着汗，油亮油亮的。他的那件背心虽然也湿乎乎地黏在了肉上，可他不能脱掉它。它仿佛在遮掩着他的羞愧。是的，他感到羞愧、可怜。他想，若是她突然站到跟前，他将往哪里躲呀！这样汗水淋漓地捣土坯，同她的诗，同她小屋里的浓香，同她所说的旅游，同她那甜美的笑，同她那细嫩的手，相距多远呀。他只会这样拼命劈土、锤捣，傻卖力气，人家却在捐献电影机了！

"四四，码齐，小心倒塌。"

大哥捣得很专心，可还能注意到他没有码齐整。大哥捣得最地道，那土坯又瓷实又光俊，见棱见角。三哥捣得也有功夫，而且出手最快，身边的坯码的比大哥还高。他呢，做这营生也不陌生。给二哥、三哥修盖新院新宅那阵，便经受了这脱皮掉肉的锤炼。兄弟四个，四条好汉，在村人面前显示了他们的力量。捣土坯的力量！四条壮汉，没有一个是大学生，没有一个会写诗，没有一个能捐献电影机。他总是想到捐献电影机。他奇怪自己，他讨厌自己。想那做甚！

“四四，你那恋爱甚时能搞完？”三哥又问到了那事。

“是哩，不差甚了吧？”大哥也小心地说。

“快抓紧搞！你不抓紧，她一个女娃家，咋好意思着急？”

“她想要甚，你就答应给她甚，不用怕。”

“赶今年腊月，总完成了吧？恋爱一年，也够水平咧。明年开春就给你盖新宅院，盖成，就娶回来算啦……”

“是哩，给你早成了家，妈也就歇心咧。”

他们是在关心他，又像是在催撵他。他分明挡着全家的路。他一天恋爱不完，大家就得为他拼命苦做苦受。大家的日子，还得往前过。大哥也得有自己的房屋住呀，总不能永远屈居于那老屋的一角。二哥二嫂虽然也不说甚，可他能够看出，他们也有自己的打算。三哥三嫂呢……可是，他那件事，却又怎么能催撵、赶趁呢？他虽然终于从她那里得到了管用的暗号，但他觉得那恋爱是更艰难了。现在已经不是发愁完成不了母亲派给的任务，而是发愁满足不了她的要求了。她既叫他着迷，却又仿佛在逼迫他。他该咋办呀？此时，他只能将这忧愁变成流不尽的臭汗，发泄到狠命捣土坯上。他什么也说不出。

“嚯，兄弟仨，又大干哩！又要起房盖屋呀？”

好像又是可恶的马占奎！他气愤地抬起头来，拿一双冒火的眼睛去瞅：狗日的，真是马占奎！这龟孙已从自行车上跳下来，一边拿草帽扇风，一边瞅他们。那贼亮的眼睛，正眯成一个月牙形在笑。那神气，又得意、又可恶,太欺负人咧。他真想扑上去,一拳将这龟孙打倒!他把头扎得更低,使出全身力气,凶狠地去捶捣那土坯。

“不是盖房。盖个棚,漏粉呀。”大哥客气地说,竟然还那么呵呵地笑了一声,是卑怯,又好似得意。他简直有点忍受不住了。

“啊呀,看看,我这忙得甚也忘咧!给你家买的压粉机早捎回来啦,总顾不上给送来。四四,要不你抽空去拉吧,就在咱那院里。一台压粉机,一台磨粉机,还有一台粉碎机,都带着电动机,配了套了。”

“四四,你叫占奎买来?不是叫谷县长给买吗?”三哥瞪了眼问他。

马占奎立刻不在乎地说:“嗨,买个这,也值得麻烦县长?买汽车也不用惊动县长!我早跟四四说来,咱给你家买。说话算话!还给你们配了套。”

“得买这么多机器?”大哥也吃惊地问。

“要买机器,可不得配套。光买回压粉机,粉碎、磨粉跟不上,还不跟手工漏粉一屎样!四四,抽空去拉回来。”

“奸占奎,你不是推销黑货吧?”三哥大胆问道,不客气了。

“看你娃说的!咱本村本土的,能闪骗人?有正经手续哩。不能使,给咱马某人退回来嘛!你们拉回去先使吧,看咱马占奎是奸臣还是忠臣……”

大哥三哥都直看他,面有难色。他更难受。他完全没有料想到马占奎这龟孙竟然真的给他家买回压粉机来了,还是一整套。他并没有求这家伙买。他也没有去求县长。那天,他的情绪坏极了。谁也没有求,就逃回村里来啦。回来,只对母亲说,没有见到谷县长。母亲说,她亲自去。他说,谷县长上专区开会去咧,不知甚时才回来。他是不想叫母亲去求县长。可这倒好,不求县长,反叫马占奎这龟孙露了一手,闪着就帮扶了他家一把,仿佛故意要显出他家的可怜!现在又那么得意地瞅着他们这三条壮汉,可怜的壮汉!他是那么反感地觉得,马占奎这一向总盯住、缠住他家不放松,安的是什么心呢?难道只有来可怜他家,才能更显露出那龟孙的威风吗？他不知该怎样有力地、解气地将这可恶的家伙撵走！

马占奎仿佛要故意气他、羞辱他似的，干脆踢下自行车支架，蹲到他们三条壮汉面前啦。

“三三，来，抽根纸烟吧！”

三哥也不吸烟的，却不知为何露出了欲接不接的犹豫来。

“怕甚？咱的纸烟又没有毒，你抽一根试试嘛！”

“抽就抽你一根，反正你狗日的发财咧……”

三哥！竟然这么发昏，直接了烟，就着马占奎打火机的蓝火苗，吸了起来。吸得还挺像样，甚至还吸得很香似的！他真想伸手一巴掌给他打掉。

“说咱发财不怕，不要说咱奸。三三，你家盖粉坊，咱支援你们点青砖嘛，快甭这么五黄六月的捣土坯咧。咱那青砖卖你家平价，赊给你家也行。咋样？”

“不愧你奸占奎，给一根烟抽，原来是想挣我们的钱呀？”

“靠挣你娃的钱，咱能发甚财！咱是看你们五黄六月受得凄惶。要不，你们去咱那窑上脱几天砖坯换工。一样是受捣土坯这份苦，可拉回去的就是烧现成的青砖啰。咋样？”

“算咧，占奎。”大哥慌忙说，“我们盖个漏粉棚，又不图好看，捣几块土坯就顶事。”

“不图好看吧，青砖总比土坯耐使经久吧。反正是出一样的劳力，换回青砖不比换回土坯强吗？你们又不憨！”

“说来说去，奸占奎你还是想推销砖瓦呀。我们就是憨哩，谁能比上你奸！”

“看三三你这娃，咱不过是可惜你们这一份力气。叫我说，你家盖粉坊做甚？如今，哪个村没有十家八家粉坊，粉条儿早不吃香咧。发财的门道多哩。照你们兄弟这力量，做甚也比捣土坯强！只要不嫌咱奸，咱就给你们寻几样做法，保你们当上万元户……”

“你甭吹，有什么好做法？”

“三三，快捣咱的土坯吧。你看太阳影儿都到哪儿咧……”

“啊呀，就是！”马占奎听大哥那么一说，便伸展胳膊，挺气派地瞅了瞅腕上的手表。这动作，带着戏台上演员表演的那味道。狗日的，分明是故意做给他们这几条可怜的壮汉看哩。“光顾跟你们说话，误了咱的事咧！要信咱，有空再给你们说。四四，去拉压粉机器……”

这家伙戴上草帽，跳上车子，很威风地走了。这龟孙终于走了。他松了一口气。他也很后悔，他竟没有想出几句狠话、硬话、带刺的话，当面抛向这个可恶的家伙。这家伙太得意，太神气，太看不起他们了。那双贼亮的眼睛，太逼人了，分明是把他们看成憨汉、没出息蛋。这个不正经的庄户人，现在是多么欢畅呀，开心得意，腰粗气壮，成天这里闯，那里逛，上不惧乎县长，下不在乎众人，无所不能通达，无所不能成就，轻易地便能叫人吃惊。这一分色彩，如果不在马占奎身上，那会多么诱人！他是在羡慕这个马占奎吗？不，不是。他刚才真是恨不得扑了上去，一拳将这个可恶的家伙打倒，煞去那逼人的威风。不过，如果把这家伙身上的那一分光彩给了他，他就一定敢大胆地握住她的手，不叫她挣脱，逃走了。他奇怪地这样想。他更奇怪地觉得，马占奎一走，他们这里是忽然那样显得冷清，显得沉闷，显得无味，显得可怜咧。他也感到身上格外疲累乏力。他看看他的两位哥哥，他们干得很带劲。大哥脸上没有明显的表情，仍旧在专心做活，好像马占奎没有来过，没有来嘲笑、羞辱过他们！三哥还叼着马占奎扔给的那根烟，吸成烟屁股了，快烧着嘴唇了，还舍不得吐掉。快上头顶的毒日头，晒着他们的一身黑肉，汗更旺地流出来，那黑肉更闪出光亮来。今年夏天，因为母亲的特别照顾，他的脸面，他的脊背，还没晒得很黑。他忽然扔掉草帽，脱掉汗浸湿了的、汗腥味已经很重的背心，朝手心里吐了口唾沫，发疯似的干起来。晒吧，也叫夏天的毒日头，把他晒黑，晒得像滚水烫了似的疼痛，脱一层皮吧。远处，从淡淡的山脊上，正有高高的云朵耸起。响几声雷吧，来一场雨吧，把他们捣出的土胚淋毁吧。他们反正有力气，不值钱的力气！

八

咱俩好，咱俩好，
咱俩上街买手表。
你戴戴，我戴戴，
你是地主的老太太。

大哥家的两个小妮儿，这几天却也快乐起来，在他家那拥挤的老院里，唱起了她们的歌谣。这歌谣不知是从哪儿学来的，听着像是诗歌，却又分明不是她所说的那种诗歌。可她们有滋有味地唱着，拍着小手，不断把对方指为地主老太太，然后快乐地嬉笑一回。老院里，没有人去理会她们这歌谣的意义，也没有人去分享她们那一份快乐，但也没有人来阻止她们，喝骂她们。这就很有些不寻常了。这可笑的荒诞的歌谣，给那老院添加了一点轻松。

自从动工修建粉坊之后，他感到这老院里的气氛有些不同了。不仅是大哥家的那两个小妮儿可以快乐地唱她们的歌谣，大家似乎也都轻松了一点。三嫂穿着新婚时的皮鞋，踩出了更脆更响的声音。二哥来老院做活也敢装一本书在身上。就连大哥似乎也比往常话多啦。只有父亲，仍不说甚，可那拖沓的脚步，似乎也不那么疲累了。他知道，这变化都是因为母亲。母亲那开粉坊的雄心终于在实现了。她兴致勃勃，虽然不停地催撵这个，指挥那个，可不再喝骂、埋怨，几乎有些和颜悦色咧。当然，母亲更关切的还是他的恋爱。然而，对他那含糊的，甚至分明烦气的回答，竟也表示出满意来。她显然以为，她所希望，她所设计的一切，都在顺利地实现哩。她一点也看不出，他心里是多么不安静。老院里的轻松气氛，母亲的兴致勃勃，越发叫他感到沉重。如果他的恋爱失败了，这全家人会被置于怎样可怜的境地！

这天晚饭后，父亲先去睡了。母亲询问了他几句那个老问题，之后望着院中央的猪圈,望着南院墙根底那刚开工修盖的粉坊,坐了一阵,也去睡了。大哥给牲灵添了草料,过来跟他坐,好像想说什么,但却总是瞅天上的星星。

“大哥,今儿半夜,我来给牲灵添草。”

“甭你,我添惯了,到时准醒。”

“我也不会误事!”

“快甭,还是我起来添。天真热咧。”

“是,该热咧。”

“只要不下雨,就不怕。”

“可谁知道呀。”

“四四,你听天气预报没有?”

他没有心思听广播,可不由说了句:“听来,有雨!”

“大雨,小雨?”

“谁知道。”

“有雨可不好……”

“大哥,你去睡吧!”

“凉快一阵,再凉快一阵。四四。”

“有甚事吗?”

“没事,没事。我是想问问你,你说……”大哥回头瞅瞅老屋,却不说了。

“有话,就说吧。”

“也没甚。”大哥又去瞅身后的老屋。

“不怕,都睡咧!”

“我是想问问你……有雨不好,土坯怕淋雨。”

下雨不好,这么句话还用那么吭哧呀!大哥分明是把想说的话咽下去了。他想起来了,近来大哥曾好几次这么瞅着他,眼窝里闪着什么,却吭哧不出口。想说什么呢?又怕什么呢?他问,却始终问不出。

“大哥,你去睡吧。我出去一阵。”

“天不早啦,还去哪?”

“去串门呗。你去睡吧。”

“我不困。你去吧,甭太晚了,夏天夜短……”

他能感觉出来,大哥不想叫他走。但他还是走了。

村街上已经安静下来。涨大了的月牙儿,也快要沉没了。只有满天的星星还是那样热闹,拥挤。河滩传来的蛙声也显得很近。河对岸的她,不知睡了没有。可他知道,村里许多户并没有早早睡去,还在赶趁着了结今天,谋划明天。村里的年轻人,则分团结伙,聚集在一个甚么地方,议论电影明星,城市打扮,恋爱新法。也有钻起来甩扑克赢钱的。他也曾经这样消磨过寂寞的夜晚。母亲允许他这样出来交际。他自从有了她,就再也没有心思去这样夜游了。他有时觉得,自己就是因为在这样的夜游中,做那种云里雾里似的胡思乱想,才陷入了如今的困境的。她不是电影明星。可她那充满香气的小屋,却比电影里还要神秘。而他却是站在怎样一个可怜的老院中,他能够飞进那云雾里吗?

二哥家的街门虚掩着,屋里还亮着灯。他走进去,只有二哥在看什么书。两个娃已经在炕上睡着了,二嫂却不在。

“二嫂呢?”

“到对门看电视去了。”

对门那家也买下电视机了。母亲说过,在他结婚时,要给他恋爱回来的媳妇,买架电视机。这是要拔尖吧。二哥家里几乎没有一件时兴的东西,一个旧式躺柜,一条大炕。炕上铺了前几年庄户人还那么心爱的一块花红柳绿的漆布,现在早已不时兴啦。

“二哥,你也支持盖粉坊?”

“妈叫盖,就盖呗。”

“可开粉坊,有什么意思!”

“这话,你能说,我们不能说。开粉坊, 主要是为了你。”

“为我？我根本就没本事恋爱！”

“四四，闹矛盾咧？”

“我也不知道，反正咱不行。”

“四四，你不敢灰心。妈就是想叫你恋爱个对象，争个体面。你体面地恋爱成了，妈也就歇心了，我和大哥也就可以解放咧。我们结婚，伤了爹妈的心。爹至今还不肯进这院里来。”

“二哥，这能由我吗？”

“这半年不是恋爱得挺顺利吗？不敢灰心。你一天不恋爱成功，我们一天不能解放。大哥那天悄悄跟我说，有根，就是那个有拖拉机的有根，想联合他入股。他挺想去，又怕恼了妈。”

“原来是这事。大哥几次想跟我说甚，又吭哧得说不出。”

“大哥也怕你恼他。现在，全家人不都是在为你赶趁吗？大哥去入股，也还是想多挣些钱回来，早些给你体面地成家……”

“吴有根想叫大哥做甚？”

“给他们跟车当装卸工呗。他们还想再养一辆汽车。”

“他们是看上大哥老实，能受苦，好欺负，是不是？”

“大哥也是为了你呀！”

“我不用你们管！”

“四四，你还得替大哥想想。大哥那天说，给你成了家，大家都能松一口气咧。他也没有什么想望，只想把那三间老房翻盖成五间新房，爹妈住三间，他住两间。他还说，大嫂跟他悄悄说了几回了，说老三媳妇穿的那种皮鞋真俏洒，嘎嘎响，准耐磨。她跟了他多年了，也该给她买双皮鞋穿……”

这都是为他，先为他，为他体面而阔气地成家。而这体面阔气地成家，又是为了什么？为了母亲，为了他们史家不再被人小看，不再被人笑话，甚至是叫全村羡慕，在全村拔尖吗？可大哥为此要付出怎样的代价呀？大哥在这个家里已经窝屈了多年，现在又要到吴有根他们那里去受窝屈。去给他们当装卸工受苦,还说是联合!大哥有什么可以去联合?有拖拉机吗,有资金吗,有别人没有的能耐吗?只有老实,只有受苦的力气。

“大哥不能去!”

“大哥拿不定主意,怕妈会恼他,也担心他走了,谁去城里拉粪?他说,咱们两个都是脸皮薄的人,干不得那营生。三三又刚娶了媳妇,新气还没过去。难道能叫爹去吗?我说,我去拉粪!”

他的恋爱,这么费劲、这么困难的恋爱,是把全家人都扯住、挡住了。当初,是他的三个哥哥挡着他,现在却是他挡着他们。他跟他们本是一样的人,拿什么去配她?拉尿倒吧,白费劲。他又动摇了,泄气了。

“二哥,你们甭管我咧,我走!”他忽然就冒出了这样一句。

“四四,你说甚?我不是埋怨你,不是逼你,是劝你,支持你……”

“不跟你相干,是我想走!”

“去哪?”

“去外头闯!”

这不是马占奎说的话吗?他有些吃惊。他怎么竟想到了马占奎指的道儿上去啦?他不喜欢马占奎,气恨这奸货,但这贼孙总是在他脑筋里转,不防备,就冒出来了。他走,到哪去,怎么闯,没一点门路,还有她呢,真丢了她吗?她已经给了他暗号。

街门响了。哼着甚么歌曲,是二嫂哼着甚么歌曲。他似乎还没有听见过二嫂哼歌曲,而且还哼得这么轻快,这么好听。她显然不知道他在,所以她是带着那么一脸活跃走进屋里来的。这活跃使她判若两人了,变得年轻、俏洒。可一瞅见他,立刻就掩藏了这活跃,又是他一向见到的二嫂了,几分清冷,几分忧怨,挂在了她那已有细密皱纹的脸面上。

“四四,你是又来传达妈的什么指示吧?”

“我是来闲坐。二嫂,二哥,天不早咧,我回呀。”

他看了看二哥,二哥在努力掩藏刚才的那种不安。他努力笑了一下,正要走,二嫂像想起了什么事,叫住他。

“四四，几乎忘咧，晚间去大队，见放着你一道信，也没写哪来的。给，敢不是对象写的吧？”

他奇怪地接住那信，看了一眼，好像真是她写的字儿。她可从没给他写过什么信。只隔了一条河，也用不着写信。难道有什么情况吗？他慌忙走出二哥家，奔向村街的路灯，心想，准不会有好事。

可他站到路灯下，撕开信封看时，虽果真是她写来的信，却不是分手再见，是叫他八号下午八点半，过河去见她。两行十几个字，此外甚也没写。八号，明儿就是八号。明儿却不是应该见面的日子。有甚么事吗？准是有急事，大事，多半不是好事。她后悔了吧？后悔给了他管用的暗号。后悔了，就拉倒吧。他也真不配，真不是可以恋爱的人才。

回到家里，他又在灯下仔细看了她那信，除了那两行字，甚也没写。拉倒就拉倒吧，他心灰意懒地上炕睡觉去了，并没有失眠。

九

八点半，他会准时到吗？她定了八点半的时刻，就是想考验一下他准时不准时。不是八点来钟，不是九点以前，是八点三十分，有整有零。但她没有估计到，已经快八点钟啦，天还这样明亮。胖了的月牙儿，虽已挂在西天，却还是淡淡的，很不显眼。河边一定还有饮牲口的，洗衣裳的。正是天长夜短的时候，她竟然没有估计到。可她必须动身到河边去啦。他没有手表戴着，不会那么准确地在八点三十分到达。迟了倒不怕，早了呢，就又闯到她这小屋里来了。而这一次，她要在河边跟他约会！万一他先闯到小屋里来，就没有味儿了。她要先在河边等他，叫他再吃一惊！

上一回，她大胆地、主动地送他到河边，而且跟他握了手，虽然当时有些心惊肉跳，可也很受鼓舞。这个突破，忽然使她意识到自己是优胜于他的。到底还是她比他浪漫呀！以前，总是等他，等他向浪漫的高潮走。怎么就忘了她自己懂诗、会浪漫了呢？还是她突破了，还是她行。她很兴奋。自从跟他握过手之后，她就一直很兴奋。她也更急切地想见到他，想看看他还威风不威风，还骄傲不骄傲！他绝不会想到她会给他写信。她想到了。她不知道怎么就想到了写信。但这个冷不防想到的主意，十分叫她激动。浪漫的恋爱，还有不写信的吗？到底是她懂得怎样浪漫。她兴奋不已，趴在桌上就写起信来。写了好几封，好几种，都没有写完，因为她总觉得心惊肉跳，太浪漫了。最后，只写成了一封约会信，平平常常的两行字。不过，写信，约会，而且大大缩短了十天见面的时限，这也够可以啦。是哩，并不是她如何急于想见他。这，是浪漫恋爱不可缺少的内容。她还要把约会的地方移到河边。既然她比他强，既然她会浪漫，她就大步向高潮走吧，就叫他大大地吃惊吧！

她怀着一种忽然释放开来的热情，离开学校，兴奋异常地朝河边走去。她已经细心地梳洗打扮过了，带一身香气，迈着轻快而又稍显急促的脚步。可惜，今儿的晚霞不够绚丽，简直有些平淡。天已失去蓝色，厮守着河的柳树，也正在失去绿色。夜色却还没有漫开。这似乎正是白昼和夜晚交替时那最没有色彩的一阵。连一点清凉的晚风也没有。不过，这一切对她都无所谓，她照样兴奋异常。

河边还有人吗？已经挺安静啦。她走进了柳树林。柳林里比外面昏暗得多，似亮非亮，正好约会。

鬼，他是从哪儿冒出来的呀？冷不防站到她面前，倒先叫她吃了一惊！

“你在等我呀？”

“不是，我正要去找你。”

“信，收到没？”

“收到咧。”

她朝他一笑。

他万万没有想到，她会到这河边来迎他。她从来没有迎过他。今儿，她写信叫他来，又在这里迎他。她有些急匆匆，却分明又是高兴的，甚至高兴得有些特别。她分明特意打扮过，浅花短袖衫，领儿挺奇特。身上飘来阵阵浓香。她朝他笑了一下,虽有些特别,却不像有什么不好的事要发生。他只觉得那个野的、坏的、可耻的东西,又猛地涌上来了。狗日的,千万不敢坏了事!

“还站着做甚,走吧。”

“走吧。”

他慌了一下,那涌上来的坏,仿佛已被她发现了似的,丢下她,急忙朝她那学校走去。心里在痛骂自己。

只听她扑哧一笑:“往哪走呀,就顺河滩走走,屋里怪热的。”

就在河滩溜达?写了一封信,原来就是叫他来河滩溜达。河滩是野外,他或许能管住自己。就溜吧,不敢坏了事。

她挨过来,挨得很近,一搭顺河滩朝西走,脚下,草皮很软和。头上,柳树很浓密。身边,云中河在流。这真像电影电视里的恋爱。一男一女挨得挺近,不慌不忙地溜达。但他总觉得慌忙,总觉得那个又野又坏的念头在蠢动。狗日的,他到底不是文明后生。

“慢些,赶趁甚呀。”

他只好放慢脚步,可还是慌忙的。

“这几天,做甚来?”

“做活。”

“做甚活呀?”

“……还能有甚活!”

露着一身黑肉,流着一身腥汗,捣土坯,他说不出口。她为甚老爱盘查他做活?想羞辱他?她的音调却是细声柔语的。她又挨得他这样近,她身上的热气,他都觉出来了。她的热胳膊忽然碰了他一下。他更慌了。而她却不慌不忙。是无意碰上的?

她,并不安静。照着书上电影里想象了多少回,设计了多少次,当这个场面终于出现了的时候,她也有些不知所措了。她毕竟是在模仿一种形式,一种情景。虽然,在她看来这形式和情景是新式的,却也毕竟是生涩的。这样散步，应该做些甚？走下去，又会发生什么事？她既茫然，又有些惧怕。

只是，他，这个跟她一同造成了这新式场面的异性，比她还要生硬，不自然。这便激发她把这场戏继续演下去。而借着这场戏，她身内那久藏着的一股热情，也正在不可遏止地释放出来。一个羞人的意念，也在她心里涨起，她兴奋，又害怕。

她见他太拘谨，忍不住碰了他一下。碰过之后，她又慌了，于是努力显得不慌不忙。应该看看风景。眼前的风景挺好。柳树有些暗了，河水还挺亮。远山也暗了，但山上的天还亮着。河边可真安静。这安静，又使她有些不安。

他怎么还是不说话。平时的威风、傲气，都哪儿去了！她又用热胳膊碰了他一下。

"做甚？"

他居然愣愣地问了这么一句。她有些恼火了。但她忽然就笑了起来，几乎笑出了声。她不知道为甚要笑，是因为恼火，还是再也忍不了这安静，有什么要突出来，她不知道。不过这一笑，她仿佛一下来了勇气。

"哎，你说我烫了头，好看吗？"

"好看。"

"烫什么样儿的好看？"

"由你。"

"我问你！"

"什么样儿也好看！"

他这句话，叫她满意，真满意。她几乎没有想什么，就跨了一步，在他面前站住了。

"后天，星期哩，跟我进城吧！"

"进城做甚？"

"烫头呗！去吧？"

"去就去……"

"去吧,怕甚,不去不行……"

她挡住了他,对面站着,站得这样近。她盯住看他,脸上有娇羞,又似乎那么逼人。还有香气,还有笑,还有从来没有露过的好看……他只觉得憋在身内的那个野的、坏的、可耻的欲念,是再难抵挡地冲涌上来了。它冲跑了一切,关于他是谁,关于配不配,关于诗和云彩,关于土坯和臭汗,都冲跑了。只有一个记忆闪现出来:电影电视里的那种撩人的动作。这可以演给人们看的动作,仿佛正可以遮掩他觉得野的、坏的、可耻的欲念,使它文明化似的。他获得了支撑,猛然间伸手抱住了她,生硬地、笨拙地做了那么一个动作。

她几乎来不及反应,就发生了这样的事!她最先的反应是惧怕和惊骇。接着觉得他那双臂简直要把她夹扁了,他的嘴脸也压得她透不过气来。不过,这一切感觉很快也消失了。不知过了多久,那羞人的反应才醒来,她推开了他。

西天的弯月已经显得很明亮了,离更暗淡了的远山,还有几尺高。夜色正悄悄漫来。蛙声四起,潮气也开始袭来。她想跑走。可是他还愣愣地在那里站着,像犯了错误。

"哎,走吧。"

他像醒过来,又像掩藏错误似的说:"月亮挺好看,是吧?"

这就是高潮吗?怪吓人的。这就是浪漫吗?她什么都没有顾得上体验。她只觉得脸上仍然烧得很热,似乎比刚才还要烧得热。心里,也像有什么在烧着。但烧得挺快活,挺激奋,是一种从未有过的感觉。她开始体验刚才发生的一切。她想起了她是谁,想起了诗,弟弟,旅游,想起了自己对浪漫的想象和设计。她不行,还是不行!只会想,轮到真的时候,就吓得什么也不知道啦。人家那些时新人物,是怎样大方呀!她想表现得大方一点。可只觉得脸上心里都烧得厉害。她离他远远地走着,不敢再挨近他。

如果他走过来，挨近她，她就由他。可他也是远远地跟着她。她不知道该跟他说点什么。他也总不说话。就这么走着，不知是朝西走，还是朝东走。也不知走了多远，多久。

弯月沉没到远山之后的那一刻，夜色就忽然泼洒开，世界立刻暗淡下去了。她猛地感到紧张起来。

“回吧！”

“回吧。”

她发现，他们其实已经快走到她的村边了。就这样各回各的村里吗？想象，设计，盼望了半年，多年，百年千年的情景，就这样慌慌失失地打发掉吗？

她有些不舍。她又涌涨起一股热情。她仿佛是要占领、征服一个境地，打破一个壁垒，而且要打破得像样，征服得漂亮，占领得气壮。她鼓了一把劲，又迎着他站住了。

“哎，后天，进城，没忘吧？”

“几点钟？”

“前晌，八点半，还在这，等……”

“行。”

“你送送我！”

等他走过来，她英勇地贴近了他，急速地照那浪漫动作，亲了他一下，然后跑走了。

这一下，是那么意外：她竟然也来了这么一下！不过，他终于清醒过来了。成功了，他的恋爱成功啦！她这一下，把他刚才的罪孽感，把他半年来的猜测、怀疑，把他的自卑、畏难，都统统冲跑了。她，书里画里似的一个人物，也亲了他一下。她已经给了他管用的回答。是哩，还有什么话能比这动作更管用呀！

在狂喜之余，他忽然意识到，自己已经是，或许本来就是一个了不得的、不一般的人物啦。他能够叫她亲他爱他，证明他不是一个凄惶可怜的后生，不是一个窝囊无能的男人。他长得不丑，也生得不憨，他会恋爱，他也会做一切。他有能耐，他有力量，他也会成为一个强人。她一定看出来了，要不，她怎么会亲他爱他？是哩，他不同于他的三个哥哥。他可以去跟马占奎比一比，他也能够到外头，到城里，到大城市去闯一闯。就是，他为什么不敢去闯一闯？现在，有能耐的人，都出去闯去了，他本来也是有能耐的人嘛。这恋爱，还不是他闯成的吗？

夜色更浓重地漫开，柳树，远山，河流，村子，一切都隐去了，他只感觉到自己的存在。在这个迷人的夏夜，在这新式的恋爱中，他忽然发现了自己的存在，发现了自己的魅力和力量。她亲他爱他，这不是做梦，不是想象；那感觉，那香气，分明还留在他的脸上，身上。当他忍不住，搂住她，亲了她的时候，他是那么恐惧，他觉得一切都完咧。可她并没有唾他一脸，没有骂他，而且照样也亲了他一下……他不该那么小看自己。

十

这一次，他回到自家那老院的时候，天已经彻黑，什么也看不清了。院里很静，屋里也没有亮灯。他们难道吃罢饭，睡了觉了？时候已经很晚了吗？他真不知已经过去了多少时候，似乎很短促，又仿佛十分漫长，如同经历了一个生长期，经过了一次蜕变。是的，跟傍晚向河边犹豫地走去时相比，他是完全不同了。此时，他是多么想大声地、兴奋地回答亲人们那一声声关切的询问啊！可他们却偏偏都睡去了。

突然，他听到了母亲的声音："是四四回来咧？"

接着，老屋里的电灯亮了。他立刻看见，他家几乎所有的人都坐在院里，母亲，父亲，大哥，大嫂，还有不在这老院里吃住的二哥。他们静悄悄地坐在夜色里，分明是在等他！他们都在等待着他，怀着一个希望，希望他能带回比那一声"去来"更好一些的讯儿。带回来啦，今儿他给他们带回来啦！他看着家人，觉得眼泪要流出来咧。

"四四,今儿咋这么晚?"母亲问他。话语中似乎有些不安。

"肚饥了吧? 先吃饭……"大嫂赶紧说,像是在宽慰他。

"就是,先吃喝了再说。"大哥也跟着说。

父亲看了看他,又低下了头。

噢,原来人们都在替他担心。他没有像每次那样,在天黑以前回来。他们以为他怎么啦? 吵架了,谈崩了,他伤心得跑了,甚至出了什么事? 不是,都不是! 他要把喜讯儿告诉大家。今儿,他可以有把握地告诉他们啦:他和她的恋爱不成问题,一准成功! 他们史家,不仅要有一个自由恋爱成婚的子弟,还要有一个敢去外头闯荡的强人。这强人,就是他。去外头闯的念头,就这样紧跟在恋爱成功的后头,不断往出冒。不过,此时他还未十分注意到这一点,他正处在极度的兴奋中,一切都无暇去深想。

他大口吞咽着茶饭,几乎有些忘记了看着他吃喝的家人了。

"四四,你去来?"父亲忽然问他。

"你着急甚!"母亲呛了父亲一句。

"去来!"他有力地,昂扬地回答了一声。

母亲似乎终于看出了一点什么,立刻讨好似的问道:"人家说甚来?"

"没跟人家吵吧?"父亲又冒了句。

"吵甚呀? 谈得挺好,因此上回来迟咧。"

"人家没意见咧?"母亲问。

"没意见,就订婚吧!"父亲说。

"四四,那就引回来,叫大家都看看。"大嫂也高兴地说。

"你们都不懂。自由恋爱还订甚婚。到时候,人家自然会来。"二哥压住了大家的话。

他们是有些不懂,可他真高兴。他竟然没有叫他们失望,竟然把那体面的新式恋爱给他们争回来了。他们那不懂行的言语,也叫他觉得有趣、亲切。他还没有把他和她今晚见面的情形说给他们听哩。他们不懂,他不能细说。可他此刻是那么想叫他们更高兴,简直想叫他们大吃一惊! 说跟她怎么怎么来吗？不能说。说后天跟她进城去烫头吗？对，给他们一个痛快的回答！

“你们想见她，后天，我就把她引回来！”

他们没有吃惊，只是有些不大相信。但他还是终于叫他们相信了。于是，他们就说起怎样准备来，打扫卫生，吃什么饭，给不给见面礼，等等。他们又显得不懂行啦。在这不懂行的计议中，露出了他们的高兴。他更高兴起来，不多说甚，只是很有滋味地欣赏着他们那不懂行的计议。在他家的这个老院里，似乎还没有这样叫他兴奋过。他们也都兴奋异常，准备着迎接一份全新的光彩。他们奢望它，却又不敢相信真能迎回它来。现在，他真的把它争来、迎来了。他就像一个英雄，安坐在他们中间。

二哥起身离去的时候，他也跟了出去。他想跟二哥好好说一说！他觉得，在家里只有二哥能听他倾诉那一份快乐。他忍耐不住，太想倾诉了。

“四四，怎么今儿忽然就……”

“到时候了呗！”

“昨儿你还烦哩。”

“昨儿我也没说要吹吧？恋爱嘛，就是一阵恼，一阵笑。你不是懂吗？”

“四四，到底是咋咧？”

“咋也没咋。她写信叫我去，我就去咧。甚事也没有，是她想我哩！去了，我们在河滩散步，真格的散步。有说有笑，挺那个。”

“那就好。是她想来咱家看看？”

“我叫她，她就来！后天星期吧？我去叫她，准来。”

“咱家可是没看头……”

“她是看我，又不是看咱家那景致。二哥你放心。不准备，也不怕！”

“四四，你是咋咧？”

“咋咧？”

“你甚时学会这么吹牛的？说话，像马占奎那种口气……”

“马占奎是什么东西！我可不是吹，咱后天看嘛。没有这股劲气，我能把她恋爱回来？后天你看嘛，看我跟她在一搭是甚样！不是咱爹和大哥那窝屈样，也不是三哥那愣样，比马占奎也强得多……”

他仿佛失去了控制，将一种连他自己也料想不到的豪气尽情释放出来。那口气、那神态、那气派，真有些和马占奎相似哩。

“她家也同意咧？”

“没问题！我们是自由恋爱，她同意，我同意，就顶事。有空，我也去一趟她家，问题不大。”

“那就好。你头一回去她家，可不敢这么张狂，懂事点，嘴乖点，不敢太……”

“没问题。太窝屈了不行，得有气派，得敢说敢为。这不用你操心，我有把握。见丈人丈母还怕甚？见县长也不用怕！”

“四四，你是咋咧？”

“二哥，看你还算懂恋爱哩，老问咋咧咋咧。咋咧？恋爱成功了呗。”

“那就好。可也太快咧，房还没给你们盖……”

“不着急。盖房不用你们着急，不用你们管，解放了你们咧！”

“那你是到她家倒插门呀？”

他忍不住大笑了。二哥这句可笑的话，终于给了他一个大笑的机会。他早想这么大声笑了。

“我能去做那事吗？二哥，实话跟你说吧，我要出去闯一闯啦！”

“要走？你不是说恋爱成功咧？”

“成功了，才要走！”

“因为甚？”

“不为甚，我想走。想出去露一露咱的本事！你不看呀，有本事的都出去咧。出去的，都是有本事的！二哥，你看我也不是没本事的憨货吧？”

直到这时，他才有些清醒地意识到自己在想什么，说什么。走，到外头，出去闯。这个心思，咋就总甩不脱呢？刚刚恋爱成啦，刚刚尝到了新式恋爱的甜头，咋就这么想走呀？想出去发财挣钱，好把他的新式婚事办得更有水平，好引上她出去旅游一趟。他不想再花这凄惶可怜的家里钱财，不想再挡着他们，扯着他们，而全靠他自己，这才与那新式婚姻相配。他似乎觉得，还有别的什么更强烈地吸引着他；他跃跃欲试，那么急于出去，证明他真是一个强人！外头，那未知的天地，更是一个神秘、新奇、诱人的境界，他已激起了进入它、征服它的欲望，正像他当初想进入自由恋爱的境界，想征服她一样。只是，现在，他的自信和力量要比那时强了不知多少倍。她会同意的，她会支持的，她会惊叹的，她难道不喜爱一个强人吗？母亲也会同意的。母亲也是一个好强的人，不会不同意他成为一个强人。

他把二哥送进宅院，又觉得在夜色隐去了一切的世界上，只剩下他自己了。他胸中正烧着一团热火。这热火，是她给燃起来的吧。可这时，他似乎连她也不再去多想了。河边吹来了潮湿的带泥腥味的风。河滩传来了阵阵蛙声。她就在河对岸。可他的意识，他的神经，却全部都集中在自己身上：他是一个强人吗？

十一

夏天八点钟的时候，已经不早啦。太阳跃上树顶，那金红的色彩已化为炽白。村里村外已开始有热气漫来。可河边还挺凉爽，绿树青草鲜灵灵的，正是最精神的时候。河水迎着阳光，舒展地流着，闪着斑斓的光点儿。她过河时，觉得河水有点儿凉。她又来早了吧？

早晨，她起得挺早，却还是匆忙不已。也不知忙甚来，活儿没多做，饭也没多吃，只匆匆忙忙梳洗打扮了一阵。实在也算不得打扮，一切都如往常一样，只是显得手忙脚乱的。慌乱什么呀？她尽量不去想他，不去想那晚河滩散步的事。但是不可能。她还是在想他，在设计今儿进城的情景，按更时新的，更大胆的，更尽情的设计。今儿是在白天，今儿是当着众人，是公开的，是在城里……一种跃跃欲试的激情在她心里烧着。

过了河，她就瞅见了他。他也早早来了！她便朝他跑过去了：她觉得应该这样，她也是这样设计的。跑过去，还应该有一个浪漫的动作，她没有做出来，毕竟是在白天。

“哎，你咋没骑车呀？”

“你哩？”

“我骑车，咋过河？”

“我背嘛！”

他如若背她过河，那也够浪漫。她没有想到这个方案，挺可惜。

“一搭走吧。”

“往城里走？”

“先去我家。”

叫她去他家？这是什么意思？她成了他的媳妇，引她去见公婆？多俗气，多庄户人家气，多没意思！

“不去咧，先进城吧！”

“你是不敢去吧？我想叫他们见识见识咱们的新式，你倒不敢啦。那进了城，你更不敢……”

她没有料到，他会这么说。说她不敢，那就看吧。她正想浪漫哩。

她得意地笑了一下，过来挨近他：“走吧！”

他这岸跟她那岸，景致并无差别。可那种告别了一个世界，冲进了另一个世界的激情，却又强烈地撞击着她。这是一个明亮的世界，有太阳，有绿树，有庄稼，还有人，地里路上都有人。她要公开那悄悄地想了半年，多年，百年千年的渴望、追求，烧着的感情。她要丢掉胆怯、羞涩，要拿出勇敢、新式来。她要从心里、从小屋、从夜晚，走向明亮的公开的世界。她尽量按照电影小说里的新式水平，跟他热烈而亲热地说着什么。不过此时，她分明已不很注意他啦，她在注意着周围世界。会轰动吗？

庄稼地里有做活的人，虽然是零零星星的。小路上，也能迎面碰见人，虽然不多，也不是重要角色：半老婆姨，半大小子，背筐的老汉。但她还是兴致极高地努力去引起他们的注意。他们看一眼,她就会高兴。要是有些惊怪地看她,就更满意。当然,她还渴望着进了他的村子后,那一定会有轰动。

进了村,果然所有碰见的人,几乎全都来注意他俩啦。主要还是看她,那么感兴趣,那么不寻常,那么惊讶,甚至那么可怕地注意她。她的勇敢、她的浪漫,是如此强烈地把众人吸引住啦!她觉得自己是一个英雄了。她更快活地挨紧他,很得意地跟他说着亲热话,在他同村人打招呼时,她也大方地说几句。她陶醉在自己的英勇中,她觉得他的村子充满了浪漫的诗意。

她就是在这种情状中,走进了他家的街门。呀,他全家人都在哩。他们都站起来了,把目光一齐集中到她身上来。显然,由于她的出现,他们惊慌起来,惊喜地神秘地看着她,甚至有些手脚无措。这叫她满意极了。

"是招弟姑娘吧?"

"妈,人家叫吴佳!这是我妈……"

"妈!"

"这是我爹……"

"爹!"

她自己都不知道是怎么一来,就冲口叫出了爹妈。叫得挺大方。她是只为了大方吗?不过,她这一声大方的叫,更使两位老人手足无措起来。她还会更叫他们吃惊哩。她的心境好极啦。她大方地热辣辣地跟他家的所有人说话,仿佛是一个来视察的首长似的。在他们面前,她跟他仍然保持着那种水平线以上的亲热。她不叫他四四,叫他的姓名:史忠祥,或只叫忠祥,有几次干脆就只叫"祥"。她给他抻一抻衬衫前襟,理一理衬衫领儿,甚至用肩膀撞他一下,叫他去替他爹搬板凳。她也跟他的几位嫂子,爽朗地说时兴话。她们有些拘束,她却越发活跃起来。她还去同他爹、他大哥说话。他们更拘束、慌张,她就更兴奋。怎么样,他不是想叫他们见识见识吗?够水平吧?她完全沉浸在自我欣赏中了,欣赏自己的浪漫,欣赏自己的英勇，欣赏自己的新色彩。他们是些怎样的人，他的家是个怎样的家，她几乎没有注意到。他们能够叫她尽情表现，她觉得他家也充满了浪漫的诗意。

“四四，晌午就在咱家吃饭吧，不知招弟姑娘喜好吃甚?”

“妈，我们还要进城去。”

“祥，那咱们就走吧!”

她走近他，给他拂了拂衬衫的肩头，又朝他那么亲热地笑了一下。不过，她倒真想留下来，给他们表演一上午。

他刚跨上自行车，她立刻就轻捷地跳上了后座。她看见他家的人都站在街门前看她，街巷里更有不少人在两厢看她。她尽量贴近他的后背坐着，向他家的人挥手。挥手的姿势，全然是电影电视里的样儿。她觉得很满足，一切都做得挺漂亮，一切都够水平。她心里美极了，还没有出村，就把脸贴到了他的背上。

一路上，她的心情非常好。她只催他快骑再快骑。她是在向一个更神奇的境地奔去。进了城，她还要做更有水平的表演哩。

城里天天都像在赶会。热闹是够热闹的，可她一眼就能看出，街上拥挤着的，几乎都是乡下来的庄户人。而那中间，乡下的后生妮子又占了多数。他们穿戴打扮得一个比一个时新，简直就是进城来比赛哩。可她一眼就把他们看穿啦:穿戴打扮得再时新，也仍露着满身庄户气！光是穿戴打扮时新，就能新式了呀？她挺想笑他们。仿佛她已不是乡下来的庄户女子咧，从里到外都脱去庄户气咧，她骄傲地看着满街那可笑的乡下后生妮子，越发激起了一种表现的冲动。

“到哪烫发呀?”他问。

“先逛逛!”

她冲口而说。她几乎忘记了烫发这回事。她挨紧他，简直带着一种名角儿登场似的神气，加入了县城大街上的比赛。她觉得只有在比赛中才能充分表现。而她的那无数对手，只知道比赛穿戴打扮，而她却要同他们比赛更高级的东西哩。她拽他专往人多显眼的地方去。她神采飞扬，步态轻盈，谈吐文雅，甚至说着咬京的普通话。而在人多拥挤之处，她就干脆拽了他的胳膊。她不时故意笑出声来，故意将那咬京的话说得很响，当然也故意显得跟他十分亲热。她极力想引人注意，又极力表示着对县城里的商店、商品、街市、景致，甚至空气，都不够满意。她不时跟他说到武汉，庐山，黄山，还有大学，诗。当然，不仅仅是说给他一人听。

她尽了自己的所能在城里表现，但效果却远不如她所企望的那样强烈。没有多少人注意她，虽也有人看她几眼，却不惊讶，平平淡淡地看看，就又去看别处啦。满街那无数的人，仿佛都有各人要注意的目标，都有要匆忙奔向的去处，而顾不上来看她。那无数的人，又仿佛都一心只想叫大家来注意自己，而顾不上去注意别人。她开始有些扫兴了。她似乎落在了一个五光十色的海洋里，无可奈何地被淹没了色彩。

他呢？她开始想到他了。他挨得她很紧，他兴致仍然很高，自信而又自然。他感到满意了吧？她忽然发现，他感兴趣的，他不断注意的，似乎并不是拥挤在大街中间的穿戴打扮时新的乡下后生妮子，而是在大街两厢摆摊儿的连穿戴打扮也不时新的庄户人。这些人有什么值得注意的呢？这些人跟涌动在大街中间的后生妮子相比，从里到外更分明露着庄户气。顶着发暗了的草帽，穿着汗湿了的布衫，黑手、大脚，面前摆着自家地亩里出产的瓜果、菜蔬，和那不知从什么地方贩来的服装、皮包、尼龙衫。真是一街时新，两行土气，色彩分明。他怎么竟对这两行土气感了兴趣？

“快走吧！”

“烫发去？”

“逛大楼去。”

“走吧。”

她又挨紧他，在一街时新里力图显眼。她真想像电影电视里的恋人那样，挎了他的胳膊走。在这小城的大街上，还不曾有此新式壮举哩。

然而，他又停在街旁了。又对什么摊儿发生了兴趣？唔，卖花苗的。

花儿还有诗意。他对花儿感兴趣,这还差不多。

“买花吧?米兰、白兰、十里香……”

卖花的后生好像是外路人。她仔细看了一眼:黑瘦黑瘦一个后生,穿戴亦不新式,分明也是乡下后生,外路的乡下后生。细竹眉儿编成的竹篓上面,放着几棵并不起眼的花苗儿。竹篓旁立了个不大的玻璃镜框,镜框里压着十几幅花卉照片,上着彩,五颜六色的,还挺好看。

“买几种吧,南方的花……文雅得很。咱们晓得你是文雅人……怎么样,大姐,买几棵,保活啰……”

这外路后生,只来跟她说话,只劝她买花。真看出她是文雅人啦?她的兴致又起来了。她拿起一株花苗,显得很感兴趣而又很懂行地瞅、闻。她又咬着京话,跟卖花的后生攀谈。她努力表现得文雅、新式,当然更得浪漫。她想,她得买许多株,或者干脆每一种都买一株,而且不能跟这外路乡下后生讨价还价,要显得相当大方……

她热辣辣地碰了他一下,细声柔语地说:“哎,你挑吧,多挑几棵!”

卖花后生立刻就掀开竹篓盖儿,亮出了里面淋着水的许多花苗:“可以挑,咱们看出大姐是文雅人吗,都是好花,保活啰……”

可他没有弯腰去挑。这时,她才发现,他盯住那卖花后生,在发愣哩。

“哎,你是咋咧?”

她又碰了他一下。他好像猛然醒悟过来似的,一把拉了她的手就走。她先愣了一下,但很快就兴奋起来。他拉住她的手,在这么多人的大街上逛,他也想轰动呀?她想起了那晚在河边,他就是这么突然地搂住了她,亲了她……他太鲁莽。不过,现在她不怕咧。由他吧。她也正想轰动。只是,他拉着她走得这样急慌,像去救火,像在逃跑。不能自然点吗,慌甚,怕甚。她正想说他,他却早把她拉到一家商店的玻璃橱窗前,停了下来。

“我告你说,我想好啦,我要走,要出去,去闯闯……”

他说什么?要走,去哪?去做甚?她简直不知道他是怎么咧。只见他那么兴奋,她从来没见过的一种兴奋。

“我想好咧，我决定咧，我要出去，去南方，去武汉，去广州……”

想去旅游呀？他的眼里仿佛要喷出火来了。他的口气，也不是跟她商量，而是向她宣布什么文件似的。

“你要出去做甚？”

“出去再说，做甚也行，先卖花也行呀……”

她终于明白了，他是要扔下她走，到外头去跑荡，去做买卖！可这是怎么回事呀？这又是为了甚呀？他们正恋爱得热乎哩，才刚刚开始热乎起来，她还没有正经浪漫哩，他却要走！她跟他要过什么钱财吗？她提过什么条件吗？他是嫌她丑吗？嫌她是民办吗？还是搂了她，亲了她，占了便宜，就拉倒咧！她不知道发生了怎样的事。她万万没有想到，她拿出了那么大的勇气，释放出了那么强烈的热情，做了那么浪漫的设想，正要去尽情追求、享受那久盼的一份快乐，大胆表现那久藏的一份感情，却忽然要失去依托。他走了，这一切都没法实现了。

她恼他，劝他，甚至求他，可他愣是要走。他说，出去闯，是为了她。他说，等闯回来，她会更满意他。他不懂得她需要什么。他对她的劝说，恼怒，哀求，也毫不在乎，好像她已经和他订了婚，已经成了他的媳妇。她好像突然才发现，他原来也是一个庄户后生，俗气的庄户后生！

她再也无法在城里表现了，更没有心思去烫什么时新的发式。整个的小城都变得杂乱，俗气了。回去的路上，她又劝他，留他，求他，可他仍不肯说不走。只是说：先不走吧。

十二

高跟皮鞋五块五，

咱俩上街买豆腐。

碰见个新汽车，

跳了个美国舞！

大哥家的那两个小妮儿，又在唱她们那古怪的歌谣呢。母亲竟然也听得笑了。母亲是第一次这样欣赏她们的歌谣吧，她们受宠若惊，唱得更上劲了。他家的老院里，第一回真正充满了轻松的气氛。这都是因为他，因为他把她引回来，叫大家看了看。她又是那么兴奋，那么活跃，那么爽快地叫了妈、叫了爹！这是连他也没有预料到的。可是，她却不支持、不赞赏他出去闯。这更是他没有料想到的！

她为什么不支持、不赞赏他出去闯闯呢？她难道不愿意他是一个强人吗？强人才敢出去，敢出去才是强人。做一个强人，他以为她会高兴，吃惊。他也正是为了她才想去做一个强人的。可她却不赞赏，还恼了他。她不叫他走，难道是想叫他受罪，受羞辱吗？她想叫他做一个什么人？大学生，能写诗的文雅人，干部，官儿？他不是不想，是做不成呀。他只能做一个强人。

当然，不是马占奎那种强人。她一定以为他是要做马占奎那种人。他没有给她说清楚。他应该再去见她，好好说说。

他觉得他是能够说服她的。今儿，她对他更亲热了，当着众人公开跟他亲热！她真真确确是喜爱他哩，甚至是崇拜他呢。她虽不同意他走，恼了他，可她还是求他，挺可怜地哀求他哩。他真是一个了不得的人物吗？他从来没有被谁这样珍爱过，崇拜过。对于像他这样一个后生，再没有比这样的爱情更能叫他确立自信的了。所以，她的亲热，她的不舍，她的挽留，她的哀求，更促使他想去证明，想去显露自己的力量。他几乎也新奇地崇拜起自己来。她会听从他的，她应该听从他。

在这种情况下，他再看自家的老院，自家的光景和家里的人，就越发想脱离而去。全家人，特别是母亲，把他当成了英雄。他觉得自己也应该成为英雄。英雄好汉，如今谁还会窝在这样的老院里？

他决定晚间就去见她，说服她。结果，没有等到晚间，他就动身了。若不在学校，就去她家。他也去一次她家，怕甚！

他突然又闯到她小屋来的时候,她有些意外,也有些高兴。她终于还是把他吸引来啦。她不高兴他出去,她不理他,她恼了他,他到底受不住呀。前晌恼了他,后晌就又跑来了。这可以算是一个小曲折。小曲折,也真叫人不好受。是嘛,恋爱得刚沾了边,他却要走。好哩,想走就走呀,又跑来做甚?她真以为他是来承认错误,来告诉她:不走还不行吗?可是没有想到,他进来没有说上几句好听的话,就又说,他要走,走怎么好,怎么对,怎么伟大!她简直想立时就把他撵走。

天爷,是什么迷住他啦?分明是有什么迷住他了。可还能有什么比她还能迷住他的?一定是钱,一定是叫钱迷住了,钱迷心窍!那么顽固地想出去,出去做甚?还不是为了挣钱,捞钱。现时,多少人跑出去捞钱去咧。可跑出的,都是些什么人呀?她听说的,眼见的,多啦。就是没有一个叫她喜欢、叫她钦佩、叫她崇拜。都是些庸俗人。原来他也是一个庸俗人!他白生了一副俊模样,白长得像人家普希金咧。他还说,他出去是为了她。她跟他要过钱吗?她要是爱钱,早嫁给城里挣工资的后生咧,还可以嫁个挣大钱的城市老头儿哩。在村里,如今钱也够花啦,非要出去挣那么多黑钱做甚?他还说不是为钱。难道是为了上大学,为了当书记,为了搞发明?可恶的钱,难道比浪漫的恋爱,还有力量吗?

她只好说:“你要走,由你,我可不等你!”

他听了这话,笑了笑,说:“不去,还不行呀?”

他虽然吐了这话,可竟然没有害怕,没有慌张,只是笑了笑。笑什么呢,是笑他自己,还是笑她?笑完说完,他就放心地走了,没有留下更坚决的话,也没有留下更亲热的话。

他走出她的小屋,走出学校,拐了弯,看不见了。她忽然觉得,她恋爱了半年的这个人变得模糊起来,陌生起来。他真是一个俗气的庄户后生吗?

太阳虽已偏西,却还是炎热的时候。她从窗口望去,河滩那常见的柳树,守着的河道是那么狭窄。远山平淡得一点色彩也没有。河对岸,他的那个河庙村，更是窄小，杂乱，跟别的村子没有差别。一切都没有味道。她觉得自己仿佛正在失去那一份涨起的热情。

他没有说服她。她不叫走，也只好不走啦。刚亲热起来，不走也行。她既然这样亲爱他，他就天天去见她。美哩，先美一美再说。

他觉得他平静下来了。他甚至觉得，他忽然想出去闯，是有些发神经。可还没有等他再去见她，跟她亲热，就在村街上又碰见了马占奎。

“啊呀，四四，不简单嘛！听说你恋爱回个挺俏的闺女来，甚时再叫咱见见呀？”

他不由得意地笑了笑。他终于有资本可以傲视这家伙啦。

“行，你行！我早就看出你这娃不是憨货。不花钱，恋爱回个俏闺女，听说还是教员，你这娃，行！”

他只是笑。他似乎头一次发现马占奎这家伙是在真心称赞他。看来，他还真可以的，真还行。马占奎不是一般人物。他对自己的崇拜，又悄悄涌上心来了。

“四四，跟我跑一趟天津吧，愿不愿意？”

“跑天津？”

“后天，我要跑一趟天津。想去，就相跟上。不怕咱把你卖了吧？”

这家伙！又在小看他吗？现在，他可不畏怕这家伙啦。马占奎是强人，他也是强人！

“去就去！”

“行，我早就看出你这娃行！跟我，不会叫你吃亏。到夜间再跟你细商量。”

马占奎走开，他才忽然有些后悔起来。坏哩，不是答应她不出去吗？但他觉得后悔也不顶事啦。说了话不算，马占奎那家伙会怎样嘲笑他！他实在还是想出去，去看一看，闯一闯。跟马占奎这家伙一搭出去，正可以试试他的能耐。他不相信自己就真会被马占奎欺哄了，卖掉了。姓马的强，他也不软。外面，那个未知的、遥远的、神秘的、诱人的大世界，是那么强烈地吸引着他。后天,他就真要出去了吗?走出老院,走出小村,走出小城,去看,去闯,去试试自己的身手呀?

母亲会同意吗?母亲好说。

她呢?她也好说!她已经叫他搂过亲过,她已经是他的人啦。等他回来,她就不会恼他了。他是这样自信,他就这样决定了,先走,再写信告诉她。

他,在那窝屈的老院里窝屈大了的他,一旦发现了自己的存在,便不能不去探试这个存在的意义和价值,它带着一种突然爆发的热情,实在难以阻挡。他到底走了。

数天之后,她没有等见他来,终于忍耐不住,便过河来找他。在河这岸,她碰见了他爹。一问,才知他已经走啦。他到底还是走啦!她顾不上这位她曾经冲口而出叫过一声"爹"的老汉还在问她什么,扭身就跑了。一口气跑过河这岸来,湿了鞋袜,湿了裤腿。

他到底还是走了。他真的走了!他不是上生死难卜的火线,更不是遗弃她而去。可她还是伤心极了,恼怒极了。好呀,还是钱比她的吸引力大!其实,与其说她是忌恨金钱,不如说她是受不了这突变。她相信,她在追求的是一种与村里的庄户气完全不同的新式爱情。她是那么艰难,又那么英勇地刚刚袒露出那深藏在心底的情感,正要照着现代形式来消受它,却突然中断了。就像在村里看那爱情影片,正看到激动人、羞人诱人之处,却忽然停电了,她怎么能受得了!

在伤心和恼怒中,开始她还回想她与他恋爱的一幕一幕,特别是最近冲进高潮的那荡人心神的情形。她努力把这当作失恋来体验,就像书上写的那样,可惜,很快,她没有这样的兴致了。

他走了,他的模样似乎更加模糊起来。他是谁呀,他到底是怎样一个人呀?她对他实在也了解不多,注意不多。他到底是个俗气的人,还是个新式的人,她原来似乎就没有十分认真地去注意过。她尽注意什么来?

是哩,她对他实在注意不够。这个渴望从自己心里冲向外面世界的年轻闺女，几乎是把注意力都放在了冲的上面，放在了恋爱的时新方式上面了。对这新式恋爱的追求和沉醉，实在胜过了对他的喜爱。甚至，正因为她以为他并不那么出色，她才敢于拿他来恋爱，来演出她那新式恋爱的活剧。他走了，她似乎并不尽是忍受不了没有他，而是忍受不了没有那新式的恋爱。这恋爱，是她的感情和精神开始走向开放的壮举呀。

他真走了。她挺失望，但并不后悔。跟他恋爱，也使她发现了自己：她也可以去大胆地追求呀……

当然，他走之后，那条绿树厮守着的云中河，仍然静静地流淌着，遇有早烧云、晚烧云的时候，它仍会映出一河绚丽的色彩。不过，它毕竟不是云中的河、天上的河，到底是流淌在地上的一条河，说神奇也神奇，说普通也普通。

第四章　泥房子

一

今年夏天，母亲瘦得很厉害。近来她更说，总觉着身上发软，又老是口渴和肚饥。可大嫂说，母亲的饭量一天比一天大了似的，总是吃不够，比男人们还能吃喝。

他疑心母亲是得了甚么病了。但一这样想，他便不由有一种罪孽感：他是盼着母亲病吗？他怎么敢这样！可他劝说母亲进城去检查检查的时候，心里又不由发虚，仿佛真揣了甚么歹毒之意。母亲不肯去，说："能吃能喝，会有甚病？不过是累的。"他更会莫名地生出那么大的失望来。同时，那罪孽感也会加重。

母亲是太累啦。领导着他们史家这一大摊光景，并不比前那些年当队长的村干部轻省多少。春种秋收，娶媳妇盖房，吃喝花销，还有创业发财，都是她背着。她是一个能干好强的女人。可这光景给了一个男人，也不容易。母亲毕竟是太累啦。为他们累成这样，他却盼她病倒，还算是人吗？母亲挣扎着，一心想把粉坊早一天盖起。盖起粉坊，开了新财路，还要大发展，母亲的心劲儿还正大哩。她不相信自己会累倒，一锄完庄稼，她就领导着全家人动工修盖粉坊。人虽然是一天比一天瘦，可精神气儿却是那么大。

顶着夏天的毒日头，土坯挂泥垒起的新墙，刚刚过了一人高，母亲到底还是累倒了。全家人都惊慌了。他也很惊慌，没有半点虚假。他甚至痛骂自己：是他把母亲盼病的吧。罪孽！大哥说："准是中暑咧。"他说，不去县医院，不行。母亲说："歇歇就好啦。"他希望是这样，真诚希望能这样。

但他又有些担忧。这是真诚的担忧，没有虚假，没有歹毒。因为他知道庄户人都爱这样来抵抗灾病。他们不去管自家能有多大抵抗的力量，也不去管那要抵抗的灾病又有多大的力量，只管为此去受罪、吃苦，仿佛受罪越大，吃苦越重，便越有希望抵抗过去似的。果然，母亲并未能抗过去，未能歇过来，还是一天比一天发虚发软。

进城去医院吧！他不管母亲怎样不情愿，到底把她引到城里，挂了号了。没有想到，县里的大夫听了母亲的告诉，竟也说：中暑了。他不知为甚么会那样气恼，当然没有气恼出来，是讨吃似的哀求人家：还是给检查检查吧，瘦成这，不是一天两天咧……那大夫似乎也挺好强，挺不满，不过还是给检查啦，折腾了多半晌。糖尿病！大夫挺生气，又挺不当一回事："回吧，好好养着。不能吃甜的，不能多喝水，不能多吃饭，一天吃几两豆面就可以啰。"不给打针吃药？"这病没特效药。"这病不要紧吧？ "养不好，也能要了命！"

好无情的家伙。可再无情，人家是穿白袍儿的大夫。母亲真是得了病了，不是中暑，不是头疼脑热，竟是那么个没听说过的灾病，蛮怕人的灾病。狗日的，真叫他盼来了：这是他的罪孽。这可怕的灾病，不去欺负别人，偏偏来欺负母亲！他真伤心起来了。母亲是他们史家的领导人，当家人，苦撑了多少年，人都粗糙得像一个男人咧。可心强命不强，家境还是越来越凄惶。这几年，刚刚起了山，那领导也刚刚当得有些滋味了，而且雄心勃勃，心劲儿正大哩，偏就得了这可怕的病。这全是累的。再累再苦，她能撑住。她不仅脸面、手脚、筋骨粗糙得像一个男人，她的心劲也强胜得像一个男人了。这样躺倒，那涨起的强胜的心劲儿，咋办呀？

母亲听了那无情的诊断，竟然也没咋的，平平静静地说，叫养，就回家养吧。不兴吃这，不兴吃那，得了富贵病了。回到家，真挺轻松，跟大家说："我得养病哩，也算忙到头了。不拘好赖吧，娶了三房媳妇，盖了两处新院，剩下老四，也支持他恋爱成功咧。老小五个爷们哩，你们往后扑闹吧。几十亩地，十几头猪，还有铺开摊儿的粉坊，基础也算给你们打得不差甚了……我得养病哩。"

母亲这样能够想得开，叫他大为意外。他原以为，母亲会受不住这打击的，还不知得怎样劝说，才能叫她丢开家政，静心去养病。可她竟这么轻易地就想开啦。得了这么一种病，竟然能给她甚么慰藉吗？或许，母亲是想叫他们安心，故意装得这么轻松吧？他听母亲的那些话，简直有些诀别的意味似的。可他看母亲的神态，又并不像是装出来的，她对自己挣扎半生的结果，难道真是满意了吗？她的粉坊还没有盖起。她不是还想挣一块专业户的光荣匾吗？她还想干很多事，她还应该得到更光彩的慰藉。他总疑心母亲有不肯露出的心思，可终于也一点看不出来。母亲真的轻快了许多，不像是得了病，倒像是去享清福啦。她不再操心盖粉坊的事，也不再吃大嫂做的大锅茶饭，而是自己做想吃的细法饭菜。荤油，鸡蛋，白面，吃得挺香。她也不遵从大夫的规定，少吃少喝，只吃豆面。他劝她，她说，不能想吃甚吃甚，还算养病呀？

母亲就这样退出领导岗位了。是的，他们史家是母亲一向当领导的。在全村，谁都知道他们家是婆姨当家。这不是一般男人苦做苦受，婆姨坐着享受的那种婆姨当家。母亲是又做又受，又当家又管事的。这种婆姨当家，在村里不是很光彩的名誉。男人没本事呀！婆姨们总想压住擒住男人，可也并不想在一切方面都胜过男人。春种秋收，娶媳妇盖房，这一类撑门面的大事，也要由婆姨来扑闹，那就不光彩哩。母亲或许是不想再顶这一份不光彩咧？可母亲勇退了，谁来当家呀？全家十几口人伙在一搭里过哩，没人当家不行。

父亲吗？应当是父亲。可在他的印象中，这个家似乎就没有父亲。从小，他就没有感觉到父亲的存在。他们兄弟四个，似乎都没有受到过父亲的喝骂，也没有得到过父亲的疼爱。父亲在家里没有任何地位，而他自己似乎也根本不想去占一个地位。在队里，在村里，就更没有甚么地位了。他只是成年成月成天地出勤做活，在家里不跟谁说话，出去也不跟谁说话，他仿佛就不想说话，也不会说话似的。连他们兄弟们喊他一声爹，他也常常不嗯那么一声的。只有他那沓拉沓拉的脚步声，他们能听出来，知道父亲出去了，回来了。这沓拉沓拉的脚步声，很响，却又显得无精打采的，它总是那样不紧不慢，却又总是那样沉重。这脚步声，就是父亲的言语吧？他从小就觉得父亲很老，是一个挺老的老汉，可现在他已经娶媳妇生娃啦，父亲却仍然是那一种老样儿。二十几年，仿佛就没有一点变化。仍旧是两道淡淡的眉毛懒懒地搁在眼窝上，眼总眯缝着，还不及那淡眉毛分明，从来看不见那里面藏着甚么，也叫人疑心那么眯缝着还能瞅见外头的万物不能。他从父亲的这眉眼，这黑而没光泽的脸面上，也从来看不到甚么分明的表情，没有分明的喜悦，也没有分明的恼怒。只有在吸了他自己侍弄下的很硬的旱烟叶之后，憋红脸，憋粗脖颈，狠命往出咳那一口痰的时候，眉眼才挤在一堆，形成一种痛苦的表情。即使在这时，因为那眉眼是更挤缩着，也看不出那里面有甚么样的痛苦，顶多有几滴生泪挤压出来。他对身外的一切，仿佛早不感兴趣了。只在无言的不紧不慢的做活中，延续生命。对于他们兄弟四人的出生，长大，娶媳妇成家，都毫不在意，全丢给了母亲去操心。对于母亲的怨恨，指骂，丧气，焦虑，哀叹，他也无动于衷，像听不到，看不见似的。就是孙辈娃们，他也像没有发现他们。连包回地亩来这样的大事，大家都欢喜哩，赶趁着急抓紧闹哩，他却仍然没有分明表情，仍然不紧不慢着。村里出了怎样的能人、富户，外面又在时新甚么，他更不管它。他怎么会出山来当家？他又怎么能当家！

母亲病倒了，父亲却是这样，他焦虑不已。在这焦虑中，有一种冲动在他心里悄悄涨起，它躲躲闪闪，却又碰撞得他心疼哩。他觉得不该有这种冲动，可又按捺不下它。难道就是因为有了这冲动，他才发现母亲瘦啦，才那么催促、劝说她去医院检查，才在检查出母亲真得了重病之后竟然有些兴奋呀？知道母亲病了，他是极为伤心难过的。可他也的确那么兴奋了一下，不孝地可耻地那么兴奋了一下！多么不应该，多么可恶，可他的确是冲动了一下。接着，就是想到父亲。也是那么不恭敬，那么苛刻，那么片面，那么无情地评价父亲！这也太不应该，太可恶啦。他对父亲抱着成见哩。父亲不行，母亲又病倒，那就只好由他来当家啰：可恶。他原来是早有了这种冲动咧，因此盼母亲病倒，又把父亲贬得一钱不值！

不，不是的。他根本就不想来当这个家。当这个家有甚么光彩哩？又不是当干部，又不是掌甚么权。他最想望的，正是想离开这个家，像他的四弟那样，带几百块钱，出外闯荡去。他是早烦了这个家啦。可他不能走呀。他不像四弟那样，是父母的老儿子，受到娇宠，想走就能走。现在更难走咧。母亲病啦，父亲是那样，谁来领导这个家呢？大哥吗？大哥更不行。大哥简直跟父亲一个样，只会苦做苦受，不会说话，不会动脑筋，不会交结人，连一点好强心也没有。三弟呢，也是个愣货，高价娶了个媳妇，好像挺心满意足，一躺倒就睡不醒啦。媳妇们更不行。行也不能再叫婆姨当家。只有他了吧？可恶、可耻，把别人都贬得不像人，想自家出山当领导呀？

他，史家的老二，已经有了娃的一个瘦高汉子，面对着眼前终于出现了的一个机会，就这样焦虑着、犹豫着。一种难以按下的冲动是这么强烈，它仿佛被外面世界的甚么引诱着，又分明被内里久蓄的一种力量推动着，欲突奔而出，可又觉得那么不够理直气壮。在这个一向由婆姨当家的农家中，那种缺少强力的懦弱叫他不满，可那因格外含辛茹苦而系结起来的情感，又扯住了他。他这是想做甚呀？想压倒父母兄弟，想把那几十亩地、十几口人抢过来领导吗？这简直比分家另过还要忤逆不道，还要可恶。

但是，有一天吃过夜饭，父亲忽然那么奇怪地把全家人都吼到老院里去啦。去做甚？开会。开会这个名词儿，他是早听腻了的。但现在这个名词儿由父亲说出，简直就觉得时新得出了格，显得那么生涩，那么古怪，那么可笑。而父亲却说得很响。谁给开会呀？难道会是父亲，真的竟是父亲！

二

婆姨病了，他难受得扎心。她是给累病的。他但凡有点本事，也不会把女人累成个这。他更不敢睁开眼来看自己的女人，自己的子孙咧。那个多年来压着他的羞愧感，在心里又憋成了一个疙瘩。“小子无能，随妻改姓。”他又想到了这一句戏文。甚么时候，在哪出戏里，记下了这么两句，他早弄不清了。可他时常想起这两句戏文，仿佛是他的格言，座右铭，常咏常新的抒情诗似的。受了婆姨喝骂、村人冷落、干部欺负之后，他蹲在房檐下，吸着旱烟，眯缝住眼，就想到这句戏文了。想两遍，那心里憋起的疙瘩，就似乎慢慢消散开啦。他愧感自己无能，不过毕竟还没有随妻改姓。只是，他这老史家的门户，全由婆姨来顶着撑着，他无能呀。他承认自家无能。他只会出勤下地受苦，可尿事不顶，无能就无能吧。但这一回，他默诵了两遍那戏文，心里憋起的疙瘩，却没有消散开。女人病倒了，谁来支撑那门户呀？在那羞愧感上面是又猛地压上了一个恐惧感：不是恐惧别人，是恐惧自家！女人不顶门户了，千斤重担现在甩给他了，他可咋办呀？

他沓拉着脚步，走得更早，回来得更迟。他简直就不敢在自家的老宅院里立落了。多年来，这个老宅院里有他无他，其实早无关紧要啦。天亮了，他滚下炕来，就去拾粪。不去拾粪也没有人搭理他呀，多余地蹲在房檐下发愣怔，也不是回事。拾粪回来，却仍没谁理他。他吃喝几口，连吸一袋饭后烟也不想，操起家伙就下地走了，吸饭后那一袋烟留在地头去了。在地垄里做活受苦的时候，他才可以甚么也不想，甚么也不去感觉。

凄惶啦，羞愧啦，孤单啦，都觉不到了。那苦啦累啦，热啦冷啦，渴啦饥啦，就更感觉不到啦。这时候他是停止了思想感觉，所以也不会觉到一种无我无物的超然之感。阳婆上了头顶，该歇工咧？那就扛起家伙回吧。一回到家，心才似乎活动开，感到了那疙疙瘩瘩的光景。赶紧吃喝几口，又得走。热天的树荫凉下，冬景天有队上的饲养处，歇歇，吸袋旱烟，就又可去做活了。做到天将彻黑时分，回到家里，蹲在房檐下似可隐于黄昏的朦胧中，吸两袋旱烟，感觉一下一天的乏累，也不好去想别的甚么。一些想法正要涌上来时，他便忙去吃夜饭。吃罢这顿茶饭，就可以上炕去睡倒了。睡着了的时候，是无能的连梦也不会做。他的日子，总照着这样过，一天跟一天多年没有甚么变化。身外的变化，似乎也不来跟他勾挂。这二年，他似乎也常常耐不住这清冷，冲口问几句甚么。可大家并不注重他的这关心。现在，女人病倒了，这变化怕是要来勾挂他了。可他却这样惧怕。粉坊他们还在修盖。这事没有跟他商量过，也没有叫他插手。他们捣土坯，挖地基，垒新墙，买机器，忙得挺热闹，他还是照旧下地，照旧到河滩寻猪草。没有他，不是也行吗？今儿这一背猪草，却是比往常打得多。为甚打得多咧？因为女人病倒了？猪草是越来越不好寻到了。各人地亩里早不长草咧。河滩也小得多咧。狗日的，村里冒出个马占奎来，一家伙就把小百亩河滩包种了树。但他还是又背了这么一背猪草，比往日还沉。奇怪的是，明明沉得多呢，背起来，却不觉咋的。只是背回去，他们也不会有谁发现他今儿多打回猪草的。狗日的们，还没人理他，注意他呀？他奇怪地冒出一股火来。他有些惊讶：他还会冒火呀？

晌午的村街上，没甚么人啦。在毒日头暴晒下，只有他，已经有四个成了人的儿子的老汉，背着这么沉重的一背猪草，还在凄惶地一步一步往回挪。他又冒出一股火来。真的，他也会冒火哩！他仿佛是又惊喜地体会了一下冒火发怒的甜美味道似的，挺兴奋。狗日的，他也是会发火的。他觉着那压在脊背上的沉重的猪草，是更不算甚么分量啦。

“老金寿，眼看快入伏呀，你还这么热红晌午地死受，小心累跌倒……”

谁呢？他弯着很低的腰身，抬起头来看。是支书。又是支书。他晌午驮草回来，已经不止一回碰见过支书了。支书！他忽然莫名地冒出一个念头，一种欲望，一种强烈的欲望：那就是，在这个支书面前也发它一次火！他敢吗？他能吗？他会吗？不是在自家心里发火，是对着人，而且是对支书这人，他会吗？

"来，歇歇吧。发财也不敢太凶险了，小心累跌倒。听说你家女人得了甚病咧？啊呀，你不会少背些么……"

他站住了。他觉得他是忽然恼怒了，控制不住地恼怒起来，像河里发下山水来，难以顶挡。于是，他一挺腰，便跟背着的沉重草捆一搭，扑一声，仰面朝天摔跌在地。这时，他竟有些新鲜地意识到，自己这样仰面跌躺在草捆上，姿势一定挺难看，有些丢人的。因此，那恼怒起来的火气就更强大了一步，终于足以突奔而出了。

"哼，各人的自由，各人的喜好，各人有各人的受苦法……哼！"

他爬起来，带了分明的火气，终于朝全村之长冒了这样几句。他还想多冒几句，冒得猛烈点，冒得可观点，冒得过瘾点，但他想不出更得劲的更多的话语来啦。不过，对这几句，他也够满意了。因为这一次的体会，更叫他觉得新奇。支书听了怎么样啦？他只见那人吃惊地看了他一眼，跟着就似乎像发蔫了一般，丢下他，扭身走了。

哈哈，他头一回发火，竟然把个支书给镇倒咧！他体验到了一种更加新鲜的快活。他这样一个人，也是会发火，能发火，敢发火的呀。他的火气和恼怒，竟然也能把个支书镇住。他有甚么火气呀？他是火他自己。他不是恼怒人家支书，是恼怒他自己。支书可千万不敢跟他记仇。只算今儿碰上他倒了霉了，由他发了一回火。前那些年，当干部的，当队长的，在家受了老婆的气，不也是出来朝他们社员发火发怒吗？他们平白挨了队长一顿训骂，一打听，是队长在家挨了老婆的臭骂啦。他挨了婆姨那么多骂，受了那么多气，却不知道发发火，只知道骂自己，心里憋起疙瘩来。把火发出来，就快活了嘛。

他重新背起草来，便觉得更轻快了许多。所以，当他回到自家那老院，把猪草撂到院地上，就总揣了那发火的欲望。可是对家人，对家中的任何一个人，他都胆怯得很。吃过晌午饭，他蹲在房檐下，吸了两袋烟。他奇怪地觉得，他比往日胆壮些了。不过，他也没有敢对任何人说一句带火气的话，仍然操起家伙，下地去了。但在这天后晌，他在做活中却是那样反常地再也不能停止思想，进到无我之境了。多年来，那因为男人不像男人，父亲不像父亲，家长不像家长，在自己的家里竟未能占一个地位所积蓄起来的羞愧、屈辱、凄惶、可怜，是都翻涌起来，压上心头了。而对于自己这种情状的不满，愤恨，恼怒，更强烈地升腾起一股火气来。他仿佛是突然之间发现了自己竟然有这么多可愤恨的东西，而且是这样应当愤恨，可以愤恨，再也不能不愤恨咧！而对于这愤恨，他又是那么想表示出来，发泄出来。再憋耐在心里，他也真要被压跌倒的，憋疯憋煞的。自家女人都病倒了，他却能没灾没病地活着。他是无能的连病也不会生。总这样无关紧要地活着，算甚呀？难道连心里的火气，连对自家的不满，也不会表示出来呀？

这天后晌，他还是做了许多的活计。打了南瓜的枝口。细耙了准备撒秋菜的畦地。给拢下的大葱培了土。修整了渠口。又去寻找牲口爱吃的芦芽。思想没有停止，活计却也没有耽误。将彻黑时，背了更有分量的一捆芦芽草，回到了家里。在房檐下多吸了一袋烟。夜饭也多吃了一碗。吃过饭，却忽然朝他的大儿子吼出了一声重话："老大，你去叫他们来，都叫来，都得来，来开会！"

他怎么敢吼出这一声，为甚么叫大家都来，而且竟然极为奇怪地喊出了"开会"二字？他有些惊骇啦。可他已不敢去细想，仿佛是被谁一把推上了戏台，家伙已经打响了，胡唱也得唱它两句。他把对自己的那一腔愤恨，紧紧抓住，支撑着不使自己发软、怯场。他仍蹲在房檐下，努力使脸面上能有些火气表现出来。

老大对他这奇怪的吼喊，显然也有些迷怔，站在那里看他，像在看甚稀罕,却不去叫人。老大竟然也是这样小看他呀,他真的来了点火气。这老大是子辈中最无能、最好欺负的一个了,简直跟他有些相像的。可这鬼孙竟然也不把他这老子放在眼里。他立刻恼怒地又吼了一声:“聋咧?还站住做甚!”

老大好像受了一惊,慌忙走了。他挺满意自己。他觉得他这一声吼,简直带着那么一点儿威严似的啦。

这时,老大家的两个小妮子,正坐在院地上呀呀唱道甚么。“高跟皮鞋五块五,咱俩上街买豆腐”“咱俩好,咱俩好,咱俩上街买手表……”他听着有些烦气,便也脱口喊出:“鬼说个甚,屎娃们!”

老大媳妇走过来,竟也奇怪地瞅瞅他,把她的屎娃们叫走了。老大媳妇是从山旮旯里娶回来的女人,在这家中也没地位,竟然也敢这么瞅他。他便又冲口朝她喝了一声:“你也得开会!”

她嗯了一声,就钻进做饭的耳房里去了。她也叫他吓住了,顶事哩,他发火也顶事哩。可他仍听见院里有一种放肆的声音:原来是他婆姨,站在猪圈那厢,又跟猪娃们在说亲热话。她喝骂她的猪娃们,总是带着几分亲昵,可她指戳他这男人,就总不客气。他忽然也想朝她喝一声。但他终于没有找出话来。他更生了自己的气,唤起了一种强大的力量,可惜仍然冲不出口来。

这时,另有新院住着的老二最先来了。老二叫了他一声爹,接着就问:“有甚事呀?”仿佛挺不情愿来开会似的。他真想把未能对女人发出的火,朝这个二小子吼出,但不由得就有些怯阵了,只说了声:“做甚?开会呀。你大哥连句话也不会传?”

老三跟着也从自家的新院里走来了。这鬼孙,比老二还气盛,一进院就嚷叫:“爹,你也会开会呀?”狗东西,太放肆了。他那未能发出的火儿,都快扑出嘴了,却没能催它喷出来。这时他瞅见了站在老三后头的老大了,便毫不迟疑地冲着老大吼了一声:“你是咋传的话?哼,连话也不会传,还会做甚?都叫来,媳妇娃们,都叫来!都得来!”

老大分明又受了一惊，慌忙扭身又去了。而老二、老三，好像也叫他给吓住了似的，那么惊奇地看他。他终于觉得舒坦了些，甚至受到了一点鼓舞。

老三媳妇先来，皮鞋踩得格格响。他装着没有听见。老二媳妇只带一个娃来了，她没有说话。老大媳妇也出来咧，领了她的三个妮子。他婆姨竟然也坐到房檐下的一个板凳上。都来了，除了不在家的老四和老二家的一个小娃，都来了。他仍蹲在房檐下没有动。可他是有些慌啦。他这是做甚呢？想朝他们发发火，真是荒唐哩。他那能干的厉害的婆姨竟然坐在他面前了。还有老二两口，老三两口，都不是好剃的头。幸亏那更昏的老四不在。但是家伙已打响啦，他也上台啦，胡唱几句也不会呀？他可真是无能透了。无能了一辈子，连给自家的女人，自家的子孙开一回会，也不敢，也不会吗？那久蓄着的羞愧，那对自己的愤恨，便又翻涌起来。他既然神使鬼差似的说了开会，把他们都叫来开会，那就开它一回会，怕甚？直到这时，他仿佛才发现，自己是想给他们开一回会，而不是发甚么火。开吧，就这一回。现在是一个机会。女人病倒哩，轮也轮到他了，哪怕就开这一回，开得不像个会，也行。好不容易给别人开一次会，也许他这一生就只能给别人开这么一次会了，撑着，装着，脸皮厚着，也得拿出点威气和架势来。再没有旁的可以来撑着他，可他有对自己的火气，对自己的愤恨。就把这火气和愤恨拿出来吧。他冲动起来了，终于控制不住，冲动起来了。

“甭嚷吵了，甭做活了，都把各人的娃们哄住！”

他终于开了口，带着火气，带着愤恨，听起来也像有那么一种威严。可是，院里谁也没有在嚷吵，没有在做针线，孙辈娃们也并没有谁哭叫。他没有注意到这些，只是感觉到自己竟然也能有那么一点威风了。就是还没有那种架势。他仍然蹲在那里。

“你妈病咧，往后，都得好好受，往后，好好闹……政策不赖，往后，好好受……你妈病咧……”

他说开了，他讲开话了，他很兴奋。他多么想多多讲它一气，讲到大家都不爱听、听烦了那种程度,可他怎么也搜寻不出更多的话来。他觉得自己的脑筋太不好使,那么强烈的欲望,憋屈了多少年的火气,多么难得的一次机会,可就是理不成可以讲它一气的现成话,只能说这么几句话。他焦急起来,对自己愈加气恨,怒火攻心,可再也化不成可以讲的话啦。他只能气狠狠地说了一声:“散吧!”

三

父亲给大家开的这个会,叫甚么会呀?简直能失笑煞人。开会,说得那么响,还把女人娃娃都吼去,可说了个甚?吭哧了那么两句,不明不白,就散了。但父亲的神情口气却很叫他吃惊。火气冲冲,带着一种威严,仿佛忽然之间变成另一个人了。他简直不能把火气和威严跟父亲联系起来。父亲甚么时候发过火?更不用说抖威风了。他早就因为自家有这么一个父亲脸红腰软哩,真可以说全河庙村的男人,谁都比他爹咬硬,谁都可以小看,可以耍笑,可以欺负他爹。他懂事以后,特别是成人成家以后,有这样一个爹,他简直羞得臊得心抖哩。哈哈,忽然之间,他爹就像一个爹啦,那调韵比当爹的还咬硬、还威风似的。他真有些觉得,就像村里那迷信的说法,仿佛有谁附了父亲的身咧。神情口气完全不像是他本人,却明明又是他本人在做那陌生的表演,叫他们觉得可笑,又大为惊讶。

散了那可笑的会,走出他家的老院,老三就立刻学扮起父亲那音调来。老三媳妇也捂了嘴笑。他没有笑,他媳妇也没有笑。进了他自己的屋里,他就忍不住跟媳妇说:“你看咱爹是咋咧?”

“咋咧,你那爹要出来主事呗!”

媳妇冷冷地说。呀,她也看出来了?失笑人也好,有谁附了身也好,他都觉得可以不在乎,他所最害怕的,正是父亲要出来主事。他怎么也没有想到,竟然会是父亲出来挡住了他。是的,挡住了他!多好的一个机会,憋耐了多久的一个欲望,给挡住了。应该说,他这么强烈的欲望,多半是父亲激起的，一天一天，一年一年，不断在刺激他。他不想做父亲那样一个懦弱、软差、窝屈的男人！大哥就太像父亲啦。这更刺激了他。他不相信他们史家的男人都非得像父亲一样不行，他要跟他们不同。怎么也得做一个强人、能人，像样的男人。前那些年，是没法啦。他再心强，也只能跟父亲，大哥一样，天天出勤去挣队里那不值钱的工分。现在可是好啦，公家号召当能人、当强人哩。可父亲却出来挡住了他！这几十亩地，十几口人，若是能由他来扑闹，更大的话不敢说，在这河庙村拔一拔尖，他敢吹这牛。跟村里那头号专业户马占奎赛他一赛，他敢。他怎么能想到，他爹，全村最窝屈的一个老汉，要出来主事了。父亲当家，比母亲也不如，差远去了。他们史家比现在还要凄惶可怜，还要不如人，还要闺女难嫁、媳妇难娶！激动之下，他对自己懦弱无能的父亲，由羞愧，变成了反感，甚至怀有敌意啦。

他细细回想了父亲开会前后的表现，总觉蹊跷古怪。可父亲的火气和威严，却又是认真的，不像是在跟他们耍笑。老汉从来就不会耍笑！会耍笑，也就会做个男人了。左思右想，越想越觉憋气。媳妇呢，回来把娃哄睡了，就又跑到对门去看了电视。他更觉憋气，觉都没有睡好。

第二天前晌，他照旧来老院做活。一进院，就看见父亲还在！这是一个反常现象。往日，他来到老院时，父亲是早下地走了。今儿却反常地没有走，也没有蹲在房檐下吸他的旱烟。他是古怪地站在南院墙那厢，在看垒了半截的土坯墙，而且竟然是倒背着手。这姿势，更是父亲从来不曾有过的呀！披着马褂，倒背了手，晃荡着两条空袖筒，那是村干部的姿势。父亲没有披袄，可那倒背手的姿势，真不是他会有的架势。他的两只手，冬景天是总抄在袖筒里，热天里总是僵僵地操着甚么家伙，没家伙操拿时，就沉沉地垂着，走路都不摆动的。这倒背手的姿势，真又把他吓了一跳。老汉真要出山当领导咧？还好，老汉那么古怪而显生涩地倒背了手，站在那厢看了一阵，终于还是操起家伙，下地走了。他听见那走路声，似乎不像往常那沓拉沓拉的了，变成了踏、踏、踏的，有了点劲。他是稍稍放心了。

快晌午时，他们弟兄几个还在汗水淋淋地垒那土坯墙，没收工呢，父亲倒回来啦。这也与往常大大不同。往常总是快揭锅吃饭了，老汉才迈着牛步，沓拉沓拉驮了甚么回来。今儿也照旧驮了草的，可早回来得反常。而且，那脚步声是的确不同于一向了，不那么拖沓，不那么沉重。老汉往下撂那草捆的时候，也不是像往日那样，挣扎着挺一下腰，接着就跟草捆沉沉地跌倒下去，跌个仰面朝天。今儿却是有力地弓着腰，松去绳扣，由那草捆自己滚下。接着，他便直起腰身，又倒背了手，看他们做活。而且他发现，老汉那一向懒懒地搁在眼窝上的淡眉毛，竟然也生硬地动弹起来。眼也睁开了许多，露出一种生涩的光来。但老汉甚么也没说，看了一阵，又蹲到房檐下吸旱烟去了。

傍晚，父亲也回来得挺早。回来也是倒背手站在那厢，看了一阵他们做活。也没有说甚。老三问了一声："爹，今黑夜还开会不开会？还开，我得请假呀……"这是讽刺话。老汉也没有搭理，只顾看他的，看了一阵又走了。

一连几天，父亲就是这样，倒背手，动弹着眉毛，眼里露出那生涩的光来，看一阵，不说话，又照旧做他的营生去了。他觉得，父亲也不过就是这样了吧。而且，这几天盖粉坊，实际上也是他在那里指挥哩。大哥三弟，几个媳妇，都比不得他的。土坯挂泥，算不了甚么技术活计，可他还是能显出脑筋好使来。他很乐观。几堵墙很快垒起，接下来就是上顶啦。上顶技术性更强些，他也就能显出能耐来。

但就在这时，父亲出山了。

那天，他早早来到老院，正想着怎么安顿营生，父亲却又走过来，背着手，看了一阵。然后就忽然对他说："二旦，快去叫老三他们，甚时候咧还不上工！"他不在乎地说："甭叫，他们快来呀。我们都安顿妥咧，你甭操心……"他没有料到，老汉一听他这话，竟然就那么变了眉眼，一脸怒气，扭起脖子，朝他喝道："使唤不动你咧？叫他们去！甚么时候咧还催撵不出来,当是给谁受哩,哼,叫去……”

老汉的那厉害,简直凛然不可侵犯,那黑风了的眉眼,那扭着脖子的样儿,那严厉的声调,那使用的话语,更像是完全不同的一个人附了他的身了。他觉得来头真不对啦。他去把老三他们,还有自家媳妇,都叫来老院后,父亲果然就给各人分配起营生来!这天,老汉也没下地,一直在那里指指画画,喝这个,吼那个。当然他也做活,可主要是在催撵他们大家做活。神态严肃,动作生硬,气狠狠的,但也精神得多,敏捷得多,兴奋异常。再也不用怀疑了,老汉是分明出来主事啦。

“看我说甚来?你爹要主事咧!”

晚上,媳妇又冷冷地对他说。她还说,当初她就知道伙到老院里去过,没好看的。哪如分家另过呢?她又看电视去了。

他是丧气极了。父亲这不是发神经吗?也不想各人是谁,居然想出来主事!这主事,简直是当队长哩,比过去的队长还咬得硬哩,老汉也敢当?分家,他真得分家!可他出来分家,实在是太难了。父亲,又是父亲!他是已经伤害过一次父亲了。他写过一张契约,虽然是假约,可他正是声明同父亲断绝父子关系呀。

都是因为他们史家太懦弱凄惶了。大哥到了二十五六,还愁得娶不回媳妇。不得已,娶了一个西乡山旮旯里的女人,更叫村人看不起他们史家。轮到他了,他是决不走大哥那道。他就不信自己恋爱不回一个对象来。他恋爱下了,是他二姨家的闺女。或许也不能说是恋爱,表妹想跟他,二姨也愿意给他。大概是可怜他家吧。但毕竟是平川闺女,也不挑剔聘金彩礼。可姨家说,总得另盖个宅院住。他们的老院也是太窄巴啦,只有三间老房,大哥大嫂隔了一间住,他是再隔不出了。二姨说,盖房可以粗糙些,两家帮衬。只是宅基地总得在本村批吧?申请批吧。可怎么能批下!

父亲,不会说话的父亲,怎么就早早地偏偏说了那么一句话呢?人家支书的堂兄老如善在自家宅院里翻盖新房,把根基坐到邻家院里去了,霸道是够霸道的，可关父亲甚么事？受了欺负的邻家还不敢说甚，父亲却嘟囔了一句："公家的便宜还不够占呀？个人的私宅也要占！"就这么一句话，老汉蹲在地垄里嘟囔的一句话，竟然传到老如善的耳朵里去了。老如善立刻递回了话："金寿大哥是仗你有四个儿吧？四个儿，不都得娶媳妇盖房批宅基吗！"老如善是支书的堂兄哩，真是不吃素。

这下，是叫人家等住啦。他想去跟老如善求求情，人家不稀罕他那好听的话，回答很干脆："批宅基不难，只要你写张约，声明跟你爹断绝父子关系……"老鬼，还瞅住他笑！他真想扑上去把那老鬼撂倒，头插进裤裆，"看瓜"起这东西来！这不是专朝父亲那疼痛处抽打吗？父亲最煎心的正是深感愧不配做人父，老如善怎么能这样抽打老汉！他气青了脸，回来了。他说了老如善的可恶，父亲却竟然毫无反应。过了几天，老汉就忽然吼住他，说："二旦，你给他写，我不在乎你这个儿……"他怎么能写这种约！可老汉就像惊了的老牛，吼骂他，甚至操起顶门杠追撵着逼他。这是他头一回看见父亲发火，发得这样凶。他请来二姨、大舅。他们商量，就给那老鬼写张假约，看真给批宅基地不成？大舅在村里也是干部。他听了他们的计策。老如善那鬼却不管真约假约，真给去批了地，而且挺得意。

宅基是批回来啦，他却觉得太于心不安，不知是斗胜了还是斗败了。父亲仍然没有分明的反应。可是，不知过了多少天了，老汉突然蹲在院当中，哭号起来。他号道："除了'四类分子'，我是全村头一个跟亲生儿断绝关系……"

父亲再无能，他也觉得不能这样来伤害老汉呀。从此，他和他媳妇，就总像欠着老汉甚么，理亏得很。地亩包到各户，母亲叫伙到一起闹光景，他们能不服从吗？现在，他又怎么能提出分家？然而，现在他分明觉得心里是正在涌起一种可怕的预感：在他们父子之间，真要割断些甚么关系了吗？那一次，要是依他本愿，就是不要表妹，不娶媳妇，也不去写那契约的。这一次，他却得极力按捺住自己心里涌起的那一种可怕的冲动了。

四

几十亩地，十几口人。一处老院，两处新院。老院里，还有牲口棚。院中央，更有一个大猪圈。圈里喂养着十几头猪，母猪，肉猪，猪娃儿，还有一头种猪。粉坊也快建设起来了。那不简单的上顶营生，在他领导下，说话就完工咧。架了檩，钉了椽，铺了苇箔，头道麦秸泥已经压栈上去。等这道泥干了，再上一道石灰泥，就大概齐啦。他放了他们三天假。除了老大跟老大媳妇，都叫他们歇工去吧。他是男人，不像婆姨主事时总舍不得叫大家歇。磨刀不误砍柴工哩，女人们解不开这道理。老大不能歇。地里还有零星营生，还得给猪给牲口打草，老大得多做多受点。有意见也不顶事！老大媳妇，做饭喂猪。这没法放假，难道能叫他这个老汉去做饭喂猪不成？他也没有放假呀，还得劳心哩。粉坊快要出产粉条了。粉坊开张后，是用强劳力，还是半劳力？四个儿子都是强劳力，媳妇们也是好劳力。哎呀，他领料的这个摊场，不简单哩，也不比过去的一个小队差。

狗日的，他老也老啦，还得当当这能愁煞个人的生产队长呀？罪孽。这是受罪哩。脑仁都愁得疼哩。舌头都觉着劳累哩。他努力往那许多坏处想。因为不用这许多坏处压住，蠢动在心内的那一种诱人的新鲜的兴奋就会冒出来了。是哩，藏在他心里蠢动不安的那一种兴奋，是这样强烈，他不得不时时费了力气去镇压住它。而且，他对它侵入自家身内心内，更惊讶不已。这些日子，他是咋啦？他对自己简直是越来越不了解，越来越不认得了。狗日的，他总是不断吃惊地发现自己藏着越来越新鲜、奇怪，甚至是狂妄的想法。狗日的，他是神经了吧。他觉得，真有些像。不知怎么侵入了他身内心内的那一种兴奋，发作起来，他是怎么挣扎也控制不住的。那时，他就仿佛成了完全不是他自己的另一个人啦。当那队长做甚？他当了多少年社员，被人家队长管着，使着，喝骂着，欺负着。他也烦队长，骂队长，恨队长。队长能算一个甚么吃香差事呀？换来换去，都没人喜愿当啦。当然，从来没有换到他头上。甚么队长，队长早取消了。

他努力这样想着，企图压倒那又蠢动起来的兴奋。可是，那兴奋却在高涨。那兴奋越来越叫他觉得。自己像一个队长，简直是咋看咋像。

他在那老院里转了几圈，完全没有觉察到自己是又倒背着手的。也不知道自己的淡眉毛是正在挺神气地动弹着，眼中更射出一种他所想象不到的如同首长巡视甚么似的光彩来。老院里此刻几乎空空无人，只有老大媳妇还在做饭的耳房里忙乱甚么。老大下地了，别人歇假了，他婆姨似乎是串门去了。婆姨对他这发神经似的变化，竟然毫无指责。而此时老院里又空无他人，唯一在场的卑怯的老大媳妇又不必顾忌。他正可以来放心地体验一下那当队长的美味儿吗？放松了自己，完全进入角色，做一次彩排？不。他还在艰难地管束自己，原来的他还在企图擒拿住那个侵入者。可是，一个新的更强烈的欲望，突然又冒出来了：他老在院里囚着做甚？应该到村里去转转。他按捺不住这欲望，出门去了。

他仍倒背着手，眉眼间也仍挂着神气，而脚步的迈动也分明按了新的章法，小心地抬起腿，有力地落下脚，有了架势，有了节奏，也有了新的声响：扑，扑，扑，不轻不重，从容而不拖沓，有劲而不沉重。可是他仍毫无觉察。他只觉得阳婆有些晃眼，村街有些空阔，绿树叫南风吹着，摇晃得挺自在。就是这街上怪不顺眼。谁家门口墙外，都堆着粪、土、沙、石灰、砖瓦，把前街后街都挤得挺窄巴哩，糟蹋得挺难看哩。窄巴而难看的街巷，又没人打扫卫生，日脏得很。“四类分子”不扫街了，就没人爱见干净卫生啦？他似乎有一点生气。他也似乎是忽然发现了这么一个严重问题。没人管，没人骂，就连卫生也不讲咧！他的眉眼都有些严厉起来，连脚步声都重啦，噔、噔、噔的，带出一点气狠狠的意味来。

“老金寿，气狠狠的是咋啦？跟婆姨怄气，还是跟子孙们怄气来？”

他是抬着头来，怎么没有瞅见这货呀？他发现嘲笑他的是迎面走来的马占奎，不由得更生气了。他几乎要扭了脖子来喝骂这鬼孙几句呢，但他终于瞅清了走近他的是神气的马占奎，河庙村头号专业户马占奎。他有些胆怯了，也似乎清醒了。狗日的，这货是嘲笑他甚么来？受了婆姨子孙的气！难道这鬼孙至今还不知道他已经当家主事呀？

金寿叔，算咧，你爱跟他们怄气哩，吃点喝点得啦。做活也甭受得太凄惶，想做就做点，不想做算咧。有四个儿，早该享福了。放宽心，好活好活吧……”

鬼孙！还在小看他，嘲笑他。你鬼孙算甚么东西？不是正经货，甚么灰事没做过，甚么灰事不敢做？这么神气，也是因为没人管，没人骂，没人收拾你娃咧！他多么想狠骂这货几句，也多么想告诉这鬼孙：他不是过去那凄惶的金寿老汉啦！可他憋青了脸，也抓不住一句现成的话。他更痛感自己的脑筋太不听使唤。

“你家四四还没写回信来吧？你甭操心，丢不了他！有本事的都跑出去咧，四四也是有出息后生。你说你都快跌进六十哩，连电车也没坐过吧？多冤屈……”

狗日的！原来他那四儿，是这货支持的，发了昏，跑走了。老四不走，他就能领导四个强劳力……鬼孙，还说甚坐电车。可他的恼怒，仍然化不成现成的话，可以叫他吼出来。

“老汉，进城不进？跟咱进城走吧。进城下顿饭铺，就消了气啰。眼看快六十的人咧，还没下过饭铺吧？多凄惶……”

他是再也不能忍受了，可就是憋青了脸，理不成一句现成的有力的话。但他是再也不能不吭声啦。浑身的劲气都憋到嗓眼口那细窄的通道处了，脖子似乎也憋粗了吧。他又唤起对自己的恼怒，添了一份力，终于吼出了声：“马占奎，你也……你也讲讲卫生吧！”

他几乎都不知道自己是吼出了一句甚么话，只觉得轻快了一些。他瞅见马占奎这家伙听了他的这一声吼，竟然是那么意外，不由慌忙低头去检点自己的身手，从汗衫看到裤腿，还擦抹脸面，摸摸头发，仿佛在搜寻自家的丑处。同时，就讨好似的朝他笑笑，说：“呵呵，咱顾不上讲卫生。你看，我马刻还得进城去……金寿叔，甭怄那气。”说罢，这货就慌慌失失地走了。

他不知道他是怎样喝退了这个灰货，可他感觉挺好。简直有些觉得自己是打败了全村头号专业户，兴奋异常。他又倒背起手来，眉眼间又挂起了神气，又按那新的章法迈开了步。当然，这一切他仍未觉到，正像刚才他在跟马占奎对阵时，垂下了手，收敛了神气，罗圈着腿站了也并未觉察到一样。他要到哪里去呢？他没有去想，只处在一种新奇的兴奋中。

他又碰见谁来，又怎样跟人家打招呼，说甚来，也几乎没有自觉到。直到迈进了支书老靳家的宅院，他才吃惊啦。鬼，这是走到哪咧？跑到这里来做甚！但已经晚了，支书已经看见他，早从院内的石桌边站起来了。

“老金寿，寻我，有甚事？”

有甚事？他能有甚事！不是来打官司，不是来分家，不是来写合同，更不是来开会、汇报、运动谁。他真当上队长不成？他觉得头上出了汗。不由得手又垂下来，眉眼也无神气了，沉重地站着。

“没事，没事。我是问问，问问，你在家呀，问问……问问村里不是盖戏台呀，快动工了吧？”

他高兴自己终于抓住一句话，还抓住得挺快。支书早就在大喇叭里广播来，要给村里盖一座戏台。他问问怕甚？他是社员吧，就不允许问问吗？

“快咧，快动工了。”

支书好像不高兴他问，冷冷地说了一声，就又坐到石桌边了。

支书咋哩不高兴？不允许问，看他不配问？他完全记不得那天曾向支书发火的一幕了，只觉得支书是看不起他，仍然看不起他，太看不起他！咋哩，他就不兴问问啦？盖戏台也不是甚么秘密吧，不是个人的私事吧，不是外国营生吧，不是修造电车吧，谁规定不允许他问？他发火咧，这回是真火了支书了。怎么表示出来呢？这回，他也觉得脑筋挺好使唤，他很敏捷地又抓住一句话。他满意极了：哼，叫支书也败在他手下，他可不是来白问的！

“支书，盖戏台，我史金寿也捐献八十块钱！”

说完，他就大模大样坐到支书对面，正要笑给支书老哥看，却发觉支书更不高兴啦。

“老金寿，你也发了财咧？票票花得发愁了不是？”

“嫌少，再添二十块，碰个整数目，咋样？”

“甭烧咧，不用你捐献，大队还有钱哩，我能盖起戏台！”

“旁人能捐献，我咋不能？”

“谁也不用捐献，我还能盖起戏台哩！”

“你当我不知道？捐献的人，我清楚。马占奎能捐献，我史金寿咋咧，是‘四类分子’呀？”

“谁也不用捐献，戏台是大队修盖。咱不犯那平调错误……”

“咱是情愿嘛，咱立个约，行不行？”

“你没旁的事了吧？”

“你说，谁规定的，咱就不能捐献？谁规定的，你说！”

“我规定的！我还是支书，还没下台哩！”

支书扭起脖子，变了眉眼，威风凛凛，怒气冲冲，一如往日的样子。他不由得站了起来，慌忙说：“不捐献就不捐献……你快忙吧，我其实也没事，路过门口，闲问问……你快忙吧。”

他慌慌失失地走出支书那宅院，似乎有些醒悟过来。这迷迷怔怔地跑出家来，是做甚哩？寻支书来挨训呀？他不知道怎么就闯进人家支书院里去了，还说是要捐献。八十块，一头猪的价钱。婆姨会允许他捐献？支书比自家婆姨厉害。那是正经厉害。他怎么就跑到支书脸前逞强去啦，发昏。但他又仿佛觉得，见支书，报捐献，也是他想过的，想好的，想了很久的。真想过呀？又似乎不那么分明。他的脑筋到底还是不好使唤。这些日子，简直是不好使唤透了。总是由不得做出新奇的举动来啦，惊讶一气，然后才发现似乎脑筋里想来，影影绰绰的，还似乎想了很久了。狗日的，脑筋不好使唤。

往回走的时候，他又像一向的样子啦。没有倒背手，没有很神气，走路又显得有些沓拉沓拉的。他也再没有去管街巷里卫生不卫生。但他忽然很真切地想起,他还曾经当过劳动模范哩。年轻的时候,单干的时候,一亩地打过两石粮食。村公所推举他当了一回劳模,戴过纸做的红花。他迷迷瞪瞪,不知道神气。戴花的时候,开过会吗?好像三鞠躬来。

阳婆挺晃眼,天上没有云彩。不会有雨。庄稼还得浇一水吧。老大也不知能寻到猪草不能。粉坊还缺几口大缸。他已经当家主事了嘛,捐献八十块钱,怎么还怕婆姨骂他!他望见自家那座陈旧的街门之后,忽然又抖起精神来。

五

粉坊总算粗粗糙糙修盖起来了。泥墙,泥顶,低矮,窄巴,还是背阴的南房,跟肥富人家的柴炭房也不差甚。他看着觉得很寒酸。可他爹却挺心爱。白天倒背着手,里里外外看,似乎还看它不够,晚上在月亮底下,还要看它。而且,在月亮底下看它,仿佛更能看出它的光辉来似的,比白天的表情还兴奋得多。老汉更讲究地倒背着手,小心地抬腿落脚,像怕绊跌倒,却又分明显得腿脚利洒灵敏了许多。脖颈直直挺着,像落枕了,又像精神得多,端着甚么架势。而且,钻进那黑洞洞的泥房内,好一阵不出来,黑咕隆咚,不知在寻着甚么。不过,老汉的脸面却板着,显然是努力板着,怕把那兴奋露了出来,淡眉毛钉在眼窝上,眼又眯缝着,嘴没有合紧,却也不动。他觉得父亲真可笑。可笑是可笑极了,可他又看不出一点做作的痕迹来,所以也不敢去笑,也是,老汉窝屈一世,这粗糙的泥房,总算是他领料着盖成的,虽然还是半路接手,也该由他高兴高兴。

他不由觉得心里酸酸的,隐隐发疼。就由老汉当几天家吧。凄惶窝屈一世,真该舒气舒气。他就悄悄替老汉操心,由父亲舒气、神气。他不跟老汉争了,要帮衬他。

老汉就这样心迷地欣赏了两天那小泥房,忽然又郑重其事地吼叫全家人去开会。父亲把“开会”二字说得更响，那神态口气也更像个村干部了。但他再不惊怪，再不失笑，只想叫老汉更感到做一家之长的威风。他规矩地去了，不叫自家媳妇那么冷淡，不叫三弟那么冒凉腔。还想好，粉坊的压粉机器怎么安好，锅灶怎么垒好，怎么用请示的口气，跟父亲说。

但他怎么也不会想到，父亲开会竟然说了那么一件事！

“甭吵嚷咧，甭做活咧，都把各人的娃们哄住。嗯，粉坊盖好哩，盖得不赖。政策不赖。都受得不赖。因此上……因此上，嗯，咱得推举俩劳动模范，是吧……咱这摊场也不小，是吧，推举俩劳模，回去都圪吵圪吵。粉坊盖得不赖，因此上……笑甚哩！三三，你鬼孙笑甚哩，不想开会，滚去挺尸！咋哩，放不下你鬼孙咧？想咋哩……”

老三还在笑，笑得很放肆。他也真想失笑出声了，没笑出来。评选劳模！父亲怎么想起评劳模来！各人家做活闹光景，选甚么劳模？真能失笑煞人。但他笑不出来，只觉得羞惭、寒碜，寒碜得身上都要起鸡皮疙瘩哩。老汉就不觉得寒碜吗？老汉还在那么恼怒地臭骂三弟。是借这怒骂在掩盖那羞惭吗？但他又觉得父亲分明挺认真，毫没有做作的痕迹。在老汉的外形里面，完全像另一个陌生的甚么人在那表演。真是有谁附了父亲的身咧？他说不出自己面对这奇怪而又滑稽的情景，是怎样一种心情。他还想帮衬父亲哩，这可怎么帮呀？

这更加古怪荒诞的会一散，老三媳妇更笑得弯了腰，连他自家那总是冷淡着的女人，也忍不住笑了几声。老三是直愣愣地嚷：“二哥，我看咱爹不对劲，敢情不是神经了吧？你再引咱爹上医院检查检查吧！”他烦气地说：“三三，你快甭冒凉话咧！”三弟瞪了眼，说：“我是正经话，咱爹真是不对劲……”也许老三的话真是对的？父亲受了甚么刺激了吗？是老四没有把恋爱下的对象娶回来就跑了，还是因为母亲病倒，刺激了老汉？真是这样，他可是兴奋不起来了。母亲刚病倒，父亲又神经了，因为甚？都是为了他们，为了他们兄弟四个，养大成人，娶媳妇成家，艰难凄惶的光景，硬把父母熬倒了，等不到他们把光景接过手，过兴旺，争回光彩来。他奇怪地觉得，自己对于母亲的敬爱和尊重是远甚于父亲的，可当母亲病倒后，他竟然那么悄悄地兴奋了一下，产生了那么一种跃跃欲试的冲动，而父亲这样倒下去，他却是这样心情沉重。

父亲真是病倒了吗？但母亲对此却是毫不在意，毫不惊怪。近来，他问母亲甚么事，她都说："问你爹去"。她对父亲这奇兀的变化，仿佛还挺满意似的。对于父亲要评劳模这么荒唐的把戏，她竟然也只笑笑，说："你爹还真有鲜的。"他真是喜不得，忧不得，抗不得，帮不得，不知道这光景怎么啦。

开过那会的第二天，老汉就进了一趟城。后半晌才回来，脊背上汗湿了一片。手里很郑重地捏了一卷纸。一进院，就把他吼住了。

"二旦，取水笔来！"

水笔他有。可他知道老汉们说的水笔，是指毛笔。毛笔他可没有，也不会使。要毛笔，写甚么字呀？写标语吗？开劳模会，还要贴标语，但老汉手里捏着的是一卷白纸。

"爹，我可没水笔……"

"取去！我叫你去取！"

老汉又发威风哩，他只好去取。可到哪儿去抓借呀？他寻到会计家，会计婆姨翻腾了半天，才寻到了。返回来时，他爹已经把吃饭的小炕桌摆到院当间。那卷纸已铺开啦。原来是两张印现成的奖状纸。这种纸，公社供销社也有哩，还用大热天跑三十里路进城买？但他不敢说。

"写！"

"爹，水笔字，我可不会写。"

"写，我叫你写！"

他有甚么办法，只好写吧。他也抖抖鲜，写写毛笔字。

"头一张，先写上你妈！"

原来要推举母亲当劳模。这倒还行。母亲应该当劳模，母亲也想当劳模。只是，并非父亲这样滑稽地评给她的这种劳模。前年，村里已经给过母亲一张养猪专业户的奖状。她还想得一个公社送给的匾哩。他僵直地发抖地蘸了墨水，写下了“奖给劳模刘玉莲”几个难看的黑字。那“莲”字,挤成了一团黑疙瘩,简直看不出是甚么字了。他又好笑,又痛心。不过,他也有些奇怪。母亲这一向想吃甚就吃甚,吃完就去串门儿,倒好像有些胖起来了。不知是那个可恶的大夫诊断错了,还是母亲抵抗疾病的力量真不可低估?

“再写,二一张,写上老三!”

第二个劳模是老三?他原以为父亲会说:写上我!发神经嘛,本来会这样滑稽的。却竟然是推举了三弟。三弟那样对老汉不恭敬,怎么会推举他?大哥和大嫂也应该当劳模。三弟能当,谁也能当。他们家都能当劳模,都是死做死受,不怕受苦,不怕受罪,不怕受凄惶受可怜!他把三弟史忠福的名字也涂抹到那奖状纸上去了。看看他们兄弟们的名字吧,忠礼、忠义、忠福、忠祥,还有父亲那一辈的金寿、银寿、千寿,都是拣好听的叫。可就是没有一个是强人,是贵人,是像样的男人。

父亲拿起他写毕的那奖状纸,很神气地看来看去,像在欣赏,又像在审查。他认得字吗?母亲说,他进过扫盲班。可他似乎只认得自家的名字。这时候,皱了眉,很像那么回事地在看。

“写得不赖!”老汉最后严肃地喝了他一声。

这天吃过晚饭,就开了劳模会。老屋里那盏十五瓦的电灯泡,吊到了窗口,老屋门前摆了那张吃饭的炕桌。炕桌上放了那两张奖状,还摆了一碗凉开水。父亲十分正经,十分严厉地坐在炕桌后面的小板凳上,那神态简直像在主持万人大会,既兴奋,又威风。

“都甭嚷吵咧,都甭做活咧,把各人的娃们都哄住!粉坊盖成咧,盖得不赖,政策不赖,都受得不赖……经我做主,叫你妈跟三三当劳模,是吧。”老汉说到这里,忽然像想起了甚么,停住了。做甚呀?是端起那个粗瓷碗,喝了一口凉开水。他们都听见了咕咚一声那挺响的咽水声。“是吧,甭吵嚷咧,甭做活咧,明年还要推举,都给咱好好受。你妈病咧,三三力气大。这没假吧？”老汉又喝了一口水，咕咚咽下了肚。“都甭嚷吵咧，都甭做活咧，把各人的娃们都哄住……”

他坐在后头，心里真不知该笑该羞。旁人也都瞅东瞅西，没瞅父亲。倒是没人吵嚷，没人做针线，没娃们哭笑，十分安静。可那气氛，却没有隆重的喜庆的味儿。但老汉显然挺满意，挺过瘾，毫不显做作地在讲自己的话。讲得比往常多，仿佛舍不得停住，要把憋了一世的话都倒出来似的。虽然翻来倒去仍是那几句，却分明讲得连利多啦，几乎不那么吭哧了。老汉是自造了这场面，这机会，来享受甚么吧？

“他妈，过来领奖状！”

“就放你那吧。”

“过来领！”

父亲竟朝母亲喝了一声，很严厉。他是第一次听见父亲敢这样厉声喝叫母亲。母亲呢，竟也带了些羞涩的笑容，起身接了那奖状。老汉又喝了一口水。

“三三，轮你哩！”

老三也过去接住了，同时就说：“爹，就这么张花花纸，也不奖钱呀？”

“滚你的，你是想咋哩？不识抬举，不学好样！怕我治不了你呀？”

老汉很训骂了老三一顿。训完，喝了两口水，却仍不散会，又从甭嚷吵咧开始讲起来，很讲了一气。直到喝完那碗凉水，才很不情愿地吼了声：“散吧！”

开了这次荒诞的发奖会，父亲显然比当上劳模的母亲和三弟还要觉得荣耀。更精神了许多，威严了许多，仿佛是正式登上了家长的领导岗位。指拨人、训骂人、摆架势、要态度，都理直气壮，自然舒展了。他虽然觉得寒碜而辛酸，可似乎也想参加到父亲自造的这一个如同演戏似的境界里，装扮一个角色，叫老汉享受他所企望享受到的那一份感受。在自家的老院里，可笑就可笑吧，寒碜就寒碜吧，只要老汉能称心如意。老汉不过是享受那当家主事的光彩。他可以去把这光彩挣回来，给了父亲。领导一个强人、能人、有出息的儿子，老汉不是更光彩吗？他开始想谋，办起粉坊，看还能扑闹甚么营生。他甚至设想，二三年里，他们史家何尝不能养辆汽车呢！

压粉的机器还没有安顿好，父亲忽然不知从甚么地方搂回一堆木牌牌。又做甚呀？

“二旦，取水笔来！”

会计的水笔还没还人家哩，又用它做甚？那些木牌子已撂到炕桌上。

“写，头一个，写上粉坊！”

原来是要给粉坊挂牌子！他简直惊叹起来了。老汉——他爹，怎么能想到这种勾当！而且是鞋底大小那么个松木牌牌。快六十岁的老汉咧，怎么要起吃屎娃们过家家的勾当来啦！

“爹，写这做甚！”

“写，我叫你写！”

他真想将这些烂木牌扔进灶火里去。但父亲是那么威严，那么郑重，真好像在做一件重大而神圣的事体。他不写，老汉真会剔剥了他的。他只好遵命去写。写了粉坊、猪圈、饲养处、库房、农具棚……甚至还叫写上了伙房、厕所。老院里，所有可以挂牌牌的所在，都写到啦，只有那三间老屋没有给写名牌。他忍不住，几乎带着分明的挖苦口气说：“爹，还没写办公室呀？”老汉还挺认真地思谋了一阵，说：“算哩，做下的牌牌也没咧……”是呢，空木牌已经写完了。看那样子，父亲一定是郑重计划过的，说不定计划了几天哩。但用这心思做甚！

可父亲当下就从衣兜里摸出洋钉来，一个一个把那木牌钉到各处了。钉时挺恭敬，细瞅了最合适的地沓，小心地锤打。请神也不过这样吧。

钉了这许多牌位的老院，看去是更叫人想笑而又笑不出来。它顿时愈显陈旧，却又添加了那么不顺眼，不谐调、不对味的新色彩。外人，还进不进他家这老院呢？他看父亲那神态，却是满意极了。倒背了手，僵了脖子，瞅了这块瞅那块，大有目不暇接之状，仿佛这老院是顿生光辉，忽然是另一个天地了。他全然不去管大家是怎样一种反应,只沉浸在自造的佳境中。

父亲这不正常的表现,越来越荒唐的把戏,叫他怎么适应呢?

六

磨粉机器格隆格隆响着,烟雾水汽从小泥房里涌出来。这声音,这景象,真叫他觉得美哩。他这老院是更像个生产队,更像个工厂,更像个甚么机关单位了。狗日的,他就是这单位的头儿嘛。机器响起,烟火腾起,使他又体验到了当这头儿的快乐。不过现在,他是习惯多了,似乎已经摆脱了过去的那个他,蜕变成一个新老汉啦。他对自己那么奇怪、那么突然地所做出的新式举动,虽仍不免有些惊讶,但却是挺满意的。敢尽情去品味,放心来享受那其中的新鲜而又体面的美感。他觉得最满意的,正是那带着新式的色彩。狗日的,你这个死老汉,庄户人,受苦人,还挺会新式哩。开会,讲话,选劳模,发奖状,院里每处都挂上牌牌,都思谋得不赖嘛。这不是谁教给他,完全是自家思谋出来的,简直连思谋也没思谋,就自然做出来咧。他原来也并不是旧式的,落后的,无能的,对新式生活甚也不懂的庄户老汉吧?他似乎终于发现了自己,承认了自己,并自信自己是跟得上新式潮流的。看看吧,他出来当家主事,可并不是要当庄户院那种旧式家长,而在当新式领导哩。早在五几年,他就当过劳模嘛,后来虽说窝屈凄惶,到底是在新社会活得年代长嘛。那终于苏醒了的追新、撵新、求新的强烈欲望,他已经牢牢抓住它,而且已经敢于大胆而安然地满足它,表现它了。

只是眼下,他遇到了一个挺不好办的难题。小泥房里的磨粉机啦,粉碎机啦,他没有开过。可漏粉的营生他做过。在大队的粉坊里他挣过两年工分。那时虽然不是当漏粉大师傅,可漏粉的手艺,他还是学过几下的。后来赶上个难时期,不知是不是怕他偷吃粉条,干部们把他下放回小队了。他不偷吃了，大队粉坊还不是照样塌倒关门啦！他偷回的几下手艺，现在是可以用一用啰。婆姨，儿子媳妇们，全没这手艺嘛。他也可以来当当漏粉大师傅啦！但让一个领导人，钻到那泥房子里漏粉，合适不合适呀？挺叫他难办。他记得，当年那漏粉大师傅也挺威风，脾气愣大，呵斥他们真像训骂自家的子孙。但他也分明记得，当队长的，当主任支书的领导人，没有一个是要手艺的。反正他没有见过一个村干部在粉坊漏粉。当大师傅，还是当领导？看来不能兼而都当。大师傅再威风吧，也比不上领导重要嘛。可当了领导，谁漏粉呀？真是难办。这一向是那么顺利，想不到还有这么难办的问题哩。他的脑筋还是太不好使。不过，他也觉得遇到这么个难办的问题，还挺好。没困难的问题发愁，还叫当领导吗？他记得，那些当村干部的，威风是威风，可也常常愁得皱眉毛，发脾气，满世界寻不见个立落处，站也不是，坐也不是。看看，他也到底有困难问题可以发愁啦。这似乎又是一种新鲜的体验，这体验很增加了几分那当领导的真实感呢。

他努力把这个难题想得很难，以便在这犯难中细细体验那只有领导人才会享受到的别有一番滋味在其中的快活。只是，小泥房里那格隆格隆的机器声，是那么诱人，又那么催人。它像是轰隆奔来的火车，狗日的，催命哩。解决吧。再难也得解决。谁叫他当了这能愁煞个人的领导哩。怎么解决呀？得劳心费脑筋。挑一个子孙，把手艺教给他！行嘛，这办法不赖。脑筋还可以，难办的问题总算解决啦。他对自己十分满意，十分欣赏。

挑谁呢？也不能随便拽一个人。队里的这种肥差，村干部也总是舍不得派给一般社员的。老大，太窝屈，不能挑他。老三，力气大，是强劳力，得留着做地亩里的营生。老四，小杂种，跑了。就剩下老二啊。老二，比老大精明，比老三软差，就挑他，老二！老二是他看着最不顺眼的一个儿子。可这鬼孙，偏偏适合学手艺，力气不大，又鬼精。鬼精，就奸猾。手艺传给他，就难整治这小狗日的啦。不怕！他是领导，谁也不怕，谁也得调教过来，整治过来。在他领导的子孙中，数这老二不阴不阳了。明里不吭气，暗里准看不起领导，不服从领导，小狗日的。看不起他，那就叫他给他当徒弟。不服从领导，那就整治他！既可以教导人，又可以整治人的一种权威感，又挺新鲜、挺诱人地激动了他。

他从容走进小泥房。老二正猫身在观看磨粉机。小狗日的，挺像个技术员似的。他忍不住喝了一声："二旦，甭在机器跟前偷懒咧，从今往后，跟我学漏粉手艺！"

"爹，磨粉机还得调试……"

"看机器，用妇女半劳力就顶事！"

"那也得调试好。"

"跟我学手艺！机器又不是骡马，调教个甚？"

"由你吧。"

不由他，由谁？真是。小狗日的，不阴不阳，奸猾哩。当下，他就端起漏粉大师傅的架势，露了一手。同时，不断呵斥老二。那一份威严，他觉得简直是不学自会。干部式的威风，他没有用心学过，就会使了。大师傅式的威严，也没留心学过嘛，怎么也会使唤啦？不是把这两种威风使混了吧？威风难道比手艺还好学吗？漏粉的手艺，他似乎还不够地道。老二没有挑剔，挺绵善地听他呵斥。小狗日的，大概是被他的威风镇软啦。他的威风也还不够地道，厉害的还在后头哩。

从此，或者也许已经很久了，一个新的欲望，就在他的心里蠢动起来了。正像当初他是那么按捺不住自己想发发火一样，现在，他是那么强烈地想整治一下谁了。是对谁不满，对谁有仇吗？他觉得这方面的原因，似乎不重要。老二不顺眼，鬼精、奸猾，但毕竟是自家的子孙嘛。他甚至觉得，自己对老二太有些心狠哩，那么想挑这娃的毛病，这娃凄惶得快倒霉呀。然而，他又是那么想挑出毛病来！这仿佛并不关乎老二好赖，是他不能不整治一下人。少了这一下，他就不是一个新式老汉啦，他这一世，就永远欠缺着甚么了。村干部，谁没有整治过人呀？老二你娃受点凄惶可怜,就叫他整治一回吧。这是不由人的事。干部们常说哩:不会训人,咋能当成干部?老二是自家娃嘛,叫当爹的整治一下,怕甚?

整治人,对他来说,毕竟是太隔膜了些。比起开会、讲话、奖劳模、挂木牌,也更难以习惯,难以下手。他小心地挑着老二的毛病,也不敢十分为难了老二。他只是照着漏粉大师傅的做派,摆弄徒弟兼儿子。老二站着,他就呵斥:站着愣怔甚!老二插手做活呢,他就喝住:手痒咧?烧得火旺了,他说火太大;烧得火温了,他说火太小。舀得水满了,说太稀;舀得水浅了,说太稠。反正不会有他满意的时候。当师傅的都是这样的。当徒弟的,也都是一身委屈,又不敢吭气。使他奇怪的是:不管他怎么摆弄,怎么抖大师傅的架势,老二居然毫无委屈的颜色,还相当服帖地应承一声。小狗日的!这鬼孙仿佛是看露了他的把戏,故意不跟他配合。

“愣货,又站住愣怔甚!”

“等你吩咐哩,爹。”

“你是憨汉,甚也得吩咐,老得吩咐,吩咐千遍万遍也记不住?记性叫狗吃咧?”

“不吩咐,我就晾粉去呀……”

“谁用你去晾粉来?那是你做的营生?你能做了那营生?不看看自家那身手,倒想显能哩!”

“我去担水,行吧?”

“谁用你担水!担水算甚手艺?”

“你说做甚咱做甚。”

“洗炭,你娃有本事,把黑炭洗白。瞅不见营生,你去洗炭!”

小狗日的,居然笑了。

“笑甚,你是笑甚!你还有脸笑?”

“不笑就不笑。”

“不笑你恼呀!你恼谁哩,我是你爹!”

小狗日的,不笑不恼,没事一般,打了个哈欠。

“没睡醒不是？滚去睡吧，少了你，我还利洒哩。不想学手艺，我下放你现成！”

“想学哩，实话。”

“想学，你也给咱，给咱讲讲卫生吧！”

“行，讲卫生，能行。”

鬼孙，奸猾得叫他抓拿不住。他不知道怎么冒出了一句讲卫生，挺奇怪，真够奇怪的了。可这鬼孙居然不奇怪，连笑也没笑一笑，很认真，很禀服地应承了一声讲卫生。他真是失望极了。

他觉得，他是真正碰上困难问题了。竟然挑不出老二的毛病来，他这么摆弄这鬼孙，竟然不尥一次蹶子，甚至都不委屈那么一下。整治人，他还是不㞞行！他都给这鬼孙留着情面哩，这鬼孙却不给他面子，不跟他配合。看来，他还是不够心狠。小狗日的，他就不信整治不了他！如果老二给他尥一回蹶子，给他一次机会，他似乎还会心软，犹疑哩。现在，好哩，他也不留情面啦。他就不信，他这一世就整治不了一回人。连自家的一个子孙都整治不了，还当甚么领导？一种更强烈的冲动，在他身内心内翻涌起来。它催迫着他，诱惑着他，折磨着他。他觉得这是他释放开久蓄的那种种欲望中，最重大，最诱人，似乎也是最后一个东西了。它冲将出来，是这样困难，预先想到了，想好了，还是抓它不住。而以前的那些欲望，却是迷迷怔怔的，就实行了。最难得到的东西，正是最重要的东西吧？他要向最困难的境地迈去了。

一天一天过去了。天气已经入伏。老院里变得异常炎热。地亩里的秋庄稼发狠似的往上长。静夜里，他去督促浇地，都能听到它们拔节的声响。他领导的小泥房里，已经生产出最初一批粉条儿。猪们也吃喝到了新鲜的粉渣粉浆。全家人分明也接受了、服从了他这个领导人。在伏天的急雨中，他钉到各处的木牌子，也已叫雨脚画乱了那墨水字。可他仍然没有抓拿住可以整治老二的毛病。在小泥房里，这鬼孙简直奸猾得无可挑剔。他挑错人了吗？要是挑了窝屈的老大，大概早可以实现那整治之举了。不行。他就是要挑最难剃的头来剃。他隐约地感到，这仿佛是他早已预想好了的，不整治别人，就是要整治一下奸猾的老二！这欲望，这冲动，完全使他顾不上来欣赏他主事当家之后最初取得的那些政绩了。

那一天，老二正在他的摆弄下漏粉，仍然挑不出毛病。他正气恨呢，忽然听见谁在院里叫喊。那叫喊声，是刺耳极了。

“啊呀，文明了嘛……”

他带着那气恨，走出小泥房来，一看，原来是马占奎。怪不得那喊叫声那么难听哩。他努力拿出威风来，冷眼看着这货。

“金寿叔，你咋不在街门口再挂一块牌牌：史金寿公司……”

他几乎要回答一句：时候不到哩，但他瞅见马占奎的神色太可恶，便想再思谋一句更厉害的话，但一时却想不出，只在那里威风地站着。

“就是你这公司大院，也不咋卫生嘛……”

“马占奎，寻我，有甚事？”

他不由这么说了一句。说出之后，才感到挺满意。那天，他去见支书，支书头一句，不也是这么说的吗？挺好，终于想出这么一句合适的话。

“不寻你，是寻你家老二。在哩吧？”

狗日的，不是寻他！不寻他，滚吧。他正想说，老二不在，可老二那东西却已经走出粉坊来了。马占奎立刻就丢开他，拽了老二，兴兴头头地说起甚么事来。他正气恼得咽不下这窝屈气呢，忽然就心头一亮。好嘛，总算叫他抓拿住啦！整治那鬼孙，终于寻见机会了。可惜的是，他正要支棱了耳朵去细听他们鬼说甚么，马占奎却已经扭身走了。走了也不怕，他是终于寻见机会了。

七

多么奇怪。当初都觉得那么可笑、荒唐的事情，并没有用多久，大家似乎就接受了，习惯了。父亲显然已经站稳了脚跟。母亲不但很放心了，而且似乎挺满意。她是那么爱说“问你爹去”这句话。那神情，仿佛表明她也终于有了一个像样的男人了。大哥大嫂简直就没有甚么变化，仍是那么窝屈、那么不说甚。母亲主事的时候，大哥还悄悄对他说过：想去入村里拖拉机专业户吴有根的股，当装卸工，还想给大嫂买双皮鞋穿穿，甚至还想将来也给自己盖几间房。可现在，甚么也不提了。三弟呢，自从领了那一张奖状花花纸，似乎也接受了父亲的领导：“老汉还不落后嘛！”老三媳妇被父亲分配到粉坊看机器，也显得有几分荣耀。老汉呵斥他时，她居然有点儿得意。他自己的媳妇，虽仍冷淡着，可也不再多说甚。就是他自己，好像也习惯了，疲了性子，由老汉去摆弄。虽然可笑、虽然荒唐，可由于父亲是那么一本正经，毫不显做作，这荒唐可笑就变得正常合理了吗？还是因为父亲毕竟是父亲？

他分不清楚。不过，他觉得那一种冲动，是已不那么强烈了。过几年再说吧，急慌甚哩。然而，马占奎那家伙却又把他的心火扇起来了。

那天，好像要下雨。父亲便把他也撵到地里撒化肥去了。撒完化肥，正要懒懒地往回走，忽然听见有人叫他。看时，正是马占奎。

“老二，你看咱这力量咋样？”

马占奎挺着肚，挺得意地指着那片洼地。这片烂泥洼，紧挨着他家的地亩。可叫马占奎承包走了。当初，马占奎曾动员他家承包。他想过，建设出来，也真有油水哩。可小三十亩一片哩，多年就这么荒着，尽长野草、苇子，一到夏天就淤满了臭水。他家哪有这力量建设？马占奎一包下，就吼来推土机，轰隆隆，说话间便把烂草树棵推尽啦。四周围推起了土坝。简直像吹糖人儿似的，就把它建设出来咧，正像马占奎说的，这是金银洼、财宝洼。这家伙，是有力量！那力量，简直叫人害怕哩。这家伙才算强人。他们史家，跟这家伙不是一路人，天生的软差，谁也学不来人家那一种气派，那一种力量。看看自家那爹吧，变了变了，还不是只会关起门来唱戏！他不由更泄了气。

“老二，怎样？”

“不赖。”

“今年包得迟咧，只能撒一茬糜谷。秋后，就打一眼井。明年，咱就搭蔬菜大棚！老二，看那是甚么光景？”

甚么光景吧，能咋？他只能眼馋人家。

“老二，跟咱联合闹这蔬菜大棚吧，咋样？”

马占奎这家伙，原来是想拉他呀？跟他联合，联合个甚？马占奎是强人，强得怕人哩，他算甚？他凄惶软差，没一点力量。联合过去，还不是由这家伙欺负吗？村里，还没几家敢跟这家伙交往哩，他，他们史家怎么敢。马占奎看上他家的甚啦？他家老实、软弱，会死做死受，好欺负！

“占奎，你寻旁人吧，咱不行。咱有甚？没资金，没技术，没能耐，你联合咱做甚？”

“老二，甚也不用你出嘛。有人就行。人是活的，扑闹起来，甚也不愁有！”

再说得美，他也不能跟这家伙联合。他正想丢开马占奎走哩，这家伙又吼住他。

“老二，看你，不联合拉倒嘛，还怕咱讹住你是咋的？你家粉坊闹成没有？”

“漏上粉咧。粉条不好卖吧？供销社说，今年合同早订满咧，不收。”

“我说甚来？当初就跟你家老四说过，开粉坊做甚？这又不是闺女们撵时新，见人家穿甚她穿甚！那咱给你家打听打听吧，看哪有好销路，这敢吧？”

“那就麻烦你咧。”

他不知怎么就这样应承了一句。但一离开马占奎，却越想越不对。这家伙，不是还在打他的主意吧？图甚哩，热心给他家寻销路，马占奎是那号进步人吗？鬼奸，想用推销粉条拉拢他，拴住他，然后联合他，剥削他，欺负他！他觉得只能是这样。否则，这个头号专业户，怕人的强人，怎么会看得起他和他家，怕是连看也看不见哩。想到这里，他是越发疑心，越发警戒起来了。是不对头！今年夏天，马占奎分明是忽然反常地看见他家，看见了他们兄弟们，好像忽然闻见甚么肉腥气似的。动员承包那洼地，还给联系买下那压粉机器，现在又说得那么好听想联合他，还主动要推销粉条。鬼孙没闻见荤腥气，这样积极做甚？他真不该答应那么一句。人家已经闻见了荤腥气！

他又憋耐不了，一种冲动，一种疼痛，一种因为窝屈太久了的压迫，甚至是一种害怕受伤害的恐惧，又使他的血脉涨起来，烧起来。可是，一回到家，父亲却又那么一本正经地来摆弄他！他对父亲又不能忍受了，简直是产生了敌意。抖威风，去寻马占奎抖去，去跟马占奎比去！可他也只能在心里这么吼吼。难道能再写一张契约，跟老汉断绝关系？

他是那么希望马占奎把打听粉条销路的事忘丢了。他更想亲身跑出去，由自己去推销粉条，甚至恨不得明天就能有力量养它一辆汽车！可是，没过几天，马占奎还是跑到他家那院里来了。嘲笑了父亲钉到各处的木牌牌，然后就拽住他，那么得意地告他：销路有啦，晚上找他细说。说还有急事，拔腿就跑了。

到了晚上，他真想躲走。可粉条的销路，却又是那么诱惑人。粉坊，他家这座可怜的粉坊，开得也真不容易。折腾了个死活，粉条卖不出去，那就更凄惶可怜啦。马占奎真给寻下销路，他就送他几瓶好酒，了了人情。好赖是个活人，不信就能叫那鬼孙套住！可左等右等，这家伙不见来。

来了，马占奎那奸鬼到底来了，脚步声听着就不一样。

"老二，我还去你家粉坊寻你哩。黑夜没加班呀？黑夜怎么不干？怕钱挣多了吗？"

"我爹……老汉熬不行。"

"你爹，哈哈，刚才盘查了我半天，跟税务局的人似的。老汉精神多了嘛，也能说话了嘛，还拿着种调调，挺失笑人。你们也甭跟老汉怄气咧，是不是？孝敬老人嘛……"

这家伙还说老汉拿着腔调呢，他自家不是也拿腔拿调的吗？

“占奎，打听见哪有销路？”

“青海！看把你吓得，青海怕甚？咱有个伙计，也是专业户，就是往青海销粉条。远是远，可价钱好呀！就有一样，得给咱一批样品，先叫人家验一验，验准了，才能写合同！写了合同，也得照样品生产，不敢耍滑……”

“那自然。”

看来这事还办成啦。盼着的事，有了希望，就会又生出些疑心来吗？他是又疑心起马占奎来。这么容易呀？不是另有用意，就是闪骗他哩。青海，他也不能去调查呀。

他忽然想起一件事来。去年，他也思谋着想发点财。想来想去，忽然想到现在各村有多少人家批了新院，盖了新房，这新宅院里难道就不想栽棵葡萄树吗？他育些葡萄秧儿卖，兴许还行。这个自家谋出的新点儿，挺叫他高兴。因此，也没细想，寻了些书，就看那培养葡萄秧儿的新办法。挺简单嘛。秋天，他就四处拾回些人家剪下的鲜枝来。没温室，就把自家睡的火炕腾出一半来，铺了一层活土，管它行不行哩，密密麻麻插了半炕秧子。一冬天，也没咋管它，就是洒点水，烧烧炕吧。不想到春天，倒差不多全生根出芽了。可秧儿活了，却反而叫他犯了愁了：家伙，这么多秧儿，怎么卖？到哪卖？他可从来没见过有人卖葡萄秧儿的。母亲知道了，还骂他：闲得没事咧，弄哪做甚，庄户人家，谁不会自家栽秧儿？这又做下败兴事啦。卖吧，不会卖，又怕卖不了；扔吧，又怪可惜。

有一天，他随便向村里的拖拉机专业户吴有根问了一句：“你常跑外，见过卖葡萄秧的没有？”吴有根想了想，说：“见倒没见过。不过，交给咱，咱给你试试吧。”他挺感激吴有根哩。只是，都到了夏天了，吴有根还没有准讯儿给他。那秧儿早拉走了，至今不知是卖啦，还是扔啦？他问过几回，吴有根总是说，他托给一个外县的朋友了，人家还没回话，准是还没卖完吧？

吴有根，比马占奎可地道多了。从小就是个老实娃，后来给大队开拖拉机。他想不会坑骗他。但这么长时间没音讯，又不能不叫他疑心。马占奎可是更靠不住的东西！一批样品，不知这家伙要多少？

“占奎，你看，青海够远吧？”

“近了，你能卖下好价钱吗？咋哩，兄弟你是信不过咱？”

“不是，不是。我是怕，太远了，麻烦多……”

“看你，还是信不过咱嘛！”

“不是，不是。春天，我托吴有根卖葡萄秧儿，说是拉到外县去了，至今……”

他不由得就把吴有根那事说出来了。他说得有些后悔了。很怕马占奎火了他。不想，马占奎听了，居然说：“老二，你要信得过，这事我也来给你打听打听吧。先把这事给你打听清楚，咱再说粉条销路，行不行？”

“那又麻烦你……”

正在这时，只听哐当一声，谁踢门进来了，直吓了他们一跳，把睡在炕上的两个娃也惊醒了。

他扭头去看时，却是父亲！

八

终于叫他给逮住了！当场捉住，小狗日的，还有甚么话说？他悄悄跟在马占奎后头，进了老二的新院，站在窗户下，支棱了耳朵，细听了半天，甚么也听不清。这鬼孙，果然是跟马占奎勾结上了。勾结起来做甚呢？他没有听很清楚。青海价钱，粉条葡萄，信得过信不过，不知他们在鬼说甚。黑夜挺安静嘛，支棱了耳朵，还听不清！是自家耳背吗，还是光顾了听心跳哩？他是有些心跳，但不是害怕，是兴奋哩。他没有白下功夫，到底把那鬼孙的问题调查住了。只可惜，没有记清他们的原话。这也不怕，反正逮住他们勾结了，勾结起来没好事。

他朝风门踢了一脚，挺响。虽然那风门是敞着的，可这一脚，这一声，是不能缺少的。踢得不赖，两个奸人吓了一愣怔。不过，他那个灰子孙一见是他，竟然那么不耐烦地冲他冒了一句："爹，你来做甚？"做甚，来搅你鬼孙的好梦！马占奎居然也不慌张，好像还挺盼他来似的，喜眉笑眼地说："金寿叔，他们又咋气你来？算咧，算咧，爱理他们哩！我刚才还跟老二说，要孝敬老人嘛，是不是？"

甚么东西，还真会装。奸人都会这样，越装越像好人。他真想喝骂马占奎几句，却仍是寻不出适合的话。就是对自己老二，也一时不知该怎样处置他。这种场面，这种事情，他还是头一回经见。而且，他还是站在这样一种居高居尊的位位上，狗日的，真还没经验哩。总不能把自家老二捆吊起来吧。特别又有马占奎这货在场，他不由更有点儿怯场了。他是那么想整治整治谁，现在终于有机会啦，而且也挺该整治他那灰老二，可又没学过个怎么整治人。掉头走吧，又大没出息咧。他看看老二这个屋，忽然觉得有一种酸楚和恼怒又隐约翻起，他终于吼出一声来："二旦，你给我检查！"但也只抓住这么一句，再也不知怎么办，只好掉头气恨恨地走了。

可回来，蹲在自家老院的房檐下，心里的火气却是又烧腾起来。这火气，与其说是对着老二，不如说是对着他自家。那一世的凄惶、窝屈、羞辱、无能，又翻涌上来，那种对于自己的愤恨也更强烈起来。闹了半天，他还是这样无能呀，给了他威风，竟也不会抖！

老大好像是喂过牲口回来，看见他了："爹，还不睡呀？夏天夜短哩，快歇吧……"

"看你那窝屈样，还想管我？你也给我检查！"

"检查？检查甚？刚检查过牲口槽，粉坊的火也封哩……街门还没上吗？"

"滚开，你给我滚开！"

朝老大吼了这么几句，似乎也没有轻快多少。挺到炕上，仍然火燥得不瞌睡。睡着了，似乎做了个梦。但醒来，怎么也想不起来。

第二天，见了老二，还是甚也说不出来，甚至连那挑剔、呵斥、摆弄这鬼孙的兴致也没有了似的。

几天过去了,他仿佛觉得自己又回到过去那一种情状中去了,在这个家中没有地位,可有可无,谁也不需要他,不尊敬他,不搭理他。他气恨自己,却又觉得再提不起精神来了。

那一天,老二忽然问他:“爹,你病咧?”

“你还盼我死哩,是吧?告你娃说,我且不死哩!这一辈子,我连害病还没学会哩!你给我检查来没有?检查,老实检查,一个字也不能少!你当我不知道?我甚也知道,甚也调查住咧,就看你贼孙老实不老实……”

他简直都不知觉呢,就忽然间喷吐出这许多话来,厉害的,咬硬的,流利的,痛快的这一串话。喷吐出这一串话后,他还有些迷怔似的,觉得脑筋还没有跟上,仿佛是想旁的甚么事儿。想甚事哩?又理不清,抓不住。

“爹,你到底叫我检查甚?检查磨粉机,还是去医院检查身体……”

“上医院,我还没学会害病哩,我且不死哩!你贼孙是盼我死吧,说,你老实说!”

“爹,你是咋咧?”

“咋咧!还没听清,聋咧?检查,我叫你检查!”

他猛然瞅见老二笑了,居然笑了!那是一种甚么笑呢?嘲笑,看不起人的笑,完全不把他当老子,当领导,当大人,当活人的一种嘲笑、冷笑、恶笑!是把他当穿开裆裤的吃屎娃,当疯婆憨汉,当木石人在失笑!这笑是在抽打他哩,无情无义地在抽打他。他觉得自己身心内是猛然来了精神,来了力量,来了胆量,来了暴烈而又歹毒的一股劲气。他竟然也笑了,也是一种冷笑,恶笑!

“呵呵,放不过你贼孙。检查,给我检查!”

“到底检查甚呀?”

“你甭给我装憨!”

“爹,真不知你是说甚……”

“贼孙,你甭给我要好!我甚也知道。你说,你跟马占奎勾结来没有?

说!”

“爹,勾结,我跟人家勾结做甚?就是想勾结,马占奎能看上咱?”

“我当场捉住的,我甚也听见咧,交代,都得给我交代清楚!”

“听见甚咧,我不过托靠马占奎给咱家打听打听,看哪能销出粉条。”

“谁用你叫那奸人打听来?明明是勾结!还有甚?说!”

“就这呀!他还说,青海能卖好价钱。还说,给打听卖葡萄秧儿的事,就这。”

他见老二软下来,像偷吃嘴被逮住似的。也像在过堂,在挨批判似的,几乎要心满意足了。但似乎又觉得还缺少点甚么。就是,这就满足啦?想望了那么久,用了那么大功夫,又下了好几天决心,就图老二这么不疼不痒说几句呀?真不会歹毒。对了,缺的就是歹毒!他又努力鼓起劲来。

“胡说!到底咋勾结的。勾结起来要做甚?”

“爹,你是咋咧,你是想咋哩?咱多漏几锅粉,不比这强?”

“你说甚?贼孙你想反呀,给我,给我跪下!”

“凭甚,为甚,我也是有娃的人咧!”

“跪下!”

老二竟然敢发火,竟然还这么咬硬,他只觉得那一股暴烈歹毒的劲气是真正冲上来了。他仿佛已经不去管是对着谁啦,只想压倒甚么,整治甚么。在这相搏中,使自己站起来。而且,必须站起来,耗去积蓄了一世的劲气也得站起来!

这时候,似乎全家人都围过来了。他们先还不在意呢,问几句,劝几句,甚至还像瞅稀罕似的笑几声。可是,见他暴烈歹毒地吼叫起来,他们显然也软了、慌了,发了毛了:他们到底也见识到了他的厉害吧?他觉得自己是正居高居尊地站起来。他们几乎都是在劝说老二,叫他甭那么犟,快说好话,快赔不是。嘿嘿,说句好话,赔个不是,就能拉倒吗?他才不怕贼孙犟哩,他还正盼他犟哩,他正要跟他斗个痛快,斗个高低哩。然而,老大却过来劝起他来:“爹,算咧,算咧,有甚呀,值得这么撕了脸怄气,不怕外人听见笑话……”

“滚开,你给我滚开!”

老大居然敢来劝他!一个窝屈无能不过的人,也敢来劝他。他在老大身上瞅见了自己,瞅见了一个必须摆脱的阴影,因此,他觉得必须把那暴烈歹毒抓住。

“二旦,你招惹马占奎是不对。”他那婆姨终于也说话了,而且也是数说老二。他处于一种从未有过的亢奋状态了。“向你爹认个错……”

“爹,你说认甚么错?我有甚么错?我够窝火咧,我窝的火还不知道咋打发哩!咋哩,粉条不卖咧?粉条销不出,咱都光荣,咱都高兴,咱都舒坦?真是!”

“粉条销不出,我会找县长,我能寻见县长!你给我检查!”

他居然吼出了县长。怎么就想到了县长,搬来了县长?他颇惊异,也挺兴奋。人在气壮的时候,想法也不一般哩。县长,他还真见过。县长来他家检查过他婆姨养猪,跟他握过一回手。他收拾完这贼孙,真要去找一找县长。以为他不敢呀?他甚也敢,甚也不怕咧!老二你娃硬吧,越硬他才越气壮胆大哩。

他吼叫、发作,显强呈威,正是陶醉的时候,这贼孙却意想不到地软下来了。

“爹,说吧,咋检查?”

咋哩,再犟嘛,再顶嘛,再硬嘛,他正来了劲了。他真是十分舍不得这么快就收场收兵。但这时,就有几句话,更加不由自主地突然冲出了口:

“检查不难,你给我写张约,声明跟马占奎断绝关系!如若再叫我逮住,今生再不认你这个儿……”

他没有想到这几句话的威力竟然如此强大。他刚说完,全家人谁也不再吱声了,原来那各种表情都忽然变成了一种眉眼,像遭了霜打似的,悄没声地低了头。没多时,一个跟一个走开了。老二更愣了半晌,不说话,不看他,像丢了魂儿似的。后来,蔫蔫地走进老屋,从娃们的作业本上撕了一片纸，写画了几下，就递给了他。

他几乎都不明白是发生了怎样的事，茫然捏着那一片纸。他只觉得很疲累，似乎还从来没有这样疲累过。仿佛是异常艰难地耗尽了一世精力似的爬上了一座大山。可想不到山上却是这样孤寂，光秃秃的，没个看头，只感到异常疲累。他不知道自己是怎样挣扎到了这个境地。这里有甚么在引诱他呢？不过，在这疲累中，他也奇怪地感到了一种轻松，就像过去驮负着那沉重的草捆，艰难沉重地一步一步挪回了家，终于一仰身，将它摔落下地。这轻快，似乎也是将憋涨在身内的力气发挥出去了，将憋耐在心内的火气排放出去了。所以，心胸里，也似乎是光秃秃，静悄悄的，再也没有甚可憋闷，可想望的了。他几天以前，还想望过，看怎么能请几个公家干部来参观检查他所领导的老院，哪怕只参观一回哩。刚才他还想，去找一回县长。可现在，他觉得这许多想望，已是那么模糊，那么平淡，那么奇怪。他甚至怀疑自己是不是曾经那么样想过。

他叹了一口气。看了看自家的老院，依稀觉得有几分陌生起来。他看见了南院墙根底的那座低矮租草的泥房子，只觉得心里一热。他慌忙钻进去了。他是那么想热闹一下，庆祝一下，红火一下。只是，有几天，家里人都仍旧不说甚，蔫蔫的，悄没声的。他思谋着看怎么叫大家能热闹起来，却终于想不出一个好主意来。再给他们开一次会吗？他那么不容易地终于征服了一个难以征服的东西，不开会庆祝一下，简直太说不过去了。可是，他觉得开会也是那么模糊，那么平淡，那么奇怪了。他只能不断地，默默地钻在小泥房里漏粉。

九

还是头伏，天气就热得到了顶。太阳一露脸，像从蒸笼里扑出来似的热气就很快漫开了，逼得人没个躲藏处。村里、院里，屋里，都一般的闷热，空气像变成了黏稠的液体，灌满了各处。更不用说那低矮的、充满烟火水汽的小南房了，一进去，便立刻觉得浑身像裹了一层不透气的塑料膜。就是一向风爽的野外，似乎也浸泡在黏稠的热液中了，吸不到一口透心气。青翠的庄稼草木显然也懒懒的，软蔫了。但这时节，又分明是它们蹿长得最快的时候。

他心里却是凉凉的，空空的。一切都不去想望了。父亲是终于把他擒拿到手心里去了，绝不会轻易放了他。写约，父亲竟然也逼他写了一张约，几乎跟他给老如善写的那张约一模一样。不管是老如善逼迫的，还是姨舅支使的，也不管那是真约还是假约，毕竟是他写的呀。写着跟自家老子断绝父子关系！父亲怎么能咽下这口气？已经憋在心里多少年咧，还是没有克化、消散，终于还是翻升上来。既能憋了那么久，就不会轻易作罢。可他心思再大，难道还能再一次声明断绝父子关系吗？那老汉就再也经受不住这样的伤害了。仍然做不成父亲，老汉还能活下去吗？而在父亲与马占奎之间，他毕竟还是与父亲的情分多。马占奎是甚么人？他实在不是他怎么敬重的人物。他还不能为了这样一个人，不要自己的父亲。

他是甚么也不去想望了。他媳妇说："你看看，这事没完咧！伙在老院里，还咋过呀？"她还说："我不管你咧，我是孝顺够咧，我去寻公社领导呀。村里没人当妇联主任，看叫不叫我当。叫当，我就当！"她当个妇联主任，父亲就不敢发威了吗？想当，能当，她就去当。她在娘家村里是活跃分子。跟了他，把她耽误了。她也是想补着去活跃吧？他不拦她，也拦不住她。她去做一个厉害婆姨，他只能做一个凄惶窝屈男人了。可又能有甚么办法？

他见了父亲，软蔫蔫的。不害怕，可也没有不满，更没有那敌意了。唤不起尊敬，却又没有厌恶。心里是空荡荡一片。但他观察父亲，似乎也是软蔫蔫的。没有恼怒，也没有得意。没有威严，也没有痛苦。不愿意看他，却又不像是赌气。老汉只是在闷热的小泥房里，忙着漏粉。不吆喝他，不指使他，更不指教他，似乎忘了他了。天爷，这比喝他、骂他、作践他还要厉害呀！老汉真是跟他绝情了，不认他这个儿了？他不是写了约了吗，他也没有再见马占奎嘛，还要他怎么样呢？真是非得给老汉跪下不成？他心里是更加冷冷的了。

“爹，我做甚吧？”

老汉看了他，无神地看了看他，甚也不说，又去忙他的营生去了。

“爹，我担水去啦？”

仍不理他。他担了一阵水，添了几回火，寻着做了许多活计，父亲仍是不理他。

“爹，你到底叫我做甚？”

“这里不用你。”

“那我去地里撒菜籽吧？”

“由你。”

真是绝情了。不要他拉倒！他刚在心里吼叫了这么一声，立刻就惊慌了。他是更加沉重地觉得自己怎么也不能跟父亲绝情。父亲不是那种可以与之争斗的强人，老汉是凄惶可怜的受苦人。格外含辛茹苦，窝屈忍辱一世，他怎么能割弃而去？他同这样的父亲绝情了，也不会显出自己是个强人。但他再去做一个更加窝屈的人，难道能够添补了父亲所受过的那窝屈吗？他没敢去撒菜籽，仍留在粉坊里寻些营生忙碌。

一天一天又过去了。他发现父亲变化很大。再没有吼叫大家开会。也几乎没有再给大家分配营生。谁问他做甚活计，都是说：“由你吧。”眉毛是又平静地摆在了眼窝上，不再动来动去。眼睛虽没有眯起来，却也不见了那咬硬、威风的光彩，分明空洞了许多。两手也不再倒背起来，走路也不再照那新的章法，摆着手，放了步，不声不响地走出走进。正像当初父亲忽然举止做派大变，他觉得异常奇怪一样，现在父亲忽然丢了这奇异的举止做派，他也大为惊异了。他觉得，父亲是被他气的。他更不安地觉得自己无意之中竟会把老汉气成这样！他曾经是那样不满意自己的父亲，曾经那样气恨父亲，曾经那样想跟父亲分家而去，可一旦意识到正是自己伤害了，推走了，丢弃了父亲，一种可怕的罪孽感，便是这样强大地压倒一切了。

所以,那天马占奎又闯进他家老院来,他是惊恐万状了。

“老二,老二!金寿叔,金寿叔!有人没人?”

马占奎在院里高声吼喝着,毫不顾忌。他惊恐地看看父亲,不敢答应。而父亲仿佛就没有听见这叫喊,只顾在那里做活,也不看他理他。老汉是在冷眼看他吧:看他守约不守约!他只要答应一声,父亲就要发作了。他出去把马占奎撵走吧?

马占奎却已经闯进小泥房里来了。

“都在哩嘛,怎么吼喊不应?父子二人光顾了发财了,是吧?老二,你家这粉坊可太落后,太窝屈……我看看你们漏的粉……颜色就不赢人……”

马占奎进来,仍毫无顾忌,张张狂狂的。他几乎都不敢看马占奎。他爹呢,也仍旧不说话,凝固了眉眼,没有分明的表情。他又想把马占奎撵走。可怎么撵呀?

“你父子是咋啦?又怄气咧?哎呀,哪有这么多气怄呀,算咧,算咧。老二,你多担待些嘛!金寿叔,你甭跟儿孙一般见识……”

马占奎这张烂嘴,在说些甚!这不是在火上浇油吗?他觉得应该向父亲表示一点亲近,而对马占奎表示出厌恶来。但父亲却像个木石人似的,仿佛故作憨傻,等着他与马占奎重新勾结。马占奎更是兴致大发,挑逗不止。他很难表态。

“老二,粉条样品,这成色不行。往青海销,人家也挑剔哩。花钱请个大师傅嘛……”

他终于忍不住,冷冷地朝马占奎冒了一句:“算咧,马占奎,算咧!粉条不用推销……”

“怎咧?不推销,留下喂老鼠呀?不是咱吹哩,不靠我,你们真不好销哩,到哪能卖青海那价钱!”

“算咧,算咧!不麻烦你……”

“还是信不过咱呀了老二,你那件事,我打听清楚了。你出来,我跟你说……”

马占奎是几乎爬到他耳根底说话了,说得挺神秘。这分明是一种相勾结的举动!父亲正是在等着看这种表演哩。

他慌忙退后几步,更无情地说:“马占奎,算咧,甚也不用多说啦,你不看我们正忙哩?”

“你出来一下嘛,打听清楚了,有问题!”

“甚也不用说咧,我不想听……”

“吴有根那鬼孙想坑你!”马占奎还是又爬到他耳根底,更神秘地,更带几分亲密地对他说:“你托付给他的葡萄秧儿,早卖完啦。春天就卖完啦!在外县卖的,卖得挺快。二毛五一株,不贵呀,能活不能活,都不在乎这二毛五。你算是谋对咧,农村尽是新宅院,都想栽架葡萄哩。可吴有根想坑你!听说卖了一千多块。狗日的,他说还没卖完,都到了夏天了,卖不了,早就该当柴火烧了!他想坑你!”

可他这时却只是相当惊恐地在注意着父亲。老汉看到他跟马占奎这么神秘地在说话,不知会怎样想。或许又要朝他们大喝一声了。所以,他对马占奎告诉给他的这消息,几乎就没有在意。他只盼马占奎快快离去。

“钱倒是小事,那狗日的心太黑了!他还是专业户,为了一千块钱坏专业户的名声。你要信得过咱,这官司,我来给你打!老二,你谋的这主意值钱呀,不能叫他坑了……”

“算咧,再说吧。”

“怎么能算咧?这官司不打不行!”

这个马占奎,怎么就缠住他不走呀!他惊恐着,冷淡着,极力想把马占奎支走,极力想表示出同马占奎没有甚么勾结。可这家伙却神秘地、亲密地、关系非同一般地跟他说个不止。又是钱财,又是官司,不是勾结是甚?正在这时,父亲忽然走出了粉坊。老汉是终于拿到证据了吗?没有一点表情,走出去了。现在,在这个闷热难耐的小泥房里,只剩下他和马占奎了。他更感到了一种无形的压力。马占奎真是一个鬼怪！他是跟这个鬼怪缠在了一搭，而父亲却无情地走了。他再觉得窝屈、无能，再想做一个强人，也没有勇气和力量敢同鬼怪缠在一搭而丢了自家的父亲。吴有根坑了他，这个马占奎还不知要怎样吞吃他哩！

"走吧，你快走吧！"

"这官司我给你打！"

"你走吧，再说吧！"

"你还是信不过咱？狗日的，为一两千块钱，坏咱专业户的名声！"

马占奎终于走了，可他并没有松了一口气。不管他怎样不情愿，他到底没有守约，他还是跟马占奎有来往，有勾结。父亲对此会做出怎样的反应呀？

马占奎一走，父亲就回来了。此时，在这闷热难耐的小泥房里，是只有他和父亲了。他等待着老汉的反应，等待着那个可怕的结果。然而，老汉仍然毫无分明的表情，眉毛静静地搁在那里，眼里也只有漏粉的营生，热汗沿着那一动不动的皱纹沟渠流淌着。老天，父亲就这样不认他了吗？

"爹，我把马占奎撵走咧！"

老汉没有反应，似乎就没有听见他说甚。

"爹，是他来找我，是他来鬼缠人，我甚也没有托靠他！"

老汉仍无反应，不看他，不理他。

"爹！"

"我茅坑尿尿去来。"

父亲终于开口了，却是不冷不热说了这么一句话。这是甚么意思呀？老汉仍没有看他，脸面上也仍没有甚么表情。真是反常极了。这反常，更叫他惶恐不安。这简直比喝骂他，收拾他，声明不认他，还要叫他觉得可怕。难道父亲真叫他气得憨傻了，精神失常了吗？他不敢再说甚么，但那无形的压力却是更沉重了，那可怕的罪孽感是更难承受了。窝屈一世的父亲，自己怎么能加害他，失掉他！

此后几天，他总是处在这样一种惶恐负疚中。父亲也仍然没有甚么变化。老汉似乎又从那家长的领导岗位上消失了，不再指点谁，喝骂谁，甚至就不再说话了，又像以前那样只做不说。只是钻在那闷热的小泥房里，默默地漏粉。但他观察到，父亲似乎并不痛苦，眉眼是平静的，没有欢愉吧，也没有恼怒、愁闷和火气。做活时，手脚似乎也利洒得多，眼里闪着一种专注的光亮。每吃罢饭，又蹲到房檐下吸旱烟，吸得很安然。有时，听到大哥家那小妮儿唱"高跟皮鞋五块五"，竟然还笑一笑的。只是一发现自己在笑，就立刻收敛了去，仿佛怕谁看见他这憨态似的。

他猜摸不出父亲是怎样了。正像父亲当初出来当家主事，做出那许多可笑、荒唐的事情来一样。这忽然的消失，忽然的平静，也叫他疑惑难解。不过在这莫名的平静中，他感到自己心里那压抑下去的冲动，似乎又在翻腾，又在苏醒。特别是马占奎那天告诉他的话，他好像刚刚听清似的，忍不住想去品味它。

他育的葡萄秧儿，居然都卖啦，还卖得挺快。他瞎胡思谋的这个主意，居然能值一千多块钱！马占奎说，他谋的这个主意值钱。可他当初还怕是瞎想，还发愁卖不了。卖不了倒是小事，也没花费甚么成本，也没耽误多少工夫。只是怕卖不了，丢人哩。无能得不会发财，可笑得异想天开。可居然还谋对啦！这不是跟谁学的，不是靠谁求谁，完全是自家谋出来的。他居然也还能谋出这样值钱的主意？他家开粉坊，费了多大的艰难，可要挣回一两千块钱，还早哩。他瞎谋了一个主意，一千块钱卖下了！他比他们强，比母亲，比父亲，比大哥，都强。他到底不像他们那么无能吗？他还是有希望做一个强人吗？狗日的，他还是想当全家的领导吧？父亲已叫他气憨了，他又敢起这可怕的心思！

然而，这一次，那冲动，那兴奋，却是再难以压抑下去了。他越想越兴奋，简直是冲破懵懂，忽然发现了自己，发现了自己值钱，发现了自己是一个强人。是哩，他能做一个强人。连马占奎这个全村头号强人也说他谋的主意值钱哩。马占奎为甚缠住他不放，为甚想联合他？这家伙准是早发现了他值钱！吴有根还想坑他，哈哈，坑吧。他已经不是史家那种窝屈人啦。把这一千块钱白送吴有根也行。这一千块钱叫他发现了自己。

父亲忽然消退，忽然平静下来，是不是也发现了他不简单呢？

十

体会了许多天，比较了好几次，他觉得自家还是当漏粉大师傅好。漏粉这营生，虽与庄稼营生不同，毕竟是人做的活儿。既是做活，他就可以如同以前那样，在辛苦劳累中停止了思想，甚么也不去想，甚么也不去感觉。忧啦喜啦，你啦他啦，好啦赖啦，长啦短啦，都可以不去想它。这是一种无我的境界吗？他并不管这，只是觉得做活时候，才脑筋轻快，也才是他所能消受的一种快活。他在漏粉的营生中，已经重新找到了这种快活。

而当领导，天爷，那简直不叫种营生！手脚筋骨虽不甚劳累，可脑筋实在疼得叫人吃不住。思想不完的心事，都憋在脑仁里，能愁煞个人。就是威风体面的时候，也不轻快，好像更得努了大劲来撑着那威风和体面，能累煞个人。婆姨病倒之后，他忍不住，兴冲冲，试验着当了几天领导，狗日的，真不叫种营生。当这几天领导，简直比他几十年做活还要费得劲儿多。特别是刚收拾了一回自家的二旦，他就心力交瘁得仿佛大病了一场。可不收拾人，还叫当领导吗？所以，他是干不了当领导这营生。这营生，简直是世上最受罪的营生了。难怪把婆姨累病累跌倒呢。他还想好活几天哩！光景好过咧，粉坊也开办起来咧，领导呢也当过几天咧，他还是去做漏粉大师傅呀。

老二叫他收拾了一顿，虽然软蔫了，但他能看出，这鬼孙心里不服。好嘛，心不服，他就把这世上最受罪的营生撂给这贼孙！叫他脑仁也疼一疼，洋罪也受一受，不愁治不服他。这个想设，挺叫他兴奋。村里过去不也常常逮住那些难治的人去当队长吗？这一壶，够那贼孙喝咧。只是，他越觉这想法绝妙，便也越不免有些犹疑。二旦毕竟是自家的子孙，怎么能这样来整治他？然而，洋罪也总得轮流受吧，正像过去的队长还是轮流当哩。他老啦，不能没完没了受这一份罪。子孙们还不该替爷老子受受罪吗？

犹疑了几个来回，他还是把这一份受罪营生正式撂给老二啦。

“二旦，从今往后，你甭来粉房做活咧！”

老二简直给他吓了一跳，愣怔了眉眼瞅住他，半天才慌慌地说：“爹，我咋咧？我可再没招惹马占奎呀！”

“甭多说，粉坊的营生不用你做咧！”

“爹，还要我咋呀？就是千错万错，也有个完吧？”

贼孙，还挺厉害。再厉害，也不顶事。不过，他还是不由得有些心软了。他收拾这娃，是有些不公道。逼这娃写约，到底做得心狠了些。可那又不由他自家，也仿佛是被甚么逼到那一步了。老二受了冤屈，他自家也不快活嘛，算啦算啦，再甭提那败兴的事啦。受了冤屈，给个领导当当，还不够本吗？这娃还没当过领导，大概还不会猜到那营生是受洋罪。

“二旦，你甭冤屈咧，有能耐，你显露显露，老子不在乎……”

“爹，非得叫我给你跪下不成？我也是有娃的人，我也是……我也是想不叫村人小看咱！”

“甭跟我吼叫，你有能耐，从今往后，你干！”

“干甚？”

“当领导。从今往后，我是不干咧。我给你漏粉，你给咱当领导！”

“爹！我千错万错，就不能认错改错呀？我不是不服从你，不是想气你……”

“叫你当，你就当！”

“这还不如踢我两脚！”

“不当不行！当领导，又不是叫你受洋罪。你是怕甚？”

“你见不得我，我走，还不行？”

“走？便宜了你！你要还认我这个爹，就给咱当领导。吃饭时，我就跟你妈说。不当也得当！”

贼孙，难道也看出当领导不是种正经营生了吗？情愿不情愿，反正是把这受罪营生撂给他了。他觉得顿时轻快了许多。不管怎样吧，他这一世也算当了一回领导了。那其中的滋味也总算是尝过了。行啦，他不受那一份洋罪了。当漏粉大师傅就不赖。

父亲的这一手，简直把他弄得也有几分憨傻了。叫他当领导，叫他当家主事！这样突然地，这样蛮横地把大权扔给了他，完全像是整治他，糟蹋他，而不是看中他，信任他。他是早想领导这个家的。那吴有根想坑骗的一千块钱，使他发现了自己，他是更想大干一番了，像强人那样大干一番。然而，屈辱一世的父亲，正那样补着赶趁着在享受做一家之长的威风哩，他怎能把老汉推开呢？他又怎么能想到，老汉居然会这么古怪地就把领导岗位扔给他了？一定又是作践他哩！这作践人的方式，也像老汉出山、开会、挂牌、逼他写约一样，带着那么一种叫人哭笑不得的色彩。这都是因为父亲窝屈得太久了。再哭笑不得，他也得去成全老汉。可这一次，他怎么成全呢？他真要出来当家主事，父亲企图补享的那一份威风，还怎么能存在呢？父亲不过是说说气话吧？

然而，那天吃罢晚饭，父亲真的又把全家人都吼到老院里去了。只是，老汉并不像往常给大家开会那样，从“甭嚷吵，甭做活”开头，而是挺平和地说：“我跟你妈商量来，从今往后，就叫你二哥管事。我给咱漏粉，你们给咱听他的。”说完就蹲在一边，吸旱烟去了。

母亲没有出来。旁人似乎都还挺欢迎他出来主事。大哥说，粉条得赶紧联系销路。老三说，争取也养辆汽车。他却很不安。他们这样欢迎他，父亲受得了吗？他慌忙说：“还是听爹妈的，我多操点心就是咧。”

跟着就发生了两件事。

先是拖拉机专业户吴有根，忽然闯到他家那老院里来了。一进院，就带着一脸讨好的笑，拽住他说：“老二，这是一千块钱，你点一点。你那葡萄秧，我托人给你卖咧！早该送钱来，总忙得顾不上去取。呵呵，你知道，咱养辆拖拉机，忙得头晕哩。马占奎没有跟你说甚吧？狗日的，说咱想坑你！我是缺钱的人吗？如今千儿八百，算甚？你点一点。你这葡萄秧不好卖。全凭咱那朋友有本事，价钱也卖得不低，呵呵。"

不管吴有根是不是真想坑他，这一千块钱票票，还有吴有根那讨好人的笑脸，殷勤的态度，有点奉承他的语言，倒在全家人中引起惊动了。啊呀呀，一千块钱，甚也没耽误，就挣下一千块钱！吴有根，也算是个村里数得上的强人哩，乖乖送钱来，态度愣好，想巴结他似的。这简直是他们史家从未有过的荣耀嘛。大家自然对他表现出敬意来了。他却不敢高兴。这事来得太不是时候！父亲刚"下台"，他就这么露脸，会不会刺激了老汉？他不敢高兴，也不敢接受大家的恭敬，仍然努力显得软蔫蔫的。

可跟着，公社妇联主任也寻到他家老院里来了。她是来寻他媳妇谈话：真愿意当村上的妇联干部呀？这个女同志比他媳妇还年轻，可说话挺神气。在村里当干部虽说早不吃香啦，可对于从来没有当过村干部的史家，这到底也是一份荣耀。大家觉得他媳妇似乎也忽然神气了几分了。只是这事也来得不是时候。他和自家媳妇都神气了，父亲心里会怎样想呀？

他心里很平静。他觉得把那一份受罪的营生撂给了老二，真是轻快多了。他并没有"下台"的感觉，只觉得自家还是终于爬升到了一个新的境地了，当了父亲，当了一个像样的父亲！他想轻快，想好活，想安然去做活，这正是一个像样的父亲应当享受的。而且，想这么享受，就理直气壮地来享受了，不再是把欲望憋在心里，憋起一个疙瘩。能这样，还图甚么呀？所以，吴有根给老二送来一千块钱，公社女干部来提拔老二媳妇，他才不会有气哩。他们再怎么露脸，还不是仍然叫他爹吗？他生养的子孙，狗日的，还不简单嘛。他当这个爹，也还值得嘛。

钻在小泥房里漏粉，他不再觉得这一世的光景还欠缺着他甚么了。白天做活，心境很平静。只是夜晚倒奇怪地常常做起梦来了。一世都不会做梦，现在是连做梦也找补回来了？可惜的是，天亮醒来，总也记不起是做了个甚么梦。那天醒来，又觉得是做梦来，可仍然思想不起是做的甚么梦。想不起来，却又丢舍不下，依稀像有个甚么牵扯着他，总想去想，不能不想。直到钻进小泥房里漏起粉了，仍停止不了思想。只是，那夜间的梦终于也思想不清晰。但一个奇怪的意念却是在这思想中漫漫升上来：他这一世还欠着别人甚么吗？他没有当过几天家，因此也没有经手借过钱，背过债。他欠着婆姨甚么吗？他叫她受了凄惶，可她待他也够厉害哩：两相抵消了。他欠着子孙甚么吗？给他们盖房娶媳妇，他功劳不大，可他们对他也不够恭敬。唔，对咧，他是还欠着支书一笔账哩！

他抓住了，他思想了半天，正是要抓住这个。他脑筋还是不太好使唤。觉得心里有个东西，却总是摸不住，抓不住。终于叫他抓住了。难道夜间是梦见支书来吗？还是不太清晰。可他的确是欠着支书一笔账哩！那是六〇年困难时期。他生养的四个儿还是正能吃喝的憨娃。光景越困难，他们越像猪娃似的肚皮大，他自家的腿部饿肿了，小狗日的们还是吱哇喊叫，真快要将他撕得吃喝了哩。可他除了叫他们剔剥得啃了自家那一身瘦骨头，再也没法咧。他不是一个像样的父亲！就是去偷，也没胆量没技术。支书，那么厉害的支书老靳，把他传去骂了一顿。骂他是死人。死人，就是不会去偷。还骂他像猪似的下那么多崽做甚？就是在给他掏满一布袋玉茭的时候，还在骂他。他没有觉得骂得难听，只觉得那一布袋玉茭太沉重了。他肿着腿，怎么能背它回去？他还是背回去了……可是，多少年来，他忘了这件事，这笔账。

他不但忘了，还气恨过支书。支书是常常训骂他。支书的堂兄也是欺辱他。可支书也不好当呀。他体验过了，那是世上最受罪的营生。支书更给过他一布袋救命的玉茭。他怎么就忘记了？脑筋再不好使唤，也不能忘了这笔账。他现在终于是一个父亲了。他应该以一个父亲的身份去找找支书老靳。不送两瓶烧酒，也得去送两句好话。还清这一笔账，他就真可以安然来当漏粉大师傅了。别人不欠他甚么，他也不欠别人甚么了。

他拣了一个好日子，穿了一身干净衣裳，出门见支书去了。神情步态既不似早先那么疲沓，也不似近期那么古怪，但也不过是普普通通，自自然然吧。村子,他着落了一世的村子,在他眼里也变得生动,有情有义了。当然也有点儿陌生。

尽管他难以相信,不敢兴奋,父亲真的是不管事了。奇怪的是,当领导全家的重担,就这样落到他的身上,那蠢动在心内的欲望再没有甚么拦挡时候,他却反而觉得竟然兴奋不起来,冲动不起来了。他相信自己还能谋出更值钱的主意。他也自信自己能比父母干得更好。可是,他仍然不敢高兴。他背负起的这个家,还是太沉重了。它窝屈、贫穷得太久了,不是几千块钱就能叫它变成村里的富户、首户。而村里、城里,新闻奇迹听不完,时新东西看都看不过来。他是面对了一个不断刺激自己,而自己又越来越感到陌生的世界。或许,并不是眼前的世界变得陌生了,而是在这个夏天,他意识到自己成熟了。

起风了,是南风。它夹带着一股河滩的泥腥气。它摇荡着院墙外面的杨树,杨树叶一片骚动。院南首小泥房屋顶上晾晒着的粉条,也在摆动。要来雨吗?天头还望不见多少黑云。只有白云,淡薄的白云。可它们在飘动,飘动得很快。说不定真会有雨,夏天的雨,来得很快,很突然。天气也正闷得厉害。

第五章　磁力场

一

最初的兴奋，仿佛就是开刀时所注射的麻醉剂，兴奋过去了，便只留下了疼痛。没有经受过的疼痛。已经有许多年了，他似乎全然遗忘了自己，就像忘了一个虚幻的影子，一个过时的概念。可现在，他突然被推到了如此显赫的一个位置上，就像聚着光的焦点。这光，就是全城、全县人的目光，他只觉得被烧烤得疼痛难忍。

县委书记，第一把手，突然变成了他。而这个突变，却是由一个人给予他的。注视着他的人们，也是他将要领导的人们，谁都知道，是谷县长为他争来，活动来，要来的，是谷县长决定了他现在的命运。谁都知道，与其说他是作为有文凭的大学生当了书记，不如说是谷县长给了他一个书记当。他终于感到了这是怎样一种疼痛。

很快，又轮到由他来决定别人的命运了。七名新常委，上面已经批复，明天就要宣布。这是由他挑选的，而不是由谷县长。他违逆了老头儿的意思，老头儿叫他安顿的人选却一个也没有入阁。不顾一切来冒这一份险，是想使他失重的心理获得某种平衡吗？明天就要宣布了，他不由吓怕起来。是的，他害怕了，他太软弱，他又一次觉得自己不是做领导的材料。

还是庄户式的风箱锅灶，还是像往日那样的一顿晚饭。只是，今晚没有别人坐在屋里观看他吃饭了。他们知道已经敲定了，不再来活动，争取，纠缠，吵嚷。每天，他都陷在重重包围中，逃跑不出来。出了门，就回不了家。回了家，也躲不开。清早没爬出被窝，就被堵住了，堵得妻子连尿盆也倒不出去。每顿饭，也都被他们观看着往肚里咽，像欣赏甚么表演一般。今晚不来了，不知在酝酿甚么风暴。他不能不害怕。他们背后站着谷县长。他是怎样当上书记的，他们都知道。

“徐静，我们出去走走吧。”

“不用收拾了？”

“不用，回来再说。”

她立刻解下了围裙，换了一件干净汗衫，嘱咐了看电视的女儿们几句，随他走了。他似乎轻松了一些，但又不免疑心起来：她是否也把他当成了书记，才这样言听计从？他只想从书记那个硬壳中挣脱出来，哪怕只一会儿也好。他太软弱，无法叫自己安心。他只想依靠住她，喘息一会儿。

这是他第一次叫她出来散步，她很奇怪。他们都是大学生，但从来没有相偕着出来散步，不知道为甚么。当了书记，他也不知道怎么就忽然想去散步。他只觉得不是因为悠闲，而是因为太苦、太疼，需要逃避，需要喘息。不知她是不是理解了，反正她是乐意了，召之即来。

他想散步，却也难得能逃脱出来。从家属院到街上，路并不长，可他随时都可能被谁拦住、劫走。她挨他很近地走着，走得很合拍，不断跟他说着甚么，很亲密的样子。没有跟她散过步，原来她很会散步。说话轻声细气，间或还朝他笑笑，笑得似乎还有几分妩媚。可他很疼痛，很害怕。也许，正是由于她这亲密的样子，没有人硬来拦挡他。他们顺利地走到了街面上。

黄昏时候，两厢商店都关了门。街上人也不多。一头是能望见变暗了的山峦，一头是烧红了的云霞。垂柳轻摇，晚风拂面，沿街走走，多好。可县城太小了,他现在又太引人注目了:看,这就是新提拔的书记。这还怎么能向她倾露他的害怕?他伴她,还是拐进了一条小巷,又弯了几弯?走进了灯光球场。这里没有球赛,也没有灯光,只有几个玩耍的小孩。当然也望不见远山,晚霞,只有僻静。僻静就好。他们愿意在这儿转圈儿:当书记多么不自由。

"班子,明天宣布?"

"嗯。"

不要说这。忘了他是书记。

"你是不是穿得太素净了?人家说,中年妇女不宜穿得太素。"

他怎么说出了这么一句话?他没有想说这句话。他只想说说自己害怕。

她笑了笑,有些惊奇,也有些兴奋:"怎么,怕给你丢人?打扮成书记夫人?"

她还是又扯到书记这儿来了。他感到有些可怕。她也把他当书记。他向她吐出自己的害怕、自己的疼痛,她会嘲笑他,还是开导他?也许,她还处在最初的兴奋中,还没有感到疼痛。

"年轻人,怎么打扮都好看。中年人打扮就得讲究点。人家说的这话有道理。"

他又说出了他不曾想到的话,不知道是甚么在作怪。

"你呢,该怎么打扮?书记嘛,得有点风度,对吗?你从哪儿学来的这学问……"

又是书记。他还会有风度?明天,他宣布那七个名字,会不会打战呢?她多么宁静,又多么兴奋。她也显得多么好看!他们是夫妻,十多年了。他们相处也可以,能算相亲相敬。她不难看,简直够秀美了,性情也文静,业务水平也不错,家务活儿也都会做,趣味也不俗。可他居然没有注意她。好像直到最近,他才开始注意她,她才开始吸引他。他们是怎样结婚的?没有恋爱。没有这样躲在僻静地方散步。同事介绍,见了几次面，问了情况，然后就结婚。几乎是乡下婚配的模式，只差出聘金彩礼。那时，她一定比现在更好看。城市姑娘，学的是气象专业，秀美，文静，大方。怎么就没有激起他的热情？她似乎也没有甚么热情。

“哎，你在想甚么？”

“想你。”

“我怎么，该怎么打扮？”

“是的。”

“去，你得注意影响。”

她不相信他在想她。他也不相信他们就是那么结的婚。没有恋爱，依乡下的婚配模式。在大学的时候，他恋爱过。虽然规定不准恋爱，可恋爱就像春天刮风，规定不住。那时的女生，又把爱情看得那么奇异，任你怎么塑造，她都觉得不像。临到毕业啦，才慌了，成功率很低。他没有成功，不知她是不是也没有成功。她说，她没有恋爱过。他也没有再问。他们成功得这么简单、这么容易。没有追求，没有激动，也没有几大件，更没有家用电器。只在那间盘有一条火炕的宿舍里，砌起了一个农村庄户式的风箱锅灶。

在这个小城里，非农户都是使用这种农家锅灶，因为它省煤，火旺，暖炕。他和她也就砌了它。拉着风箱，汗珠儿顺着鼻梁流到鼻尖儿上，然后滴下来。他们没有觉得苦，也没有觉得美，似乎一切都没有意识到。连人生只有一回的结婚，两人要做夫妻，终身结合到一处，居然也没有激动，没有深想，没有去掂量它神圣的意义。当然，也没有度蜜月。他们结了婚，住了几天，他便下乡去了。领导要求他这样，他也觉得应当这样。他们早忘了自己是大学生了。是谷县长想起了他是大学生，给了他一个书记当。为甚么要给他，因为他是忘了自己是大学生吗？年轻化，知识化，他不由苦笑了一下。他不年轻了。年轻的时候，他曾想出版一个精装的专著。也只有年轻的时候，才敢那么想。现在不年轻了，更写不成甚么著作了。但也不敢来当这书记。他年轻时，也没有敢梦想过当书记。那时，只梦想过著作，还梦想过爱情。他和她，这算爱情吗？

“你看甚么？”

看她，他是在看她。最近，她显然变了，变得有了魅力似的。他为甚么要答应当书记？他应该要求去搞专业，他应该重新去追求爱情。她就在他身边，而且这样理想。他忽然想拥抱一下她，就在这里，就是现在。她正靠着他，按照他的脚步，和谐地走着。晚风轻拂着她的稍有卷曲的头发，臂上能感觉到她的体温。渐暗下来的天色，似乎隐去了她脸上的细微皱纹，只留下了几分妩媚。然而，那种疼痛感却也突然袭来了。明天，宣布了他选定的那一份名单之后，将会怎么样呢？谷县长还会像训骂儿孙似的训骂他吗？

“你怎么啦？”

“不怎么。”

是的，现在他发现了她，发现了爱情，但也发现了不幸。也许是他不幸地当了书记，才发现了她，发现了他们的爱情。他们都是大学生。那么多年，连他们自己都忘记了还是大学生，忘记了他们还年轻过。要不是谷县长发现他，他已经把这一切都忘记了。

谷县长，那时叫谷主任，县革命委员会主任，突然闯进他那有一条火炕的家里来。正是晌午，他正奋力拉风箱，汗珠儿照例不断从鼻尖上滴答下来。他不由生出几分窘迫来。谷主任不会认得他，他总还认得这位一笑就露出大门牙的瘦老汉，便是刚“站”出来不久的谷主任。当然，谷主任立刻就发现走错门了。他也立刻慌慌地站起来，抹掉鼻尖上的汗珠儿，告诉主任要找的那位还没有解放的局长是住在前面几排几号。谷主任扭身就走了，他刚松了一口气，谷主任不知为甚忽然又踅回来了。

“你就是农林局的小吴吧？”

“就是。”他很奇怪谷主任居然能认出他来。

“叫甚么？”

“吴能。”

“咋叫了个这名字？不好听。”

听父亲说，原是仿照《水浒》里智多星吴用的叫法，给他起了这么个名儿，大约也是希望他日后足智多能吧。可惜他真出息成一个无能的人啦。他只能羞愧地笑笑，不去解释。

“挺年轻嘛。你在神村搞得不赖。旁人钻在机关闹派性，你蹲在神村研究小麦，不错。”

“主要依靠贫下中农……”

“不错。你的情况，我听说了，不错。抓革命，也得促生产，是不是？”

他的情况，谷主任居然也听说了。可他并不想叫谁知道。他真是太无能。揣了个毕业证，来这个县一报到，就奉命下乡去参加“四清”。他没有学过“四清”，去了显得那么可笑。谁都笑他，常常笑他。“四清”还没有学会，便又兴起造反夺权。他忽然被丢在村里，没有人管他了。工作队的头儿被揪回去了，队员们或杀走，或溜走，树倒猢狲散了。只有他，杀又不会杀，溜又不敢溜，被遗弃了。村干部说：“老吴，就住在咱村吧。你是文化人，回去不愁革了你的命。”他就住下了。先是跟社员劳动，后来就到科研组帮他们育种。那是很简单的营生，算甚么研究？

“唔，你们也会使风箱灶火？好嘛，也待见睡热炕？好……”

谷主任忽然兴奋起来。看那兴奋情状，对他的风箱灶火和火炕分明比研究小麦更感兴趣。老汉满意地笑着，亲热地打量他，似乎在他身上发现了甚么意外的东西。不久，谷主任就把他调去了。调去，当然不是研究小麦。谷主任说：“搞文化革命，身边没有个文化人不行。一张嘴，就得批这批那。不小心呢，人家又批你这批你那。直着嗓子吼喊，不行咧。”对这一份差事，那时他没有想愿意或不愿意。他表示不愿意就好了。当时他好像也迷蒙地兴奋了一下。直到这一次，老头儿给了他一个书记当，他不也仍然迷蒙地兴奋了一阵吗？

兴奋甚么呢？他多么想拥抱一下她！而这样，似乎把那疼痛，把那害怕就丢开了。她就在他身边。她是这样好，他终于发现了。他和她，是爱情，会是爱情。她还年轻，他也年轻，他觉得自己喘息过来了，有了些力量了，安静下来了。明天不要害怕。

“晚上，还开会，开得很晚?”

“是的。”

她问得声音那么细柔。他更想拥抱一下她。也想说：今晚，要等他。

谁咳嗽了一下。

“吴书记……”

办公室的人真能干，居然知道他在这里。

二

都去了。都去听吴能宣布常委新班子去了。他家里，多日来第一次显得这样清静；清静得他难以消受。吴能原来是这么个东西！应承得挺好，却一个也没安排。不安排，也不来见见他，想对他保密。可他甚么都知道，早知道了。居然一个也没给他安排，好大的胆子！他没有想到会这样。好像也担心过？挺绵绵善善一个后生，多年像亲子孙一般疼他。并没有迫害过这后生，从“文革”时候就重用他，疼爱他。不敢太激动了。他们没有认真给他检查，没病，挺好，尽是说应付的话。他感觉不好，可他们说心脏、血压、肝、肾、尿，都没问题。有问题了，他不能太激动。甚么事都可能发生，他应该早想到。

院里的热气正朝屋里涌来，怪不得这样热。是谁告他来，伏天，应该夜里开窗户，叫凉气进来；白天呢，关住它，不叫热气进屋里。是谁呢？是吴能。吴能还说，电扇是甚么牌号的好。他早该买个电扇来受用了。当了这么多年书记、县长，还当过粮秣委员。吴能知道甚么叫粮秣委员？搬来《康熙字典》，怕也寻不出。不肖子孙！不敢太激动了。心肝五脏，准有甚么地方出了问题，经不住刺激了。他好像担心过会这样。他应该能有这样的预见，当了那么多年的书记、县长了。

热得这样邪，汗都窝住出不来。幸亏他没有去。吴能派人请他去来，他没有去。这样热，坐在那里不是受罪吗？叫他听吴能挑选人马，吴能你娃又是谁挑选下的？他是怎么活动来，这样热的天，劳身劳心，身上的病，一定是为吴能活动中间落下的。活眼现报，刚几天就给了他一个窝心脚。不敢细想。快立秋了吧。还热得这样邪。今年伏天下了几场雨？没有记住。全顾了给吴能活动了，地委不知跑了多少趟，省里也没少跑。他是个强硬人，全凭了他这强硬劲。他们说：看看，这是你挑的人！这是他挑的人。世界上，再没有比这口气难咽了。多少年来，他都记得春天下了几场雨，伏天下了几场雨。盼雨的时候，睡得再沉，只要有雨点落地，他就能醒来。睡在村里的土炕上，一落雨，他丢下好梦不做，撩开被窝，跳到院当中了。脸迎天，接雨，看雨，尝雨，美得不知道几乎还光着屁股。现在不行了，有了甚么病了。他们还叫他去活动，给他们活动个常委当。他身体不行了。

还没有散会。他忽然发现自己是在等待散会。一种莫名的难受感止不住涌了上来，仿佛真要犯甚么病似的。这个夏天，他忽然害怕起等待来了。再没有比等待甚么叫他觉得难以忍耐了。还等待甚么，甚么也等待不来了。等待时的难受，并不比等待来的难受轻松多少。为吴能活动，他没有等待。地委派人宣布了吴能的任命，他也没有等待。他立刻宣布了自己卸任，只说了几句话，就了结了几十年。说完那几句话，他就交割了文件，交代了工作，交还了钥匙，连自己办公室里的几盆花，也送给别人了。他觉得自己已经不再等待甚么了，结果总发现还是在等待。还等待甚么呢？散会不散会，他早知道那一份任命名单了，七个人，没有他的一个人。还能等来甚么？等待来犯病，等待来跌倒，等待来追悼会吗？听说，吴能已经高兴得挂上老婆去逛大街了。书记、县长，哪能做这营生！有时间挂上老婆逛马路，为甚不能来见见他？他是在等待吴能吗？等这小东西做甚！

“晌午，给你吃甚？”

“吃甚？能吃甚！”

“你想吃甚，给你做甚。”

他等待来的，就又是这几句话。天天都是这么问，还问它做甚。可她仍不走，在等待他回答。他又能回答甚么？回答她：走，勾挂上去逛马路！她从来是甚么也不问，甚么也不管的女人，不管他的事。几十年，她就这么守着他，不参与，不了解他做的事。谁找他，她都是说：“你去问老谷咱晓不得他的事。”她不了解，也不愿了解，仿佛越不了解，她才越恭敬他。现在，她是终于了解了他做的事了。这是比她再憨的人也能了解了的事：书记，县长变成了老百姓，受疼爱的后生变成了白眼狼。她不肯走，坐到了他眼前，又是想替他骂几句吴能吗？

“做你的饭去。”

“心里有甚么，不能跟人说说！”

“能有甚，能说甚！”

“你不能说，我说。我去跟他说！我是家庭妇女，我怕甚？”

“去吧去吧。吃甚也行！”

“吃甚也行！”

她到底走了。可她一走，他不由又陷入了那可怕的等待。有多少话说呢？不就是七个名字。

大概散会了，终于散会了。有人进了院里。只有脚步声。听不见说话声。是他们。只来了三个人。他们进来就坐在那里，不说话，黑风了脸，败兴的样子。在怨恨他吧？

看这熊样，他还在哩！这是习惯吧，他在下级面前从来就是强硬有力的，此刻也不知怎么又来了劲。身上感觉好了一些，心里也振奋了一些。是的，不要丧气，不要憋气，他还在哩。他就是躺倒，也还比吴能站着高。他这一生，没有别的毛病，就是太强硬，太强大了。上面那些领导，常常不敢叫他当第一把手，放一个软角色在他前面，给他二把手当。软书记，当然拿不住他这硬县长。放个硬书记，硬碰硬，也不行。哈哈，他就是有个强硬的毛病。他要看看吴能是怎么个硬法。

"看你们那熊样！开会，他们说了些甚了？"

"能说甚，唉。"

"唉甚，说呀！"

"尽是说你们老班子、老干部好。有功劳，有经验，有贡献，辛苦，挨斗，贡献了一辈子。就是这些话吧？"

"是吴能先说的。他说完，其余七个新常委也照着定的那调儿，说了一气。"

"说得美哩。人家词儿多，也好意思说，拿着广播员的调儿。"

"演戏哩。这些人心眼多，会卖乖。"

"谷县长，我跟你说过吧？那回去寻吴能，我还没觉着说甚哩，人家他背转脸，掏手绢擦抹开了。擦抹甚呀？原来是擦抹眼泪哩。人家哭了！我寻思，这人心这么软，说动了。可现在看看吧，说动个屁，还是不安排你，面软心硬……"

开了半天会，原来尽说些这。他没有想到。但这比他想象到的还要难以忍受。甚么功劳贡献，这又不是给他们开追悼会！总结功劳贡献，吴能他们还不够格。还会掉眼泪。当书记，还能掉眼泪？书记县长，他见过多少，也没见谁流眼泪。吴能就是这么个硬法？这是科学硬法，还是外国硬法？

"谷县长，咋办呀？"

"总得再想办法吧？"

"是哩。不信你就镇不住他！"

办法、方案，他们吵嚷过几套，顶甚么用？他很想熊他们几句，只怕他们又会说：那是你挑的人。这口气，真是他最难吞咽的了。

"谷县长，常委上不去，部长、副部长，总不能再丢了吧？"

"旁的不敢说，经委主任，我干得了。"

"谷县长，后辈子，就靠你咧。"

算咧，听他们嚷叫顶甚么用，还是叫他安静一会，想想咋办。

晌午饭,他不知道老伴给他吃了些甚,不知道吃来没有。吃罢饭,真想立刻去寻吴能。但又觉得太累了。他应该照旧歇歇晌,睡一会。可惜睡不着。这几天,连夜里的觉似乎也睡不香了。小杂种。下午,吴能会不会来见他?背着他,已经宣布了,总该来见见他吧。来了,没有他的好看。是该买个电扇,热得邪了。

老伴又坐到他跟前了。她不像他这么显老,肤色还挺白净,脸面上的皱纹也不很显眼。她只是显得有点儿矮啦,那恐怕是太胖了的缘故。一辈子已经过下来了。心里翻腾过几次,不想要她了。当乡长的时候,心里动过,还挺厉害。到了四十多岁那阵,也还动过。是下不了狠心,也是顾不上,太忙了。忙得把甚么都耽误了。甚么也还没有来得及,就老了。西湖,杭州的西湖,还没有去看看。只在画儿上见过。吴能总应该来见他。他又在等待。

他在洗脸,听到了院门响。小杂种到底来了。不是!三个人,不咋熟悉的三个人。都见过,不熟。坐吧。都没有来过,来做甚,也是活动职务来了?叫甚么名字。唔,原来就是这些眉眼。并不怎么出奇、伟大嘛。吴能就挑了这么几个人?新常委,新领导人,来做甚?吴能他为甚不来!

“谷县长,没影响你午休吧。”

“稍坐坐,不影响你休息。”

“身体还好吧?”

休息。他会休息,休息不用人教。想说甚,就说。都见过,不熟。看不出有甚么特别伟大来。文化程度高?也看不出,穿戴也不时兴。年轻,这能看出来。年轻当然好,光眉俊眼。可究竟不是找对象吧,越年轻越吃香。多大啦?唔,也都上了四十了,不过面嫩些吧。不操心,就面嫩,他自家那老伴就不显老。表面现象。

“谷县长,还得你多指导,传帮带。我们怕干不了。”

“就是,领导上信任,我们当然高兴。可就怕干不了。”

“从来没有当过领导,没经验,思想也没准备。你得多指导,不客气地批评。”

准是吴能派他们来的，派他们来扯淡。当他是娃吗，这么来哄他？也许是故意来气他。他真想熊他们几句。不能太激动了。

“谷县长，你这么信任我们，我们得好好干。”

“我们不能给你丢人。往后，你得多指拨。”

“叫我管农业，真有些胆虚。你得推荐几个人。今天不多说咧，往后多来请教你。”

都会说好听的。是吴能布置好的吧，准是。信任他们，他连名字还叫不来，光见过面，不熟，他怎么信任他们。是吴能挑下的人，来感谢他做甚。还说不给他丢脸，还叫他推荐人。他推荐下的人，全叫他给顶下来了，还来卖嘴。看他们那样儿，倒像真是来感谢他哩。那么兴奋，又有些腼腆，像知道了甚么秘密，又不好意思开口，说不出口，又想表示出来。已经表示出来了：感谢他。他们的任命，跟他没有相干，不用感谢，不用装得这么像。有点文化，不要用在这上头！他感到一种不能容忍、从未有过的屈辱：吴能他们竟敢这么耍弄他。他必须把吴能叫来，立刻叫来！活眼现报，给了他一个窝心脚不说，还要耍弄他！

他坐在家里，一天，两天，终于也没有去见吴能。

三

快两点了，深夜两点。又是这么晚了。她已经睡了，不知又等他来没有。从宣布了常委班子，他就再没有同她去散过步。他掉进了旋涡，挣扎不出来。谷县长怎么没有见他，没有痛骂他？好像不知道已经宣布了新常委。也许已采取了甚么行动。不去想这些了，他也无力去想。叫她起来，过来伴他坐一会儿，甚么也不想，只想她，把全县，把整个世界，都暂时放到一边。安排班子，班子就是人。那么多人，猛然都站到了他的面前，简直都是在向他求爱。只有她，他靠近不了。多么奇怪，他们，新入阁的几个常委,为甚么总在探问他:怎么就挑选了他们。怎么就不能挑选他们。总在探问:谷县长对他们有甚么看法?有甚么看法,不会有好看法。痛骂,他自己挨。骂他,老头儿也许有权利:老头儿挑了他,安排了他,给予了他这个书记。老头儿并没有给他们甚么,也害怕不成。丢到一边吧,他们,老头儿,还有加在他身上的书记。世界已经安静下来,一切都睡去了,应该让他跟她清静地坐一会儿。

进了里间。她和女儿们睡得正香。要不要摇醒她?她的确很累了,但他多么需要她。他觉得自己很软弱。他忍不住推了推她。太轻了,她没有反应。她醒了,一惊。她显出发烦的样子,可很快似乎恢复了清醒的意识,闪身坐起来。

"才回来?洗洗,睡吧,快睡吧。"

她已经恢复了温顺的隐现着几分兴奋的神情,如同这一向时时总呈现给他的那样。她也已经趿着拖鞋,走到外屋去了。她给他倒好了水。

"饿吗?"

他只怕她还回里屋去。她没有走,站着。多么好,她多么好。可是,她过去,过去那么多年,是不是这样呢?当然,也好,可分明不是这么好。为甚么会这样好,因为他当了书记?一种苦涩,一阵疼痛,又涌来。猜疑,总往这里猜疑,一定是他自己心虚。把一切都丢开,把世界都丢开。他专心去洗涮,仿佛要把一切都洗去。

"睡吧。"

"先坐坐。过来,稍坐一会,啊?"

她有些不解。"都两点了!"很快,她就顺从了:"那我去披件衣服。"

"过来,靠住我,不冷。"

她终于坐到他身边了,也靠住了他,虽然有几分羞怯,虽然有几分不解。过去,那么多年,竟没有这样过。在他们,这不算最亲近的行为,可他却有一种新奇的亲近感。他不由搂紧了她。多么好。她多么好。她是足以使他丢开一切,丢开世界的。他竟然没有去爱,去追求这爱。

"你怎么了?"

"别说,甚么也别说。"

他觉得太奇怪,太不可思议。同事就那么介绍了一下,见了几次面,他就得到她了。也许得来太容易,竟然不知道去爱。十多年,迷迷蒙蒙。

"你累了吧?"

"别问,甚么也别问。"

光滑的,柔软的,温馨的感觉,还有一种甜丝丝的沁凉感,一种说不出的神奇感,从她身上传给了他。灯光显得很亮。别处的灯早熄灭了,全县都睡去了,只留下这一片宁静的光亮。在这光亮里,她变得这样神奇,周身都换了一种色彩,不是光谱里的色彩。多么可惜,年轻的时候,她一定更好,他却没有注意到。她仍然年轻,现在就是那年轻的时候。

"睡吧。"

"不。"

她笑了一下。她笑得多好。他似乎是第一次见她这样笑,新奇得几乎要叫他吃惊。

"静,你爱我吗?"

"傻话。"

"不,你说!"

"傻话。"

她又笑了笑。可她为甚么不肯说?

这么多年了,他还没有这样问过她。他多么想吻她一下。他不由把她搂得更紧了。他只觉得一种疼痛感,一种被伤害却又无法防御的疼痛感,甚而是一种软弱感,一种屈辱感,忽然再也不能忍住,汹涌地冲决上来。

"你怎么了?"

"别问,甚么也别问。"

他好像明白了,把她叫醒,这样拥抱住她,是想借她的温存来减轻他的疼痛。可他无法对她说,他没有勇气把那疼痛展露给她。他已经跟了谷县长那么多年，不是不知道这老头儿家长作风厉害。谁违了他的意，都会日娘骂祖宗地熊你。他已经被熊得习惯了。老头儿不光熊他，训骂他，也还像儿孙似的疼他。在他熬眼写甚么材料的时候，老头儿常常守着他，甚至上街买点锅盔糖果，愣叫他吃。然而，这一次，老头儿对他的违逆，却没有一点声息。也许是被训骂得太久了？不，正是这一回被疼爱得太重了：把书记给了他。他不是甚么书记。他当不了甚么书记。他为甚么竟然接受了这么沉重的一份疼爱？收下这份疼爱，就把更大的权利，训骂他，管束他，摆弄他的权利，交给老头儿了。老头儿不会放弃这一份权利的。他不知道会发生甚么，不知道应该怎样防御。不知哪一天，他会突然陷入狼狈可怜的境地。

"睡吧，要着凉的。"她蜷缩住两腿，轻轻打了个哈欠。

"你累了吧？"

"没事。"

她又朝他笑笑。

"你笑甚么？"

"笑你。"

"笑我甚么？"

"你变了。"

"不，我还不是我？"

"你从来不这样。"

她更紧地偎着他。他知道她说这样是指甚么。是的，他们从来没有这样过。但那是因为他太傻。

"你得意了，对吗？"

"不，不是。我真……真不如意！"

"还想——"

"不是！你不知道，我真……"

"我知道，不是那么容易。不过，既让你干，就试着干吧。先熟悉了，再闯。不要脱离群众。还有谷县长……”

谷县长！她还是没有忘记他是书记，在这个时候，他这样拥抱着她。她说他变了，她不是也变了吗？她愿意跟他去散步，她这样紧紧地依偎着他，她忽然生出来的光彩和温情，难道真是因为他成了书记？他觉得自己像有了情敌似的，总是要往这里猜疑。他不能控制自己。

他想对她说，不要把他当书记，他没有变，他还是他。他只是直到现在，才发现她好。他只想挣脱那叫他不安的书记，重新来爱她。可那丢到一边的世界，又悄然笼罩住了他和她。从远处，传来了几声汽笛，夜行的票车又驰来了。他也感到了凉意。明天，又要宣布一批部局长的任命。他还是违逆了老头儿的意思。他不能不这样做，不知老头儿会继续沉默，还是要爆发出甚么风暴。

“睡吧。”

“睡吧。”

灯灭了。他躺在她身边。两个女儿那熟睡的呼吸声，听来也是甜丝丝的叫他感到温馨。她的身子更叫他感到一种微凉的甜意。坐着的时候，她没有穿甚么衣服，受凉了吧。也许，她比他宁静，比他愉快，体温也比他低些。一股淡淡的香气，这是他熟悉了的，此刻似乎很活跃，在他脸前飘绕。他仿佛看见飘绕的曲线。

他说：“你睡着了吗？”

她说：“对了，昨天晚饭后，两个常委，老范和老周，来找你。你走了。他们坐了一会儿。问我：你听老吴说来没有，谷县长对我们是甚么看法。我说：不会差。差了，能叫你们当常委？他们客气了几句。不过，对我的回答，挺满意。能看出来。看，我好像还得学会做你的发言人。不过，我不想学，不想参与你的事。睡着了吗？睡吧。”

那熟悉的香气是这么活跃，飘绕的曲线变幻游移，跳荡撩人，他不想听她这不相干的话。可有一个意念，忽然闪跳出来：他们，这几位新常委，一定不相信是他挑选了他们。更不相信，是因为他们自己的条件，得到了那种任命。他们要证实，是老头儿挑选了、决定了他们的命运。他们以为，只有老头儿才能决定他们的任命。他冒了险，他承受了这样的疼痛，可还是不能显示他的存在，不能减轻疼痛。难道正是因为这样，老头儿才那么不动声色，坐在家里冷笑他吗？他不禁觉得更加可怕。

不知道他们还跟她说甚么来。她已经睡着了，紧紧地偎挨着他。那熟悉的香气，好像也睡去了，不再活跃。他感到很累，很沉重，沉重得连睡意和兴奋都挤走了。沉重地躺在她身边，无力睡去。

是他们分管的部局，却不敢提出自己的人选，总在看他的意思。他一句随便的问话，他们就会改变主意。原来，不是看他的意思，是看老头儿的意思：他的意思，就是老头儿的意思。他们显得那么尊重他，甚而是敬畏他，原来并不尊重他，只不过是在敬畏老头儿。明天，又要宣布一批部局长的任命了，也完全不合老头儿的意，可这批人，也许又会去感激老头儿。他只是一个替身。

她睡着了，睡得很香甜，很宁静。她这样宁静地偎挨着的，是一个替身。她还那样兴奋，那样呈现出了魅力，光彩，温情。她不是不知道，是谷县长给了他新的地位和命运，给了他一个书记当。她应该知道他不过是一个替身。可她还是因此而变了，变得这样好。她也已习惯了这种给予？他们的生活也许是太沉寂、荒凉、贫瘠了吧，没有甚么能够提神，能够遥望，能够去追求。虽然不是出版了一本精装著作，当这么个书记，毕竟叫她振奋了一下。他自己也兴奋过。

记不得是哪一天了，只记得就在最近。他回来吃晚饭，走进院里，听见有歌声从屋里传出。歌声，从他住了多年的屋里传出，有点儿像奇迹似的。他听出来：她和两个女儿都在唱。是女儿们跟着她唱。一支古巴歌曲。低声在唱。唱出那么一种与歌曲本身无关的意思。他有点被感动了。可他进去，她们就不唱了。很早了，他们曾经说到过的；在大学里，爱唱歌吗？她说：唱的。他也说：唱的。还说到过外国名歌二百首。但只是说到了，却没有唱。那么多年，谁也没有唱过歌的。年轻的时候，他是唱的。好像还唱得可以。在系里的晚会上还能上台。当然，没上过全校晚会的台。那时，没有现在这样的流行歌曲。他还能唱吗？跟着老头儿，常常得喝酒，嗓子已显沙哑了。要练一首歌，为了她，唱给她。忽然涌出的这个念头，叫他很兴奋，很像恋爱时想出了一个甚么讨好情人的新主意，一个能压过情敌的好主意。就是，要练首歌，为了她，唱给她。唱歌同当书记无关，这是一个好主意。

可惜，这个好主意仍然没有能使他宁静下来。他想抓住一点甚么，可甚么也没有抓住。同她这么相偎着坐了半天，仍然没有轻快多少。

四

两厢的铺面，都在往街心挤。这条大街已经变得这样狭窄。国营的那些门市部，分明还蹲在原来的老地方。只是它们跟他一般，显得苍老、土气了。失了光泽的油漆，裂了缝的磨砂水泥，过了时的五角星，发了黑的门灯罩……可他并不是不想时新，洋气。他早计划要盖一座新式的百货大楼，可地方财政太困难了。国营门市部的墙下，挤着知青商店、杂牌公司，那塑料屋顶，倒是五颜六色的。在它们前头，还挤着个体户。一块包袱皮，两根尼龙绳，商品就都展览在大街上了，色彩比塑料房顶还花哨。街上人们穿得更花哨。后生们穿着花衬衫，闺女们露着肉！吴能挂着老婆来逛街，这街上有甚么逛头？吴能也想穿花衬衫。

“爷爷，你怎么不活动活动，就叫人家撤了你的县长？”

“鬼说甚！”

小孙女才七八岁，也知道活动？她知道甚么叫活动！在这个夏天，他是怎样为吴能活动来，可现在！常委不安排他的人，部局长也没安排他的人。不想这些了，他是来逛大街。

日头真毒，晒得头脑晕晕沉沉，难受得厉害。又难受上来了，会不会犯病？他为甚要来逛大街呢？学习吴能？有一种气味。汽油味，饭铺里飘出来的炒菜味，众人身上的汗臭味，烂瓜皮的腐臭味。不是气味，是颜色。五颜六色的衬衫，塑料房顶，商品，还有那五颜六色的肉。还有声音。嬉笑声，吆喝声，叫卖声，汽车笃笃声。哪里在播放歌曲，电影院？一个拔牙的地摊上，放了一台录音机，是它在唱。听不出唱甚，能听出是一个女人在唱，轻声细气，却又喘着气，像清闲地在哼哼，又分明有意在勾叫谁。不是好东西！小玲玲居然也跟着哼起来了，哼得还挺顺溜。她学过吧，跟谁学过？她打扮得也挺时新，简直有些妖精气。她成天在眼前跑，他居然没有发现。

"玲玲，回吧回吧，爷累咧。"

"谁叫你不坐小汽车出来？"

小孽种。他为甚么要来逛大街？真是学习吴能呀？吴能是挂着老婆逛大街，他却领着这么个小孽种。做这营生，他比不过吴能。他神经错乱了，顶着这毒日头，跟人家比这营生！真受了吴能的影响啦？鬼。他想起来了，原来他是想去见吴能，是想去见那小东西！他忍不住了，不能再等待了，仁至义尽了，肚里的火气要憋炸了。可不知怎么就走到了大街上。气晕了吗？他的肚肠还宽大哩，他不是心窄的女人。怎么就逛到了大街上，又怎么拉了一个小孽种？

他已经害怕起吴能来了？鬼！现在就去，立刻去见那小东西。得把这小孽种送回家。送了她，再去。吴能在哩，他已经打听好了，吴能他们在开常委会。他要一脚踢开门，闯进去。

回到家里，他感到很累，也很难受。又难受起来了，怕要犯病。他觉得的确已经患了甚么病，很严重的病，得到确诊的病。不能行动，得喘歇一阵，等它缓解了，等他抗过去。他想去，他要去，但不能动，不允许他去。

"谁来过？"

"还能有谁，成天来的那些人。"

"来说甚？"

"能说甚，成天说的那些话。"

他感到有些失望。吴能还是没有来。他动不了,去不了,吴能这小杂种也不来。那么绵善的一个后生,真的就变成了这样一个又狠又硬的货?不但又狠又硬,还刁。明明是吴能他任命的人,却打发到这里来向他买好。把新常委打发来了,新部局长们也打发来了。来了,都说得挺美。怎么学得这样刁?下了台的干部,成天来逼他,新上台的干部,成天来要弄他,都不叫他活啦?

"晚饭,给你吃甚?"

"吃甚,能吃甚!"

她又来烦他,又坐到他跟前不走。他对她忽然那么不满意起来。不是现在不满意,一生都不满意。她不参加工作,喜爱做家庭妇女,甚么也不懂。可他们都说她好,好家属,贤惠女人。他们是在欺骗他,就像他们看见他桌上摆的平常细瓷茶碗,也会当甚么稀罕东西来欣赏,盯住看,还拿起来瞅瞅碗底下,仿佛是景德镇为他特制的似的。他们知道他不满意她,知道他几乎不要她了。

似乎还没有顾上细想,几十年就过去了。不满意吧,又能怎样。没有当机立断,还怕影响提拔。可吴能就不怕甚么影响,刚把他提拔上来,就挂上老婆逛大街。那老婆也是大学生。

他没有想望大学生,只想娶个妇联主任。她是农村妇女,他爹怕他南下跑了,给他娶回来的。要是当年南下走了,也就好了。跟他一搭参加工作的二牛,现在在杭州,退下来,也有个天下第一的风景看。他呢,就只能守这么个家庭妇女。那个刘玉莲,跟她不同。总是热扑扑、泼辣辣的,梳着挺长的辫子。爱笑,笑起来,屋里都会火热热的。也爱工作,闺女家却不怕村里的婆姨媳妇说难听的话,很出色的积极分子。他总想到刘玉莲那村去下乡。刘玉莲不是妇联主任,可他是乡长,不愁提拔她的。可惜,他爹知道了,告到了县上。只好拉倒啦:县里正要提拔他。他升到县里,走了,听说刘玉莲嫁了一个劳模,姓史,不知在甚么村。

原来是嫁到了河庙村。不久前,他去河庙村视察专业户,碰见了她。

她是养猪专业户，完全不像她了，一个农村妇女，粗糙得像一个男人。她老了，变了，变得像男人了，叫他吃惊。当年，他几乎要离婚，娶她。没娶成，提拔到县上，再顾不上想她，只忙着当领导，忽然就是几十年。现在，她没有一点看头了。去河庙，大概就是他以县长身份最后一次下乡视察吧。他也老了，过时了，不值钱了。在他们眼里，他也没有一点看头了。

可那时，她们竟然也愿意。她们，那两个女娃，都挺俊，挺年轻，也爱往时新里打扮，竟然也愿意。当然，她们愿意，也是他犯过的两回错误。一回是下乡到公社吧，搞调查，还是定工程，记不得了。只记得那女娃是电话员。她总在他脸前转，娇迷迷的。她愿意叫他犯错误。他还是很后悔，没多住，走了。一回是在工作团，那女娃是从村里借调上来的，也是火热热的性子。她说：不怕。他还是有些后悔，没叫她多在，让调走了。她们愿意，也是错误，只是没有揭发过。就是在造反派斗他的时候，也没有揭发过。她们知道的，终于没人揭发，都在保他。所以她也不知道。他挨斗的时候，她还自己试验挨斗是甚滋味。她悄悄对他说："我也试来。"试甚来？她做了一个喷气式姿势。她说，他叫揪走之后，她就关了门，看着钟点，做这个姿势，一动不动，试验了三个半钟头。"其实，也没甚。锄地，割麦，也是这么累腰身。"除了累腰身，旁的难受劲，她怎么能试验出来。不过，幸亏她不知道他犯过的那回错误。

现在，谁还保他？那两个女娃，他没有问过后来到了哪里。她们再不会娇迷迷，火热热，围住他转了。当然，那是错误。他也不喜欢做那营生。除了这两回错误，再没有了。当了几十年书记县长，就守着这么个不称心的老婆。也没有电扇，没有去过西湖。可他从来没有感到委屈过。他不知道委屈，只会恼怒。扛着一个县哩，不恼怒行吗？谁不想快活，谁不想天天笑。大概是这一辈子生的气、发的火，太多啦，落下了那病症。现在，她也不来试验试验，他这难受是甚么滋味。不能再恼怒、窝火了，身体不行了。她还在说甚？他不想听。

谁又来了？还是他们几个。

"谷县长,黑夜看戏去吧?"

"往后,只有喝酒看戏了。"

"连酒,咱也没学会喝,往后叫作甚嘛。"

"做甚?你问谷县长嘛。"

"谷县长,你咋不说话?"

"说了,谷县长是怕咱们哭哩。"

他们的口气不对。他们从来不敢用这种口气对他说话。怎么啦,真喝了酒了?

"谷县长,说吧,就明说了吧,甭这么窝曲人咧。"

"我们不会哭,没人家吴书记那演戏的本事。"

"我说呢,吴能这么胆大。我说呢,吴能见了我们又那么作难。"

这是咋啦?他们怨他,骂他,由他们了。可他们的口气不对劲呀?

"谷县长,我也不是不想念书,我也不是念不了书。这你也知道。五二年那阵,我就是高小生咧。你不是缺文书吗?愣动员咱跟了你。要是不跟你,也早念完大学哩。当年说那么需要,需要,甚么也耽误了,现在又不需要了。四五十块工资,老婆还在农村,就这么打发了?"

"要在农村,倒美咧,万元户也当上了。也是需要呀,不叫当村干部,愣动员出来。农业、工业、商业,都给你管过,也管得不赖吧?现在,不时新了,踢到了统战部。统谁呀?叫咱统的人,比咱还吃香……"

"谷县长,我也能算个知识分子吧?教员出身,还不算知识分子?我教书教得挺好,你非抽咱出来当干部不行。我说当不了,你熊呼了一顿。你看,跟咱同时教书的,现在起码小教四级,够上知识分子咧。咱可好,成了处理货。"

又是这些话。这些话,他也攒了一肚哩。

"谷县长,你转弯也转得太猛吧,把我们就这么都甩啦?"

"叫吴能当书记就够时新了,把我们也得全甩了?"

"叫吴能当书记,就是要甩我们……"

甚么话！他是那种人？他们是喝多了酒，还是听了甚么闲话。为了他们，他用了多少心思，发了多大的火，受了多大的熬煎。他自己不也是被甩了吗？可他又怎么跟他们解释：常委，重要的部长，都叫别人占了。他既不能训骂他们，又不能保护他们。他忽然体味到了一种不曾有过的恼怒。

"吴能是照你的意思挑人哩，我们才看清楚。"

"你叫他出来撵时新，还蒙住我们，叫我们去怨吴能。"

"吴能是你的秘书，你的心肝，你不点头，他敢那么干？"

"谷县长你也是敢做敢为的人，想甩，就明甩。我们也能想得开。这么要弄，我们可……"

都滚开吧！连他们也不相信他了，原来都是些这样的人。听了谁的闲话，一定是听了谁的黑话。吴能，一定是吴能把责任推到了他这里。又给了他这么一手！

这是甚么时候，他怎么能坐在家里不动，坐在家里想女人。他好像忽然才意识到现在是甚么时候。任命干部，一下子要重新任命全县的所有干部。他在台上的时候，经历过这么重要的时刻吗？吴能亮了一手又一手，给了他一脚又一脚，要打倒他，还要把所有的人都拉走，所有的人情都扯断，真不叫他活咧！真忍不住了，不能再等待了，仁至义尽了，肚里的火气要憋炸了。

他们嘴里呵出了酒气。吴能说，他不会喝酒。他看吴能也绵绵的，连胡茬也不硬，不像是能喝酒的人。逼着吴能喝了一回，原来酒量还海哩。越喝脸越白，满脸出汗，原来是喝酒的好手。跟在他身边的人，不能喝酒咋行？不赖，有文化，还能喝酒。可吴能说：真没喝过，只喝过啤酒，啤酒不是酒。不能看表面，不能听嘴说。

撵走他们，他喝了许多酒。酒力更催他要去，去见小吴能。酒后睡了一觉，醒来已是半夜了，半夜两点。明天得去。明天去不成。后天也得去。

五

小车一开，司机就按响了录音机。一首流行歌曲，好像是台湾校园歌曲。谁唱的呢？听不出来。大女儿能听出来，她大概也不行，那天，还是唱古巴歌曲。

这倒是一个学唱歌曲的好机会。坐车赶路，跟着录音机唱。这辆新吉普上装有录音机。谷县长坐这车的时候，录音机没有开过。老头儿嫌烦，司机没有动过它。今天，怎么就开啦？司机已经知道他不讨厌音乐，知道他年轻的时候还能唱歌，甚至知道他想学支新歌曲吗？不会的。这些，他谁也没有告诉过。为她练一首新歌，连她还不知道。想告她，没有空。跟她散步，或是依偎着她，把一切都丢开，总也没有机会。司机怎么能猜出他的心思？也许，仅仅是想讨他喜欢。

可这支歌，他不能学。太软绵，太飘忽，太显得卖弄。换点别的吧。

“吴书记，你想听甚？”

他刚刚随手拿起一盒磁带，司机立刻就问。坐在后头的秘书小蔡，也立刻伸过头来。

“没事，随便看看。”

他赶快把那盒磁带放下了。可司机立刻就换上了他挨过的这盒磁带。他不由觉得有些惶恐。这种无微不至的恭敬，高度灵敏的关注，是他熟悉的。只是，过去是对着谷县长，现在却是对着他了。他被这样高度灵敏地注视着，还怎么能学歌呢？他探亲回来，给谷县长，那时是谷书记，买来一个保温杯。开会时老头儿端出来，大家都围住欣赏，仿佛是九龙杯似的。那时这保温杯刚时新，不好买。先是常委，后来是部局长，再后连干事们，也都设法买了保温杯端在手啦。当年的涤卡制服，似乎也是从谷县长身上时新到全县干部身上的。他学歌，会不会全县干部都唱歌呢？

这盒磁带唱得也太轻软。在哪里可以学唱一支新歌？他望望公路两边,是一片绿海。一年最旺盛的时候,绿海淹没了一切。

"今年雨水好,吴书记,产量不会差。"

司机又猜测到他的心思。秘书小蔡也说了句甚么。无微不至地被恭敬,高度灵敏地被关注,完全像谷县长,谷书记,谷主任多年所享受的那样。这一向,他无时无处不是被这种恭敬和关注所围绕,仿佛是旋涡、磁场、万有引力。这是人们的习惯呢,还是他真有甚么魅力?那种疼痛感又袭来了。魅力,他能有甚么魅力。这是人们的习惯,谷县长造成的习惯。他不过是作为谷县长的替身,在受到恭维和注意,受到迎奉和敬畏。他已经挑选了自己的常委,任命了两批新的部局长,可他们似乎仍然把他当作一个替身,看不见他的存在,显不出他的魅力。他们仍然像恭敬谷县长那样恭敬他。谷县长脾气不好,训起人来也不讲甚么文明礼貌,日娘骂祖宗那是常有的事。他们不能不怕老头儿。可他并没有训骂过谁,也不会训骂人,脸上常有当秘书习惯了的微笑,他们仍然怕他。见了他,都是不自然的笑。进门轻声静气,蹑手蹑脚,怕踩着地雷似的。他无意皱一皱眉,他们的笑纹几乎就会凝固住,笑也不是,不笑也不是,真不忍睹。在老头儿面前,他们一向就是这样。他们不是怕他,仍然是怕老头儿。他冒险违了老头儿的意思,仍然显示不出自己来。他挑的人,都跑去向老头儿致敬。老头儿不买账,他们还要愣认账。磁场,这真是一个可怕的磁场。老头儿是磁源,他不过是涂在磁铁上的色彩。所以老头儿仍然不动声色,不跟他交锋,不值得跟他交锋。一种不能忍受的疼痛。在这疼痛之外,还感到有一种东西,火辣的,不安的,冲撞着甚么要突奔出来的东西。是希求和渴望?渴求甚么?渴求承认,渴求表现?当初,他觉得自己像个新娘子,很不漂亮的新娘子,硬被别人推搡到看客如云的婚礼上。他羞于见任何人,可所有的人都只注视他。现在他看清了,原来围住他的那么多人,并不是看他,而是看谷县长。他就没有一点魅力吗?于是,只留下了疼痛,在疼痛中,这种渴求却又不知怎么涌出来了。

录音机里,那个女歌星还在唱,唱得那样献媚。关掉吧。可他不能说。说了他们又会惴惴不安。他不想接受他们的惧怕,他们怕的不是他。唱得这样献媚。他们也是献媚的样子。现在流行的新歌,不知有没有不媚俗,不轻飘,又不太紧张的?还没有对她说。说了,她会怎样想?欣喜,激起她的感情,还是又说:你得意了?也许是个荒唐的想法。唱甚么歌。为她唱歌,不像个书记。他应该像一个书记。他们应当真正把他当书记看待。

到了。车一停,小蔡就那么灵敏地跳下了车,迅速给他打开了车门。

公社的书记主任们已经迎候在车门前。

恭敬地握手,敬畏地笑着,小心地簇拥着让进会议室。整个公社大院都立刻忙乱起来了。公务员、话务员、广播员,匆匆忙忙,出出进进,沏茶,点烟,端水果。她们挺紧张,又挺兴奋。

他们,公社的头儿们也是既紧张又兴奋。他们在向他汇报甚么,带着殷勤的笑。那是拘束着、抑制着的笑,必须笑而又不敢舒展的笑,紧张地跟随着他的神色而变化的笑。紧张甚么,又兴奋甚么?重新任命完部局长之后,就该重新任命公社和县直企事业单位的头儿了。他们亦在向他求爱?

不,这一切他是熟悉的。他们一向就是这样来恭敬谷县长的。他们也是把他当作谷县长的替身来恭敬吧?他忽然忘记了控制自己。

“别谈了,先去河庙吧!”

“吴书记,稍歇歇……”

“走吧,走。”

“那好,河庙的仪式准备好咧。”

他们受了一惊。他们脸上的笑纹凝固住了。他们显得更紧张不安。是呀,他们也应该知道他已经是书记了。他也是有血性,有火气的。在县里,这一向他总是抑制着自己,谦和地对待每一个人,把当秘书的微笑现给他们看。因此,他们看不见他的存在,仍把他当老头儿的秘书看。他为甚么就不能显露出自己的一点火气呢?他好像顿悟到了甚么,有一种新奇的兴奋。

坐回小车里，他再没有说话，只阴沉着脸。公社的书记主任挤在后座上，更加小心翼翼地说着甚么，仿佛随时准备再遭受他的冷遇，甚而是训斥一番。也许就应当这样？许多人总结说：受了谷县长的训骂，你不要躲避他，越骂越要接近他，他就看重你了。他们仍然是拿对待谷县长的经验来对待他吧？原来，他仍是落在老头儿所投下的阴影里。多么巨大的阴影，任他怎么挣扎，仍然超越不了，显示不出自己来。

到了河庙村，又是他熟悉的那一套，只是比公社更忙乱一些。他更加分不清这么忙乱是恭敬他，还是恭敬老头儿。村干部并不是由他任命，当然也能由他任命。那专业户呢？专业户并不存在任命问题。请他来的专业户马占奎也分明是那么恭敬他，紧张而又兴奋地围着他转。他记得老头儿对这位专业户好像并不怎么喜爱。马占奎有点邪味儿。这两年，动不动就闯到老头儿那里来了，敢吹，能缠，更有些谁也不惧怕的劲头儿。老头儿当然不喜欢不怕他的人。他自己就喜欢这个人吗？他肯来参加马占奎捐献电影机的仪式，是喜欢这个人，还是想显示与老头儿不同？马占奎居然也这么恭敬他。不怕老头儿，居然怕他。这人难道看出他与老头儿有甚么不同来了吗？

大队院里坐了这么多的人。他们都把眼光盯住了他。他们并不看摆在桌上的电影机，仿佛是专门来看他的，他这位新书记。他不再有做新娘子一般的羞怯感，似乎也没有多少被老头儿恩赐的那种疼痛感了，只觉得那火辣辣的，不安宁的，冲撞着甚么要突奔而出的东西压到了心上。

马占奎带头鼓掌，为他，朝他。大家都响应，带着几分新奇。

请他先讲话。村干部请，公社头儿请，马占奎也请。大家更起劲地鼓掌，都伸长了脖子，仿佛终于要瞅见甚么新奇了。

他说，他末后再讲，有些故作姿态，甚而有几分冷淡。为甚么要这样？他没有去想，也似乎没有觉察到。

他们先讲话了，却总是提到他，在讲他。电影机和捐献电影机的马占奎,他们没有提几句。连马占奎也是只说他这位新书记,忘了电影机。台下的人们也依旧盯住他,依旧伸长脖子,在期待着甚么揭开。

他是常常下乡的,可他没有多来过这个村子。大学毕业,刚来报了到,就叫下乡了。下乡并不使用他学过的功课和摘录的卡片,但却很难。谁也不听他的,他总是轰不开局面,甚至会忘了给他派饭。有人告诉他:这么绵善,这么文雅,不顶事。怎么才顶事呀?像他们那样,会发火,会训人,才行吗?县干部、社干部、村干部,都会的,只有他不会。不会,就常忘了给他派饭。当然,他们忘得次数多了,也就忘不了了。他也终于明白了:吃派饭原来是一种招待。水煮的青菜,要特意多滴几点浮油。高粱玉菱面,要吃头箩的净面。队里若分死猪肉,他会十几天吃不完这恶心人的荤腥气。他们不是嫌恶心,是舍不得吃,特意留给工作同志的。连给小孩过半月蒸的那几个点了红点儿的白面馍,也要留待派饭时才端上。他没有学会发火、训人,可还是享受到了招待。他们挺有人情味。不过,招待可以招待,他们仍旧不听他的。他说的时候,他们听,很有兴致地听,听得很诚恳。可他常常白说一气:他们几乎没有理会他所说的。他不高兴吧?他们显得比他还难过:"老吴,做来,全是照你老吴说的做来!可我们的脑筋哪有你老吴好?知道老吴你是为我们好,就是做不了你说的那么好……"唉,如果他会发火,能训他们几句,大概就不会白说了。今天,是不是期待着看他学会了没有?

他真的有些不想叫他们失望,真的想亮出一点威严来,真的想改变一下自己的形象。终于轮到他讲话了,他突破了对自己的控制,也失去了自我意识。所以,他也不知道是怎样发表讲话来,他只觉得很兴奋,也很有些新鲜的滋味儿。他们似乎没有失望,巴掌拍得很响。

回到公社,他感觉挺好,似乎有些超越了这一向所感到的那种疼痛。在公社吃午饭,他没有谢绝喝酒。在这种时候,喝点酒也不错。酒力颇能增强这种良好的感觉。

"吴书记,你看马占奎这个人怎么样?"

“还不错。”

他给他们做了历史的分析，讲明像马占奎这么一个歪人，为甚么能充当开拓在前的角色。讲得富有理论色彩，不同于谷县长式的讲话。他们应该能够听出来吧？

“就是，就是。所以，我们很重视这个典型，重点扶持。吴书记，喝！”

“马占奎这家伙，是有鲜的。喝，吴书记！捐献仪式，他开了两回……”

“甚么两回？”

“一个月以前，他就开过捐献仪式咧，只是没有把县上的领导请来。这回，吴书记来参加，他又重开了一回。这家伙，是能来鲜的！”

这回，他是真的恼怒了，不可遏止地恼怒了。酒力涌上来，他几乎要奋手拍一下桌子了。那疼痛感又悄然袭来。马占奎原来是欺骗他。捐献仪式能开两回吗？可笑。他竟然可笑地来参加，还威风地讲了话。马占奎欺骗他，而他们，公社、村里的干部，竟然也敢欺骗他，那么恭敬地陪他来参加这可笑的把戏。换了谷县长，他们敢吗？他们知道他不会发火，训人。他就是发火，他们也不会真正怕他。

回去的路上，他是真正阴沉着脸了。司机没有再开录音机。他也再没有想到为她学支新歌的事。他只是想到谷县长也是曾经有过这种情形的，做可笑的事，扮演可笑的角色，只是没有人敢捅破。那年人工降雨，老头儿亲自指挥，开了一夜的炮，降了很可观的雨。虽然，周围邻县没有打炮，也照样降了雨，整个北方都降了雨，但大家还是为老头儿庆了功，没有人捅破。他们却敢给他捅破。他们是像对待老头儿那么对待他、惧怕他呢，还是不怕他，敢耍弄他？他们不知道他正在安排公社的班子？他总是落在那巨大的黑影里，任他怎么挣扎。

六

他踏进县委大院，碰见的所有干部，仍然是那样恭敬地对待他。先站住，跟着就笑，笑得挺拘谨。瞅住他，又不敢狠瞅他，有几分惧怕他。现在还怕他做甚？也许心里已经不怕他了。他想再发发火，对每一个人。可他却对他们都笑了笑，像讨好似的，不知为甚么。

走进县委大楼，那种阴凉感是那么强烈，仿佛刚发现。也许，今年夏天太热。由他盖起的这座大楼，也似乎忽然堂皇得多了。他费了多大的劲，他因此受了通报。他们很快发现了他，仍旧那样紧张起来，忙乱起来。也许是吴能布置过的，表面文章。他尽量迈着往日的那种步子，有一定格式的步子。已经用不着他们来侍候了。他们不会看出他有些狼狈吧？

常委会议室，那是全楼最高级的房间。他是叫他们仿照省里宾馆的规格装修、布置的。出来的时候，他还火气很盛。他想进常委会议室的时候，一脚把门踢开。他还想，从今往后，他要天天坐到常委会议室里。还有公社书记主任要任命。吴能知道公社一级的领导有多么重要吗？丢了这一级，看他怎么当书记。常委会议室，就在眼前了，他却不由犹豫起来：进不进去？过去，有甚么曾叫他犹豫过呢？上下都说，他是个敢作敢为的人。

他推门进去了。熟悉的房间里坐着一帮生人。当然，他把他们吓了一跳，能看出来。

“能听听你们的会吧？”

“欢迎！”

“盼你来哩。”

“怕请不动你呢。”

都会说话。吴能没有说甚，瞅住了他，又不敢狠瞅，好像怕他。样儿可可怜怜的，却不听他的。会装。他坐了下来。

“谷县长，坐前头！”

“坐前头。”

“你坐那，我们往哪坐呀？”

他没有想，就坐到了这里：过去列席人员坐的地方。是呀，他没有想就坐到了这里，而吴能正坐在他一向坐着的那个位置上。并没有规定过，可过去谁也不往那里坐。

"开你们的，甭管我。"

他们又来让，过来拉扯，他没有动。他只发现吴能没有来让他。

"开你们的会，接住开你们的会。"

谁向他介绍了正开着甚么会：讨论甚么改革方案。不是研究人事问题？是不是立刻换了议题？不像的。没有看见吴能使跟色，介绍的那人很自然，很殷勤，很恭敬。也许早有准备。

"好，好，接住开吧。"

接住说话的是谁呢？去过他家里，装着感谢他，不止去过一回，没有记住是谁。说得挺上劲，分明在说给他听。吴能为甚么不说。改革，就是改革他哩。这么多年，大事小事，都是他定的，都是他在催撵、训骂、发火陪伴下干成的。想怎么改革他，由他们吧。他觉得火气又旺盛了。

他们也抽烟，会议室里也仍然是烟雾腾腾的。没有增添甚么时新东西，还是他置下的那点家业。他挣来的几面锦旗也仍然挂在墙上。他们为甚么不撕了呀？那个套间，冬温夏凉，他是常常在那里歇晌、过夜的。小玲玲也爱在这里睡，她不傻。她要这里的电话，也会拿腔拿调。甚么事，包括人事问题，都是在这里决定的。

又是谁在发言。吴能躲闪着不说话。是拿架子，还是躲避他？他就是等着吴能发言，看他在他面前怎么逞威。不用装那可怜的样子。不用瞅他，他不走哩。他天天要坐到这里。他能当顾问吧？吴能顾不上来问他，他能顾得上来盯他。他早该来了。他来得太晚了。不怕。他坐在这里，吴能挑下这些人，又能怎样！他们都嫩哩，看他们那不舒展，不自在，不气派，不踏实的样子吧。他就是躺倒，也比他们站着高。看吴能怎么说话。

吴能怎么还不说话？他忽然意识到自己是又在等待，等待得这样艰难，这样吃力。他不能等下去了。一种不可名状的难受又涌过来了，要犯甚么病。他检查过好几回了，大夫都说没有甚么病。血压没问题，心脏没问题，尿也没有问题。可他已经犯过几次了，忽然难受起来，难受得不可言状，只觉得有甚么要倾倒下来，他无力撑住，被一种惶恐、吓怕所抓摄住，像有时做梦所感觉到的那样。当然不是做梦。而他们却说没有病。他们不再认真给他检查身体了，应付一下了事。这一次，分明比前几次都来得突然，来得厉害。身上的力气、火气、活气、灵气，正在脱离开他，飞散而去。是哩，他还发甚么火。发火的力气也没有了。油料不多了，该节省点才是。多么难受，多么无力，不会跌倒吧？不会从此跌倒就再爬不起来吧？拉倒吧，吴能，咱拉倒吧。不管你娃了，不生你娃的气了。他毕竟拉扯了吴能一场，毕竟当亲子孙待他。吴能总还是个好娃。孝敬不孝敬他，他不在乎了。就是亲生子孙，现在也还不时新孝敬娘老子哩。

不听他们的会了。想说甚么，就由他们去说吧。说甚么都行。他顾不上管了，不在乎了。难受得撑不住了，必须集中力量来撑住。他们怎么看不出来他犯病了？吴能正在瞅他，却没有反应。他自己走吧，不知能不能动。心脏犯了病，一动就完了。这是吴能说的。吴能会过来扶他吗？吴能过来扶他，就说明不是心脏犯病。天旋地转，他轻得要飘动起来了。他觉得吴能是那么可亲。他多么盼望吴能过来扶一扶他。

他还能不能说出话来？恐怕没有说话的力气了。

"你们开会。要解放开思想，放开胆子改革。好，你们开会，好好开。"

唔，他还有些力气说话。他试着站起来，也还可以，没出事，没跌倒，还是那么个难受法。不是心脏犯病就好。他试着迈了一步，也行。他小心地试着，一步一步走出常委会议室，走过凉阴的楼道，下了楼梯，走过前厅，走出大楼。他高兴起来，觉得好一些了。看来，又顶住、撑住、抗过去了。好家伙，几乎跌倒爬不起来了。真有点后怕。一定有甚么病了，不是普通的病，是关乎性命的病。不能再大意了。甚么都得丢开，甚么也不必再去管了，得专心来管自己的性命。

太阳很毒，很晃眼。树是绿的，天是蓝的，云是白的，花池里五颜六色。大楼是四层，路面是水泥铺成，汽车喇叭滴滴响，自行车有两个轱辘，现在是夏天，过几天要立秋。都能感觉到，意识还正常。只是觉得仍虚弱。想寻个荫凉地方坐一坐。不能这么虚弱地坐在这大院里叫他们看，挣扎回家吧。刚才，吴能他们看出他这虚弱不堪的样儿来了吧？他没有顾上注意，只注意自己的性命。也许他硬撑着，他们没有看出来。

门房的老头儿也没有看出甚么来，照旧很恭敬地过来招呼他："谷县长，上街呀？天热哩，嘿嘿。"

大街上太热闹。他不必管人家了。县政府斜对门，开了个小酒店，大概是个体户。不雅观吧。也有录音机在唱，喘气的女人在唱。不要管它了。他也犯过两回错误。一个愿意，一个说不怕。晌午，他又喝酒来。是不是喝得多了？这回犯病，很可能就是因为晌午喝多了酒。不能再喝酒了，关乎性命的事。

差点儿叫车子撞住。眼窝瞎了！骑车人认出了他，吓坏了似的。好像是文化馆的干部，记不清了。还能认出他来，走吧，注意点。还想说甚么？毕恭毕敬的，吞吞吐吐的。想当馆长吧？去找吴能。他不管了。谁也不管了。他连酒也要戒了。走吧，骑上车走吧，别光想当馆长，再撞倒人。

该到马路边的人行道上走。这里有荫凉。人行道叫知青店和个体户占了不少，他们也会找荫凉。他不反对他们，不反对改革。他挑了吴能，费了多大的劲把他推上去了。大学生，四十来岁，正合潮流。他不想拦挡潮流。劈山改河造平原，他白辛苦了一气。他只想保持晚节。晚节，性命，死。真快死了吗？寿数还不够。过了六十，在农村就得准备好寿板了，他还没有想过。爬山、熬夜，都还行。酒量也没减。过去忙，没有空闲注意自己的生命，现在退下来，有空闲守着性命，才知道它已经快不行了。几十年，一个县，几千名干部，几十万人哩，他就是一座大山吧，也被掏空了，就是一座水库，也被抽干了。不会没有甚么病，他们没有好好给他查。他不反对改革，他从没有反对过哪次运动。造反派逼他承认反对这反对那，斗他、打他、禁闭他，他都没有承认。

口有些渴了。虚汗出得太多吧。在常委会议室，他没有顾上喝一口水。也许喝口茶水，就不会犯病的。他们给他倒水来，他没有喝。他对他们说，支持解放，支持改革。这话，不是原来想说的。可不知怎么就说了。一犯病，就说出来了。说了也好，早应该这么说。吴能是他挑的人。吴能任命的干部，他也支持。吴能搞改革，他更支持。他挑了这娃，就是叫他改革哩。现在，他甚么都支持，甚么都是他支持的，从吴能到这批新干部，从人事安排到这满街的个体地摊，都是他支持的。他们只要能这样想，这样看，他就保住晚节了。

满街的人，五颜六色。他们不会忘记他吧？他仍觉得有些虚弱。

七

这是一件大花的短袖汗衫，黑红两色，奔放地交织着，样式也很新奇。太花哨了吧？她结婚的时候，也没有穿过这么花哨的衫子。现在，怎么能穿？他说过，中年妇女不可穿得太素。不过是说说罢了，就是艳点，也不能艳到这种程度。她不是农村妇女，不能有了钱，就乱往身上堆时新。而且，她现在是他们注目的女人了。

唔，还可以，她穿到身上还可以，不素，但也并不艳。黑与红相间，好像安静得多了，那原来奔放，甚而有些热烈的图案，分明变得含蓄、典雅起来。新奇的样式，也忽然变得简洁了。它庄重地隐退成底色，只显出她来。是的，她被衬托出来，显得那么不同寻常。她更白了些，更苗条了些，还多了几分妩媚，多了几分高贵，自然，安静，仿佛还把几分风采故意隐藏了去，那流溢出来的几分似乎也漫不经心。

“怎么样，这件汗衫怎么样？”

“还可以。”

他没有说很好。其实，应该说很好。不是这件新衣好，是她好。她的确不一样了。她是因为他的缘故，才买了这件新汗衫的？她记得他说过的那句话：中年妇女不适穿得太素静。她同意了，采纳了，实行了，实行得令他出乎意料地满意。

“走,咱们去散散步吧。”

“你不是说,要去开会?”

“不管它,走吧。”

她一笑。他已经有多久没有跟她散步啦?当上书记,仿佛是昨天的事,可没有再同她去散步,再没有丢开一切跟她温存。太忙了,也许有些适应了。当书记,当县里的书记,可能真的难以浪漫。他没有见过哪位书记县长,更不用说谷县长了,曾经带老婆出去散步。不过,他要与他们不同,要与谷县长不同。

“就穿这件新的?”

“就穿这。”

她嘱咐了女儿们几句,走出来了。还不算晚,天气还很明亮,她和她的新衣,分明更明丽了一些。她挨他很近,合着他的脚步,跟他低声说着甚么,显然有几分兴奋。

碰见几个人,跟他和她打招呼,很恭敬的。他简单答应了几声,几乎没有停步。

“你行了,蛮像那么回事了。”

她悄悄说。是俏皮话吧?

“还不是原来那样。”

“注意影响。”

或许,县上的干部们,也会学他这样,引着夫人出来散步。他被忽然跳出的这个想法,弄笑了。

“你笑甚么?”

他不能告诉她。但觉得,很可能会发生这样的影响,虽然有些像农村妇女乱往身上堆时新。

他感觉心情好得多了。他还没有从谷县长的黑影里冲出来,不过他相信能冲出来。所以,他很想把那个想法,为她学一首新歌,唱一首新歌的想法，告诉她。她会兴奋的，也许不会相信。但等他唱了那歌，她就更会高兴了。他忙，但总可以抽空学学。办公累了，就可以跟着录音机哼一哼。不怕，他们都照着他学，有甚么不好。带文明色彩，这才是他的影响，不过，等一会儿再告诉她。

大街上，风爽快得多了。西头，有云霞的光彩。街面上比往日似乎显得热闹一些。可以考虑搞搞夜市。

“不去灯光球场啦？”

“算了，就在街上走走吧！”

“不怕打扰？”她笑笑。

“灯光球场，也受打扰。”

不必再躲到灯光球场去了。并不是谈恋爱，是正当的，高雅的、舒展的举动。他要显出他与他们的不同来。今天，她显得也有些与众不同。应当与众不同。

“你行了，你像那么回事了，还不承认。”

行甚么，还是人家的替身，还站在人家的黑影里。这话，他没有说出来。他要冲出那黑影，要显出他自己的模样来。他已经对几位常委说过，不要提谷县长，说出自己的主见！他的口气有些严厉。他对几位部局长，似乎更不客气：总提谷县长，那你们不去找谷县长，来见我做甚？对来求他想当公社书记主任和企事业头儿的那些人，他就更忍不住要发火，当然不是训他们，是他们触到了他那疼痛处。感到疼痛，就吼叫了出来。越那么忍着，他们越看他不起。

“呀，是吴书记！嘿嘿，吃了吧？”

一个人慌忙从车子上跳了下来，恭敬地站在了他们旁边。

“吴书记，能跟你说两句话吗？就两句。”

“等一会儿吧！”

“行行，嘿嘿。”

他没有停步，仍挨着她悠然走去。

"他是谁?"她问。

"好像是甚么厂的干部,想当厂长吧。"

"这样合适吗?"

"这事没完。"

"也是。可你态度应该随和点,注意影响。"

他够和善了。给了谷县长,会说:不叫人活咧?

"不要像谷县长那么厉害,那么叫人害怕。我们的站长说,他一见谷县长就发慌。天上没有积雨云,也骂他……"

她不知道,他们并不怕他,一点也不怕他。他们仍然是只怕谷县长。居然敢叫他去参加那可笑的第二回仪式。

"你看,人家在那里等你呢。"

她回头望望。他也回头望了望。是,那人在县委大门旁,支起了自行车,蹲在那里抽烟。是为了当厂长。

"走吧。你从哪买来的这件汗衫?"

"托人捎来的。"

"没有捎件裙子?"

"这里,中年妇女没多少人穿。"

"你可以穿。"

"我也不太适合穿。身材。"

"你不胖嘛。"

"你不懂。"

她还很会打扮自己。穿了一件新衣,人就显得不同了。可他当了书记,仍然显不出自己来。告诉她吧,他想为她学首歌儿。她是个体面的妻子。只是他太软弱了。

又是谁跳下了车:"呀,吴书记,呵呵。这是去哪儿呀?不坐车?"

"唔。"

"吴书记,能跟你告诉几句吧?不多说,就几句……"

“等一会儿。”

“就告诉几句,很简单……”

这人仍跟着他们走。不叫人活啦？他不能这么朝他吼。

“没听见吗？等一会儿!”

“没几句话。吴书记,你看,我是……”

“别说了,你的事,我知道! 回去吧,别说了。”

“那我等一会儿,吴书记,我等一会儿。”

看看,不来点硬的,行吗？

“这又是谁？又是想当厂长的？”

“是想当所长。”

“也是。可你够厉害呢。”

他不够厉害。不过,今晚他的心情还好。她很叫他高兴,很适合他现在的身份。她与他们的老婆不同。还会被谁拦住干扰吗？会的。他们都在加紧活动。决定命运的事嘛。他不可能躲得开。在机关,在家里,在灯光球场,在乡下,在地委开会,都会有许多人来拦住见他。他们的任命,都要集中到他这里来决定。他做的就是这营生。他决定了他们的命运,他们却不怕他。老头儿还闯了一回常委会,想坐镇吗？他已经决定了,今晚要同几位常委、组织部长、人事局长研究人事,研究许多人的命运。可以叫他们等一会儿,多等一会儿。派人来叫他,他也要说:等一会儿。

“我看,你并不适合干这种工作。我们这些人,都不很适合。”

“怎么,太软弱吗？”

“不是软弱,是不像,甚么也有些不像。”

“不像甚么？”

她只笑笑,又是那种俏皮的笑。不像甚么？不像个书记？窝曲了多少年,简直像冬眠似的,忽然醒来,已经不年轻了,可胆子还是这么小,心理还是这么稚嫩。他这样稚嫩,当然不会有人怕他。在他们眼中,他永远只是谷县长的替身。

“呀，吴书记！半天没找见你，不想在这里碰见咧，呵呵，想汇报点事，很简单……”

“等一会儿！”

“那好。在办公室等吧？”

想等就等吧。他总觉得他并不应当做秘书，做谷县长的秘书。总是迷迷瞪瞪的，叫他怎样就怎样。他没有指望当书记。书记，要决定多少人的命运！几千名干部的安排，几百个职务的任命。最重要的任命，都是他做出的，他为甚么还冲不出那黑影？

“回吧？”

“再走走。”

叫他们再等一会儿。他要行动，要表态，找一个机会，把谷县长也请来，不交锋不行。那次在常委会议上，他几乎要冲出来交锋了，可老头儿走了。老头儿仍然把他当子孙看待，罩在他那黑影里，他受不了。老头儿想起他是大学生，知识分子，他自己也想起自己来了。

他们为甚么还不来叫他？老头儿去了吗？他得去。他得参加研究，他得做出决定。还有那么多干部要任命！

“那就回吧？”

“由你。”

“我得开会去了。”

“去吧。”

他觉得有些对不住她。没有跟她谈点他们之间的事。还有，没有对她说那个想法：学首歌儿，唱给她听。没有时间。她没有抱怨甚么：由你。等以后吧，等他冲过去，冲出来。

八

还是没有检查出甚么病来。

他忍不住想朝这位女大夫发发火，他忍住了。她有海外关系，过去没有重用她。她不愿意给他认真检查，他对吴能那么好，在“文革”时候，就重用了他，可他还是踢开了他。他对吴能没有意见。他不去多管了。他只一心来守自己的性命。

“回去叫你们的院长来。”

“好吧。”

等院长来。不生这位女大夫的气，谁的气也不生。酒也戒了，已有几天没有沾它。一切事都撒手丢开了。不管刚下台的来吵嚷，还是刚上台的来讨好，他都打发他们去见吴能。明白对他们说：他支持吴能，支持解放，支持改革。他们以为是气话，不是的。他的确感觉很不好。身上无力、不知哪儿难受，大概哪儿都难受，只觉得体内的火力劲儿在慢慢消退、变冷，他很害怕。往年顾不上注意，它大概早潜伏下了。

院长会不会来呢？往日，只要是他有病，院长准来。今日却打发了这个女大夫来。叫他们火葬，还是土葬？土葬是旧俗，火葬是改革，还是火葬吧。又想这，坏啦。还应该见见那位刘玉莲吗？不见了，她已经没有看头了，他也没有看头了。那两个女娃，更不能见，那是他犯的错误，没有人追究，就这样吧。老伴呢？她身体还好，几乎不显老。有娃们管她。吴能总不会苛待她吧？还有下了台的那些干部，他管不了啦。

院长还不来？不会来了。有人来了，是院长吗？是他。他还真来了，进门一头汗，仍然很恭敬的样子。

“你给我检查检查！”

“温大夫说……”

“叫你检查！”

“行。”

他态度又不好，赶忙笑了笑。院长皱住眉，绷住脸，查了半天，一言不发。

“谷县长，没事，我看没事，跟温大夫看法一致。她是拔尖的大夫……”

扯淡，他也没有认真检查。

“当然，谷县长，你多年劳累，去疗养疗养，也好。”

疗养？说明还是有病。

“谷县长，想去，我可以给你联系个地方，环境不错，是风景区。我有个叔叔在那里当书记。”

“先说有病没病吧！”

“没事，谷县长。我们看没问题。”

“没病，疗养做甚！”

“没病，也可以疗养。疗养，就是休养。劳累多年，应该休养。”

“扯淡！”

“当然，我们水平不行。不过，温大夫还可以，区里经常请她去会诊。”

“你们怎么不请人来给我会诊？应付谁哩？扯淡！”

“可以请人来会诊，呵呵。”

“算咧，拉倒吧！”

“谷县长，你不要多心，没事。可以开点药。其实，没事。你身体好着哩。”

“扯淡，没病疗养他娘脚后跟呀？”

“呵呵，谷县长，可以会诊，还可陪你到外地大医院检查。你甭多心。”

“没病，会诊甚？去大医院做甚？砍他娘的脚后跟！”

院长不再说话了，脸上笑纹儿僵成哭纹儿一般。可怜地瞅住他。他猛然意识到自己又在发火了。同时也意识到，在这一小会儿里，在这发火的一小会儿里，他身上不那么难受了，仿佛又有了力气，又有了火力劲儿，性命又热起来、活起来似的。真的没甚么事吗？不会。这会儿，难受劲儿又感觉到了。顾不上注意，当然就感觉不着。挂了花，当下也觉不着疼和怕。

“咱态度不好，你知道。”

“我当院长是不合适，谷县长。你想换，就换旁人当吧……”

原来，他是为了还想当院长来的？难怪查不出病来，心思不在这里。难怪要走后门送他去疗养，另有用意哩。他的院长也当不成咧？换谁当呀？不管了，他不管这些了。

“当不当院长，去问吴能，我不管事了，你知道。”

“当然，当然。谷县长，没事。去疗养，我给你联系。不用多心，没事。”

不会没事。他把一切丢开，不再发火，就能感觉到自己的性命有问题了。夜里，静静地躺着，心跳都能听见，跳得那么吃力，就像火苗一点一点地在变小，变暗。骨头也像在一点一点发僵、变硬，精神气儿一点一点在飞走。不对头。他们不是没有认真检查，大概是检查出来了，不肯告他，瞒着他哩。好几次检查，他们都是一言不发，皱住眉，绷住脸。院长为甚么叫他去疗养，去有风景地方疗养？还有，老伴为甚么总问他：给你吃甚，你想吃甚？她心事重重，跟过去不同。对了，吴能为甚么敢这样安排班子，敢不听他的话？吴能也早知道了，知道他得的是甚么病。

他们都知道，就是瞒着他。他又专心来注意了一会儿自己的性命，的确很不好。他不由陡然紧张起来了。为甚么不早告他？怕他吓软瘫了吗？他不是那样的软蛋。不过，也够呛。也许，没有甚么事，他胡屌想哩。

他注意观察老伴。不好，她就是心事很重。她的脸就不肯看他。多年来，她好看他吃饭、喝酒，看他跟下级说话。现在总扭转脸去。她还是问他：给你吃甚，你想吃甚，想吃甚就给你做甚，可她要知道了，总该哭两眼吧？没见她眼红眼肿。她忍着哩，当年她自己斗自己，忍着蹶了三个半钟头。坏啦。他只觉得紧张，只觉得吓怕，只觉得虚软。他们告了他真实情况，也真够他呛。

得请好大夫给他会诊，得去外地的大医院检查。得快，得赶紧。性命关天，是他自己的性命，恐怕已经晚了，他感觉很不好。是的，告了他真实病情，他是会软瘫了的。乘着还没有软瘫，他要赶紧去游一回西湖。

突然跳出来的这个念头，唤回了他的一点精神气儿。他能去得了吗？

他会死在火车上，死在西湖吗？坐飞机去，他要坐飞机去。他这辈子还没有坐过飞机，也没有看风景。天下风景数西湖，早就听说了，到快死了还没去逛过。得去，死也得去。坐飞机去。杭州他有熟人。他当粮秣委员，二牛当文书。人家南下走了，他爹死活不叫他走。人家到了杭州，他却快死啦。当然，二牛也退下来了。死了，就叫二牛把他在西湖烧了。五黄六月，不好运回来土葬。领导人都是火葬，他也火葬。要在全县推广火葬。他不管这些事了，赶紧去游一回西湖。

他想了好几天。好几天就只想这一件事。有这件事想，他觉得自己有些想开了。他不软瘫在家里等死，也挺悲壮，像一个领导了全县几十年的强硬人。要不要带个人呢？不用，他自己去，死在哪里算哪里。一辈子强硬，死也要死得强硬。

这种悲壮感，更提起了他的精神气儿。要去，就得赶紧去。

“给我收拾收拾，我要出门！”

“去哪？”

“出远门。”

“大伏天，要去哪？”

“去游西湖！”

“大伏天，去寻死呀！”

死。她说了一声死，不再理他了。是真怕他死在外头，臭在大伏天，还是不信他会去游西湖，会做出这么悲壮的决定：死也要去游西湖！他就这样决定了。他是一个敢作敢为的人。

“收拾收拾，我真要去！听见咧吧，真要去！”

“去做甚？去寻死？”

“给我收拾！”

“你去，我也去！”

“你去做甚？”

“你去做甚？”

他要去死,她也要去死?她去做甚,陪伴他,侍候他,发送他,装殓他?不用她。他要自己去。他对她不满意,不称心,他难以把她带出去?不是,他不想连累她。她没有出过门,她是一个家庭妇女,到那时除了哭,甚么也做不了。他自己去,独个一人更壮烈。

"给我收拾!"

"收拾甚?"

"没听见?我要出门!"

"我不管,你收拾!"

她还是不相信。好啦,等他真走了,她就相信了,哭也赶不上了。好收拾,挑几件衣裳,带上粮票钱,就行了。还有甚么事要交代?早交代清了。还有甚么人要见见?他们都不需要他了。没有他的事了。连假也不用请。家里,也没有甚么财产要传子孙。儿女也用不着给他们分家,都有各人的家。

得见一见吴能。不是请他派人,不是问他西湖该怎么游,更不是最后训他一次。见他做甚?不见他,抬脚就走,永远也再不见他了。他从此就无影无踪了。火葬,冒成一股烟,留下一把灰,甚么也没有了。总得再见一见吴能。他毕竟把他当亲子孙似的看待。孝顺不孝顺吧,总是心爱了他一场。他自家的亲子孙也没有这么疼爱过,十几年,天天跟在身边,最后给了他个书记当!见了面,他不会训他,还要说几句支持的话。他总想寻个机会,公开表个态,支持吴能。没有机会啦,他得赶紧走。他们说,吴能到地委开会去了。等不等他回来呢?他不能等待了,最害怕等待。

只有他们,还是来缠他。看他们出息吧,常委当不成,部局长也行;部局长当不成,厂长所长也行。司务长当不当呢?还是给他们安排安排吧。还得等吴能回来。

他没有等吴能回来,他无法忍受那一份等待,他真的上路了。

要了一辆小汽车上车站。临出门,老伴还是没有哭两眼。

他说:走咧,游西湖走啦。她仍然不相信,她大概还是以为他要去下乡，要去出门开会，或是去给谁活动官儿当。她只是说：“出去跑跑，你就舒坦哩，不会享福的命！”憨女人，真是甚也不知道。

到车站的路上，他忽然感觉到居然没有人来送他。再忙着活动，也总该来送送他吧？拉扯了他们几十年，居然不来送送他！当然，他没有对他们说。可他们应该知道，也能知道。往日，他们是那么会猜测、揣摸他的心事，一猜就中。现在，都顾不上猜了。几分恼怒，几分凄凉，已盖住了那一份悲壮感。

“谷县长，去哪？咋不坐小车去？”

“去游西湖。”

“谷县长，还保密哩。”

司机也不相信。不相信他会死，还是不相信他会去游西湖？谁也不相信他了。

下了汽车，买下火车票，等候火车来，这中间仍然没有谁赶来。他不是在等火车，还是等谁来。到了这个时候了，他还是等待，又陷入了等待。

已经吆喝检票了，火车就快到了，走吧，再没有甚么可等待的了。他忽然觉得不应该走，走得很荒唐，仿佛有甚么拽住了他，丢舍不下。

“谷县长！你这是去哪？”

爷，是吴能赶来了。吴能怎么会知道，怎么会赶来！难道他就是在等待吴能吗？

“我刚从地委回来，就听办公室说，你要出门；赶到家，说你刚走。要去哪？叫小车去送你嘛……”

“不去哪，坐火车也不赖。”

他想把一切都告诉吴能，把一切都托付给这个后生，可他没有说。他从来没有说过这么难以表达的、这么疙疙瘩瘩的、这么牵肠挂肚的、这么包容太多的话。他不知怎样说，他只想到了讲话稿。吴能给他写过多少讲话稿呀，可似乎只有这一次才是这样需要一个讲话稿。

“谷县长，真是要去杭州吗？”

“不一定,没准去哪。”

吴能也不相信。连他自己现在也不相信他真会去游西湖。可吴能竟没有挽留他。吴能只是有几分惊奇,有几分怀疑,当然还有几分旧日的那种恭敬。

走了。他扭身走了,进了站,上了车,吴能送进站来,但终于没有挽留他。只疑疑惑惑地望着他。

火车吼了声,就开走了。车厢里都是陌生的人。车窗外都是他熟悉的、几十年已经贴热了的世界。它在飞快地掠过,奔过来,又跑走了,不知是有情,还是无情。他真的再也见不着它了吗?吴能没拉住他,老伴也没有拉他,医院院长也没有来劝阻他。他们真的都同意他去送死?也许他真的没有甚么病。他可以放心地去游一回西湖了。他不再有甚么不适的感觉。却也没有兴奋,没有轻松之感。西湖会有甚么看头,车窗外掠过的世界才是天下最叫他动心的风景。可它那么热烈地奔过来,又那么匆忙地掉头就跑掉,不知是有情,还是无情。

他默默而又木然地坐在周围那陌生人中间,不知甚么时候,车窗外已是一片陌生的世界了。

九

没有跟他交锋,不跟他交锋,他一直惧怕着而又隐隐渴求着的,总在躲避着,推迟着却又跃跃欲试着的那一场,或许是一场接一场的交锋,终于没有实现。老头儿走了,忽然走了。

听说老头儿要出门,他闪出的第一个意念就是:老头儿终于要出马了。是去地委,还是省委?也许还是由于那惧怕,他是那么不假思索,立即慌慌失失地追去。追到谷县长家,家里说:“走咧!”

“几点走的?”

“刚走。”

“去哪啦?”

“谁知道。谁叫你不早来！我们家里养上老虎咧,不敢来?”

“早想来,早该来,实在忙。”

“哄旁人去吧,我们又不是没见过当书记县长的……”

“谷县长去哪啦,总留下句话吧?”

“游西湖去咧。”

“我有正经事……”

“不信拉倒。我们都不正经,你寻你的正经人去!”

游西湖,这简直像是个谜语。这时,他闪出的意念是:老头儿是叫他气走了?他把老头儿气走了:虽然他是那么想摆脱老头儿的影响,那么想冲出老头儿投下的黑影,可是这一刻,他还是感到了一种负疚,像父子情感中的那种负疚。

他急忙要了一辆车,向车站奔去。因为小车来得不够迅速,他发了火,训了管车的干部,而且对这一顿发火,自己几乎没有意识到。

到底追上了,老头儿正要检票进站。去杭州,游西湖,那是梦话一般,是挖苦、讥笑他的甚么举止吧?挖苦他和她散步?他这样慌慌失失地追来,老头儿一定会给他一个更受不了的难堪。他准备着承受这难堪,完全像以往那样,木着神经准备承受,一点也没有想怎么顶挡,更不用说交锋了。酝酿了那么久的交锋,在这一刻忽然退后去了。

没有给他甚么难堪,甚至几乎没有说几句话,老头儿匆匆进站上车,走了。神秘地走了。

老头儿走后最初的那几天中,他只被一个疑问所抓住:为什么不跟他交锋?老头儿是绝不可能惧怕他的,倒是他仍然惧怕老头儿。虽然做了那么多的努力,积聚了那么多的力量,那么疼痛的挣扎,可只要一面对着老头儿,他就慌乱了。是老头儿往昔的强大,还是那父子一般的感情?应该是他自己害怕对阵,害怕交锋。可老头儿忽然走了,打听不出到了哪儿。真是去杭州旅游去了?不可能。在这个时候,任命干部的时候,老头儿怎么会去旅游。第一批公社书记和重要厂矿的头儿,他也要公布了。老头儿还是那么自信?也许走得很高明。用那多年铸成的、无处不在的影响,将他罩住,然后走开了。任谁也无法将它收走。最重要的是,他是由老头儿挑出来的、推上台的人,人们谁都知道。他挣扎也好、冲撞也好,老头儿毫不在意,他等于没有挣扎。没有冲撞。他不能不感到可怕。那么吃力地憋足了一股劲,正要冲过去,却忽然失去了目标。

这种狼狈感,不可遏止地在他心里激起了一种近于暴烈的冲动。只要一伸手,就把它抓住了,抓牢了。人人都害怕它,其实都喜欢它,因为喜欢而又抓不到它,才说它不好。他不敢点明它是甚么,可他知道它,在这些年中,他并不总是迷迷瞪瞪的。在老头儿那里,他认识了它。他不想认识它,还是熟悉了。现在,他躲不开它了。

研究完新的一批的任命,又是很晚了。回来,她又已睡去,没有等他。

他推醒了她。她的反应已不那么灵敏,摇了几摇,她才醒来。

"唔,回来啦,才回来。睡吧,快睡吧。"

她没有闪身坐起来。

"出来,坐一会儿。"

"睡吧,太累了。天也才凉快下来,刚刚睡着。"

她仍没有离开床铺。已经没有兴趣啦?

"稍坐一会儿,好吗?"

他觉得自己似乎也没有多少兴趣,只是大脑还兴奋着,别一种兴奋。

她还是起来了,走出里间,坐到那里,打了一个哈欠。

"又怎么了?"

她问得漫不经心。她难道已经看出来了:他叫醒她,只是因为他自己兴奋,那与她无关的兴奋?她会这样敏锐?

他紧挨她坐下。想了一下,觉得应该搂住她,就伸手搂住她了。

"饿吗?"

"不饿。"

“累吧？”

“当然。”

他实在也并不觉得累，只是那兴奋还退不下去。

“开会，还是研究人事？”

“是的。”

“我都烦了。走到哪，都有人问这。”

“我也烦。”

他并不觉得烦。他好像有些迟钝，直到现在才仿佛意识到这是决定人的命运，那么多人的命运。一句话，甚至一两个字，就决定了。可也有一种刺激，一种快活，一种火辣的兴味，悄悄涌来，不想将它驱走。虽然，人们还在以为他的决定，不过是谷县长的意志，可这一份感觉，他是真实地得到了。

“你在想甚么？”

“别问。”

他不应该想这些。她的身体仍有一种甜丝丝的凉意。他应该搂得更紧些。

“冷吗？”

“不冷。”

她为甚么不说点温存的话？她的头发很蓬松，还有一种新的香味儿。

她说：“谷县长真是去杭州了吗？”

“不知道。”

“老头儿也想开了，去旅游。”

“咱们甚么时候也去旅游！”

“咱们？”

她笑了笑。笑这是说梦话。

他们为甚么就不可能？老头儿才不可能，他知道的。跟了老头儿这许多年，甚么都知道。瘦瘦的，长着两颗并不雅观的大门牙。很厉害，很有能力,很有经验,很有气魄。可没有任何风度,也没有口才,不讲文明礼貌。没有爱好。只喜爱喝酒。不爱看电影,更不听唱歌,甚至欣赏不了相声。他听相声,老头儿会问他为甚么总笑。老头儿也不爱笑。也不爱见花。机关院里多年只叫种菜,南瓜豆角西红柿。他一再说,地委院里不是也有花圃吗?老头儿才叫种花了,还说,种能做药材的花。他给老头儿办公室里也摆了几盆花,老头儿训了他个灰。他说,放几盆花,才像个领导人办公的地方,老头儿才罢了。除了开会,老头儿也不爱出门。最大的城市,去过省城,最远的旅行,就是去参观大寨……是人的一生啊。

他不由将她搂得更紧。

"你怎么了?"

"别问。"

一阵酸楚涌来,他忽然看见了老头儿,仿佛更瘦了,也矮了,神情木然,行动迟缓,提着帆布旅行包。见他来了。见他问话,分明有点躲躲藏藏。很快,进了站,上了车,走了。绝不像是去杭州,去旅游。像去做甚么?像他在火车上碰见过的那些上五台去拜佛的农村人,像是到大地方的大医院去看病的乡下人。当时,他为甚么没有注意到?当时,老头儿的确是这样的。有一天,他也会变成这样吗?

他不是惧怕它,是想得到它。他疼痛地挣扎,是想伸手抓住它。他想独占它,它也会独占他。它也会叫他对甚么都不觉兴趣,对甚么都不喜爱,它对他的刺激和快感也会超过一切的。

"静,你为甚么不说说话?"

"你不让说。"

"说吧!"

"说甚么?快睡吧。"

"不,说说话,说吧!"

"我困了,快睡吧。"

她身上甜丝丝的凉意传给了他,她蓬松的头发上分明是一股新的香味。买了新的洗发膏？他不知道。他对她知道的还是太少。他和她，叫不叫爱情？还没有去追求，去开掘。没有时间去散步，没有精力来这样偎着她，唱歌的事已经忘记了。对她，还不及对它知道得多，她还不及它在他心里翻起了这样的激情，疼痛和渴求，胆怯和欲望，骚动和快感。它已经在独占他了。可怕的磁场。他已经变成一块磁铁了吗？

他正在重新任命所有的干部，他正在决定那么多人的命运。他再软弱，再迟钝，这其中所荡起的那一种激情，也是会把他俘去的，也是会把他的爱好，他喜欢的花，他想学的歌，想听的相声，想要重新追求的爱情，暴烈地挤走的。他会变成老头儿。他就是老头儿。

“静，我告你一件事。”

“甚么事？”

“我想学首歌儿。”

“不是说梦话吧？”

“真的。”

“当书记，还学歌儿，知识化的书记！想在哪唱，开三干会的时候，给大家露一手，现代化的书记……”

她笑了起来，笑得那么开心。他不由得有几分恼怒。但他很快意识到这恼怒的可怕：已经习惯了这老头儿式的恼怒了？不禁有些战栗。她应该笑他。

“静，这是真的。是为你，唱给你，只唱给你。等有机会，关住门，唱给你听听。”

“唱给我？傻话。”

“真的。”

她那么宁静地望着他，他熟悉的那双眼睛里，浮起一种东西，仿佛是从很深的地方浮起来的。他没有见过。

“你又得意了吧？”

“不是。”

“你还会唱歌儿?”

“我告过你的,静。还在系里的晚会上唱过。你忘了。”

“想起来了。”

“你也会唱,你也告过我。”

“是的,我们还录过音,电台录。可没有播放过。我们等得不耐烦了,还打电话问过,忘了怎么回答的了。”

“你说,我唱首甚么歌?”

“当然是现在流行的歌。”

“你还熟悉现在流行的歌?”

“你知道甚么。”

“你喜欢哪首歌,点一首,我学。”

“有一首,我挺喜欢。可不适合你唱。”

“甚么歌?

“《那就是我》。”

“你就是歌?”

“歌名叫:《那就是我》。”

“不错,准是好歌儿,能唱,是爱情歌吧?”

“不是。是思念故乡和母亲。”

“故乡和母亲?”

“是的。”

她望着甚么,不是望他,不是在想他。他对她还是了解太少。应该有的爱情,还没有掘出。

“你能给我哼一哼吗?”

“不给你哼。”

“能说一说歌词吗?”

我思恋故乡的小河,

妈妈,如果有一朵浪花向你微笑,
那就是我。
我思恋故乡的渔夫,
妈妈,如果有一叶风帆向你驰来,
那就是我。
我思恋故乡的明月,
妈妈,如果你听到远方飘来的山歌,
那就是我。

她像在低声自语,快要流泪了。他也想流泪了。她和他都还不曾为他们的爱这么流过泪。

"能给我找来歌谱吗?"

"我不管。"

那叫他们找吧,也许有录音磁带。他们会很快找来,当一件正经的紧要的任务,这跟书记没有关系!如果有一位书记,那就是我——不!他除了是书记,还是别的。是她的爱人,是女儿的父亲,是妈妈的儿子,是故乡的游子,是人。是一个不幸而又走运的人,是一个软弱而又想强硬的人,是一想摆脱老头儿而又想当老头儿的人,是一个应该有爱情而还没有得到的人。他已经决定了那么多人的命运,可他了解人吗?她是他最亲爱的人,结合在一处这么多年,却了解得这样少。他们是第一次这么依偎着说这些话,与一切都不相干的,只属于他们两个才需要说的话。

还有一个他更不了解的人:"那就是我。"不管老头儿还会不会回来,他最应该盯着的、最应该对付的、最应该害怕的、最应该去交锋的,正是:"我"。

《那就是我》,他要学这首歌,为了她,只为她,此外一切都不与此相干。

她说:"睡吧。"

他说："睡吧。"

他们都兴奋着，没有睡意地躺着。

"你真会学，为我？"

"真的。"

"睡吧。"

"睡吧。"

第六章　白云岭

一

车灯该是它的两只眼睛。这眼睛，比牛眼大得多了。可此刻他蹲在这里望去，碗口大小的两个车灯，简直就显不出来了，不过像城市婆姨两腮吊着的时新耳坠儿似的。倒是驾驶楼前那两扇挡风玻璃，藏着灵性，赫然是两只挤到一堆的大眼睛。可惜甩给他一副恼相。贼孙，熄了火啦，还这么瞪住他做甚？

乏累了吗？刚跑了一趟河北，就甩给他一副恼相。要是牲灵，他会像村里的车倌那样，恶恶地咒骂它一顿，甚至拾起鞭杆，无情地抽它几下。这一路，它够乖驯的，没有捣蛋，没有认生，听他使唤。可他心里却憋着一种不满。自从办完手续，把它盘了下来，还没有这么仔细瞅过它。现在瞅着它，却生出这种莫名的不满来。

他狠狠地抽了几口烟，蹲在那里没有动。

这就是他的解放。应该说，它是一个精干的家伙，比他给队里开过的那种旧式拖拉机精干得多，比他刚刚转让出去的铁牛55也精干得多。他甚至觉得，它比如今挤满了公路的那些奇奇怪怪的外国汽车，那些模样像外国车一般奇怪的国产新车，还要顺眼得多。可就是感到不满。嫌它是二手货吗？它的确是那些奇形怪状的新式车顶下来，流落到了他的名下，像二婚婆姨似的。二婚三婚，他不在乎，跟它办登记手续是完全情愿的，还送了不知多少礼。在河庙村，他毕竟是盘下汽车的第一人。想到这一层，他还是不满，甚至更加重了许多烦躁。

哐当一声，连他的“解放”分明都受了一惊似的，微微颤抖了一下。自然他也吃了一惊，半晌才终于明白过来，是史家老三已经打扫毕车斗，跳下来，猛猛地把后马槽搁了起来。愣货，使这么大劲做甚！才走了几天，就这么急慌着要回家去搂婆姨。他觉得那车斗一定没有打扫干净。

“三三，慌甚哩？把车楼、车头擦抹擦抹，擦抹得细致些！”

“有根哥，甭你安顿，我这不正要去寻棉纱吗？”

鬼，这愣货也学会卖乖咧。明明已经在拍打身上的尘土，急慌着想回家去见婆姨。他又续了一根纸烟，仍蹲在那里没有动。

七月的夜晚，有点风吹来，便觉得凉爽。他只觉得这个夜晚似乎过早沉寂了。全村人都已经睡到炕上去啦？机器的震响，车灯的强光，分明都没有引起任何反响。他的“解放”，就这样冷冷清清地开回村里，停在这个过去生产队的场院里。没有谁出来看看，问问，连他的老婆也没有听见汽车响吗？只有那盏不甚明亮的电灯，冷清地照着这片场院。他有几分丧气。本来，今晚他可以不回村的。要是那样，这时辰，他的解放是已经在西山又装满焦炭，明日一早，就可以再奔河北去了。他不是离不开婆姨的人。可分明有个甚么东西，总在心里撺掇他，刺激他，诱惑他，不由想往村里跑。跑回来了，却甚么也没有逮住。他甚至有几分恼怒了。

车楼，车头，已经显出些微弱的光亮来。现在看去，他的“解放”更老练地爬在那里，不显山不露水地微微现出几分恼相。这一趟跑得不赖，拉走一车焦炭，拉回一车西瓜，两头脱手都相当利洒。自然也相当合算。可“解放”这家伙却仍老练地装出一副恼相，好像也憋着一身烦躁似的。史家老三又在拍打身上的尘土了，愣货，不知急慌个甚。

“有根哥,明儿得早起吧?”

看看,又急慌着想往家里跑。他还想给这愣货布置些营生做,甚至想把心中那几分莫名的恼怒朝这愣货泼去,又瞅瞅那老练的“解放”,终于决定作罢了。

“急急慌慌,这还能跟车?想回你就先回!”

“谁想回来?还有甚营生,说吧,不怕。咱早说来,受苦做营生算个甚?受苦受出来的人,还惧乎做营生……”

“行咧,想回就回吧!”

“咱没事。咱还能比你先去歇喘,没事,咱不惧乎……”

“行咧,回吧,明儿早起,五点钟。”

“不会误事。呵呵。”

史家老三倒退着走了几步,终于还是扭转身,放开大步走出场院了。那噔噔的脚板声,很一阵,都能听清楚。

他是为甚么挑了这个史家老三来跟车?因为对史家有亏欠吗?扯淡。他不亏欠史家甚么。他雇了史家老三,是看中他力气大,也憨愣。憨愣点,他放心。人不同于汽车那机器东西,太精灵了不好使唤。

当初,支书老靳在全村后生中挑出了他来开拖拉机,也是因为他憨愣吧?这个念头是那么突然地涌上心头,他都觉得有几分奇怪。这个念头又同那理不清的烦躁搅到了一起。想这些做甚!他是河庙村盘下汽车的第一人,自古到今也是第一人。拉倒吧,他该回家去了。难道他至今还有几分憨愣吗?他又不由想到。

他带着几分恶气,扔掉烟屁股,站了起来。场院的那盏孤灯,似乎更衬出了四周那树影房舍的黑暗,村里悄静得出奇。他疑心这是一种有意安排的寂静。他走过去锁了车门,又瞅瞅、摸摸他的解放,终于扭头走了;心里想到,他的解放还没有一个车库。夏天还好说,冬天呢?集体的这场院,大概不会允许他盖车库。但为这事,也犯不着这么烦恼的。

街门朝里闩着。他想,老婆果然没有听见汽车响。老婆是精灵些好,还是憨愣些好？他拨弄了几下，街门就开了。屋里亮着灯呢。

“我听见汽车响声，心想，你说不定会回来。热下饭了。”

“吃咧，在城里吃咧。”

“那洗涮吧，盆里有现成水。”

他摸出一根纸烟，脱下汗衫，又抽起来。婆姨还算精灵，听见“解放”响声了。可史家老三那么急慌着往家里跑，他觉得有些可笑。自家婆姨，值得吗？还是这样一个家。早十来年前盖的旧式房，那时刚给队里开了几年拖拉机。瓦房，一条炕，一条躺柜。只有一个压力暖壶是新式货。人家送的礼，女人也不使唤它，说灌水麻烦。已经有几家盖起了洋灰房，还有立柜，电视。不怕。他不在乎。他盘下了“解放”，头一回正式出车，就跑了一趟河北，很满意。就是太冷清了。连自家婆姨也是这样，简直跟早年他在队里开拖拉机回来一样。史家老三那么急慌，真可笑。

“这一趟，还顺当？”

“凑合吧。”

“这一趟，能挣多少了”

“没顾上细算。”

“真比拖拉机利大？”

“凑合。”

不知她问这么细做甚，出去给村里的婆姨们炫耀吗？他不能跟她细说，连凑合也不该说。应该说，汽车花销太大，名大利小。她虽不是那种爱卖嘴的女人，可女人心里究竟装不下多少东西。真给她露了底，准会烧煞她的。说不定在甚么场合，她就会忘形地显露一顿，越是不该显露的场合，她越会烧得不能控制。他刚盘下那台铁牛时，怎样嘱咐她来？可还是出去夸嘴啦，竟然夸到支书老靳跟前。婆姨究竟是婆姨，再精灵，也还是带着几分憨愣。村里那个马占奎也像婆姨家似的心里装不下个东西。才露了几手，那几手又算个甚！就烧得沉不住气了，一趟一趟跑到县长、书记那里去夸嘴。要夸，叫子孙们去夸，这才是男人。

"快洗涮了睡吧。"

"总得喘口气。"

"你看都几点了?"

他看了看手表:差一刻十一点钟。难怪村里这样清静。

"明天不起早咧?快睡吧。"

他也觉得奇怪:怎么一点也不觉得乏累?这一趟,来回就得四天,没有片刻能宽心歇喘。这整个夏天为盘下这辆"解放",耗费了多大的心力气力,有多少关系,多少手续,多少关卡,多少手腕。心里想过多少次了:办成了这件事,先睡它几天几夜再说。可现在,一点瞌睡的意思也没有。好像总在渴望甚么东西,又好像心里涌满了甚么东西,憋涨得难活,连浑身的血脉也似乎憋涨得热烫。但他揣摸不清那是甚么东西。他更添了几成烦恼,对一切都那么不满意:村里的清静,家里的杂乱,婆姨的憨愣,还有史家老三的急慌,马占奎的气焰。他终于盘下了一辆汽车,全村第一个有了汽车,十八代祖宗想也不敢想的汽车,他应当高兴。可他却这么憋闷得难受,不知怎么反倒被恼怒填满了心窝。是他心里也装不下这辆解放车咧?也想像马占奎那样,像婆姨们那样,出去夸耀、显露一番呀?他不是那种人,他不会那么憨愣。他要做一个真正厉害的男人。要夸,叫他的子孙们去夸。他有甚么可夸的呢?没有。他的十八代祖宗都没有给他留下甚么可跟人夸耀的东西。老人们只给他说,祖祖辈辈都是老实庄户人。除此以外,再没有听说还有甚么了。当初,支书也只凭老实庄户后生挑选了他。在他身上,就只有这一个东西,再没有别的了。马占奎还能给人夸嘴,去过朝鲜,贩过牲口,当过包工头儿。他呢?想到这,他是火躁得更厉害了,仿佛对祖宗也不满啦。除了老实,甚么也没传给他。

"快睡吧!"

"催死哩!"

这么吼叫了一声,他觉得轻快了一点。真想再这么吼几声,甚至那么强烈地想拾起个甚么家什来,恶恶地摔碎它。但婆姨却再没有惹他,只顾拾掇甚么。他是怎么了呢？快不敢这样。好不容易盘下“解放”，得好好干，盖洋灰房，买彩电，还得盖个车棚。夏天好说，冬天呢？

他开始洗涮手脸膀臂。

“往河北还是拉焦炭？”

“嗯。”

“回来拉的甚？”

“西瓜。”

“城里快赶七月古会咧，是该拉西瓜。可各村今年也种得不少。”

女人家懂得甚么。可女人的话，却不由叫他心里一震。七月，古会，西瓜。怪不得呢，已经进了阴历七月了。他立刻被一种更强烈的骚动所镇住了，那憋涨着的不满、烦躁、恼怒，似乎也忽然不再觉得奇怪了，那莫名的无形的诱惑，似乎也无须去理清了。他明白了，这一切都是因为进了七月了。七月，城里要赶古会。全年全县最盛大的一次聚会，不知道已经流传了多少年。每临近这次古会，年年都会这样，躁动、不满，而又憋满了期待，分明有甚么在诱惑。这同他新盘下的二手汽车没有甚么相干。人人都会这样，年年都会这样。他为甚么跑回村来，他为甚么贩回西瓜来，原来是进了七月了。跟汽车没有关系。不过也正巧，进了七月，他盘下了汽车。他更感到自己心窝里和血脉里憋涨着一种排释的欲望，展示的欲望，享受的欲望，追寻的欲望。排释甚么，展示甚么，享受甚么，追寻甚么，那是更清理不清的。可他不再想去清理，也不再觉得奇怪。在七月，这似乎是正常的骚动。

“又愣怔个甚？”

女人已经爬上炕在铺被褥，两只光脚板搭在炕沿外。他回头瞅见这两只光脚板，正在涌涨着的那莫名的排泄欲，甚至是带着恶气的破坏欲，猛然化作一股强暴的力气，转身走过去，一把抓捏住那两只光脚板，粗蛮地将她掀翻了。婆姨几乎惊叫起来。这是他从不曾有过的暴行，但他并不觉得奇怪。

二

他被媳妇捶醒时，半晌找不到自己的意识，只觉着一切还那么沉重。

“还迷怔个甚，有根在墙外吼叫你哩！”

“谁？”

“有根！”

“二哥？”

“还有你二爷哩，是有根！”

“妈爷——”

他终于从沉重的迷怔中清醒过来了，慌忙蹬了条裤子，就跳下炕来。看看窗户，才依稀有些亮色。但他不敢延误，抓了件褂子，便跑出去了。

吴有根已经又蹲在那里吸烟，仿佛一夜都没有动似的，只是眉目更不好看。

“有根哥，不迟吧？”

有根理也不理睬他。

“加水吗？”

“走！”

吴有根扔掉半根纸烟，匆匆跨上车楼，呼的一声将门磕上。他犹豫了一下，也钻进了车楼，小心将门关上。

“磕紧！连这也记不住？”

他重新用力将门磕紧，坐在有根旁边更有几分不安了。汽车抖动了一下，驶出了场院，驶出了村子。

天色更亮了一些，两厢掠过的树棵和庄稼仍暗森森的。他觉得有些冷，可很快也顾不上去感觉这冷了。他只顾注意有根眉眼不好看，只想是恼他起迟了吧？狗日的，一睡倒就死过去了。这几天，也是太困了。也真不该跟媳妇做那坏事。狗日的，死活憋不住。从他跟了有根的汽车，媳妇对他也亲热咧。快不敢想这，看怎样跟有根说几句好听的话。

“有根哥，抽根烟吧。”

“不抽！”

他只好把已经摸出的带嘴儿纸烟，重又塞回去。他可真想抽一支。好烟，专门为有根预备下的好烟。可人家不吸，他也只好不吸。狗日的，瘾头还真上来了。他打了个长长的哈欠。又舔了舔嘴唇。拉倒吧。

“有根哥，咱直奔西山吗？”

人家仍不搭理他。狗日的，连句好话也想不出来。不过，还得想。说几句耍笑话吗？快不敢。唔，有根哼起戏来了，可眉眼仍不好看，绷着脸，哼戏文，真有他的样儿。是不是拿戏文来敲打他？他听了听，不像，驸马爷甚么的，没他的事。好咧，甭费这么大劲想好听的话了。想出来，也不能去打扰人家：专心哼戏文呢。看那样儿，有根就没有想他，他还害怕得甚么似的。好啦，没他的事啦。可一松心，就不由犯迷糊。刚刚挣脱的睡意，分明还那么可人地缠着他。真想打个盹儿。真想再睡它几天几夜。可坐在这里打盹儿，这事更做不得：有根会日娘操祖宗地恶骂他。那就观看车外的景致吧。

天色又亮了一些，两厢掠过的树棵、庄稼颜色也浅了些。凉气还是直往身上灌，也还是老想打盹儿。他看看吴有根，人家挺有精神。绷着脸，哼着戏，跟玩耍似的舞弄着方向盘。这人昨黑夜就没有跟婆姨做坏事吗？有志气的人。他真想跟有根说几句耍笑的话：这么有志气，婆姨能让他吗？但他不敢。现在毕竟不跟在村里做营生一般。没有可看的，没有可说的，又不能打盹儿，也没有甚么可叫他思谋的，只好这么老实坐着。他就这么坐着，甚么意念也没有了。慢慢地，一种沉重感悄悄升上来，就像早起醒来时所隐约感到的那样。他有些奇怪，不用走路，不用做活，就这么清闲地坐在飞跑的汽车上，沉重甚么呀？这样一奇怪，那沉重感也消失了。

汽车拐进一个村子，又拐了几拐，停住了。直到停住了，他才意识到汽车怎么拐进这里来？

“加水！”

吴有根吼了声便跳下了车。他慌惶地也跟着跳了下来，心里却想：怎么到这里来加水？水又不是汽油，哪不能加。跟着开街门的声音，传出了一个年轻女人的招呼声和嬉笑声。嘿呀，想起来了，睡了一夜就把这事给忘啦！昨晚在城里那家私人饭铺吃喝完，招呼他们吃喝的这女人就搭车回来，临下车说清早再叫上她。这女人钻进车楼，把他挤到车斗上凉快，怎么倒忘啦！难怪有根总恼他哩，连这点记性也没有，嗐。

他仓皇走进这家院里提出一桶水来，尽量想麻利地往车头水箱里灌水，可仍然不利洒。揭车头盖、拧水箱盖，费了半天笨劲，水还是直哗哗往地上漏。好在有根嘴里正吃甚么东西，嚼得挺香，还一边跟那年轻女人逗笑，可能顾不上注意他。院里还出来两个人，把两袋甚么东西扔到了车斗上。

汽车又开上公路后，他摸了摸那两个鼓鼓囊囊的塑料编织袋。摸不出是甚么东西，他便一屁股坐上去了。只觉得上了车斗，更叫风吹得发冷。从车楼里，不时传出几声那女人的笑声。狗日的，她倒美咧。不敢骂人家。刚才，那女人钻进车楼，是他自己爬上车斗来的，不像昨晚，是有根对他说：“你坐车斗上去！”能再叫有根这么说一次吗？这点记性他还有。她爱笑就叫她笑吧，嬉笑得有根熨帖了，对他也会和顺许多呢。

唔，现在可以丢个盹儿了。只是有些冷。甚么味儿？大约是从这塑料布袋里飘散出来的。他低头细瞅瞅，又仔细摸摸，仍不知是甚么东西。哈，有个破窟窿，他伸头去瞅，那味儿更厚了：原来是熟肉！分不清是牛肉还是驴肉。他霍地站起来。肚肠就咕噜响开啦。原来，有根嚼的是熟驴肉，怪不得嚼得那么有劲。他能掏一块嚼吗？不敢，快不敢。又传来了那女人的脆笑声。狗日的，偏扔上两布袋这东西！怪馋人的，又吃不上，闹得他连坐上去打盹儿也不成啦，只能站着叫凉风吹。他越想越上火，终于狠狠地又一屁股坐到那馋人的熟驴肉上去了。坐上去，却又胆怯起来：万一有根回头从车楼后窗户瞅见，那就糟啦。那女人嬉笑风骚得叫有根那么熨帖，会允许他这么把屁股坐到她的熟肉上？可那风骚的嬉笑不断传来，大概顾不上瞅他。不过，他仍警惕着。在这警惕中，他不再恼火，不再觉得冷，不再想瞌睡，也不再知道肚肠咕噜没有，当然也不怎么觉得无聊啦。

汽车是开得更快了，还是这女人的骚笑厉害。天色大亮了，两厢掠过的树棵、庄稼有了新鲜的绿颜色。饭铺卖的熟驴肉就是这么瞎扔胡放呀？这布袋看着也不干净，破窟窿也不缝补。甭担心咧，有根顾不上检查他。汽车开得这么快，有根心里一定挺熨帖。没事了。不操心警惕，他便又有几分瞌睡。不敢丢盹！可他还是睡着了。

"三三，老三，愣货！又睡得死猪似的，愣货！"

吴有根的几声吼叫，忽然把他惊醒了，可半晌还是找不到自己的意识，又被压在一片沉重中。

"还迷怔你娘个脚后头哩，把熟肉扔下来！"

他终于感觉到车停了，唔，已经到了城里啦。爷，是有根站在车下朝他吼叫，可他还坐在那女人的熟肉上！他霍地弹起身来。

"你这个愣货！快把熟肉扔下来。黑夜没做好事，狗日的……"

他又听见那个年轻女人在笑。这是到了那家私人饭铺了。他慌惶地搬起一袋熟肉来，却不见车下有人来接。吴有根，那个女人，还有饭铺戴白围裙的两个男人，仍站在门口说笑。

"扔呀，还愣个甚，往下扔！"

就往脏地上扔？他犹豫了一下，终于脱手扔下去了。搬起第二袋，他就很痛快地扔了下去。听见响声比第一袋大，心里奇怪地生出些快意来。唔，他们只是恼他睡着了，并没有嫌他坐到这熟肉上。

早饭又在这家私人饭铺吃。仍有熟肉端上来，也仍吃不出是驴肉还是牛肉，只是心里多闪过一句老话：不干不净，吃了没病。那个年轻的女人和饭铺的男人们，只顾热待有根，说说笑笑，没有人理他，仿佛没他这个人似的。不过，他不在乎这，只管赶趁着吃喝。因为有根总是比他先放碗筷。一放碗筷，就站起来吼叫他走，不管他吃饱没有。也难怪呀，他肚肠太大，填得茶饭比人家多。有根人家肚肠里积攒的油水多啦，放不进多少东西，没法叫人家总等他。得加紧赶趁。还是不抵事，有根又推开碗筷，站起来了。他觉得今儿肚肠里空的地方更大着哩，可也没法，谁叫自己的肚肠这么能填东西呀！他抓紧又填了几口，赶紧推开碗筷，舔了舔嘴唇。

"走！"

果然，有根又放话了。这时，他才发现，有一个面生的男人，正在给有根递烟点火，说着甚么。这人是谁呢？没见过，他记性不好，也许见过？刚才这人在哪来？他光顾了那熟肉和瞌睡，没注意。有根总骂他愣，也可能有点？那女人又跟有根说笑了几句甚么。他只觉得饭铺的香味儿，挺叫人留恋。

有根跳上了车，那个面生的男人也钻进了车楼。狗日的，从哪钻出这么个货，又叫他上车斗凉快呀？动火是动火，他还是赶紧爬上了马槽，还没有翻进车斗，汽车就嘟一声开了。

玄哩，闹不好还保不住给甩跌到马路上呢。狗日的，从哪钻出个这货，又不是风骚女人，也挤他的座位。也许是个有用的人，要不有根肯这么高待他？好在吃了些饭，不冷了。天边已露出红云彩，等阳婆出来，正能凉快个美。就可惜没有吃饱。不过也不赖咧，差不多天天顿顿能下饭铺。他们一家，谁能有这口福呀？这家私人饭铺，去了就吃，吃了就走，大概不用花钱，不太饱吧，也够美哩。有根是汽车司机嘛，开得还是自家的汽车，比公家司机还腰壮一截。看饭铺那个年轻女人，不停地贡献骚笑。汽车也真快，说话就驶出了城。不觉得冷啦，也不觉得瞌睡啦，更没有甚么可担心的了，松心看风景吧。也没个看头，还是树棵、庄稼。养点力气才对，上了西山，还得装焦炭，有一顿苦受呢。饭铺能白下吗？

他这时候心情的确挺佳，意识也格外活跃，可惜就是寻找不到一个可以活跃的场所，仿佛任风吹着东飘西荡，徒然在消耗支持意识的能量。他想到了自己那个大家庭，觉得也没有甚么可以深想的。父母都活着。他们兄弟四个呢，目前数他美哩。大哥在做庄稼营生，二哥在漏粉喂猪，老四跑出去了,听说在学习养种花草,也算不上甚么好营生。看他,当了汽车助手。好家伙,公路上的汽车真多。过几年,他也盘辆汽车开开。他的前途就是这啦,没有甚么好想的。那些风流女人,也照样会向他贡献甜脆的笑声儿。所以,他从自己的大家庭想到自己,也只想了这么多。他的小家庭呢,媳妇对他已大不同了,亲他敬他,还再要求甚?媳妇给他生个娃。现今只叫生一个,任务也不大。就是生男生女有些难,只能看媳妇的本事啦。对啦,昨晚媳妇在枕头上说:有根的汽车甚时去北京,把她捎上,去逛逛。这不愁吧?不愁。不相干的女人还能捎,自家女人还不叫坐坐,有他呢。还有甚么可想的呢?没咧。没甚可想的,就坐下打个盹儿吧。

可他的意识仍然活跃着,又没有地方叫它活跃,只好去看车外掠过的世界。树棵、庄稼、村子,都是看惯了的景物。前面,后面,迎面,不断有汽车开来开过。真有新奇的车,真有高大的车,不过都一般是嘟嘟地自家往前跑。没有碰见人推牛拉的汽车,都差不多。老天爷,又看见昨儿见过的那辆撞扁歪到路边地亩里的烂汽车了。这灾祸不会叫他摊上吧?不敢。摊上这倒运事,媳妇不会守寡,准要改嫁,娶她花的几千块钱,算是白扔咧。不敢。活得正美哩,想这做甚!阳婆出来了。哈,迎面有两个骑车的年轻闺女过来啦,打扮得挺时兴,披头散发,不知眉目俊不俊。近了,近了,狗日的,偏偏叫对面开过的一辆汽车挡住。再看,成了两个脊背了。再等着看吧,还会碰上骑车的闺女媳妇。

不久,他终于又瞌睡起来,便偎缩在车斗角落里,丢开了自己的意识,重新跌入那沉重之中。

三

"伙计,你看咱这是甚瓜!要敲,要捏,要看哩,由你。挑西瓜,你总比咱强吧?"

"瓜好瓜赖,倒在其次。有根,咱们是惯熟伙计咧,跟你说的是实话,真是早跟月桥村几家专业户说好咧。咱不能不守信用呀!”

“嗐,做买卖你也不是一天两天,还不讲究个灵活?”

“你要早说,咱还能不照顾你?月桥那头,真是不好说。“

“咱提的价钱咋样?”

“价钱嘛,不算狠。就是月桥那头……”

“伙计,你先看看咱拉回来的是甚瓜吧!实话跟你说,咱往河北拉一趟焦炭,就是空车回来,也赚得吓煞你哩!一车西瓜能有多大利,还用这么求你照顾?伙计,咱也不说想照顾你这种好听话,先看看咱这是甚瓜吧!”

他说着,就搬起一颗西瓜,用狠劲朝桌上一磕。一声脆响,那瓜碎裂开,鲜红的瓤,薄薄的皮,不大的籽。

“看看,咱这是甚瓜!”

他又连着磕开几颗,都差不多一样好。

“还看甚,你出去到汽车上闭住眼再摸几颗来,磕开看嘛。”

“瓜是不赖,就是月桥那头不好说,有一家,跟咱多少沾点亲哩……”

他听了这话,心里高兴了。他正怕这人看了瓜的成色,变了主意,改口说买。那样,他下面的戏就不一定能唱好,难保不会引起对方的疑心;既然还有这么一张好牌,为甚么不早打出来呢,反而先用这很一般的套数来搞买卖?现在好啦。他正是要这人相信他不过是很一般的贩瓜人,吹自家瓜好,劝客主买下。既然买卖搞不成,他再悄悄打出那张牌,对方就根本不会疑心啦,又不是想引诱你买下这些货,不过是随便说说。

他随便说开了,心里很有把握,相信自己能说得完全像随便说说那种情状:“不想要,那就拉屌倒吧。看你也是真有难处。买卖不成,交情在。吃吧,磕开了,不吃可惜咧。尝尝人家河北的西瓜嘛。说实话,你没要还真省了麻烦了。卖是不愁卖,挣钱是能挣钱,就是麻烦!”

“麻烦甚?”

“你不知道。一两句也说不清楚。既然不要,算屌咧,咱也闹不清那些科学上的啰嗦事。吃吧,吃吧。”

“咋？是化验有问题?”

“看㞞你说甚哩，你这不是坏咱的名声吗？我吴有根甚时做过那种损德事？买卖不成交情在哩。顾不上跟你细说咧，还得赶紧再寻个主儿哩。看看，正说哩，倒几乎又忘了！伙计，给咱寻张烂报纸吧！”

说着，他就弯腰去拣刚才故意吐到地上的西瓜籽儿。

“咋咧?”

“麻烦就麻烦在这上头：人家非得回收原瓜籽儿哩。快给咱寻张烂报纸。”

“这瓜就这么金贵呀？你狗日的又耍手腕哩！”

“你可真不够交情！你又不要了，还有㞞甚手腕跟你耍？实话对你说吧，咱这车西瓜，不是从私人地里买的。要咱焦炭的那家工厂，跟农科院有硬关系。这瓜是给厂里职工拉的人家那试验瓜。要不价钱能这么便宜？就有一样，吃了瓤，得瓜籽给人家科学院交回去。职工都嫌麻烦，说下的没拉完。我心想，咱小地方图便宜不怕麻烦，就拉回来咧。对了，人家还给了这么一张材料，写着咋个回收法。你看看，省得坏咱的名声！”

说着，他便摸出那张复印的纸片，撂到桌上。跟着就又很正经地去甩桌上那些瓜瓤的籽儿。同时更不在意地说：

“你吃见这瓜咋样？我吃见吧也扯㞞淡！”

“嗯，倒是有些不一般。”

这伙计终于有些心动了，他觉得这就像他估计得那样准确。可他告诫自己，不能露出得意来。

“连张烂报纸也舍不得给？行，这就够了。唉，路上才知道揽下麻烦了。自家口渴了吃一颗，还记不住收敛瓜籽儿呢，买瓜的众人谁能管住？可一斤瓜籽，按五块钱扣下咱的钱了。钱倒是小事，跟那厂的关系重要，往后还全靠人家买咱的焦炭……”

“是不好办。城里人吧，也嫌麻烦。等赶会卖给庄户人吧，你越说要回收，他越稀罕，还不都给你偷装走呀？你我也不是吃供应粮的，还看不出这来!”

听了这话,他更得意了。他估计得丝纹不差。这人不算憨,到底看出妙处来了。赶会时,给庄户人吆喝:瓜籽得吐下,不吐下不卖。这瓜还愁卖呀?这妙处到底给这人看出来了,不算憨。不算憨,也还是入了他的圈套。他仍不动声色,更专心地在捡瓜籽儿。

“要不说揽下麻烦咧。”

“有根,咱们也不是外人。要不行,我给卖吧。为朋友,不就是多操心,多麻烦些吗?”

“算屎咧。我想寻个工厂单位,试试。”

“咱给你卖吧。只要你甭先扣瓜籽钱,完了再说。”

他直想说:不会学饭铺卖啤酒,先扣下酒瓶的押金吗?但他看出,这人早想到这手了:留籽卖一个价,不留籽卖另一个价。

“那不成,拉屎倒吧。钱小,跟人家关系大,再说,咱拉了一趟,总不能白贴汽油吧?”

“谁能跑了谁?卸瓜吧。”

他又推托了一阵,终于显出勉强同意的模样,答应了。还更勉强似的答应了这人提出的再设法拉一车瓜的要求。他觉得满意极了。但并没有忘记继续把桌上的瓜籽儿捡净,包起来。他也把那张复印的纸片又装回衣兜。趁这人跟史家老三卸瓜的工夫,他还得去买下他那第一车河北西瓜的主儿那里,把这出戏补唱一遍。因为那天,只说了是农科院的试验瓜,只说了是卖给职工的关系价,还没有想出回收瓜籽儿的妙招数。他的确是不想多挣那瓜籽儿钱,是要叫他的瓜,一齐到七月古会上去卖!他拉回的瓜,也的确是好瓜,优种瓜。但他追寻的,还不是刚才的这种满意。没有“解放”,他也会想出这妙招数来。他想显露的,是同占有了自己的“解放”相般配的那种力量。狗日的,肚饥啦。也有些困乏。这一趟,三天就跑了一个来回,都是从天不明跑到半黑夜。跟谁拼命哩?但他还是赶快得去补唱那出戏。

那主儿分明更精灵些,眨巴了几眼,就说西瓜已经卖得差不多了。鬼,他还不知道这城里平素有几个人吃西瓜!看着吧,这主儿还想要一车瓜哩。果不其然,提出来了:头一车不抵事了,再拉一车的话,给你回收。没把握,看情况吧。他答应得有些匆忙了,因为肚饥得厉害。

可是他走近饭铺,头一眼就瞅见了马占奎。马占奎也在跟那个翠花要逗。这家伙是在等他吗?发现他进来了,丢开翠花了,过来跟他招呼了,好像是老伙计,好像是挺相好的两个强人似的,哼。不过,他心里觉得添了几分快意。狗日的,不是又来揭发他坑谁骗谁吧?他想到了刚才的事,想到了城里赶会时将会发生的事,几乎要冷笑几声出来。但还是忍住了。他愈加觉得自己要比眼前的这个马占奎心里能装下东西。他只是露出了十分疲累的模样。

"有根,见你真不容易啦!从你买下汽车,还没逮住过你。挣钱,也不能这么赶趁呀?"

"有合同拴着哩。再说,不出车,光养路费也吃不住。汽油,全是高价。挣屎甚钱哩,养汽车真是名大利小。"

"跟咱装孙做甚?还没吃饭吧?来,我给你炒俩菜尝尝!"

马占奎真钻进灶房去了。这家伙早几年在城里开过饭铺,还刺眼地挂了"马占奎饭店"的牌匾,专爱显露的家伙,他记起来了。但他记不得这家饭铺是不是就是盘了那马某人饭店。好像就在这一带。还听说这家伙叫亲闺女跑堂,招揽客人。今儿是亲自炒菜侍候他,总有甚么企图。管他呢,先享受了这侍候再说。翠花又过来跟他疯说贱笑。这女人年轻轻就吃得这么胖,皮肉也捂得怪白灵。两腮也吊着城市女人时新的耳坠儿,像他汽车上的那两个灯。开拖拉机的时候,她认是认住他了,可明显不稀罕他。有了汽车,她就看出他的金贵来了?女人。管他呢,也先享受了她的殷勤再说。也是呀,这么成天钻在那憋屈人的小车楼里受劳累,听这女人来说说笑笑,也挺解渴。甚么?她又问几时给捎点焦炭来。也不是白跟他笑。可她这话,倒问得挺那个,带着种叫人心酥的味儿,眉目也不知在怎么鬼眨挤，真会叫你忘了她在问甚么话，就是跟你要一车金子，也会迷迷怔怔应承了她。女人不知从哪学得这种本事。幸亏他心里是清楚的。捎点焦炭也算不了甚。今儿他似乎才发现，她的眉目也挺俊的，那胖，那白，那耳坠儿，狗日的都怪中看。

她端来了马占奎炒下的菜，吃着果然味道不同。马占奎还有这么一种好手艺？也许是他太饿啦，还或许是这炒菜里渗了翠花的笑哩。不管它是因为甚，吃。

"咋样？"

"嗯。"

"有根，明儿给咱跑一趟！"

跟下命令似的，凭甚？不用说他正这么拼了命干自己的事业，就是能去想去，凭这口气，他也不去。叫支书队长命令了多少年了，以为他还留恋这一套不成。他只顾低头吃喝，看也没看马占奎。

"你又不憨，拉西瓜做甚？今年各村种了多少西瓜，都想法往外运哩，你往回拉，这还像你做的营生？"

他心里只是冷笑：你懂屎个甚。

"跟咱拉一回西服去吧。现在庄户人不像以前了，只打扮女人。也打扮开男人啦。进城赶会，谁身上也不是光装着看戏吃西瓜那俩钱。你不挣，有人挣……"

他心里只是冷笑：人家百货公司是憨人？

"走吧，咱联系下一笔好生意。亏不了你。"

好像他已经答应了似的。凭甚，凭你马占奎名声大，会显露？他只是冷笑：他正是要露一手厉害的，叫你姓马的看，叫众人看呢。

"去哪？"

"跟咱走就对啦！"

还是这口气。他只是埋头吃喝，只是在心里冷笑。

"有根，回村不回村？住城里算咧，明儿一早走。"

他觉得应该回绝马占奎了,兜头浇一瓢凉水。再等一会儿。

"那我去招待所给你寻个住处,闹个好房间。所长是咱朋友。"

他看见马占奎已经快走出饭铺了,才很平静地说:"我说占奎,不尿行。咱拉焦炭,咱跟人家订得合同哩。"

"算咧吧。西山你是拉专业户的焦炭,有甚合同。走吧,跟咱跑一趟。"

马占奎竟然没有吃惊,没有丧气,立在门口还拿着继续要走的姿态,只把头扭了过来。好吧,他也正沉着气呢。

"不哄你,伙计。河北那头跟工厂写着合同哩。"

"那头我也知道。见了焦炭就抢哩,还顾上写甚么合同。"

"这你就外行咧。正因为抢,才拉咱写合同哩。另寻车吧,你关系多,不愁。"

"刚盘下汽车,倒牛皮起来了。跟咱跑一趟,不会亏待你。"

"真是不行,伙计。"

他看出,马占奎是终于明白他不会去了。可这家伙,居然没有失望,没有丧气,好像真是不愁再叫辆汽车似的。那是故意装出来的吧?但他心里挺不如意,仿佛有甚火气被挑逗上来,赶回县城之后的那一连串得意,分明全被这家伙给破坏了。咱走着看吧!

"走!"

他吼了一声。吼出口,才想到忘了沉住气。同时,也才想到了史家老三。他完全把他忘记了。这愣货在哩,仍在吃喝。马占奎似乎在同这愣货说甚么。翠花又过来送殷勤,笑着,说着,现了叫人心酥的神态,那胖,那白,那耳坠儿,似乎越发中看了。要不是马占奎,他或许会住在城里。现在,他非走不可啦。上西山,装焦炭。没有马占奎,他也得走。他在实行自己的计划,得有志气。全年最盛大的七月古庙会,过一天就近一天了。卖西瓜的个体户,在订货进货。饭铺在准备焦炭。马占奎也在实行自家的计划。到时候看吧。

"不能瞌睡!"

他朝史家老三吼了一声。天色已经大黑了，他觉得自己的车灯十分明亮。他又想到了女人的耳坠儿。

“不能瞌睡！”

他又吼了一声。

四

瞌睡是那么强蛮地向他袭来，连有根那可怕的吼叫，也没有多大威力了。他心里对自己吼骂得更加狠恶。鬼，懒鬼，憨鬼，没头鬼，该枪崩的鬼，非叫有根撵下汽车不可的鬼，婆姨不要了的鬼，鬼孙……全不顶事。瞌睡就像车外那无边无际的黑夜，从四面八方围上来，挤上来，压上来，沉重无比，他实在难以抵挡。

刚才，车外还有月光。虽然不甚明亮，却还可以朝外瞅瞅。树棵、庄稼、草坡、山脊背，悄静得也像睡死了过去，但有一种阴森森的夜气，能叫人觉到清冷，还多少有些害怕似的。狗日的，说不定在哪游荡着个鬼魂哩。要是瞅见个女鬼，披头散发，那准会把瞌睡吓跑了。可现在，甚么也瞅不见了，只有车灯照亮的那一片地方，公路在灯光下后退，无穷无尽。自从月牙跌下山脊梁去，天空就忽然黑下来，跟山、树、庄稼、草坡融合为一片黑暗，很快化成了沉重的瞌睡，强蛮地朝他压来，仿佛也要把他融化到车外的黑暗中。

“不能瞌睡！你敢睡，看我不敢一脚板把你孙子踢到山沟里！”

是的，他不能瞌睡。有根最恨最忌的，就是这跑夜路时，他坐在车楼里打瞌睡。也是，他不能瞌睡。他睡着了，有根怪孤单的。人家是司机，他是助手，不能帮助开汽车吧，倒帮助人家去瞌睡，不恨他骂他等甚？要是有根也瞌睡起来，他俩的猴儿命就没啦，真变成了屈死鬼，丢在这山沟里，可可怜怜地游荡吧。他想到了那辆撞扁了的汽车。他想到了现在已经出了县，出了省，是跑在遥远的野山岭中。谁来给他收尸呢？是大哥，还是二哥？还是大哥忠厚仁义。赶着那进城拉茅粪的毛驴车，往这野山岭上来，不知要走多少天。不过，他媳妇哭得还真凄惶，这大出乎他的意料外。他把她想得太不仁义啦。她已经怀上肚了？他咋不知道呀？他是早盼有个娃哩，为甚不早告他。生个女娃也不怕，没办法的事。先按男娃对付就是了。村里人们说，怀了肚，想吃甚就准是有了男？想吃辣？不像。记性太赖。她去问问嘛，看想吃甚是男，就赶紧吃甚。有甚羞的，他去问。不会是她勾拉下野汉了吧？这话怎么能直问呢，看看把婆姨恼的，扑过来，狠撞了他一头……

"又睡，又睡，不想活咧！"

鬼孙，原来他是又瞌睡上了，叫有根狠戳了他一拳头。在一阵惶恐中，他努力振作起来，抓住自己的意识。

"有根哥，抽根烟吧。"

"不想活咧！"

他给有根点了支烟，自己也点了一支。一个沉重的哈欠冲上来，他挣扎着忍住了。车外的世界似乎更黑暗了，只有车灯照着的那一片地方，无尽的公路在单调地后退。他觉得这汽车是在向更加沉重的睡欲深处奔去。但他是再也不能瞌睡了！刚才用死来惊吓自己，居然还是不知不觉就又睡着了，还做起梦来。他不明白自己在梦中为甚么总是那么凄惶可怜，更不明白自己为甚么总爱瞌睡，总想回到那凄惶可怜的梦中。现在跟了汽车多美，可一上汽车就想瞌睡。婆姨勾扯上野汉了？他从来没有朝这方面思想过，怎么就做了一个这种梦呢？会不会有这种事？做梦还有甚么正经。汽车到甚么地方了，快到住店的地方了吧？外面甚么也看不清，仍然只是公路。好像在爬山，汽车哼叫的声音加大了。这阵可不敢瞌睡，睡着了，连怎么个死法也不会知道，那可死得太屈啦。女人也难保不会有那种事。他成天成夜不回村，她独自家住一处宅院，勾扯个野汉还不方便？会是谁呢？叫他给逮住敲不死那杂种才怪。原来是你呀……你也不行。不打你，上乡政府吧。汽车？不行……

他的手指叫烫了一下,原来是被烟头烧的。难道又睡着了吗?幸亏有根没有发现。汽车大概正在爬那段险路,分不出神来骂他捶他。祖宗爷哩,再不敢瞌睡了。再丢盹,就用烟头烧自家的皮肉。胡做梦,尽胡做梦。逮住的是谁?胡梦哩,都是胡做梦。有根强勉开着汽车。人家就不瞌睡吗?到底是有志气的人。要给了他,今儿早歇啦。可有根还是要赶趁到前头镇上住店。天天都是这么赶趁。自家的汽车,自家揽的营生,倒像有谁催撵着似的。图甚哩?有根是有志气的人。他跟上人家赶趁就对咧。下山啦。不会有那种事,媳妇不会那么不仁义。

"你想死咧!"

"我没睡呀?"

"看我不敢把你踢到山沟里才怪!"

"有根哥……"

"叫爷也不抵事,就知道睡,属猪的?"

"有根……"

"不想活咧,你!"

他不知道有根为甚突然这么大骂开他,一句接一句,一句比一句恶,不停地吼叫。在惶恐之中,他记得这会儿的确是没有瞌睡。难道他仍在那沉重的梦中吗?烟头烫手背,能觉到疼的。他也记起来了,每回跑夜路,有根总会这么忽然大骂他一阵,就像冷不防犯了精神病似的,朝他大吼大叫。也许,这是开汽车的司机都有的特殊作派吧。前那阵,本想吼骂你哩,可公路正险,或正错车,紧张得腾不出嘴来吼叫,都积攒在肚里,等有了消停时机了,赶紧哗啦一堆从肚里倒了出来?不会这么玄乎。是不是有根也想瞌睡啦,这么吼叫一阵,把睡意撵走?很可能是。那就朝他吼骂吧,再恶再狠他不在乎。有根是有志气的人,不过志气再大,究竟也是人。这些时候,有根是怎么连明搭夜地疯干呀?他是亲眼见来,亲身跟着一般疯做疯受。若不是亲眼见,亲身受,真不会相信。庄户人都是受苦受出来的,可也没见过这么发了疯,犯了精神病似的泼做恶受。光是这么总舍不得睡觉,就把人折腾煞了。唉,也可怜凄惶哩,人都是肉身,有根也不是铜身铁身吧。想到这里,他对有根的这吼骂,不觉生出些亲切感来,他是抵挡不住那沉重的瞌睡,看来有根那么有志气的人,也有些招架不住啦。都是肉身做成的人。他觉得自己完全不想瞌睡了,很有精神地听着有根那不停的疯吼狠叫。

有根终于停止了吼骂,不知是把瞌睡撵跑了,还是又到了险路。不过,对于终于出现的悄静,他不由又有些害怕,害怕那可怕的睡欲又重新扑来。

“烟!”

他慌忙递了支烟过去。仍然是可怕的悄静,连汽车机器的响声,好像也疲累了似的软弱下来。迎面出现了车灯的光亮。怎么也游动得那么缓慢,简直也快睡着了。唔,原来是拖拉机,还是手扶拖拉机。在错车的刹那间,它送来了那么昂扬的突突声。这个时候了,开手扶拖拉机去做甚?没有看清拉得甚么东西。

“你哑啦?”

“嗯? 不……拖拉机。”

“还有草鸡野鸡哩,你不会说话啦?”

“说甚?”

“想说甚说甚!”

“嗯,跑汽车不容易,苦大哩。”

“尽说没出息话。”

“快到住店的地方了吧?”

“又想睡觉,属猪的?”

他感到有根情绪似乎好些了。他自己的睡欲也跟着减轻了。说话,他也真想说话。

“今儿起得太早。昨儿夜晚,装完焦炭又不早咧……”

“你婆姨厉害,还是你厉害?”

“问这做甚？”

“说吧，谁厉害！”

“看咋说哩。”

“谁厉害，就是谁厉害，还有甚么讲究。”

“看咋说哩。”

“做活你厉害，享受人家厉害，是吧？”

“又没做两锅饭，一样的茶饭。”

“看你也斗不过那婆姨！”

他忽然想到了刚才做的那个梦。有根为甚猛然间总问他的媳妇呢？难道真会有那种事？不会。不会。

“真的，你看咋说哩！有时候人家厉害，有时候我厉害……”

“那是炕上你厉害，地上她厉害？哈哈……”

有根说着，猛地就爆笑开了。他先有些不知为甚，跟着只有些恼怒，不过他还是听出有根这放肆的笑里，也没有多少恶意。狗日的，要笑人哩。这么耍笑人！不过，除了鬼，现在谁也听不见。这么一笑，有根分明精神多了，兴奋多了，情绪也好得多了。这家伙是拿耍笑他来撵走瞌睡吧？这比骂他强。他也会耍笑有根！

“有根哥，那你们谁厉害？”

“当然是人家厉害！”

“那你成天在外跑车，能放心？”

他觉得自己问得太胆大了。有根会不会恼了呢？

“不放心吧能咋，能把婆姨锁住？”

有根还挺不在乎，情绪倒越发好啦，眉目都舒展开，有了喜色笑样。他自己也振作得多了，差不多丢开了睡意。这办法倒不赖。有根还从来没有跟他这么耍笑过。过去，还没有困乏到这种地步吧？这种困乏程度真是怕人哩。可这么一耍笑，他是更有了一种亲切感。有根也怕婆姨哩。不管真假吧，他也思谋这种事。都是人。有根还在说，越说得难听、热闹了。他也跟上说,黑夜,野地,汽车上就他俩,怕㞞甚!能不瞌睡就行。也难得跟有根这么亲近。

没有胡说多大一阵,就终于望见了那点点灯火。真奇怪呢,盼它它不到,不盼了,它倒到了。一望见这灯火,有根就不再说甚么了。又是那可怕的悄静。有根又似乎不需要他,忘了他,只是偶尔吆喝一声甚么。瞌睡也忽然从黑暗中扑出来,强蛮地在将他淹没、吞去。不,得坚持,眼看就到了。但这最后一刻,却是这般艰难,仿佛比刚刚过去的全部挣扎还要困难。不,必须坚持,那点点灯光已经越来越清晰了。

五

这个地方,他是熟悉的。就在前几年,这里还是一个不起眼的小山村。公路边上,仅有一家简陋的小饭铺和更加简陋的三两家车马大店。麦收和秋收的时候,那铺摊在公路上等待来往车辆碾压的庄稼,也是前一把后一撮的,显得挺苦焦凄惶。现在,公路两厢,已经像一条街市似的、饭铺、旅店、小卖部,都挤过来了。特别是在这黑夜瞅去,只见两行灯光照亮的大小门面,还真像个热闹的地方。

他已经挑了一家旅店。甚么旅店,不过是原先的车马大店。当然,翻盖了新房,置做了新被褥。可电灯泡还是度数很小,昏黄的灯光。房里也仍有汗臭味。但店主很热情。也许因为他是熟客了。也或许因为今儿夜晚,等盼到现在,只招来他这一车二客。可能还有别的客人。但在车马大店那不小的场院里,他没有看见别的汽车,也看不见停歇的拖拉机,甚至连马车也没停一辆。自然,不管客多客少,店主都是热接热待。那过去呢?过去!

过去,他们这里还是那么苦焦凄惶,还只有一家卖庄户饭的小饭铺,只有两三家日脏的空荡荡的车马大店,只出产那么几把几撮薄庄稼,却也是那么看不起他。对待他这个开拖拉机的人,跟对待赶牲灵的人,简直也差不多。他们也欢迎他住店,他们也侍候他洗脸休歇。可他知道他们只是想挣他的住店钱。他们一样叫他到大炕上去跟赶牲灵的车倌挤,一样给他像黑铁片似的被窝盖。他们还那么开心地失笑他的口音,学扮着糟蹋他的口音。他们自己的口音,就怎么好听,怎么高级呢?可碰上个公家司机,听不懂人家的话,还是跟听戏似的咧着嘴傻听。他说的都是实心话,和气话,仁义话,他们失笑他口音不好。可汽车司机用他们听不懂的口音吹牛皮,他们好听。听得连他给他们交店钱也顾不上收啦。凭甚?人家是汽车司机,是吃公家饭的汽车司机!他呢,是开拖拉机的,是挣生产队工分的,是吃农村庄户饭的,是憨货呆货,跟农村赶牲灵的差不多!可人家公家司机,不是碰上汽车出了毛病,谁来住他们这车马店?拖拉机住车马店,本是高抬他们哩,可他们搬他拖斗上的炭,连招呼也不打一声。他们这苦焦地方不是农村吗,他们不吃庄户饭吗,他们不是给队上开店吗?

一股恶气,不知道怎么就猛然间涌上来了,路上的疲累和睡意,也似乎叫这股恶气给冲跑了。他的解放车已经停放好,锁了机器锁了门。休歇的房子也有了,手脸、脊背、脚板,也都洗过了。晚饭,是在前头那个集镇吃的。他还想吃点东西,更想喝两口酒。可史家老三,却早已栽倒在炕,像憋破了的车胎似的打着响雷,睡死过去。憨货!他看了看手表:又是差一刻十一点钟。赶紧也睡吧。那股忽然涌在心头的恶气,还有史家老三这可怕的响雷,却叫他烦恼火躁不已。睡吧,明天还得跑车。太乏累了开车,出个事故就甚么都毁啦,不是耍的。也怪咧,这么拼命疯干,怎么总觉不到乏困?一休歇下来,就逮不住睡意了。他愈加烦躁不已。外面传来了录音机放出的骚里骚气的女人轻唱声音。不管跑到哪里,都有这种声音。这是哪家饭铺还在招揽客人吧。机器盒儿里放出的声音,再风骚吧顶甚么事!不过,他还是得去喝两口酒。

他对店主说:出去吃些东西。他说时态度很和气,大概还和气地笑了笑。

他挑了一家灯光明亮,有录音机哼唱的饭铺,坐了下来。要了一碟菜,二两酒。真还有客人，两个年轻后生。一个头发很长，只穿了件黄背心。一个剃了秃头，却穿了件花格衬衫，敞着怀，露出了光赤的肚皮。他们是城市司机，他能看出来。要不头发长得像婆姨，要不光秃得像和尚，那真是想怎么出奇就怎么干。不过，他们划拳也跟庄稼汉们一般野。是的，他们在划拳。吆喝的拳令跟乡下不大一般，吆喝时的那张夸，那放肆，那恶狠，跟庄稼汉一般的野。

菜有些咸，酒有些辣。苦焦地方，过去更不是个地方。可过去，那过去！他真想跟谁也划划拳。也那么放肆地恶吼，也那么野蛮地吆喝。莫名的烦恼和火躁憋在肚肠里，真想放纵了把它吼吐出来。可惜再没有客人啦。去跟那两个城市后生吼叫？吼不到一搭。这两个货，大概也不肯跟他一搭喝、划、吼。拳令叫得就不一样。他们也不会看得起他！不知道他们开的是甚么车。外国车吧，也还是公家的。他开的是自己的车。可他们肯定还是看不起他。他们是城市人，男扮女装，秃头露肚。这里不是城市，一个苦焦的山村，却也看不起他。当然，那是过去。可凭甚，凭他没有男扮女装，秃头露肚吗？这么咸的菜，这么辣的酒。想划拳，真想划两下。拉倒吧。她也吊着耳坠儿？

都疯啦。都忽然比赛似的给耳朵上扎窟窿，吊那东西。过去，不是说赖女人才吊那东西吗？现在的女人莫非都学赖了？连这个地方，这个苦焦的山村，也有饭铺，饭铺里也叫女人跑堂。这他知道。可这个跑堂的女人，居然也给耳朵扎了窟窿，吊了个东西，这是他刚刚发现的。

她一会儿去看那头划拳，一会儿过来跟他说几句甚么。这个女人，他发现她年纪也轻，也有些胖，也捂白了皮肉，也吊着耳坠儿，也学会了贡献殷勤的笑眉眼。但她却越发加重了他的烦躁。她丑吗？不能算丑，可那眉眼总有些怪异。她的口音可的确难听。是的，是她们这里的口音太难听！他真想学扮几声，也糟蹋一下她们的口音。拉倒吧。他大概也学扮不来。她这有些怪异的眉眼，叫他火躁得厉害。去吧去吧，去看那边男扮女装的跟秃头露肚的对吼吧。当然，他没有说出来。她却不走。把他看成腰缠万贯的专业户了吗？看出他是有自己汽车的厉害男人了吗？走开吧。滚开吧。她还不走。呆货，看不出他的心思，非要他喊出来吗？滚开吧。走开吧。那头是你们稀罕的城市人。也想要他汽车上的几块焦炭吗？他的口音多难听，忘记啦？

在录音机里哼哼唧唧唱歌儿的那个女人，不知是个甚么模样。骚里骚气，口音挺好。打扮得不会是半男不女，秃头露肚吧。没法打发掉的火躁。回去睡觉算啦。

饭铺的那个女人竟然没有出来送他，没有出来再贡献几句嬉笑。他意识到这一点，火躁得几乎失去了自控。回吧，快回客店吧。公路两边的灯光门面，已经减少了一些。录音机的哼唱和那蛮野的拳令更显出四周的悄静。还有一个拖拉机的突突声，在遥远的地方游动。

“回来啦？”

“回来了。”

“不出去啦？”

“不了。”

“跟你的那个同志，也回来啦？”

“早睡了。”

“那我关门啦。”

“关吧。”

大门关上了。他觉得折磨着自己的火躁，终于失去了控制。

“你家掌柜的，也回来咧？”

“他？他不回来了。你们来以前，他刚走。以为不会有客人了，他回家招呼木匠去啦。雇了木匠，在家做活。”

天爷！路上，他也这样想过。哪会有这样的巧事给他？现在真给了他了！今儿没有白往这里赶趁。那么黑的天，那么险的路，那么可怕的瞌睡，都没有白费。他为甚往这里赶趁，为甚住了这家店？他每回都住这家店。但今天不同。也许这是一个圈套，她男人不知正藏在一个甚么地方。

到时候,就会扑出来,恶恶地讹他一家伙。跑车的都常说这种故事。她耳朵上还没扎窟窿眼儿,可她也一定学赖了。这样不在乎地告他,男人不在啦,今夜不回来啦!可他不正是想赖一回吗,不正是那么想学赖吗?不学会这种赖,咋能算一个汽车司机,咋能算一个厉害的男人!他们都能,他为甚么不能!不是都看不起他吗?城市的他们,还有这小村的他们。叫他们都看看吧!他觉到自己在颤抖。他也觉到憋涨在肚肠里、筋骨里、血脉里的那恶气和火躁已经结成一股暴力。他几乎就要将她强蛮地掀翻在地了。不能太着急。他记起了他们炫耀这种本事。有这样的巧机会,他为甚么不显露一下自己的本事?他想起了回收瓜籽儿那种妙招数。他还能想出来。

"没事了吧?快歇吧。你们跑车也真不容易。"

他觉到自己仍在颤抖,甚么也想不出来。十八代祖宗都没有传给他一点这种本事。祖祖辈辈咱都是老实庄户人!他也只能是?甚么也想不出来。

"你喝酒来。不再喝碗水吗?"

"喝口。"

还是她会赖。可屋里躺着她的一个娃。睡着了,也会惊醒的,会哇哇哭叫。接着男人就扑上来。她男人正藏在甚么地方冷笑。讹,就叫他们讹一回。她不如饭铺里的那个女跑堂年轻了。她也没有吊时新的耳坠儿。她也不那么胖。她白吗?她!她装得多么正经。她就一点也不怕?有经验了。她的脸也有些红。她紧挨她的娃坐着。她的腿也有些在颤。不,他也赖一回吧!

天爷!你要做甚?走开,走开!我喊人啦!天爷,你咋是这人?早知你是这人,刚才我就去把男人叫来了。不,天爷,你走开,快走开。吵醒娃,惊着娃,不,不,你咋是这人……

你甭装咧。你以为我看不出来?你们设好的圈套!你的汉就藏在店里。不就是想讹我一家伙吗?我不怕。我有车!他们能,我为甚不能?这些话用不着跟你说。算咧，甭装啦。你说甚么，我也听不见！你不是要喊吗？可你捏住嗓子在说。低得连我也听不见。还装甚？

不行，死也不行！天爷，你咋是这种人？走开、快走吧！你要走开，你要出去，我就对谁也不说，不告诉男人，就算没这回事。不，死也不行！我真喊叫啦！放开，甚么东西！你听我说，这里有娃，走开，快走开……你先走开，对，先走开……

你还有这么大的力气。你为甚还要这样假装？你看不起我，嫌我没有这种本事！你不是想讹一下我吗？要甚都不怕，我有车。男人不在，为甚敢留我？还是圈套。甚么妙法也想不出来。我甚么话也说不出来。也许得给你说点好听的话，不能光使笨力气。先放开你，让我想想。噎，你是嫌我丑吧，嫌我一身庄户气……对了，没有拉灯！

不能拉灯！你放开我，让我过去拉着灯……不行，你咋是这种人！你不能过来。不拉灯，你更不能过来。你走吧，求你，可怜我们。不，你不能过来。你听我说……

我甚么也听不见。我真笨呀！你力气真大。我甚么也想不出来，甚么也说不出来，连动也不会动了。

你听我说，不要动。我真没有想到你会是这种人。今儿前晌，我还跟男人说，看看人家，就是说你，多能行，连汽车都买下了，你不要动。你买下拖拉机才几年，就又换成了汽车。开汽车的，成天见呢，可我把你当地道人。真的，我是把你当好人，地道人，正经人。早就把你当好人，真没想到你会是这种人。你出去吧，我原先真是把你当好人……”

你说我是好人？不对，我不是好人。做这种事，我就是不想当好人。好人有甚用？谁能看得起好人！今天你才说我是好人，过去呢？过去！好人有甚用，你看，我连句勾引你的话都说不出来，只会这么呆站着。不，我不是好人！

你快走吧！明天还得早起，还得跑车。走吧，求你，真是把你当好人。谁也不会告诉，就当没这回事。你该可怜我们，我们不行。这几年，你常来，也都看见了，我家男人不行。承包这马车店，还是我逼得他。你也看见了，都是我在这里扑腾。但凡能行，我一个女人家，能来开店？闲话就把人淹死了。可男人不行呀！若像你，又地道，又能干……不要过来，走吧。真是把你当好人，当能人，当兄弟……没有想到你是这人。你辛苦，你能干，你厚道，你总来照顾我们，可又本分，老实……

你说我老实！十八代祖宗就传给我一个老实……你也笑话我老实！是呀，你看我多笨，不会说，不会动……我不想老实。

快去歇了吧，明天还得早起，还得跑车，还得辛苦。去吧，我不会怪罪你，你喝了酒，对，我想起来了，你喝酒来。你也不要放在心上，别不来住店。你看又添了多少旅店，你看今儿几乎没有住客人。你还要常来住。我算着明天你才该来……算着该来时，就总在等你……你还在吗？

我甚么也听不见，甚么也不知道，我只想把自己涨破、炸开、砸烂……我不是好人！

不，天爷！不行，死也不行。不，不能，不能……

第二天，他仍然醒来得很早。他相当惊恐，捶醒史家老三，慌忙发动了车。他怕见到她。可她像往常那样，给他们开了大门，也像往常一样说："下回再来。"那时，她好像一直在哭。现在听那声音，似乎没有甚么特别，又似乎分明不同。他终于没有敢看她。那时，他甚么也不知道。

六

在这个时候，他才不会瞌睡。因为这个时候，他甚么都不用去想。也顾不上去想甚么的。只在没营生可做的时候，就像坐在汽车上那样，得使唤脑筋啦，不知咋的，瞌睡虫儿就来折磨人了。现在，手脚、筋骨又上班啦，顾不上去招呼脑筋，它也就老实歇在肩膀上了。大概瞌睡是归脑筋管，力气呢，是归手脚筋骨管。一块一块的焦炭给扔上来，他得甩手搬起来，用筋骨撑挺住，迈开腿脚，再一块一块码紧，垒整齐。好容易，哪还能顾上瞌睡。

“嗨,使那么大劲扔做甚?都摔成稀巴烂咧!”

“一个焦炭,又不是玻璃,不扔咋办?”

“你们懂尿甚!”

“老三,你也甭牛皮咧。快装吧,不用力气能扔上去?”

“你们懂个甚!”

他几乎是用自己的下意识,在跟这些烧焦炭的专业户们说话,而他的意识正凝结在浑身的力气上。狗日的,真有大家伙,一块足有百十斤重。千斤也不止!幸亏他力气大。今天夜晚这顿饭,也吃了个紧饱。裤带松了松,还觉着有些紧。这两天的饭,还吃得差不多,有根吃饭,吃得慢了。吃完呢,也坐着抽烟,不知在想甚么事,不再立刻吼他走。也许是在等他吃饱。准是有意对他客气啦。有根应该满意他,除了好瞌睡,甚么事也没耽误过,而且,从来不可惜自己的力气。看看,又是一块大家伙,哎——嗨,搬起孙子来啦!还是吃饱了力气大。

“都扔成稀巴烂,咱可不拉你们的啦!”

“快装吧。谁烧火,不得往碎捣!”

“烧火?你们懂个甚!”

“不烧火,买这焦炭人家吃呀?哈哈……”

“你们懂个甚,还不知道焦炭能吃?”

“谁吃,你吃?哈哈……”

“机器吃呗,哈哈……”

“机器?那是炼铁的高炉!哈哈……”

“炼铁?人家是出产化肥!哈哈……”

“化肥?人家烧焦炭是在炒菜!哈哈……”

“炒菜?人家炒菜是用气!哈哈……”

他完全觉不到自己是在同他们说、争、笑甚么,只觉得往汽车车斗里码放焦炭,他已经有了经验了。码放不紧,汽车一摇一甩,就出问题哩。这是技术。烧焦炭的专业户做不了这营生。现在,有根想挑毛病,也挑不出多少来了。对他不客气点还行?有力气,又有技术,有根应该满意他。不知甚么时候才教他开汽车。不用发愁,不用操心。他搬得正起劲。他的意识更凝聚在这力气的杰出展现上,心里很得意,甚么也丢开了,疲累、瞌睡、前程、家庭,连婆姨也不想了,有如进到无我之境。他是已经在想婆姨了。从那次回了一趟村,再也没有回去。有根疯狂地跑车,愣不回村。也是,刚盘下汽车,新鲜哩,心醉哩,可他真有些想婆姨哩。婆姨刚待他不一般了,却总见不上。好容易赶回本县啦,却只在城里卸下西瓜,吃顿饭,就又赶到这西山装焦炭。有根真是有志气的人,他想媳妇想得再着急,也是白想。不过此时,他是连媳妇也不想了,脑筋休歇啦。手脚筋骨上爆发出来的力气,表演得多美,千百斤焦炭,正在由他来做出色的安排,列成好看的阵形。他浑身都在流汗。这个时候,浑身流汗也有一种酣畅、美妙的感觉哩。现在的感觉,似乎比在村里锄地、割麦、脱土坯时浑身流汗的感觉还畅美许多。

"老三,这一趟,在路上瞅见几个好看的闺女媳妇没有?"

"也没甚。快往上扔吧!"

"你快装吧。你是光顾打盹儿了,还是瞅花眼啦?"

"我瞅见了,你们还不是白问?也不能捎回来叫你们看看,对吧,哈哈。"

"瞅见吧,你能瞅出个甚来?就会说人家脸白,腿长……"

"你们能瞅出个甚?"

"看人家穿得甚样儿时新衣裳。"

"嗐,跟咱这里差不多!"

"差远哩,说你眼力不行嘛。"

"我是说,跟我们平川差不多。跟你们这山里,可不差远哩!"

"五台山是不是山?"

"北京是不是川?"

“少林寺是在川里还是山里?”

“美国是在山里还是在川里?”

“你牛皮个甚?”

“你们懂个甚?”

他仍觉不到自己在同他们说、争、比甚么,只觉到焦炭已经码放得高过了马槽。现在,才更见水平哩。没有马槽拦挡,焦炭更得码放严实,一块一块还得咬紧,外观上呢,当然更得齐楚、美观。这营生比在村里垒砖安瓦还得有水平。砖瓦垒起,就永辈子不动啦。这孙子们,不侍候好,汽车开起来一摇一甩,冷不防蹦跳一家伙,突然间来个急刹车,问题就大啦。他有这个水平。白云岭那个女店主,就总夸奖车上的焦炭码得美。当然,夸他营生做得美的,不止她一个。她夸奖得回数多,话也说得好听。多大一块家伙,呸,把孙子搬起来啦,真跟死人一般重,得瞅个正经地方摆它。

他完全沉入这种表演力气的忘我境界了。跟车下扔递焦炭的专业户后生们再说话来没有,说甚么来,交锋中占了便宜了还是吃了亏,他是更觉不到了。倒是有一种感觉,他没能丢开:他始终觉得脚踩着的汽车仍然在开动、奔跑,全身还在飘飘忽忽地动荡,像喝醉了酒,又像身轻能飞了似的。汽车明明停在这里,真奇怪了。不光是现在。坐在饭铺吃饭,躺到炕上睡觉,甚至黑夜做梦,都处在这种飘忽似飞的感觉中。这是咋啦?不过,这也不赖,总像喝了酒,却又不用花钱打酒。有根说,上汽车不能喝酒。有根有时候喝几口,也不请他喝。喝不上,也能总这么晕乎,不赖。总像在梦里飘飞,可又不像在梦里那么黑暗,那么凄惶可怜,那么仿佛被甚么沉重的东西拖拽着,飘飞得不痛快。有阳婆,有电灯,有树棵,有庄稼,还有可看的女人,可吃的炒菜,却觉着飘忽似飞,不赖。

装完了。一汽车焦炭,终于装完了,这么快就装完了,装得这么利爽,这么技术,这么漂亮。他欣赏着自己力气的杰作,那种飘忽似飞的感觉好像更明显了。所以,当他从这高高的焦炭垛上往下跳的时候,分明就觉到是飘然飞下来的。

每每这个时候，他总是兴致犹浓，不肯拍拍身上的炭末灰尘而去，喜欢同这些烧炭的专业户们吹一阵儿牛皮。山上的专业户们似乎也挺奉承他，喜欢问他外县、外省的新闻事儿，包括好看的女人，时新的打扮，不要脸的浪法。这正是他求之不得的。好啦，你们就听咱吹吧，不怕吓着就行。他觉得自己比他们高出了一截，可以感到是一种享受，挺美的一种享受。今儿的兴致，分明更浓厚、佳美，那飘忽似飞的感觉就分明更强烈。脚板踩住的实地，真像在款款荡动，十分舒坦的。

"来，抽根咱的烟吧，伙计们！"

"还是抽我们的吧。还得靠你多跟你师傅给我们说些好话。"

"来吧，咱是好烟，你们看看是甚烟嘛，来，来，连根烟也接不住！"

"还真是好烟。"

"也不咋好，凑合抽吧！"

"老三，像有钱的人物啦！"

"凑合。你们收入也不赖吧，嗯？"

"差屎远哩！"

"总比过去强吧，嗯？"

"过去的营生多好做，现在，受的是甚苦？哪像你呀，成天坐上汽车游窜……"

"你们也不赖嘛，嗯？不错，不错嘛。收入百分多少，嗯？"

"还有千分万分哩！老三，你孙子是从哪下来的干部，税务局的吧？"

"人家是吧嗯局的，哈哈——"

"你们才是些山汉哩！到外地，人家一听你们这口音，谁爱搭理你们？真是山汉！"

"山汉就山汉，也不错嘛，嗯？哈哈——"

"没法跟你们说。给喝口水吧——"

"老三同志，凑合喝瓶汽水吧，嗯？哈哈——"

"这汽水，是甚么牌的，嗯？"

“山汉牌的，总比过去的凉水强吧，嗯？”

“屎，不解渴！”

“老三，你跟车，一天给你挣多少？”

“挣钱是小事，挣多挣少，扯淡！”

“总不能这么白受苦吧？老三，我们看你也受得凄惶哩！”

“哈哈，你们懂个甚！”

“挣多少，还保密呀？”

“挣多挣少，扯淡！跟上人家学技术哩……”

“学甚么技术，装卸技术？”

“你们懂屎个甚！”

“老三，我们看吴有根那人不简单——我们看你不过是他的个装卸工，学屎甚技术！与其这么受苦，还不如来跟我们一搭烧炭。”

“装卸工？哈哈，你们是甚？你们才是装卸工！”

“我们当然是呀。我们在底下装卸，你在汽车上装卸一上一下，差远哩，吧嗯伙计——哈哈！”

“你们懂个甚！”

他的兴致仍然很好。这一顿牛皮、说笑、争论、吧嗯、哈哈，还有甚么装卸工，他实在也没有怎么在意。装卸工，哈哈。还说甚么跟他们去烧炭，哈哈。这个夜晚，他过得很愉快。所以，临去睡觉，他还兴致未尽地欣赏了一阵那烧炭场的壮观的夜景。土法炼焦的圆池，正有热烈的火焰从四周许多火道口喷吐出来，在夜色中灿烂活泼无比。这灿烂活泼的火环，繁密而又错落有致地在这山谷中款款延展而去。这山谷便在那无数火焰所跳荡出来的生机中，又透出了一种难测的幽远和神秘来。不过，他只觉得好看：天色是黑乎乎的，火焰是红亮的，全是拉不完的焦炭。又感到瞌睡了，回去吧。跟着，一个沉重的哈欠便冲上来了。

七

在县城的几条大街上，与大街相连的小巷口，广场、体育场周围、汽车站，甚至城外的空闲地场，更不必说平素的农贸市场、个体摊贩集市了，忽然都被各式各样的棚摊、帐篷给挤满了。席棚、布帐、帆布篷、塑料瓦房、钢筋铁皮活动商店，似乎在以各自的行头来显示内中的实力。这个人人熟透了的小城，忽然之间变得叫人陌生了。与其说它被甚么装扮起来了，不如说它正集聚、隐伏了甚么，要展露、表现、释放。揭幕前最后一个夜晚，这气氛是那么浓烈。无数的棚帐还被帷幕遮掩着，只有内中的电灯光从不甚严实的缝隙中泄漏了出来，而自信实力不凡者，已将高悬在外的红绿灯串燃亮，诱人地任它闪烁。这许多灯光，也犹如西山烧炭场山谷中的火焰，跳荡着热烈欲出的生机，又弥漫了一种难测的幽远和神秘。

这个全年最盛大的七月古庙会，谁也不知道它传流了多久了。只是在夏秋之间的闲季，全县的庄稼人都不约而同地记起了它，盼望着它，那么隆重地准备着来度过它。那几天，他们在摩肩擦背的拥挤中，在吃瓜看戏的快活中，在通宵达旦观看拿活羊做奖品的古式摔跤的兴奋中，依稀要享受甚么，展示甚吗，释放甚么，追寻甚么。究竟是为了甚么，谁也不甚分明。满足了么，谁也不甚去仔细检讨。穿新戴艳，用心打扮，兴浓浓赶来，在那么壮观的拥挤中，负上一身疲累，以平日不可想象的慷慨来解渴充饥，毫不吝惜地将新衣艳装委于难得而又肮脏的尺寸之地，甚至还要在露天过一个潮湿得难以解乏的夜晚。这是夏天，还常常会有天雨泼来。不过，当他们带着一身疲累，倦慵地归去时，还是轻松而满足的。这是云中河一带庄稼人的狂欢节吧，而它似乎是一种以疲劳筋骨代替放纵感情的狂热。当然，年轻人们也会找到隐秘的艳遇，大女少妇也会被摔跤场上那剽悍的男子所激动。而大多数的庄稼人，却只是企求大家相聚而来所形成的那壮观无比的拥挤。在这壮观的拥挤中，似乎想寻求一种神秘的愉悦，神秘的满足，神秘的启示？还是想在这神秘的氛围里，将积攒了一年的欲望和骚动平息于这壮观的拥挤中？都是差不多的人啊，何苦聚到一处拥挤呢？这似乎就是它那召唤力的神秘。也许是整年囿困于自家的田亩、宅院和太熟腻了的村落，劳顿得太寂寞了吧，才挑了约了闲季的这个日子，相聚而来，在同类面前，显示各人的存在？

他正是在揭幕前的那最后一个夜晚，开着自己的解放车，赶回旧貌全非的县城的。全城所弥漫着的那种异样的气氛，他强烈地感受到了。因为他自己的身心里，血脉里就分明有甚么憋涨着，正欲热烈而出，他就分明渴望着想展示甚么，释放甚么，追寻甚么，享受甚么。这个一直使他兴奋、骚动、烦躁的东西，他现在似乎也看得很分明了。所以，他开着车从那满街神秘的灯光中游过，心里忽然安宁下来了。

他顺利地将最后一车试验瓜脱了手，心里安宁，又没有一点疲累之感。跑了几趟啦？他没有兴趣去想，数不清的回数！他甚至觉得，他拉回来的试验瓜简直就要滚满全城哩。还有回收瓜籽儿的鲜事儿，也会传遍全城，全县！当然，他不会像马占奎那样满世界去夸耀这力量，他仍会悄静地蹲在一个不起眼的地方，在心里笑，在心里享受。她，白云岭车马店的那个女人，也没有跟他找甚么麻烦。他白担心了几天。他仍然去那里住店，她对他仍然挺好，也许，还更好了似的。行啦，他们能行，他也行！他们不行的，他也要能行！眼看就要亮底啦。当然，他不会夸耀，只在心里笑。明天，就是赶古会的头一天。当然，他不着急。

等史家老三卸完西瓜，他本想照例到翠花的馆铺美美吃一顿，舒心喝几两。可想了想，还是拉倒吧。他怕到那里会破坏了这宁静的心境。喝了酒，再叫他们奉承一顿，说不定会像马占奎那样夸耀吹牛皮。这不是他做的营生。而且，那个翠花，似乎也胖得腻人，白得怕人，想想也真没心思听她怪笑。回村吧，回家吧。当然，见了自家婆姨，也不能跟她夸嘴。

第二天，他在村里也分明感觉到了一种异样的气氛和一种难以按捺的骚动。人心都已向城里倾斜了。都在忙乱着准备出门，性急的已经赶了驴车，搭了拖拉机，骑了自行车，走了。马占奎当然已经在城里了，大概在吆喊着卖甚么西服衣裳。或许这家伙也想出了甚么鲜招儿来了？他只在心里笑了笑。婆姨也直问:哪天进城？急甚么！史家老三又来问:这几天出车不出？他早告了这愣货了,放假赶会吧,又问个甚！不过,他没有像素常那么严厉,用和气话说:放假了,放假了。怎么？想搭他的汽车进城赶会,还是全家人,爹妈哥嫂侄男侄女,十来口子,侍候得倒全,也不想想有没有那么大的面子……行吧。谁叫他正高兴,应承啦。不过,不能着急。

这古会的头一天,他美美地睡了一天。睡得真香,大概连梦也没有做。

古会的第二天,第三天,第四天,他都是在专心保养他的解放车。史家老三天天来催问,婆姨更急得变了眉眼。他只是在心里笑他们沉不住气。他们烧得大概都忘啦,今年古会延长了,早赶几天,迟散几天,明儿才是古会的正日子,七月二十二。正日子,才正经红火,急甚哩。

第五天,古会的正日子。多么奇怪！这天一起来,他就感觉大不相同,浑身的血脉忽然就热涨、烧烫起来,难以按捺的骚动和烦躁,又震慑住他,再也无法保持那宁静的心境了。走,快走。本来,他已想好,到了这一天,一定要穿戴齐楚,打扮光俊。因为这一天不是寻常日子。可他实在无法安静下来打扮自己。走,快走。

婆姨先打扮娃们,又打扮自己,啰唆极了。还硬逼着他换衣裳梳头,快算啦,走吧,走吧。史家老三更是迟迟不领来那一家人,他真想扔下他们算啦。他过了多少个七月二十二了,今年夏天的这一天,却是这样异常。天是晴天,阳婆正常升起了,有一点小风。这日子又是祖宗挑下的,传流了不知多少年了,不会是坏日子。可他总有一种异样的不安。会出甚么事吗？车多人多,汽车要出事？还是白云岭那女人的汉,等在城里讹他？不会,那么遥远。他的试验瓜,被查出来啦？又没毒,不怕的,走吧,快走。

阳婆都晒得人发热了,从掠过的树干空当间射来,十分晃眼。人,车,真多。公路成了河,五颜六色,只向县城方向流去。他们也记得今天是古会的正日子？他焦躁不安,但汽车开得很小心。也许应该昨天就来。他总疑心今天感觉不好。不是疑心,分明感觉不好。得小心开车。

想快也不能。

汽车不准进城。过路的,请绕行,赶会的,请存车。他远远地就被拦挡住。掏烟,大概掏个红纸包也不顶事。这个日子,甚么也大不同了。他心境更加不安。规定的停车场,尽是西瓜皮。

他丢开了史家的人,领着自家婆姨娃娃们,只能落入人的河中去拥挤。现在,有汽车也不顶事,只能跟大家一般去拥挤。他熟透了的县城,现在分明被一种深不可测的情绪所激荡着,对他是毫不介意啦。他领着婆姨娃们,想停不能停,想快不能快,只能艰难地蠕动。他看自家婆姨,却分明在这种跟陌生人摩肩擦背的拥挤中,变得很兴奋。她催了几天,那么着急,就为的是这样跟人挤一挤?还有这流成了河的庄稼人,也都是为了来这么挤一挤吗?所有的人都很兴奋。他仿佛是头一回来赶这种古会,烦躁地觉得一切都不如意。

挤满街巷两厢的棚帐摊店帷幕早启,将那斑斓艳丽,千姿百态尽力展出。红幅、彩旗,白天也在闪烁的红绿灯串,还有从录音机、大音箱,高音喇叭里放出的亲软、殷勤、怪异、骇人的种种音响,更在竭力将人们召唤。可是,在这拥挤的人流面前,它们显然早已疲惫了,没有自信地任满街那雄厚而又庞杂、平凡无奇而又深不可测的吵嚷喧嚣声所淹没。

他急切地在寻找卖西瓜的棚摊。这棚摊也似乎被涌动的人流淹没了。不能再等待了,他必须去看一看,可拖着婆姨娃们,拱挤不动。寻个地方把她们撂下。哪里有地方?那么熟惯的县城,现在甚么也认不出来了。贩了他的试验瓜的主儿在哪?翠花的饭铺在哪?他觉得早该看见啦,可仍然瞅不见。街面变得这样漫长,不知还得蠕动多少时候,真比翻越那座白云岭还要艰难。也许,今天不是好日子。

终于瞅见翠花的饭铺了。她们也在门面前搭了棚,几乎没有瞅出来。她也匆匆忙忙,不像往常那么稀罕他。当然还认得他,还答应叫他婆姨娃们进棚里坐。吃碗面吗?不,他先去给娃们抱个西瓜。婆姨还想去挤,娃们也想去挤,不乐意坐下来,都疯啦?

他开始独自在人群中拱动,越拱不动,越激起一种强蛮粗暴的力气,却仍然不过是在艰难地蠕动,只是更出了许多腥汗。真不知道来这么多人做甚!他终于拱到一个瓜摊,这主贩了他拉运回来的试验瓜,也搭了席棚,也被众人围挤着。

他奋力挤了进去,几乎被脚下的西瓜皮滑倒。伸长脖颈去看,没有他的试验瓜!都是些本地瓜。

"伙计,咱拉回来的那西瓜,咋还不卖?"

没有听见吗?他又吼叫了一遍。

"甚么瓜,就是这瓜,各人挑——"

鬼孙,连他也没认出来?他又吼叫了一遍。

"嗐,是你呀!吃瓜,就抱颗。"

"伙计,咱拉回来的那西瓜,咋还不卖?真怕收不回瓜籽儿?真是,咋还不卖!"

"卖甚?早没啦!"

"已经卖没啦?胡屎说……"

"那才几颗瓜,吃不住卖!"

"那,那瓜籽儿?

"连钱还顾不上收哩,还能顾上回收瓜籽儿,拉倒吧,试验不试验吧……交了钱,交了钱给你切……"

无影无踪,他的试验瓜居然已经无影无踪了。那么多西瓜,就是倒在水库里,也能听见个响声吧?可现在一点响声,一点影踪也没有。

"伙计,瓜的价钱怎样?"

价钱也没有降。一分钱也没有降,倒似乎涨了!

他又艰难地拱动着,去看了问了其他几家,也仍然是无有影踪,无有响声。他完全失望了!这多少天来,他疯狂地,疲累不堪地赶运外地西瓜,为了甚么?为了叫他的试验瓜滚满全城,为了叫今年七月古会的瓜价往下跌!哪怕是跌一分钱!这一分钱,就是他的力量,就是他的快乐,就是他的享受……叫本地西瓜跌价，叫本乡本土的种瓜人叫苦，也许他太歹毒了，所以不能称心？

不，他没有想这。他连该不该运西瓜都没有去细想。他只被一种烦躁不安所折磨，只被一种忽生的欲望所烧烤，只被这个七月所激动，只被这个古会所诱惑……这哪里像他吴有根所做的营生？没有仔细去思谋，没有精明地算计，没有悄然先试探，没有摸准了再狠干……当然，他也没有赔钱，拉西瓜，赚得不多，倒是没有赔一分钱。可是，只要叫他成功，就是赔钱，也会干！今年的古会为甚么来了这么多的人？到处都是人挨人，个个都像疯狂了似的，仿佛整年也没有见过个人，专等这个日子赶了来人看人，人挤人……不是都说今年种得西瓜多吗，却为甚瞅不见多少卖瓜的棚摊？只有满地的西瓜皮。西瓜，西瓜，他简直就没有细想甚么，瞅见它就拉就运……吃瓜看戏的七月，吃瓜看戏的古会，他简直像被甚么鬼魂给缠住了！

他没有赔钱。除了西瓜，还有焦炭，他没有赔钱。他想宽慰自己，但无法接受的沮丧，还是排解不去。马占奎呢？他忽然想起了马占奎。那家伙一定得意啦，这么多疯狂的人，甚么西服中服，都会抢去，穿裹在身。他不想见马占奎，却不由拱动着把那家伙寻见了。

好排场的一个帆布篷店。

“伙计，买卖做得咋样？又发了……”

“不行不行，卖不动！”

“胡屎说！”

“哄你做甚？你瞅么，都堆着哩，卖不动。或许，天气太热，还不到穿这洋夹袄的时候。你发了，西瓜好价……”

“鬼！”

马占奎居然没有成功。可这一回，马占奎的倒运却也没有减轻他多少沮丧。他们都没有成功。他任拥挤的人流推动着。再也没有甚么想去寻找，去看，去问，去验证的了。他也许不该挑了这个太古老的日子，太古老的节日。可他并没有仔细去挑呀！完全在无意中就被它激动，被它诱惑！这个太古老的聚会，这个深不可测的人山人海……也许他真的太歹毒了？

挤满街巷两厢的棚帐摊店，仍在尽力展示它们的千姿百态、斑斓艳丽。装饰其上的红幅、彩旗，阳婆下也在闪烁的红绿灯串，仍在努力把人们吸引。从录音机、大音箱、高音喇叭里播放出来的亲软、殷勤、怪异、骇人的种种音响，也仍在竭力将人们召唤。可它们显然更疲累了。只有满街那寻常无奇而又深不可测的人山人海，在难以按捺地激荡起雄厚而庞杂的吵嚷喧嚣声浪，是那样毫无倦意。

"走了这么长时候，瓜呢？"

连西瓜也忘了抱一颗回来，他才记起来。

"人太多，挤不上去。"

"那走吧。"

去哪呢？他知道，婆姨还是想去拥挤，要去拥挤。他也记起来了，婆姨路上说过，今夜要看戏。看完戏，最好也去看摔跤。看戏，看摔跤，其实也不过是为了人挨人地去拥挤吧。神秘的拥挤。他隐约记起了往年在这古会上所体验过的这神秘来了。可他却没有像婆姨那么兴奋起来。他觉到了一种沉重的疲累，仿佛那许多天来积攒在身的劳困，现在忽然一齐压来。真想回去睡它几天几夜。但他无法叫婆姨娃们失望，他也无法把她们拉回。这个骚动的七月，这个古老的聚会，连他不是也无法抵挡它的召唤和诱惑吗？一种完全叫人不知不觉的召唤和诱惑！

八

他第一次对吴有根这样不满。算个甚么人呢？还算个人吗！有辆汽车就这么牛皮，有甚么了不起？这许多天，他是怎么仁义，怎么卖命地给你当助手来，天下能再寻见他这样的助手吗？进城赶会坐一坐你的汽车嘛，能多费多少汽油，还是能给你坐塌？不想叫坐，就干脆说话。应承了，又牛皮得不走，一天，两天，三天，四天，就是不走，还算个人嘛！没汽车也照样能赶会，谁寻不见县城，谁没有赶过这七月古会……真是个挨刀货！

他心里这样不满，可还是劝大家耐住性子，等着坐汽车。他已经给全家人吹了这牛皮了：今年进城赶会，有汽车坐，全家人都去，一搭去，红红火火赶一回会。谁知碰了这么个挨刀货！

他是直到那个夜晚，在更加难以抵挡的瞌睡中，赶回县城，瞅见魔幻般撒满街巷的棚帐和那泄漏出来的灯光，才猛然记起是旧历七月了，要赶古会了。他的记性竟然能赖到这程度，连七月古会都忘记啦！往常，不到七月，就记挂着，巴望着它了。也是，今年夏天上了汽车，牛皮得甚么都忘啦。还因为实在太疲累。祖宗，那是怎样拼命呀？光是黑夜的觉，就少睡了多少。但是，记起了赶会，那一路上可怕的瞌睡忽然便没有影踪了。他的血也热起来啦。

啊呀，多少棚帐，多少灯光，比西山烧炭场的火焰还多。在他眼里，满街的灯光，那就是炽热的跳荡的火焰。一种骚动不宁也在他身内涌起。好会，好会。今年七月这异常壮观的古会，仿佛是猜中了他的心思，专门因为他才这么盛大异常。他上了汽车了！当然，他没有想到请全家人坐汽车进城赶会，他只是被七月激动着，被古会诱惑着，甚至连想媳妇也淡漠了。已经有多少时候没有见自家媳妇啦，没出息货，想得真想疯吼几声哩。可站在这满世界跳荡着火焰的街面上，他顾不上怎么想了。

既然不上西山拉焦炭啦，要歇几天，那就先在城里歇一夜嘛。不行？急慌个甚，家里的婆姨又跑不了。有根那么有志气，卸完西瓜，连顿饭也不吃，开了汽车，就急慌着跑回村里去了。他感到挺可惜，真遗憾，老大的不如意。

多时不见的女人，见了他，竟也是老大的不高兴。咋啦，嫌他把她撂到家里，孤单的时候太长啦？

“明儿就赶会啦，你还不回来，咋没翻了汽车，把你给碰死，挨刀货！”

唔，是因为赶会。这该骂，他真是把赶会给忘啦，该骂，由她骂。不过，也甭太恼了，明儿，坐上他们的汽车进城赶会，排排场场，甚也误不下，还不行呀？

第二天一早，就过了他爹住的老院里，想问问他们去不去。要去，就一齐坐他们的汽车去。反正有汽车嘛！最好都去，谁不去，他也要动员他去。他家老二和二嫂，是精灵开通人，准会去。老四可惜不在家，要在，不叫去也会偷跑去。大哥大嫂就难说啦，不好红火，光知道悄没声做营生。嗐，今年得把他们动员去，拽也得把他们拽上汽车。母亲，也是开通人，就是有病。有病也不怕，又不用走路，坐汽车嘛。最难办的是父亲。老汉养种了一辈子庄稼，是只知道世界上有营生做，有苦受，不知道还有红火热闹。他长这么大，媳妇都娶下了，还从来不记得父亲出过远门，更不用说进城赶会看红火。连说话，他似乎也记不得老汉说过几句，平素叫一声"爹"，老汉都不爱"嗯"那么一声。不过他觉得，今年有汽车，父亲也能给他动员去！加上侄男侄女，史家红红火火十来口人，坐汽车去赶会，那盛况全是他给带来的……

甚么？二哥和二嫂已经在城里啦，搭了个席棚，还挺大，卖自家出产的粉条哩，还卖粉汤，凉粉。母亲说，她今儿就要去，得帮老二招呼生意。父亲，居然也剃了头，刮了脸，穿了一身新，也要去。还说，他可不是去帮衬老二，是专去赶会，吃瓜看戏。那些侄男侄女，不用说，吱哇喊叫，嚷着快去。只有大哥大嫂，犹犹豫豫，说，得在家看门守户，还有地里的秋庄稼，也怕人偷哩。

想不到他们全想去，用不着他动员。今年是咋啦，血都热起来了，连父亲都那么慌慌着要去赶会，剩下犹豫的大哥大嫂，他非动员他们去不可。走吧，走吧，不去不行。锁了街门得啦，全村人都去了，谁偷，又有甚值钱的怕偷！动员任务不大，那坐他们的汽车不能推脱吧？都坐汽车，都坐汽车，有汽车不坐，嫌排场呀？他吹下这个牛皮了，大家也耐下心来等他的排场了，可偏碰上了这么个挨刀货！

汽车坏啦，正修哩。明天准走。误不了甚么，今年会期长哩。还不到古会的正式日子。他把能想到的话，都给家人说尽啦，可那挨刀货还是不走！母亲等不及，引了两个孙女，搭拖拉机走了。旁人他高低拦住不叫走。他上了汽车了，原来就这么不㞞行！得争这个脸呀。大哥大嫂没甚，挺仁义。父亲可不客气，竟骂他是没用的东西。他还没记得挨过老汉的骂哩。婆姨就更可怕啦，一天能骂他一千声挨刀货，全不体谅他上了汽车将会有的前程。他是真火啦，愤怒无比，早知这么糟蹋人，他宁肯不跟那鬼孙的汽车。

他在心里把挨刀货骂了千百声。七月的骚动，古会的诱惑，还有那浑身热起来的血液，使他觉到为甚么就不能对吴有根不满呀？挨刀货，有辆汽车就这么牛皮，有甚了不起！在这不满中，他憋足了一身的力气和志气，更憋足了要展露、表现、释放的强蛮欲望。他就是在这种心境下，熬到了第五天，古会的正日子。终于坐上了那挨刀货的汽车，却仍然对吴有根极其不满。坐上车的，也只有自家女人，大哥家的一个妮子，还有变得威严了的父亲。大哥大嫂到底还是没去，唉，都是因为那挨刀货。

侄女儿交给了二哥他们。父亲要独自家去游窜，仿佛真嫌他是没有用的东西。他领着自己的女人，进到喧闹的人河里去拥挤，将那不满，将那憋足了的力气和志气，将那急待要展露、表现、释放的欲望，化作几近于野蛮的力量，为自己和女人拱开一条道路。

“抢死去呀，挨刀货！”

婆姨不喜欢他这样威武地冲挤，却喜愿由众人围拥着蠕动。可他觉得多么不过瘾！

“咱们去哪呀？”

“哪都去转转，抢死哩。”

真不过瘾。他想起娶不下媳妇时候，那是多么眼馋人家引着自家女人在这七月古会上游逛拥挤呀。他娶下媳妇还没有这么游逛过几回嘛，倒觉没味啦？不是，撂下她去跑车，还真想念，还真不放心。因为来赶会，她总是骂他。现在，也还是骂他，当着这么多人。难道她真勾扯上哪个挨刀货啦？不会，不会。今儿他得叫她看看，她的男人不简单！可这么人挤人，能表现出甚么本事来？下跤场！他是那么突然，又是那么自然地就想到了下跤场。

对，下跤场。今年古会，他要下一回跤场！他不算个好跤手。他从来都没有认为自己是个好跤手。在村里，他还能摔那么两下，自己力气大，也学过那么几手套路。公社的跤场，他还敢下，没大胜过，也没太丢过人。而城里的跤场，特别是这七月古会的跤场，不用说他这样的孬手，就是一般村镇的好手，也不敢去丢脸。因为这不仅是全县名手聚会角逐的时候，几个邻县的名角儿们也要杀来夺羊的。但他今天却被一种难以自控的强大欲望所烧烤着，仿佛把这一切都忘记了，只想下跤场。

“黑夜，看跌跤去！”

“我要看戏，早跟你说啦。”

“看完戏，再去！”

“我不去，早说咧，不去！”

“去吧！”

“没完咧，挨刀货！”

真没办法。陪她挤了一天，到夜晚，还是动员不走她。对他的话，婆姨一点也不当回事。他更恼怒了。莫非真有个野汉在等她？不，女人是跟他那一大家人一搭去看戏。他们，他那一大家人，居然也都不去看摔跤。不去拉屎倒！他今儿下跤场，不光是表现给自家女人看，不光是表现给爹妈哥嫂看，还有那牛皮的吴有根，还有西山那些烧炭汉，还有马占奎，还有跤场那挤成了山似的人……他没有跟任何人张扬，憋了一身不满，一身力气和志气，一身不能自控的欲望，独自一人，去啦。

灯光篮球场，灯光雪亮。环形看台上，一个挨一个，一层挨一层，挤满了人，能分清男人女人，分不清乡下人城里人。都是人，挤成了山的人。在人山的围挤下，跤场显得那么小，可又那么显眼。千百人的眼，全城全县的眼，全天下的眼，都盯住那很小的跤场了。这不是戏台，不能抹成花脸，裹上古衣古袍，抵挡千万人的眼。跤手亮着自己的眉眼，自己的身架，自己的皮肉，好看不好，没法裹住，有本事没本事，更无法掩盖。一个回合刚完，看台上的人山，就会爆出惊天动地的哄叫。这是给胜家喝彩，也是给败家败兴。他有些胆怯了。

竞赛还没有开始。打场的，似乎是几个城里人，或许是公家干部。今晚喝跤的，却是个中年庄稼汉，很气派的。拴在场边的那只羊，却不甚起眼，瞅不清是山羊绵羊，太远了。跤手呢，各路名手名角呢？还没有开场，他就胆怯了，没出息货。跤场四周的人山，不息地发出雄厚而庞杂的喧嚣声浪。

他不知道竞赛是怎样开始的，也不知道他是怎样跳进跤场的，他只知道自己是终于下了跤场了。从头顶上倾泻下来的强光，实在太明亮了，他被这过分明亮的强光包裹起来，已经看不见四周的看台，看台上的人山，人山射来的眼光。也许他们根本就没有看他，那雄厚而庞杂的喧嚣声浪仍然不息如故，并不像名手登场时那样轰然喧腾起来，又戛然静息下来。谁也看不见他吗？他不再胆怯了，只感觉到那不可遏止的力气和志气。谁上，谁敢上来跟他交手？没有人上场。喝跤的那个庄稼汉似乎看不见他，只是懒洋洋地在召唤对手。没有人上场。他火躁起来，更觉不到胆怯了。都给他吓软了吗，各路名手都钻到哪儿去啦？多么漫长的期待。终于闯进最高级别的跤场了，却没有人出来跟他交手。可他们应该知道，谁也没有权利把他轰下场，除非有谁出来把他摔倒、打败。跤场上自古就是这样，就是县长也没权请他退场。县长来观看今夜的摔跤没有？这一夜历来是最好看的竞赛，县长书记都要光临。他却把跤手们给镇住了。他已经占住跤场了，没人出来跟他交手，休想把他撵下场。这古老的竞技是最公道的。只是，他觉得这期待太漫长了。

终于跳进两个对手来。是吗，谁也无权取消他下跤场的资格。呸，就等盼来这么一个对手？一个瘦小的嫩娃！够不够十六七岁？一个吃屎娃、精瘦的毛猴儿。还那么不在乎地朝他笑笑，露出一副名手的架势，呸。而且，这吃屎娃还未走近，喝跤的那汉子就懒懒地喝道："交手。"那娃儿仍旧不在乎地朝他走近，并做着撩逗他的手势。他暴怒了，连自己也觉倒是像一条惊牛似的朝那吃屎娃冲了过去，但没有意识到是用自家的头，还是用肩，将这娃儿撞倒的。虽然完全不是使用了跤手的套路，但却打败了对手。他舒了一口气。四周看台上，似乎也腾起了几声哄叫。还有一片哄笑，不大恭敬，他没有怎么注意到。

第二个对手，很快就跳进场来。还是一个十六七岁的娃儿，只是胖些，壮些，高些，愣些。呸，膘多些吧怎么啦，吃屎娃！他又照例冲撞过去。哈哈，真是愣，以为他还用头顶呀？错了。这娃儿往右首一躲闪，他踢出一脚，就把孙子放倒啦。这一回，仍然不像使了跤手的正经套路，可能将那娃踢得不轻，不是很地道的绊子。但他又胜了。喝跤的汉子已经吆喝过："两个咧——"孙子们，看见他了吧！看台上，有了些兴奋的喧腾声响。还有哄笑，只是已经带着些可爱的意味，他注意到了。在这样日子的跤场上，他已经摔倒了两个跤手。可惜都不是正经跤手。他得同一个正经跤手赛一场。他要赢一个正经跤手！此时，他被胜利吸引住了。在这个日子，下这样的跤场，为的甚？他只觉得憋在身内的力气还大得很，拱动在心里的志气也大得很。得胜一个正经跤手！

这个后生是一个正经跤手吗？像，完全像。那神态，那架势，那体格，都像。他防备着，还没有怎么哩，居然就被这个对手从背后搂住了自己的腰。坏啦，真碰上厉害跤手了。呸。哎——嗨！四周看台上，猛然就腾起一片快活的哄笑。连他自己也不由笑了。他哪来的这么大力气呢——他居然用屁股把对手压倒在地，当然他也坐到了那后生肚上。这更是他没有学过的套路，甚至也没有见过哪位名手使用过这种套路。连跤场上执法的喝跤汉，也笑了："三个咧——"套路不套路吧，他又摔倒一个，这是最主要的。对于胜利的体验，使他陶醉了。他真还没有体验过这种胜利的快感。看台上那人山人海都在看他呢，他还得摔倒一位名手。

第四个出来对阵的跤手，居然不是名手。名手，他能认出来。他打败名手,全城全县的人也会认得他了:名手变成了他。可惜不是名手,“四个咧——”喝跤汉的喝吆声,已经兴奋起来。看台上也轰然爆发出兴奋的喝彩声,之后,那哄笑声长久地飞荡着。笑甚么呢?他摔倒这第四个对手,仍然不成套路吗?这回交手,连他自己也不知道是怎么动作来,依稀也是惊牛似的冲撞了过去。没有注意到。被他赢了的这第四个跤手,是怎样一个模样,也没有注意到。只记得不是名手。祖宗,他已经摔倒四个跤手啦!再摔倒两个,他就可以夺到羊了。今年七月古会的夺羊汉,全城全县的英雄,真会是他呀?不会这么便宜了他。保羊的名手,就要上场了,使一个绝技,会将他摔个半死。受了伤,恐怕就上不了汽车啦。拉倒吧。在今天这个日子,摔倒四个跤手,也很露脸了,还能得点奖品:三盒纸烟,一颗西瓜。

腿脚跺地,咚咚有声;虎虎吼叫,也怪镇人的。这第五个对手,果然可怕。是名手吧,不怎么熟悉。一定是个名手,他给吓住了,分不出生熟。他真的胆虚了,只顾慌慌地躲闪。没等怎么躲闪,他的后腰又给搂住了,坏啦,给掴起来,准会被摔死。这家伙果然是个老练的名手,搂住他,却不闪住劲迅疾将他摔倒,而在从容要弄他。准是看出他已经胆虚慌神。是哩,他是害怕了,慌神了……此后的一系列动作,已经不是他自己做出来的,仿佛完全是另一个人在替代他:双臂那么迅疾朝后伸去,铁钳一般箍住了对手脖颈,一猫腰,那么漂亮地来了个“背口袋”。于是,啪的一声,这轻敌的名手便展了身子,摔落在地。惊天动地的喝彩声浪,哄然而起。“五个咧——”喝跤声也激动非常。可他愣住了:这怎么可能是他?先装出慌了神,然后一个漂亮的倒背口袋!然而,他是的确慌了神了,并不是故意有诈,诱敌轻敌。

“五个咧——”喝跤汉又高声吆喝了一声,看台上仍沸扬着激昂的声浪。这都是在为他喝彩。已经摔倒了五个跤手,在这样的日子,在这样的跤场。而这第五个回合,又胜得多么漂亮!一个漂亮的倒背口袋,完全是跤场上的高超套路,而且是以此高招赢了一个名手。虽有些面生,那一定是个名手。他也并不是慌了神，真是故意有诈，诱敌轻敌——他回想了一下，的确是这样。这一回合，真是胜得有勇有谋。离夺羊的英雄，只差一步之遥啦。祖宗，他还真行哩。他婆姨可惜不肯来。还有他那一大家人，不肯来享受这一份无比的光彩。吴有根不知在不在看台上。那牛皮的马占奎呢，还有西山的烧炭汉，还有县长、书记，还有各路出名的跤手……等他夺了羊，他们都会知道他。

“一个咧——”

喝跤的汉子已经又在从头喝起。他的奖品不是那只活羊，而是一条纸烟，五颗西瓜。最后的一个回合，居然结束得这般迅速。他终于跌倒在这个盛大的跤场上。跌得并不惨重，几乎没有觉到疼痛。也没有觉到是怎么被这最后一个对手放倒在地的。最后一个对手，是一位名手吗？他也没有去辨认。他只记起了自家女人，还有女人后面排着的那许多人。还有那一只活羊。只差一步就可夺到了，却突然跌倒在地。强光的照耀，喝彩的包围，对胜利的体验，被千百人注目，忽然就结束了，仿佛是一场不真实的梦似的。可一条纸烟，五颗西瓜，放在他面前。不是怎么高级的纸烟，也不是怎么稀罕的西瓜。远不如他们从河北拉回来的那西瓜。不过，也可以啦。摔倒了五个，险些叫他夺了羊。不该想自家婆姨。可她见了这奖品，会怎么样呢？

“同志，几点钟啦？”

“差一刻十一点。”

唔，还早咧。原来还不到夺羊的时候。这古老的竞技，一向是要到凌晨时候，才最后见出分晓。到那时，真正的名手才登场。他下跤场，是不是太早了？也可以啦。他觉得自己的力气已经发挥出去，志气呢，也得到了奖品。浑身的汗，在蒸发，他觉得有些凉意，挺爽快的凉意。同时，也感到了几分乏累，挺畅快的乏累。

九

夏天还好说，冬天呢，得抓紧修盖一个汽车库。他很想在古会之后就张罗这事。古会一过，很快就要秋凉了。但因为赶会，汽车已经歇了许多天，再歇，光养路费也是一笔很大的开销。买汽车借的债，还没有还清，他必须趁气候好的时季，抓紧跑车。紧跑慢跑，秋天就要到了，跟着便是冬天，车库也得抓紧修盖。

公路上，汽车很多。前面有车占着道，后头也有车尾随着。迎面，更有车一辆接一辆闪过。不过，谁也不会跟谁相随很久。不断地错车，超车。已经跑在山路上，稀落的村子许久才能瞅见一个，可前头，后头，迎面，仍不断有车相伴，这个去了，那个又来。他很少超车。回想起赶会前那么发疯似的跑车，他觉得有些不可想象。真后怕哩，怎么就没有撞了车、翻了车？这辆旧解放，也吃不住那么发疯似的折腾的。这是他自己的车呀，居然想不到爱惜它。他觉得很奇怪。

得抓紧盖一个车库。夏天还好说，冬天呢？在甚么地方盖呀？

“有根哥，七月二十二那天，你真去看摔跤来？”

“去来，看来，不是跟你说过啦！”

“那天，人可真多！”

“哪年人不多，年年都是个这，人挤人，人看人。”

“今年多得多！”

“差不多。”

“咋也没想到，今年敢下跤场，更没想到，摔倒孙子五个！”

史家老三又说到七月二十二那天。那天，他是去看摔跤来。不是他想去，是婆姨硬拽了他去。看到很晚，没有坚持到天亮，也没有看到今年是谁夺了羊。有些甚么精彩情形，似乎也记不得了。有数不清的跤手上场，不是你摔倒他，就是他摔倒你。最败兴的，胜不了一个对手；最走运的，顶多摔倒五个对手。多吧少吧，不过就是在这中间折腾。摔倒第六个对手，夺了羊的,只能有一个人。每年,都得熬到天亮时候,这个夺羊汉才会出现,仿佛是安排好了似的。史家老三说他摔倒了五个,那么兴奋,止不住总想跟他说。可摔倒五个,就必败无疑了。因为,摔不到天亮,谁也不肯散场的。今年,他好像看得一点没有兴致,只盼着早早散场。当然不会提早散场的,自古都要摔到天亮。明知不会早早夺羊,可一有人摔倒三个四个,人们就会激动起来,哄叫、喝彩,惊天动地。史家老三下跤场来?真摔倒了五个跤手?他记不得了。他谁也没有注意。只知道不断有人上场,不断有人被摔倒,谁也没有夺了羊。甚至连史家老三是否有摔跤的本事,往年是否也曾下过这样的跤场,他也没有去多想。好像婆姨指给他看来:那不是史家老三吗?他去细瞅来没有,记不得了。

那时,他是因为没有能够成功。心灰意懒了吗?那时,也许是,现在无所谓了。那么发疯似的跑车,那么迷迷瞪瞪地运西瓜,现在回想真有些不可思议。但现在,他觉得心里宁静得多了,没有甚么憋在身内,憋在血脉里了,浑身觉得轻快了许多。憋在身内血内的,是一股恶气、火气,还是没处使出的力气?他也不想去分辨它了。心里安静,身上轻快,这就行了。得小心开车。还得抓紧修盖一个车库。往哪里修盖呀?自家的宅院太小,村里不知给不给批一块地方。

那面的山头上,长着林子。有桦树,也有落叶松,正绿得发黑。用焦炭能换几根檩椽吗?嗐,有林木的村子,不缺烧的,谁跟他换。这面山坡上,长得是莜麦,一片灰绿。莜麦也卖不了好价钱了。

"真没有想到摔倒孙子五个,得了一条纸烟,五颗西瓜……"

"老三,你还有这一手?"

"也没甚,胆大就行!当然,得有力气。当然,更得有技术!这是真功夫,得下辛苦练哩。脑筋也要好,得眼疾手快,更得要点计策……"

"你还行。"

"胆大就行!"

"不要命啦!"

“当然，也怕哩……不要命啦！”

这个山汉，汽车这么近啦，还要赶牛过公路，好玄。他得专心开车！

这是到了哪啦？唔，已经快到白云岭了。可此时，还不到晌午。真的，直到此时，他才意识到，自从开了汽车，他这是第一次在白天路过白云岭。昨天，赶到西山，装完焦炭，开车时已经不早了，便在前面的镇子上住了店吗？他完全忘记了白云岭了？真是忘记了，一点也没有记起总在这里住店的惯例。一路上都是在想修盖车库的事。

白云岭，那个车马店，那个女店主，还有那个夜晚，他不由有些害怕起来。那些日子，他真是发了疯。他怎么就起了那歹意，怎么就敢做那种事！司机，汽车司机，可他究竟还是一个庄户人，还是一个孤单的专业户。在白云岭，他更是一个外路来的孤单的农村人。而那个女店主有自家男人，那男人又有亲戚朋友，那里的村干部、治保主任也一定是向着她、护着她的。他有谁呢？除了一辆旧解放，就只有这个史家老三。这货除了有力气，还有甚呢？大概连做个证人也不会。有力气，也不可能把那里的全村人都摔倒。他没有公家司机那一份威风。快晌午了，但绝不能在那里停车，吃饭。第一次白天从这里经过，不能停留。

“来！抽根烟，咱赢来的纸烟！”

“不抽。”

“抽根吧！”

“不抽！”

从那一夜之后，他又在她的店里住过几回的。她照旧热乎地接待他们。看不出她有甚么变化，又似乎有些不同。当然，他们去时，她男人准在。那男人似乎也没有甚么不同，还是那么不多吭声。她不会告那男人？也许真是圈套，等着狠狠讹他一家伙。她甚么也没有跟他要。她说，她一直把他当好人，当地道人，正经人，能干的人。她不过是这么说说吧。开店的，都会这样奉承人。那一夜，她的男人也许真不在。她说，敢留他们住，是把他当作好人。也许，她就不是好女人。可她反抗他，她一直在哭。她说,她一直把他当好人,还说,常在她男人面前夸奖他。她说,他比那些野司机们都好。她总记着他哪天来。她真会在来来往往的司机之中间,记住他,他这么一个庄户司机?说说罢了。记住他,也不过是想多挣几个住店钱。她甚么也没有跟他要。但她不再那么跟他多说甚么。以前,她爱跟他说话。她男人也总在店里了,从那一夜以后。

他不能在那里停车。

他还是停了车。史家老三说,得方便方便,得喝口水,得吃顿饭。这家伙,今天兴致高,敢违着他的心思坚持己见。由他一回吧。

这个他熟悉的小村镇,到了这阳婆直射的正午,完全不像夜晚那么好看了。新添的饭铺、旅店,虽仍有录音机在放甚么女人歌曲,却遮不住它们的简陋。它们背后的村子,仍然很小。村子背后的山坡上,也仍是一片灰绿的莜麦。刚近正午,还没有停几辆车。他朝她那马车店望望,甚么也没有瞅见。是她在,还是男人在,还是都在?

他匆促地钻进一家小饭铺。进去,才发现正是那一夜喝辣酒的地方。可跑堂的却是一个男人,也没有旁的客人吃饭。一种异样的感觉,依稀漫来。饭菜上得很快,他也吃得很快。在这么一个小村镇上,她应该发现他的汽车又来了,他心里想。它朝那里望望,仍然瞅不出动静。已经有许多天没有来住店了,她会记得他吗?

“走。”

他放下碗筷,催促史家老三。他没有站起来,点了一支烟抽。

“走吧?”

“走吧。”

他仍没有站起来。史家老三也摸了支烟抽起来。又进来几个吃饭的司机。只能认出是司机,认不得是谁。不会记得他的。见了面,她能认得他,人一走,就忘了他了。谁知道她是个好女人还是赖女人。看模样,性情,都不赖,实际怎样,难说了。那一夜,说不定她还是看不起他这个农村司机。

"走!"

他走到自己的汽车跟前,却神奇地瞅见了她!他是一直在留心这边,甚么也没有发觉,她却正好走近了他,鬼怪似的。

"吃饭来?"

"吃饭来。"

"晌午到俺们这儿,挺稀罕。"

"走得迟了。"

"有八九天没有往俺们这儿跑车了,歇来?"

"赶会来。"

"我还当是出事故了,不会。"

她果然还记得他。八九天了,担心出了事故,她真在记挂他?说说罢了。可是,在阳婆照射下,她是分明比夜晚不同了,大不同了。她原来年轻得多,也中看得多,精灵得多。她瞅他的时候,比往日更正经得多。但在这正经中,他似乎更真确,更清晰地看到甚么,叫他动心。只是,她分明已经拿正经的、失望的、凛冷的神情将它罩住了。她拘谨地跟他说话,时而提防着略略一笑。

"回来,在我们店里歇吗?"

"看情况。"

"现在,正晌午,不稍歇会儿?"

"走得迟,得赶路。"

"水也不喝口吗?"

"刚喝了汤。"

"那往后,还常来。"

"当然。"

她拘谨地笑笑,走了。不是回她的店,是朝村里走了。

也许,她真记得他,真在记挂他,不是因为那一夜。是在那一夜之前,就真的从那么多的过往司机中,记住了他,把他当好人,地道人,能干的人，记着，挂念着。在这么遥远的地方，有这么一个女人，竟然记着他，敬重他，挂念他，这是他从来不曾想到，也从来不曾体验过的事情。可发生了那一夜的事，他把这事情给毁了，把自己给毁坏了。他多么憨愣，一点都没有发觉，疯了似的把自己给毁了。

她真会在那么多的过往司机中，把他挑出来，看中他，记住他，敬重他，挂念他吗？他仍然不敢相信。

十

他在跤场中所赢得的意想不到的成功，并没有在熟悉他的人们中间引起他所期望的那种反响。这叫他相当失望。

他的女人首先就不相信。摔倒五个跤手？还不知道下跤场来没有！她连他敢下跤场都不相信。这是甚么？一条纸烟，五颗西瓜，他赢的奖品。谁知道是赢的，还是花钱买的？不信你去调查调查嘛。想抽纸烟，买就对了，编这瞎话做甚——挨刀货！女人高低不相信，任他怎么说，她都不朝这方面想。

二哥二嫂，只听他说，也不表示信，还是不信。他们只顾忙着做买卖，卖粉条、凉粉、粉汤。他们的买卖，并不兴隆，还用着那么专心？只听他告诉，顾不上表态。

母亲说，就不怕人家把你摔伤？母亲似乎相信了，却也不当一件了不起的事。她大概从来也没有心思去看看这种摔跤比赛。听说，母亲年轻时候很开通。那时，大概也不会通宵达旦看摔跤。怎么会知道摔伤人？

父亲相信。只有父亲对他的成功表示出了兴奋：俺娃还行！差一步就夺了羊咧，三三你准是骄傲啦！不敢骄傲。明年夺羊，明年给咱夺羊……老汉还抽了一支他的奖品烟，呛得直咳嗽，可父亲的夸奖，却使他觉得不过瘾，甚至有几分丧气。父亲在村里，在家里，一向是最没有地位的人。他觉得，老汉大概还不知摔跤赛是怎么一回事。老汉一向就不进城赶会。

没有进城来赶会的大哥大嫂，对他下跤场的成就，也表示出了喜欢。他们对谁的好事情，都表示喜欢，无论值得值不得。所以，他们的喜欢也没有多大意义。

西山的烧炭汉们，都说那天下山赶会去来，也看了一夜摔跤。见他下跤场了吗？有说见来，有说没看清，有的说下跤场的根本就没有他。对于他摔倒五个跤手，赢了一条纸烟、五颗西瓜，争吵了半天。是真是假，没有统一了意见。只是，他们都承认，跤场上的好手，特别是每年的夺羊汉，大都出在搬运工、装卸工当中，当了夺羊汉，进公家的装卸队就容易了。贼孙子们，闹了半天，还是把他当装卸工看待？他们居然不相信他是汽车司机助手！他原想请他们都抽几支他的奖品烟，拉屎倒吧。

吴有根，他的师傅，对他下跤场，对他出乎预想的成功，虽然也没有惊叫起来，但还是听他详细告诉来。这就不错了。有根师傅是从来不听他告诉甚么的，人家是有志气的人。这一回，居然肯听他告诉，还说："你还行！"已经很不错了。他干了一件有志气的事。大概就是因为这件事，因为他在跤场上的成功，有根对他的态度已经大不同了。肯听他说点甚么，不再发火，不再吼骂他。车到白云岭，本来不想停车，他说停吧，歇吧，吃顿饭再走吧，有根居然听从了他。他应当满意了。有根大概已经把他当有志气的人来看待了。有根说："你还行！"怎么个行法？能开汽车吧。甚么装卸工，山汉们的见识。

要不要问一问有根师傅呀：甚时才教他开汽车？算啦，不要问。

他觉得心里宁静得很，身上也轻松得很。下跤场所引起的兴奋，似乎退散下去了。汽车离开白云岭不久，一种甜甜的倦意又不由涌起。怎么又想瞌睡啦？是刚才的那顿饭，吃得太饱了吧。两厢是灰绿的山，阳婆把车楼晒得很热，风又不断吹进来，无尽的公路朝后退去。瞌睡又在缠他，开始是甜甜的，渐渐又变得沉重起来，需要那么吃力地来抵挡它，与先前没有甚么不同。只是，他已不怎么能意识到了。

尾声　瓷　器

一

公历九月，在北方已是秋凉时候了，可武汉还很炎热。清晨，倒是凉爽的，清晨精神也最好，头脑清醒，记忆力强，该专心背外语单词。大学的清晨也很短暂，再不能胡思乱想了。甚么掸瓶，甚么瓷器，滚蛋吧。因为它，昨天居然把饭盒带到了教室里，那天还几乎走进了女浴室！新一册的英语，已经讲了几课了。新的外语老师，是个独身老太太，很厉害。新单词，他大概连三分之一也没有记熟。将来，还想考研究生，还想取得学位，还想争取出国留学，鬼。从今天起，再不去想它了。如果当时把它抱起来，朝瓶底看看就好了。居然没有看。多少年就没有想到看看它。这次暑假作为大学生回家了，居然也没有想到看看它。失手将它碰破了，仍然没有仔细看看它。当时，是只顾了惊慌，只担心父亲生气吗？他好像惊慌了那么一下，不过也只是那么一刹那间，一种下意识的惊慌。而父亲，根本就没有在意，仍然是朝他笑着，拘谨地，甚至还带着几分讨好他的神情。

“不怕，破就破了吧，一个没用项的东西，早不时新了。破得也不厉害，等有空，我寻些万能胶粘粘，没事。”

记得父亲当时就是这么说的。也可能父亲不好意思对他生气？不会吧。这次回到家，父亲、母亲、姐姐，是怎样待他呢，简直把他当成大人物了，不算民族英雄吧也是家族英雄。姐姐总拉着他，到处去展览。母亲呢，除了一口一声俺娃地叫他，就总是拉开了尽可能远的距离，用一种由于已经不能懂得他而觉得幸福无比的神态，来痴醉地欣赏他的一动一举。而父亲，始终都是那样拘谨地朝他笑着，带出了一种讨好他的意味。不用说他的确是无意碰破了它，就是有意将它摔碎，他们谁也不会责难他的。不过，它也不见得就那么简单，或许还是一件贵重的东西呢？他真后悔当时没有想到去鉴别一下。

鬼，真是见了鬼了，不去想，不去想，还是又想到它了。今天，也仍然不能摆脱吗？

这里是远离家乡的长江之滨，是他拼了命才终于考入的水利电力学院。现在，已经进入了第二个学年，一切都应该宁静下来了。兴奋感已经减弱，新奇感几乎已经淡去。难以适应的、有些吃力的学习阶段，似乎也度过了。研究生、留学生，他也可以胆壮地去向往了。开放的、开阔的现代型气质，他也觉得能够具有的。连他的装饰举止，也分明脱去了许多北方乡村的土气。却没有想到，暑假回了一趟家，跟上了鬼似的，总是莫名其妙地要想那个东西。许多天了，思维总无法向别的方向转移，入魔一般要朝那里去，要在那里转。连同学们都看出来了，问他是恋爱了，还是失恋了？鬼！那么一个东西，怎么会恋爱，又怎么会失恋。如果真是一个贵重的东西，应该珍爱吗？失恋，是因为无意中失手把它损坏了？可惜没有想到仔细鉴别一下。当时只有条件反射式的惊慌，也只是在一刹那间。从小就看到它了，从来没有想到去注意它。是把它那最突出的部位撞裂了，有两大片掉到了柜面上，其中一片又摔成了两片，还有几小片掉进了瓶胆里。瓶胆内，塞满了东西，这也是他从来没有注意到的。塞着些甚么东西呢？过去队里发的记分本、语录本，母亲剪的鞋样、窗花样，似乎还有一张房契，一张姐姐上学时的家庭通知书，还有几枚铜弹壳、几枚铁制钱，还有？一定还有，的确还有不少东西。他记得塞得很满，可当时没有怎么在意，只觉得都是些乱七八杂的东西，有种厌烦感，根本没有去想也许有值得注意的东西。还有甚么呢？也许有值得注意的东西。

鬼，怎么又往那里想，又胡思乱想！他真是苦恼透了。他甚至怀疑自己受了甚么刺激，神经有了甚么毛病。受了甚么刺激呢？他回想过不知多少次了。这次暑假回家，甚么事情都没有发生。家人待他是再好不能了。母亲一口一声叫他"俺娃"，父亲总是那么拘谨地望着他笑，亲戚们都把他当贵人对待。大家是既娇贵他，又尊贵他，能有甚么刺激？他在家也没有住了几天，甚么事也没有发生。无非是好吃好喝，无非是串串亲戚，看看同学老师熟人。时时处处都享受着一种荣归之感，日子又过得平淡无奇。没有奇遇奇闻，没有担惊受怕，没有突变，没有波澜，他熟透了的家乡生活，充满了情义和温暖，又近于贫乏单调。怎么会受了刺激呢？难道是回家之前，到北京的旅游，使他受了甚么刺激吗？他也多次回想过那次旅游了。虽然终于也去过了首都，好像也没有特别的兴奋。也许是对首都的想象已经太多了，也许是现在志趣不同了，眼界不同了，这次首都之游，好像拥挤之感比新奇之感还要强烈些。拥挤会受甚么刺激呢，又会同家里那个旧瓷瓶有甚么相干！这次在家里，唯一使他看着刺目的、不舒服的，就是姐姐的那时髦发式。可这也绝不至于刺激得他有了神经病吧。而且，时髦头发跟碰破掸瓶，更不相干。

甚么刺激也没有受到，他可以肯定。他的意识还是清醒的。他姓吴，他是男性，他来自遥远的北方农村，村子在云中河边。他经过了拼命似的、搏战似的高考，终于考进了大学。这大学是工科，在武汉，他已经上了一年。他睡在宿舍双层床的上铺。铃响知道起床。吃饭应该去食堂。上课能看见老师，能听见讲课声音。自修时，能做演算，能背单词……可就是不由自主地要去想那个东西。他是学生，学生全靠用脑筋，可脑筋却莫名其妙地总被可恶的那个东西所占据，总被那些古怪的思绪所纠缠，愈想挣脱，愈挣脱不得。明明意识清醒，却分明又不由自主。

楼外已经不见人了,上课了吧?鬼,真是见了鬼了。

二

这个暑假,他真不该回家。

原先,他也的确是不计划回家了。分明已经决定了的,要和几位同学,搭船沿江东下,去庐山黄山做一次旅游。已经给家里写了信去,说了说旅游的意义,诸如不是游玩,不是浪费,是开阔眼界,陶冶情志,于学业有益等等,为的是父母不要埋怨他无情,当然,也为了能寄点旅费来。听南方同学说,坐低等舱,是花费不了多少的,似乎比买半价学生票回北方探家还要便宜。这笔账,他在信里也交代了,为的也是能得到可靠的支持。好像还说了现在的大学生暑假都要去旅游的话。他没有想到,父母不但极为赞同他去旅游,而且很快寄来了一笔很可观的旅费,他真有些吃惊了。旅游,就是在他们大学生中间,也被认为是相当现代的活动,远在乡下的父母居然就这么爽快地给予支持了。他们也能晓得旅游的意义啦,真像甚么地方所说的,农民旅游已不是新鲜事啦?当然,他后来回到家,就看出来了,他们正是由于不懂得,才那么倾心支持的。

他终于放弃了原先的旅游计划,由顺江东下改而北上进京,是否同这种出乎预料的支持有些关系呢?他记得当时似乎多少有点心理压力:大学生,北方人,居然还没有去过北京,人家农民进京旅游都不算一回事了。还得承认,当时他有些想家。寒假就没有回家,暑假也不打算回去,本来是想磨炼意志,培植高远志向,强化独立意识的。当然也有节省路费的意思,虽然是极为次要的因素。接到父母回信和寄到的汇款,他的确有些按捺不住地想家啦。想念父母,想念姐姐,还有些向往作为大学生荣归故里的那一份快意,也想看看他的家变化得怎样了。那笔可观的汇款,也为北上做首都之游并顺路荣归提供了可能。现在回想,如果不是那另外几个同学的极力怂恿,他也不会最后改变计划的。他们几乎是绑架似的将他拉扯去了。一直到了北京，他才意识到，这几位旅伴竟然全同他一样，都是来自农村的同学。当时，似乎曾经莫名地在心里泛起一种苍凉感来，不过也只是一闪而过的事。北京也那么炎热，又那么拥挤，只想吃冰棍喝汽水。在首都他并没有见到多少农民，农民非农民，都一律拥挤着吃冰棍喝汽水。

在首都，他们瞻仰了天安门。也许，它前面的广场太开阔了，它不像他所见过的许多特写镜头那么突出，可他在心里还是涌起了一种神圣感。所以，排了半小时队，留了一个影。后来，就游了故宫，只觉得很累，所以当时的感想只是：皇上老儿住的皇宫也不过如此。还游了祭天的天坛，八达岭的长城，西太后修的颐和园，也只是不断地拥挤，不断地吃冰棍喝汽水，只觉得人很多，又很累，也顾不上感想甚么了。还想去十三陵看看皇上老儿的坟墓，可冰棍汽水已经解不了揭，终于拉倒啦。夜里，又是睡在一个小学的教室里，一翻身，课桌就吱吱作响，总怕摔跌到水泥地上，不敢沉睡。吃饭也很困难，饿着肚排队，更不好受。所以，他们就提前散伙了。京城之游，不过如此。他们只挑了名胜古迹游览，而这些名胜古迹又大都跟明清的皇上老儿相关，没有激起他们这些追求现代气质的工科大学生的多大兴致，同他那云中河边的庄户人家，同家里那个俗气的瓷瓶，更相去遥远，根本不相干的。他们也逛了一次王府井，那里跟汉口的商业街差不多少，尽是时装电器和拥挤的人。游兴更差，只吃了一杯冰激凌。冰激凌不难吃，也不会刺激神经呀。

离开北京，回到家里，那就更加平淡无奇了。一年未见的父母、姐姐，见到了。他们没有甚么变化。只有姐姐的头发变得时髦了，居然披着武汉北京街头那些风流女士的长发，而且也学着她们那种风度，有意一颠一耸地走路，以强调那长发的飘抖。不过，这种时髦他也见得多了，毫无惊异，只觉得有些不够水平。他所向往的那种荣归之感，也享受到了，而且大大超过了预想，家人、族人、村人，都把他当成了了不得的人物，娃儿似的娇宠加上英雄似的尊崇，他一齐享受着。他没有失望，当然也没有因大喜迷昏了心窍，像范进中举那样。他知道家人村人如此待他是真诚的，但又觉得自己享受它有些不够踏实，他也知道父老乡亲的感情是贵重的，又怀疑这份荣耀有些廉价。他还是很清醒的。他想看到的家中的变化，除了姐姐的头发，似乎都有些叫他失望，可那不断被加强的荣归之感，那扑面而至的亲亲之情，早将这失望冲得淡漠了。仍然如故的家，甚至使他涌起了那么浓重的亲切之感。

还是那样的院落，还是那样的房屋，还是那样两棵石榴树。清晨醒来，他睁眼望见的，还是木格架着苇席的顶棚，还是麻纸糊了的窗户，映着阳光。他又躺在了踏实的土炕上，而不是双层床的上铺，也不是吱吱作响的小学生课桌。这炕对面，还是那个沉重的榆木躺柜，紫红色的，油漆虽陈旧了，仍有光泽可见。有光泽的柜面上，还是摆着竹皮暖壶，洋瓷茶缸，玻璃水杯，父亲装旱烟的纸盒，母亲放针线的柳条笸箩。只有镜子变大了，也多了些化妆品，显然是姐姐变化来的。可那只小闹钟，依旧坏着不走针，不出声。靠墙角，就是那个可恶的青瓷掸瓶了！可那时，他简直就没有注意它，仍像从小扫视这熟透了的屋里一样，扫过了它，没有任何印象，没有意识到它比柜上所摆的其他杂物硕大，没有联想到它像一个放大了的古式瓷花瓶，没有想它从未插过真花假花，甚至没有想过它曾经插过鸡毛掸子没有，当然更没有想到它的肚里还塞满了那么多杂乱的东西。直到那一天，他去掀那沉重的榆木柜盖，无意中将它撞破了，也仍没有十分注意它。它是怎样来到了这里，它有甚么用，他从来没有考虑过。暑假在家那些天，他仍没有留心它。无意中撞破了，只那么条件反射式地惊慌了一刹那间，之后就几乎忘记了这回事。

日子就那么平淡无奇地过去了。连那总伴着他的荣归之感和亲亲之情，不久也显得很单调了。当斯情斯感也变单调了，那日子就变得更贫乏无奇。他想提前回校了，他决定提前走了，他终于提前启程了。家人都很意外，都很不理解，可还是无条件支持他走。

母亲送他到了街门外，没有落泪，没有伤感的表情，仍然是用那远远的目光，瞅住他欣赏，就像那些日子欣赏他吃饭、欣赏他洗脸，欣赏他跟村里人谈话、欣赏他坐在院中的石榴树旁仰望夜空那样，由于不能懂得他而显得痴醉。最后，只说了一句："俺娃快走吧，看误了火车。"就这样，分别了。

父亲和姐姐送他到县城的火车站。记得车站的那位女售票员，接过他的学生证，还和蔼地望了望他，一边点钱，一边说："临河的吗，怎么没见过……"父亲却没有多说话，在等车的一个多小时里，仍是那么拘谨。姐姐当然又在不停地说话，甚至又说到了她在写诗。当时，他听得没有兴趣，就像不喜欢她那新式披肩长发一般。他上大学前是喜欢过诗，也悄悄写过些诗句，可现在是宁肯把那时间用来背单词的。火车终于来了，也终于慢慢开动了。姐姐像城市人似的，在站台上向他挥手，那时髦长发被风吹起来，很凌乱地飘抖着。站在姐姐身后的父亲，也不由学着她的样子，弯了手臂，生硬地向他摇动了几下。大约感到不像姐姐挥动得好看，就放下来了，只拘谨地望住移去的车厢。就这样，离去了。

一切都是既平静又平淡。可就是在那个时候，在火车加速驰出家乡那个小站的时候，他忽然想到了那个青瓷掸瓶。它会不会是一件古瓷器呢？乾隆年间，甚或宣德年间……他们吴家祖辈都是庄稼人，不会的。是不是土改分的财主的浮财呢？他们临河村只有一户富农、几户上中农，连一户地主也没有，他是记得的。这样的掸瓶，似乎总是成对的，摆设在条桌上，对称着，却记不得是在哪里看到的景象。如果是成对的，那一个又在哪里？这一个，靠墙角摆在沉重的躺柜上，就像一个放大了的花瓶了。可他记得从来没有插过花，无论是真花还是假花。鸡毛掸子，似乎也从来没有插过。既非装饰，也不实用。他从来不知道瓶胆里还塞满了那么多杂物，记分本、语录本、鞋样、窗花样、家庭通知书、房契、弹壳、制钱，似乎还有一本《百家姓》，一张抓药的药方。好像是爷爷从甚么地方把这瓷瓶背回来的，不是坐火车，骑了毛驴吗？从哪里，西安吗？想不起是谁告诉他的，不是父亲，不是母亲，不是大伯大娘，也不是舅舅、姨姨，没有这么一回事。是姐姐做的诗吗？她的诗，他没有看，有些厌烦。姐姐对这个俗气的瓷瓶，也很厌烦。他撞破了，她很高兴的。它那青瓷花纹并不俗气。他从来没有注意过它，也从来没有听家里人说到过它。它也许真是一件古瓷器。除了它，他那个家里，再没有带古气的东西了。可谁也不曾说到它，他居然也没有想到去鉴别一下。火车已经开得很快了，虽是慢车，他已买了通票。他真想回去看看，瓶底上或许有甚么印记。他竟然没有留意，父亲是否寻来了万能胶，把它粘好没有……

也许是旅途上太孤寂了，他就这样一路想去。怎么也没有想到，回到学校，竟无法从这无聊的思绪中挣脱出来。他想，或许开学后，就好啦。开学了，上课了，更难以摆脱开它，对这次暑假的故乡之行，他真是懊悔极了。可愈懊悔，似乎愈不能挣脱。

三

心理失常，感情控制不住，思维调节不灵，造成强制性思维，产生一系列强迫性观念，是一种强迫性神经官能症……

有些像这种症状。可能就是。描述得很像。神经官能症！天爷，真是得了神经病了？强制，强迫，谁在强制强迫他呢？他现在的处境很优越。家人族人村人包括村干部，都是既娇宠他，又尊崇他。母亲那么痴醉地欣赏他，连他吃挂面鸡蛋的姿态，仿佛也是怎么优雅似的。父亲总那么拘谨地朝他笑，带着讨好他的神情，他都觉得父亲有些不像父亲啦，哪里还有强制强迫？儿子就是做了总统，老子也不必这样的，他曾经这样想过。那个青瓷器是个没有生命、没有气力的东西，又怎么会强制强迫他呢，真是莫名其妙。

这是一种病理现象。患者被一种莫名其妙的力量把一系列古怪的观念强加给自己，想象十分荒诞……

描述得很像。的确是荒诞古怪。一件古瓷器，鬼。可他毕竟没有去鉴别。鉴别了又想怎么样？发现一件文物，去卖个好价钱？他并不需要那多钱，因为既不急于买摩托车，又不想当万元户。“农村也有了万元户……”那种口气，好像城市家家都早是万元户了似的，他很不愿意听这种话。现在谈钱也谈得太多了，他觉得俗气。当然，他也没有做一个古雅文人的梦想，在书房里摆一件文物。他早已不爱好作诗了，只想用功背单词。好像还有一本《百家姓》，民国年间出的，被水浸湿过，像云彩似的花纹，留在每一页上，忘了查查吴姓在哪一页上。的确是一件莫名其妙的力量。可这力量又是甚么呢？他正在树立现代型的独立意识，甚么力量能这么蛮横地来左右他？真是荒诞极了。

对此种病症的病因，目前尚不十分清楚。一般认为是一种特殊性质的心理冲突和心理压抑，似与儿童时期的自责情绪有关……

尚不清楚。他自己不能清楚，连这些医书居然也不清楚，这不是反而在增加患者的心理负担吗？暑假之前，他心里很平静，终于考入了大学，只有高兴，哪里就有甚么冲突和压抑。考上考不上，那是心理冲突。考不上，就惨啦，继承祖业当农民。当然，现在的农民也可以了。不过，那样很可能形成心理压抑，十八代祖宗都是农民，十九代还是农民。祖辈都是农民，那个青瓷器是怎样来的呢？用毛驴从西安驮回来吗？驮回来做甚用，就为了塞满那许多杂物？还有一张药方，纸很黄很薄很软。鬼。他终于考上了，他幸运万分地考上了，解除了冲突，未形成压抑。儿童时期，自责情绪。儿童时期，他可记不得甚么了。爱到村边的云中河里去玩水，狗刨式的游泳。割草，给牲口割草，芦芽草工分多，简直没有甚么可记忆的，所以早已记不得甚么了。只有这件古瓷器还值得记忆吧？它如果是一件俗气，很没有价值的东西呢？很可能是的，祖辈都是庄户人。可惜没有鉴别一下。儿童时期更没有注意过它。小时候，他失手摔碎了碗，母亲会很严厉地训斥他一番。那天，他撞破了瓷瓶，条件反射式地惊慌了一下，可能同儿童时期有点关系吧。可那不是自责，是怕父母训斥。父母毫没有在意，完全不可能再形成压抑的。连医书上都说尚不清楚，他又何必这样猜疑。只是这尚不清楚，倒更叫他不免有些惊慌了。

日本的山田直树认为，此病是因为不快感情的刺激性亢进所引起的一种特发性疾病。

这就更莫名其妙，更叫人害怕了。不快感情的刺激，他不知已经细想过多少次了，在暑假中绝不曾受到过不愉快的刺激。像这些医书上所列举的病例。总怕摔跌到高楼下，总疑自己偷了别人的东西，还有恋爱上的单相思之类，他根本沾不了边的。他疑心自家那个掸瓶是件古瓷器，这本身也无所谓愉快痛苦，是文化性质的，而不是感情性质的。只是不能摆脱这无聊的疑心，叫人苦恼不堪。他家并未住上洋楼，还是那样的农家房舍。他也从来没有偷过别人的东西。单相思，他还没有够格的目标。有不少人倒想给他介绍，可他断然回绝了，连父母都懂得，得文化上跟俺娃般配。文化当然得考虑，感情也许更重要，最真实的是他根本还不想考虑。姐姐倒是在恋爱了，姐姐的那时髦披肩发也的确叫他觉得不愉快。他去看了看姐姐恋爱的那个人家，似乎更觉得不愉快了。那家姓史，就在云中河对岸的河庙村。他不是专门去看史家的，是到河庙去看他的一位高中同学。这同学瞅住他啊呀呵了几声，就说："走，引你采访一家专业户！"他并非记者，采访个甚？可他早被拖进一家宅院了，很陈旧的宅院，比他家那个宅院还要凌乱。"老金寿，来了个记者，采访你呀……"真叫他冒充记者。他记得，从南面那小泥房里走出一个庄户老汉来，没有甚么特殊，比父亲还像一个庄户老汉。这老汉恭敬地瞅了瞅他，就去回答他那位同学的一连串问话。一直都是他的同学在采访，像审问这个老汉似的，兴致很浓。他记不得问了些甚么了，只记得有些可笑，只记得那家姓史，只记得院中央有个猪圈，南面的小泥房似乎是粉房。院里有猪粪和粉浆的气味，比他家还更庄户化。好像还进了北房吃水，屋里更没有甚么特别，也有个榆木躺柜吗？青瓷掸瓶是肯定没有。有四个儿子，没有一个上大学的，这似乎也记得的。一个儿子也没有见到，只见了这位老汉。老汉很恭敬他们，居然没有识破他是冒充的假记者，他几乎没有问一句话，居然也没有识破。老汉分明还觉得很荣幸，兴奋地回答他的同学的审问。审问得真够起劲。他们离开史家，他问这位同学："你想当记者？"

"想得很哩，可惜当不了。伙计，你毕业了回来给咱当县长吧！县里刚换了书记，是个大学生，来我们村下过乡，我见过。见过不顶事，不会叫咱当记者。"

当时他想，他可不想当县长，只想当研究生，或者总工程师甚么的。还想出国，他也不想当记者，不过觉得这么冒充了一下，也挺好玩。直到临别时，这位同学才说："伙计，你知道这家人是谁？"

"不是姓史吗？"

"姓史不差。知道吧？就是你家姐姐搞恋爱的那家人，跟他家老四，有一阵，搞得热乎呢，挺浪漫……"

原来是引他采访了这样的人家。姐姐恋爱了，他在村里也听说了，难怪头发变化得时髦起来，还写了那么好几页诗句。原来就是这样的人家。他不是看不起这史家，只觉得那十分时髦的披肩发，更叫人感到不愉快。好玩的感觉没有了，只觉得不愉快。但这不愉快并没有压抑在心的。姐姐的事，他不想干涉。他有这样的文化修养。他问也没有问一句。暑假没有度完，就把这事忘记了。那史家老汉也没有给他甚么刺激，很恭敬他。如果能够识破他，也许会有点刺激。他和姐姐长相有些相似的，居然没有识破。即使识破了，也不会扯到青瓷古瓶上的。青瓷古瓶，怎么就知道是古瓶呢，可又怎么判定就不是古瓶呢？原因尚不清楚。

患者多为儿童和青年。

这一点，只有这一点，没有可怀疑的：他曾经是儿童。现在正是青年。可他并非一般的青年。大学生，都说是经过竞争而被挑拣了出来的优秀人才。竞争很激烈，挑选的比率很小。他不是一般青年，为何患了这么一种病症？强迫性思维，原因尚不清楚。

他浪费了许多宝贵的自修时间，寻来这么多医书、杂志，仍然是莫名其妙，原因不明，只知道了自己被一种莫名的力量所强迫着，思维调节不灵。这反而更加重了自己的心理压力，更明白自己是难以挣脱这种苦恼了。

中医有“怒胜思”的说法。患者不妨认真动动肝火，生一场气，或许可能转移思维。

终于寻到这样一条治疗方法。可他去跟谁动肝火，去朝甚么生气？这里的同学、老师、食堂管理员？谁也不曾惹他、歧视他，跟人家动肝火生气，破口大骂，那才真正是得了神经病了。去寻商店的售货员吵架动肝火吧？他吵不过人家的，她们的肝火更大，他只会感到恐惧，只会真的压抑起来。跟父母，跟那个史家老汉，也不能的，他们那么娇宠他，尊崇他，恭敬他，怎么能调动起真动肝火的感情，而且，也太遥远了。能见到他们，也就能鉴别一下那个青瓷古瓶了。鬼，怎么又是青瓷古瓶？也许就是一个很平常的、很俗气的、没有价值的破掸瓶。就这样认为了，再不去想它了。也许可以跟姐姐生气动火。她的时髦长发叫他那么不愉快，跟一个庄户后生恋爱，打扮得那么风流做甚么？这不是他，一个现代型的弟弟该有的意识。姐姐离开他也很遥远的。只有跟自己生气，最应该发火的对象也只有自己。现在，一切都这么如意、优越，却犯甚么强迫性思维的神经病，真是可恨极了。只是，抓住自己生气发火，又怎么能达到转移思维的目的？

还是难以摆脱那一种莫名的力量。

四

到底用万能胶把青瓷古瓶粘好了。万能胶就是乳胶。乳胶，不知为甚么村里人都叫它万能胶。他仍不知道父亲是否把那个掸瓶粘好了，只是常常觉得终于已经粘好，那许多杂物也都重新塞入了瓶胆。他扔在躺柜上的一张火车票，从北京回家的那张用过的火车票，也一道塞入了古瓶。

有一天，他还突然回忆起来，这个青瓷掸瓶，其实是父亲刚刚买回的新东西。姐姐很不欣赏，母亲也说太素了，白底蓝花，不如牡丹老寿星赢人。若是这样，他就可以不再想它，从苦恼中解脱出来了，只是，又无法证实这个记忆。记得是从小就看惯它了,新瓷瓶也不会塞满那么多往日的杂物吧。暑假里,他只记得父亲进城买过挂面,还起早去城里的自由市场买过一回大米。因为他在南方尽吃大米。

还有,从西安把这个古瓶背回来的记忆,也是既无法证实,又无法排除。他确实记得没有人对他说过这么回事。家人亲戚,谁也不曾说到过这个古瓶。如果谁说过这么个来历,儿童时期的好奇心,一定会怂恿他去注意这个东西。他从来没有注意过,但为甚么偏偏记得是西安,而不是别的地方?为甚是背回来,不是装了箱,运回来?用包袱裹了,系在脊背上,像村里人进城买玻璃那样吧。

真假记忆都分不清,正是神经病的症状。不过,他始终觉得自己的意识还是清醒的。他姓吴,是男性,再也不会走向女浴室了。他家在遥远的北方农村,靠着云中河。他正在读大学,是工科。铃响便起床,吃饭到食堂。上课,耳听手记脑筋想。虽然还是常常不免要去想那新瓷古瓷,可功课并没有十分受到影响。也没有像单相思患者,日渐消瘦。他的体格很健康的。更不必像想跳楼的和疑心偷盗的,须把自己的手脚捆绑起来。他只是有几次忍耐不住,在星期天跑了跑市内的文物店和杂货铺。没有寻到相同的那种青瓷掸瓶,不过也增添了些新知识。

既然如此,还要苦恼甚么,惧怕甚么?他就不再那么苦恼,那么惧怕了。也许是终于习惯了这种莫名的想象。既然无法摆脱,就去想象吧。在修业之余,那么想象一番,似乎也不错的。说不定还能够锻炼了思维想象能力。他甚至不再有当初那种急切的欲望了,只恨不能立即回家鉴别清楚。急甚么呀,回去看清了也许会觉得没有意思,或许再回一趟家,说不定又会陷进甚么新的莫名之想。

他记起来了,吴姓在他们那个村中,还是一个大姓,三大姓之一。可似乎就没有出过甚么大人物。只有他大伯还当过两天县委书记。可惜那是在学大寨时候,分明有被捉弄的意思。不久就贬到了农科所,现在又贬到了乡里,很远的一个乡,当副乡长。暑假,他见大伯来。大伯说:“很想回村承包地亩养种。”大伯原是种地的好把式。大伯叫吴大楼，不知为甚么起了这么个名字。大楼，城里才有大楼。当然，现在县城里也有几座大楼了。大学里，大楼算不了甚么。大伯大楼，跟青瓷古瓶也挂不起来的。

挂不起来就算了，的确也无须苦恼的。

虽然是在北方，云中河的水是挺清澈的。但水量无法同长江相比。大多时候，赤脚就趟过去了。云中河流经他们村那一段，是东西走向，日出日落时，很美丽的。夏天，两岸的绿树膨大起来，就更好看了。只是，恐怕不能利用水力来发电，那是一条小河。这条小河，同青瓷古瓶会有关系吗？莫名其妙的思维，无须苦恼。

他就这样习惯了。只是，他终于不清楚如此莫名其妙地强迫他思维的，那是一种甚么力量。